越过人生的山丘

[美] 伊迪丝·伊娃·埃格尔 著
Edith Eva Eger

[加] 陈飞飞 译

人民东方出版传媒
东方出版社
The Oriental Press

致我家族的五代人:
•••••

教我欢笑的父亲拉约什;

帮助我寻找内心所需的母亲伊洛娜;

我美丽得难以置信的姐姐玛格达和克拉拉;

我的孩子:玛丽安娜、奥黛丽和约翰尼;

和他们的孩子:林德赛、乔丹、雷切尔、大卫和艾希莉;

和他们的孙子:赛拉斯、格雷汉姆和霍尔。

推荐序一

一个春天，应美国海军首席精神科医生的邀请，伊迪丝·伊娃·埃格尔博士登上了一架没有窗户的战斗机，飞往世界上最大的军舰之一、位于加州海岸外的尼米兹号航空母舰。这架飞机俯冲向只有1500米的小跑道，并以颠簸的方式着陆，它的尾钩抓住了那根阻拦绳，阻止了飞机冲向海洋。这艘航母上的唯一女性——埃格尔博士被带到了舰长舱。她的任务是什么？是教5000名年轻的海军士兵如何应对战争的逆境、创伤和混乱。

在无数的场合，埃格尔博士一直是治疗士兵创伤的临床专家，她的工作包括治疗特种作战部队士兵患有的创伤后应激障碍和创伤性脑损伤。这位慈祥得像祖母一样的女士是如何帮助这么多军人从战争的残酷中恢复过来的呢？

在见到埃格尔博士之前，我打电话邀请她到斯坦福大学给我的心理控制课做客座演讲。她的年龄和语调让我联想到一个旧时代的一条头巾绑在下巴上的女士。当她演讲时，我亲身感受了她那充满治愈的力量。她灿烂的笑容，闪亮的耳环，耀眼的金色头发，从头到脚穿着名牌服装——这是我的妻子后来告诉我的，这些都使她散发着魅力。她用幽默、乐观和生动的语言，编织着她那些可怕的、在纳粹死亡集中营经历的悲惨故事。她犹如纯净的光，温暖明亮。

埃格尔博士曾经的生活充满了黑暗。她还是一个少女时，就被囚禁在了奥斯维辛集中营。尽管不断地遭受酷刑、饥饿和威胁，但她仍保持着精神和心灵上的自由。她没有被恐怖击倒，这些经历反而使她勇敢，让她强大。事实上，她的智慧也正来自生命中那一段最具毁灭性的戏剧人生。

埃格尔博士能治愈别人是因为她经历过从遭受创伤到战胜自我的过程。她用在残酷迫害下生存的亲身经历，让许多人懂得要学会掌握自己命运的道理——从那些来自尼米兹号航空母舰上的军事人员到为重建亲密关系而竭尽全力的夫妻，从那些被忽视或被虐待的人到那些染上毒瘾或疾病的人，从那些失去了亲人的人到那些失去了希望的人。对于我们这些每天都在生活中经受失望和挑战的人来说，她的启示激励着我们做出正确的选择，并从苦难中找到自由，找到自己内心的光明。

在她演讲结束时，我的 300 名学生都自发地起立鼓掌。

然后，至少有100名年轻的学生涌进小舞台，他们每个人都等待着，等待轮到自己感谢并拥抱这位非凡的女性。在我几十年的教学生涯中，还从未见过一群学生如此受到鼓舞的场面。

在伊迪丝和我一起工作和旅行的20年里，我见证了世界各地她的每一位听众充满期待的反应。在密歇根州弗林特市一个英雄圆桌会议上，我们采访了一群与极端贫困做斗争的年轻人，他们生活在一个失业率高达50%、种族冲突不断升级的城市。在匈牙利的布达佩斯，伊迪丝的许多亲戚曾经死在这座城市里。在那里，她跟成百上千名希望重建这座经历战火洗礼城市的人一起交谈。我看着这样的事一次又一次地发生：人们因伊迪丝的出现而产生了改变。

在这本书中，埃格尔博士将她的病人发生转变的故事与她自己在奥斯维辛集中营的难忘经历结合在一起。尽管她的求生故事和其他人讲过的故事一样扣人心弦和富有戏剧性，但能让我充满激情地与全世界分享这本书，不仅仅是因为她的故事。事实上，伊迪丝用她的经历帮助了很多人去发现真正的自由。这样一来，她的书远远超过另一本同样是记录过去的大屠杀回忆录。她的目标就是帮助我们每个人逃离自己内心的禁锢。在某种程度上，我们每个人都在精神上受到囚禁。伊迪丝的使命是帮助我们认识到，就像我们可以做自己的监狱看守人一样，我们也可以做自己的解放者。

当向年轻观众介绍伊迪丝时,她经常被称为"没有死的安妮·弗兰克"。因为伊迪丝和安妮在被驱逐到集中营的时候,她们的年龄和教养水平都差不多。尽管她们经历过残酷的迫害,但这两位年轻女性都表现出了她们的纯真和同情心,她们相信人性本善。当然,当安妮·弗兰克写她的日记的时候,伊迪丝在集中营的生活还在继续,这也使她作为幸存者和临床医生的深刻见解都特别感人和令人信服。

就像其他那些讲述关于大屠杀的名著一样,埃格尔博士揭示了人类最邪恶黑暗的一面,也展现了人类面对邪恶时不屈不挠的精神力量,但它也有别的作用。也许能与伊迪丝的书媲美的便是另一本大屠杀回忆录——维克多·弗兰克尔最经典的著作《活出生命的意义》(华夏出版社)。埃格尔博士分享了弗兰克尔对人性的深刻理解和认识,以及一位终生临床医生带给人的温暖和亲密感。维克多·弗兰克尔展示了在奥斯维辛集中营里与他在一起的囚犯的心理,而埃格尔博士带给我们的更多的是心灵上的自由。

在工作中,我长期研究人们受社会负面影响而形成的心理基础。在只能选择另一条路去实现和平与正义的条件下,我通过我们所遵守、服从和支持的方式,试图去理解它的作用机制:如果我们英勇地行动。伊迪丝帮助我发现,英雄主义不只是那些为了保护自己或他人而做出超常行为或冲动冒险的人的专利——尽管伊迪丝做过这两种事。英雄主义更多的是一种心态或个人和社会习惯的积累。这是一种存在的方式，这是一种看待自己的特殊方式。要成为一个英雄，需要在我们生活的关键时刻采取有效的行动，积极地尝试解决不公正的问题，或在世界上创造积极的变化。成为英雄需要极大的勇气。一个内在的英雄藏在我们心中，等待我们把他呈现出来。我们都是"训练中的英雄"。我们的英雄训练就是在日常生活的情景中，养成实践英雄主义的习惯：让与人为善成为每天的义务；从自爱之心出发，爱惜别人；展现别人和自己最好的一面；去寻找爱情，即使是在最具挑战性的关系中；锻炼并祝贺我们获得思想自由的力量。伊迪丝是一个英雄，因为她教导每个人成长，并在我们的内心、我们的人际关系和我们的世界中，创造了意义深远和持久的变化。

2 年前，伊迪丝和我一起去了布达佩斯，去她姐姐在纳粹开始围捕匈牙利的犹太人时所生活的城市。我们参观了一个犹太教堂，现在它的庭院用作对大屠杀的纪念，它的墙壁是一幅战前、战中、战后的照片画布。我们参观了在多瑙河畔的鞋子纪念景点，那里的鞋子是用作缅怀和悼念在第二次世界大战（简称"二战"）中被箭十字党[1]民兵杀死的人，其中包括伊迪丝的一些家庭成员。他们被要求站在河岸上，

---

1 箭十字党：为匈牙利的极右组织。箭十字党本为 20 世纪 30 年代匈牙利的种族主义运动组织，仿效德国纳粹党，后来在 1935 年组成其前身"国家希望党"，萨拉希·费伦茨为其主要领导人，1939 年改组为箭十字党。

脱下鞋子，然后被枪击。他们的身体落入水中，被水流冲走了。我们可以感觉得到过去的事情实实在在地呈现在眼前。

一天下来，伊迪丝变得越来越安静。我想知道，在经历一段几乎可以肯定是会激起痛苦回忆的情感之旅后，她当晚是否会觉得很难面对 600 名观众演说。我们的访问很可能使所有的往事在她的脑海里再次浮现。但当她上台时，她没有从一个充满恐怖、创伤和惊骇的故事开始讲起，而是以一个善良的故事作为开始，这本身就是一种日常的英雄行为。在讲述中，她提醒我们，纳粹这种行为发生在地狱里。"但这不是很神奇吗？"她说，"最坏的情况会给我们带来最好的结果。"

在结束时，她亮出她的标志性动作——芭蕾高踢腿，结束了演讲。伊迪丝喊道："好吧，现在大家跳舞吧！"观众不约而同地站了起来。数百人跑上了舞台。没有音乐，但我们跳舞。我们载歌载舞，欢声笑语，互相拥抱。这是一场无与伦比的生命庆典。

埃格尔博士是为数不多的奥斯维辛集中营幸存者之一，她能够亲眼见证奥斯维辛集中营的恐怖。她的书讲述了她和其他幸存者在战争期间和战后所遭受的地狱般的煎熬和创伤。对所有试图从痛楚和苦难中解脱出来的人而言，这本书是一个蕴含希望和可能性的通用启示。无论是被糟糕的婚姻、破坏性的家庭、讨厌的工作所禁锢，还是被困在自我限制的枷锁中，困在自己的脑海里，读者都将从这本书中了解到，他们可以拥抱快乐和自由。

《越过人生的山丘》是一部非凡的编年史，记录了英雄主义、治愈、韧性和同情心、有尊严地生存、坚韧不拔的精神和勇气。我们所有人都能在埃格尔博士鼓舞人心的案例和引人入胜的故事中有所收获，学习到在生活的困境中如何抚慰受伤的心灵。

菲利普·津巴多博士[1]
于加州旧金山

1　著名心理学家、斯坦福大学名誉退休教授。1971 年在斯坦福大学进行了著名的斯坦福监狱实验。根据这次实验，他发表了作品《路西法效应：好人是如何变成恶魔的》（2010 年生活·读书·新知三联书店出版），该书曾被美国《纽约时报》评为畅销书。由于津巴多教授 40 多年来在心理学研究和教学领域的杰出贡献，美国心理学会向他颁发了希尔加德普通心理学终身成就奖。

推荐序二

人类如何应对痛苦的困境？伊迪丝·伊娃·埃格尔所著的《越过人生的山丘》用自己从纳粹集中营大屠杀中幸存的人生经历为人们提供了一种答案。

作为一位临床心理学家和心理治疗师，她用自传故事的形式向读者介绍了如何面对失去父母的伤痛，如何改变自己的想法、在心中点燃希望之灯，如何成为幸存者而不是受害者。2020年，比尔·盖茨在其官方博客上推荐了最值得阅读的五本书，第一本就是《越过人生的山丘》。他推荐的理由是"独特的身世背景给予她惊人的洞察力，我想，现在很多人都可以从她关于如何应对困境的建议中找到安慰"。这本书的中文版可以说是伴随着新冠疫情的暴发面世的（2019年12月出版），看到比尔·盖茨的推荐，我也购买了此书并用两天时间读完。读后我觉得，作为研究接纳承诺疗法(ACT)的专家，伊迪丝·伊娃·埃格尔博士用自己的生命生动地演绎了ACT的精髓，通过接纳、活在当下和寻求意义让自己走出了纳粹集中营留下的创伤阴影,并走出了自己头脑中的牢笼,过上了充实、丰富、有意义的生活。

埃格尔博士的第二本书《越过内心那座山:12个普遍心理问题的自我疗愈》(*The Gift:12 Lessons to Save Your Life*)在樊登老师的推荐下也备受读者喜爱。这本书像是一位经验丰富、智慧慈悲的心理治疗师写的一本自助书,主要为读者提供了12种有效途径,帮助读者走出12种精神牢笼。埃格尔博士用自己的人生故事及来访者的故事生动、深刻地为读者上了12堂人生成长课。

写到此处,我眼前浮现出埃格尔博士在香港犹太大屠杀及宽容中心与亚洲协会香港中心主办的"奥斯维辛集中营的芭蕾舞者"线上分享会最后做芭蕾舞抬腿的画面,这也是她每次演讲完都会做的经典动作。作为一名94岁的老人,她头脑清晰、智慧慈悲、身体矫健、衣着时尚,活出了精彩人生,正如她书中所写,"集中营这堂功课丰富了我的生活,赋予了我力量","即使生活充满了无数的创伤和痛苦,让你痛不欲生、悲伤难过,甚至濒临死亡,它仍然是一份礼物"。

读完此书,我内心充满感动和感恩,埃格尔博士用自己和来访者的生命故事向我们传递了如何走出人生逆境和创伤的秘密:我们痛苦的经历不是债务,而是一份礼物;成为受害者不是因为我们身上发生了什么事,而是我们选择坚持自己是受害者。当我们选择负起责任，承担风险，接纳伤痛，放下过去，拥抱可能时，就能真正获得自由和康复。向每一位曾经遭受过痛苦的读者推荐此书，这是一剂疗愈心灵的良药。她充满创伤、磨难和不懈奋斗的人生故事令人感动，她把如此智慧慈悲的人生经验传播于世间，功德无量。她的书能够帮助我们更灵活、更有效、更从容地应对生活压力、挑战、苦难和创伤，是她在耄耋之年赠予我们的珍贵的心灵礼物。她的书可以说是每一位心理咨询师和治疗师专业成长的示范教材，也是每一位热爱学习、终身成长者的"修炼真经"，我也会将它推荐给每一位学习 ACT 的学生。

祝卓宏
中国科学院心理研究所教授

推荐序三："戏剧人生"中释然

我们习惯地祝福别人健康、美满、幸福，因为我们相信或假设这是人生应有的境遇、应有的待遇。谁不想健康、美满和幸福呢？云门禅师说"日日是好日"。如果你的人生果然一路开挂，顺风顺水，轻舟荡过万重山，那我祝贺你、赞叹你今生的福报。有意思的是，这种无比乐观的人生理念和信条被视为"幸福的陷阱"。理想很丰满，现实很骨感。现实的生活中，绝大多数人估计都有一本难念的经、一段酸楚的经历、一条难以蹚过的河，一座难以翻越的山丘。这才是人生的常态，常态的人生。如果你觉得你的人生际遇比常人心酸好几倍，比常态曲折艰难好几十倍。那我在共情你的同时也要祝福你，祝福你遇到了同路人。我介绍你认识伊迪丝·伊娃·埃格尔博士和她的著作《越过人生的山丘》。

埃格尔是存在主义心理治疗师弗兰克尔的学生。跟她的老师一样，埃格尔也是纳粹德国集中营的幸存者，她在50多岁时获得心理学博士，后半生以心理治疗师的身份致力于帮助那些经历创伤的人恢复心理健康,帮助人们选择从苦难和挑战中走出来,而不再囚禁自己的心灵。她提出了"成长灾难理论",认为危机和困难实际上是促进个人成长的机会。

本书详细描述了作者在集中营的生活,包括饥饿、疾病、恐惧和绝望。她经历了无数次的生死考验,但最终幸存下来。大难不死,必有后福。埃格尔的后福似乎体现在她后半生所从事的助人职业,以及她在叙述了悲摧历史和亲身经历后的释然和明朗。津巴多博士在英文版序言中说埃格尔的智慧"来自她生命中最具毁灭性的戏剧人生"。无论你的人生迄今为止是轻松喜剧型的,还是磨难悲摧型的,还是介于二者之间的爬山蹚水型的,《越过人生的山丘》都不失为一本启迪智慧和反思的读物。

朱彩方
美国索菲亚大学超个人心理学院核心教授

推荐序四：千帆过尽，魂兮归来

读伊迪丝的这本书，如听一位满头白发的老人，坐在午后的窗下讲故事。房中有寒意，甚至幽影摇晃，但总有阳光照进来，明朗而温暖。九十多岁的老人，如小女孩般轻声细语。让人想起《一百年，许多人，许多事》中的杨苡先生。一位"荒谷走下来"的笛手，"吹着愉快欢欣的歌"。"荒谷"千真万确，伊迪丝从集中营地狱幸存下来，九死一生。可她在书中讲述的，却是充满希望的"天真之歌"。

怎么可能？确实如此。就像电视剧《曼达洛人》中反复说的："This is the way."［（道）路就是这样。］为什么会这样？这样问或许跳得太快了。在回答"为什么"前，可以试着暂时甚至永远驻留在"这样"中。有可能，将"这样"的牢底坐穿，就会自行得到答案。人生的路是一步步走出来的，答案也要靠自己活出来。

阅读过程中，眼前浮现出在电影院中观看《掬水月在手》的场景。仿佛就在昨天，查了一下，才发现已经是四年前了。目光随着镜头，从唐代的那些浮雕上慢慢拂过。耳畔萦绕的，是一种有些喑哑却又让人沉静下来的音乐。战争、离散、丧亡，叶嘉莹先生与伊迪丝经历了同样动荡的二十世纪。那些浮雕就是叶先生笔下的诗词，凝结了血和泪，却没有让人感到任何不适。它们清澈、宁静，仿佛原上长出的离离青草。俯首端详时，可以在早晨的露珠上看到闪烁的光芒。贯穿本书的，正是叶先生提出的"弱德之美"；"域外蓝鲸"的"梦思"缭绕不绝。

"天以百凶成就一词人"，伊迪丝不是词人，也未必闻名于心理学界，但她以自己的生命历程，活出了现代人的天命。按照特里林在《诚与真》中的说法，现代社会忙忙碌碌，如果有人活得真挚，沉入自己的内心，往往是失意者或者异乡人。《堂吉诃德》是这样，前些年流行的《斯通纳》也是如此。斯通纳，一个农家子弟，机缘巧合走进莎士比亚的世界，成为大学老师。教了一辈子的书，寂寂无名。可他在沉默寡言中，也有自己的真性情；他甚至能够在平凡的位置上，守护神圣。在美国的商业化浪潮中，大学仅仅是"避难所"，象牙塔已是久远的事物了。斯通纳像大战风车的堂吉诃德一样，倔强地守住最后一分土地，坚决不放那个作弊的学生进来。为此，他付出了惨痛的代价，可在那为数不多的刹那，他找回了自己的位置，在天地间得以安放天命的位置。

卡夫卡有句话，给曼达洛人的"This is the way"做了绝妙的注释。在世人眼中，终极的"way（道）"高大上，如日中天，牵引大众前进。卡夫卡却说，那个"道"其实像根绳子一样，是用来绊人的。大众终日奔波，早已失魂落魄，如游魂般飘荡在空中。被绳子绊倒了，才不得不降落在地上，笨拙地学着用双脚走路。降落可不容易，程春雪在硕士学位论文中，讨论考研失利的经验。她发现，听到没考上的消息时，会有坠落深渊的感受。降落中是有坠入深渊的风险的，挫折之所以那么痛苦，或许与此有关。那种幽深黑暗，永不见底，着实可怕。可悖论就在这里，经历了下行的折腾，抬起头来，居然可以看到灿烂的星空。赫拉克利特说，上升的道路和下降的道路，是同一条路。

现代人在养家糊口的生存中，已然遭受了种种伤痛。或许重要的，是觉察到这些伤痛，承认这些伤痛。特里林推崇康拉德《黑暗的心》，这本书描绘了与内心黑暗打交道的经历，为现代人树立了典范。"我与我周旋久"。对于现代人来说，重点不在于"宁做我"，而在于与自己身上的诸种伤痛打交道，这或许是现代人不得不面对的天命。伊迪丝从地狱归来，走出了一条先行者的道路。陈传兴先生有本书，名叫《未有烛而后至》。《礼记》中说，天色暗下来，没有烛火，先到的人要告诉后来者现场的情况。传统中国思想温柔敦厚，谦谦君子以自身伤痛燃起幽幽烛火，光照后人。

对于现代人的这种处境，罗洛·梅和荣格有过同样的称呼——负伤的疗愈者（wounded healer）。这两位心理学家还写过类似的著作：《人寻找自己》和《寻求灵魂的现代人》。人怎么找回自己呢？罗洛·梅讲过一个小故事。当年为《人寻找自己》这本书制作护封的设计师，连续三天回家赶工。他三岁的小女儿在第三个晚上终于忍不住了，说："爸爸，那个人还没有找到他自己吗？""要是他还没找到，他只需要照照镜子就可以了"。

伊迪丝大半生都在照镜子，与自己周旋。用时下偏重医学的术语说，她罹患创伤后应激障碍（PTSD），表现出创伤再体验、警觉性提高和回避三联征：创伤侵入式地重复出现，有受威胁感，回避当时的场景。如果还有情绪障碍、对自身的负面感受和理解，以及人际关系问题，那就要考虑复杂性创伤后应激障碍（CPTSD）。就内心来说，遭遇伤痛之初，人会不自觉地蜷缩起来，将伤痛搁置一旁。拉康形容说，就像子弹穿过一样，只是觉得痛，至于伤口中发生了什么，尤其是子弹怎样，其实并不清楚。伤痛像幽魂一样，躲在内心深处，用精神分析的术语说，处于潜意识中。人忙于生存，将伤痛缠上层层绷带，冰封起来，躲得远远的。有些地方绝对不能碰，一碰就会发作。有时在疼痛的旋涡中，到了炸裂的地步，能不痛一些，已经是奢望。出于保护，不得不封闭自己的神经，漠然起来。甚至在集中营中，形同活死人一般。

偶尔在生活的间隙，那些伤痛会冒出来，不经意间找上门来。尤其当人闲下来喘口气时，伤痛会如故人般浮上心头。人要像牛反刍一样，反复咀嚼消化伤痛。心理咨询就是咨询师与当事人一起坐下来，抚慰伤痛，直至魂兮归来。当事人在咨询师的陪伴下，倒出饱受情绪折磨的苦水，照见被压制甚至是被埋葬的伤痛。黑暗深处莫名的巨兽，原来连接着自己忘却的前世今生。

病人越来越有耐心，越来越沉静。那个越来越沉静的部分，如同湖的深处，映照着湖面的雨打风吹。那或许就是庄子说的，用心若镜。照镜子原来是磨镜子的过程，打磨出内心深处沉静的一面。那一面在中国传统思想中，有时称为"天心""道心"，"吾心光明"的"心"。或者说，那才是汉语中常说的"心"。很遗憾，现代"心理学"因为欧风美语的影响，在很大程度上遗忘甚至丢失了这颗"心"。人有此心，陪着自己经历风风雨雨。无论发生什么，都会平和、沉静，乃至快乐。这是儒家所说的乐天知命。用史铁生的话说："把疾病交给医生，把命运交给上帝，把快乐和勇气留给自己。"与自己的世界和解，未来始终有新的可能。希望永存，就像本书最后一句话："我最爱的你们，可以选择让自己自由。"

与自己的内部世界和解，并不意味着伤痛的消失。伤痛或许是现代人永恒的道场。在另一位纳粹集中营经历者凯尔泰斯那里，"奥斯维辛是人类堕落的见证，人类必须面对它，必须在那里重生"。对中国人来说，这并不陌生。两千五百年前，周朝的大夫路过旧时宗庙遗址，看到禾黍满地，于是有黍离之悲，传唱至今。在吉尔伯特的阅读中，那是中国诗人的"无瑕的痛苦"。读伊迪丝的书，是一次重生之旅。随她潜行到困苦深处，在伤痛的道场中艰难返身，找回内心深处的平和与宁静，魂兮归来，满眼青青翠竹，郁郁黄花。"遗音沧海如能会，便是千秋共此时。"正是在一次又一次的激荡中，古老的文明长河在现代薪尽火传，生生不息。

崔光辉
南京师范大学心理学院教授

推荐序五：选择

2024年8月15日下午，接到长遐发来的《越过人生的山丘》书稿时，我正陷在悲愤中，三十年的心理学工作和学习经验也无法让我自拔。

因为36小时前，突然发现自己一直信任的另一半出轨，而且已经一年多了。

正为着自己在21年婚姻中的付出而委屈和不平时，我打开了《越过人生的山丘》，狂风暴雨在几小时内风平浪静。

"我们不能选择没有伤害的生活，但我们可以选择自由，从过去中逃脱，不管发生什么，拥抱可能。"

作者埃格尔博士1927年出生于捷克斯洛伐克，小时候对芭蕾舞颇有造诣，还曾经怀揣梦想进入匈牙利奥林匹克体操队，却因为是犹太人而在15岁时被逐出。16岁半时二战爆发，除了大姐被音乐老师藏起来，全家被驱逐到奥斯维辛。母亲被杀害的当天晚上，她还被迫为把母亲送进毒气室的门格勒跳舞。

那段血腥的历史，近600万犹太人被杀害。在被抓时就有近九成的人被送往毒气室或焚烧炉，留下一成幸运儿服苦役，其中生还的概率只有1/20，时刻被恐惧和绝望所笼罩。埃格尔博士一年中辗转多个集中营，经受地狱般的折磨，濒死之际被解救，但比骨折、伤寒、肺炎和胸膜炎等身体创伤伤害更持久的，是对心灵的禁锢和打击。

含泪拜读埃格尔博士的回忆录，跟着她的旅程，又走完一遍自己的一生。

欧文·亚隆曾总结，我们生活中的所有痛苦，基本源自四个方面的困扰：不可避免的死亡、内心深处的孤独感、需要的自由和生活的无意义。所有的问题，这本书都给出了最有力的答案！这里有对天才姐姐的嫉妒、对父母关爱的渴望、失去挚爱的悲伤、对死亡的恐惧、被残害时的绝望、对婚姻的觉醒、更有生命的力量。

"宽恕"领域专家、斯坦福大学教授弗雷德·罗斯金（Frederic Luskin）把宽恕定义为：Making peace with the word "No"（和"不"字和解），也就是我们想要的被周围世界拒绝后，能坦然接受的能力。我曾请教罗斯金博士，为什么有些人，如《活出生命的意义》作者维克多·弗兰克尔，遭遇炼狱般的虐待，依然可以最终学会宽恕,但有些人一生都无法释怀?

罗斯金博士回答:影响因素很多,包括个人的生活经历、是否有其他创伤、韧性等心理素质状况。

作者把这本书献给家族的五代人,特别是"教我欢笑的父亲拉约什;帮助我寻找内心所需的母亲伊洛娜"。她的童年,虽然也有和两位姐姐的手足之争,但父母的爱和支持,是她生命力量的源泉。

罗斯金博士二十多年的研究发现,三个因素最影响人是否能宽恕

1. 感恩的习惯:越感恩越容易宽恕
2. 自恋的程度:越自恋越难宽恕
3. 年龄:长者更容易宽恕

1945年从集中营被解救出来后,哪怕已经于1949年带着先生和女儿逃到美国,哪怕已经从一无所有到1978年获得临床心理学博士学位,作者依然饱受战争创伤和幸存者内疚的折磨,每次听到警报声、沉重的脚步声,或者有人大喊大叫,就会感到焦虑、眩晕,身体会自动产生恐惧反应,把自己带回到过去。她认为生存依赖于把过去和它的黑暗锁在门外,不想让任何人知道自己的经历。

直到和同为奥斯维辛幸存者的《生命的意义》作者弗兰克尔

成为师友并开始接受治疗，直到63岁时逼着自己重回奥斯维辛遗址，直到她开始用自己的苦难点亮同在黑暗里的人，而且每次讲座结束时亮出她的标志性动作——芭蕾高踢腿，埃格尔博士才逃离自己对内心的禁锢，做自己的解放者。

90高龄出版回忆录，埃格尔博士不仅完成了对自己的救赎，更是把自由的选择交还给无数还深陷痛苦中的人。因为生活中发生的事情并不能决定我们的一生，而是我们如何诠释它。

"痛苦是普遍存在的。但是受害者是可以做选择的。在生活中，我们都有可能在某种程度上受害，是由我们难以或根本无法控制的人、机构或环境造成的。相反，受害者来自内部。没有人能让你成为受害者，只有你自己。成为受害者不是因为我们身上发生了什么事，而是选择坚持我们是受害者。我们显露出一个受害者的想法——一种思维方式，并成为僵化的、责备的、悲观的、陷入过去中的、不宽恕的、惩罚性的、没有健康的限制或界限的人。当我们选择限制自己生活在受害者的心态中时，我们就成了自己的狱卒。"

三十年的心理学工作学习的过程中，我见过太多"为自己的不开心而责怪他人"的人，因为那比为自己承担责任更容易。读到埃格尔博士忍痛剖析自己是否心中也有偏见甚至不公，我被震撼到了，也开始看见自己在忙碌的工作和养育孩子中，以辛苦为借口，对丈夫的需求多有忽视。

也许背叛让我确实受到了伤害，但我有选择不做"受害者"的权利。

如果《活出生命的意义》曾让我醍醐灌顶，那 The Choice 中译本助我浴火重生。

"当我们把真相和故事隐藏起来时，秘密就会变成我们自己的创伤，我们自己的监狱，否认自己有接受自己的机会。当我们不允许自己为我们的损失、创伤和失望而悲伤时，我们注定要不断地重新体验这些损失、创伤和失望。自由在于学会拥抱所发生的一切。自由意味着我们鼓足勇气，一块砖一块砖地将监狱拆除。"

埃格尔博士引导读者从内而外地看待生活，还为她在集中营的看守祈祷，明白他们是被洗脑了。这，是心灵真正的自由。

长遐发来的书序撰写邀请，看似是她来寻求我的帮助，却不知是上帝借着她的手为我送来人生低谷中需要的启示。

"我们在一切患难中，他就安慰我们，叫我们能用神所赐的安慰去安慰那遭各样患难的人。"

《越过人生的山丘》一定会成为无数人的启明灯！

谢刚
美国索菲亚大学研究生院积极心理学讲师

目 录
CONTENTS

第一部分　监　狱

引　　言　我与秘密同在 / 002

第 一 章　四个问题 / 011

第 二 章　你放在心里的东西 / 033

第 三 章　在地狱里跳舞 / 043

第 四 章　侧手翻 / 056

第 五 章　死亡的阶梯 / 070

第 六 章　选择一叶草 / 078

第二部分　逃　跑

第 七 章　我的解放者，我的施暴者 / 086

第 八 章　透过一扇窗 / 101

第 九 章　明年耶路撒冷见 / 123

第 十 章　迁徙 / 139

第三部分　自由

第十一章　移民日 / 154
第十二章　新手 / 158
第十三章　你在那里吗 / 172
第十四章　一个又一个幸存者 / 188
第十五章　期望的生活 / 204
第十六章　选择 / 218
第十七章　然后希特勒赢了 / 244
第十八章　戈培尔的床 / 248
第十九章　留下一块石头 / 265

第四部分　疗愈

第二十章　自由之舞 / 282
第二十一章　没有手的女孩 / 298
第二十二章　水的部分 / 313
第二十三章　解放日 / 321

致谢 / 325
关于作者 / 329

第一部分

监 狱

他们对我们的监视并不代表我们的价值高,
只意味着我们被世界遗忘的程度。
没有东西是符合逻辑的。

- 引言
我与秘密同在

在 1980 年的一个夏天,当杰森·福勒上校走进我在埃尔帕索的办公室时,我并不知道他会将装满子弹的枪藏在他的衬衫里面。但他的出现使我莫名地紧张起来,我感觉到自己的肚子绷紧了,脖子后部也有刺痛的感觉。虽然我不知道为什么会这样,但是经历过战争的我能感受到危险的存在。

杰森虽然有着运动员般的身高,体格瘦削,但他的身体僵硬,显得比正常人更呆板,蓝色的眼睛凝视着前方,下巴一动不动,什么都不说地站在那里。我带他到我办公室的白色沙发上坐下来。他僵硬地坐着,拳头压在膝盖上。我从未见过杰森,也不知道是什么事情让他如此紧张。我们靠得非常近,我可以轻易地察觉到他的痛苦,但他的思绪已经远去,迷失了方向。他甚至没有注意到我的银色贵宾犬——苔丝,正立在我的办公桌旁,就像房间里第二尊活的塑像一样。

我深深地吸了一口气,开始尝试和他沟通。在开始部分,我会介绍一下自己并分享一些我的经历和方法。有时候,我会直接询问并确认把病人带到办公室时他的感受。对于杰森,关键是不能操之过急地让他接收太多信息,也不能打击他脆弱的内心。他完全自我封闭着。我必须找到一种方法来给他安全感,让他能冒着危险,向我展示他内心深处的秘密。我必须注意我对危险发出警告信号的肢体语言,并且不让我的恐惧影响我的能力。

"我怎样才能帮到您?"我问。

他没有回答,甚至没有眨眼。这让我想起了神话或民间故事中一个变成了石头的人物。有什么魔法能让他重获自由呢?

"为什么现在来找我呢?"我问。这是我的秘密武器。我总是会在第一次见面时问我的病人这个问题。我需要知道为什么他们有动力去转变原来的想法。为什么在所有的日子中选择今天?他们想好开始和我一起解决问题了吗?为什么今天不同于昨天、上周或去年?为什么今天不同于明天?有时痛苦推动着我们,有时希望牵引着我们,影响着我们何时开始面对问题。"为什么是现在?"不只是问一个问题,而是整件事情的来龙去脉。

他的一只眼睛不安地眨了一下,但还是什么都没说。

"告诉我你为什么来这里。"我再次询问道。

他依然不说话。

一股不确定的感觉使我的身体紧张起来,意识也脆弱起来。在这关键的十字路口,我们这面对面的两个人,都是那么脆弱。我们挣扎着找到痛苦的根源,找到治愈的办法,就像完成一场冒险。杰森不是因为正式的转诊而到来,看来他是自愿到我的办公室来的。但我从临床和个人经验中知道,即使有人选择了治疗,他还是会保持多年的自我封闭状态。

鉴于他所表现出的症状如此严重，如果我不能成功地对他展开治疗，我唯一的选择就是把他推荐给我的同事，威廉·博蒙特陆军医学中心的首席精神疾病诊疗医生——哈罗德·柯尔默博士。威廉·博蒙特陆军医学中心曾是我做博士研究工作的地方。哈罗德·柯尔默博士会让杰森入院治疗，诊断他的紧张症，并可能使用一种抗精神病药物，如氟哌啶醇。我能想象到杰森穿着病号服，目光依旧呆滞，身体非常紧张、肌肉痉挛的样子。这些症状经常是药物治疗精神病后的副作用。我完全相信精神病科同事的专业知识和那些拯救生命的药物可以治疗杰森的病，但是如果有机会使用干预治疗方法，我就不建议住院治疗。我担心如果不首先尝试其他治疗方法，而直接让杰森住院和服用药物，他会转变成另一种麻木状态。当神经系统发出信号时，僵硬的身体会因运动障碍而不自主地运动——不协调地手舞足蹈，不停地抽搐。这是身体在没有得到大脑允许的情况下运动的信号。然而，无论是什么原因造成的，他的痛苦都有可能被药物减轻。药物不能真正地解决问题。无论他自己感觉是好了还是比以前差了，就算我们错误地认为他有所好转，都不得不面对他最终不可能痊愈的事实。

现在该做些什么呢？我希望时间可以过得慢些。杰森依然僵硬地坐在我的沙发上，虽然他是自愿来我这里，但他的内心仍然被囚禁，未能解开。我只有一个小时，一次的机会。我可以接触到他的内心吗？我能不能帮他化解他的暴力倾向呢？我能清楚地感觉到，就像空调一阵阵地吹过我的皮肤一样。我可以帮助他意识到，解开他的烦恼和痛苦吗？通往自由的钥匙在他自己手上吗？我当时不知道，如果那天我没能打开杰森的心扉，那么他的命运就会比进入医院的病房更糟糕——在真正的监狱里，在那里等死。我只知道我必须尝试。

在我研究杰森的时候，我知道要到达他的内心，不能用情感的语言。我会用一种军人觉得更舒适、更熟悉的语言和他交流。我会下命令。我感觉到能打开他心扉的唯一希望，就是让血液流过他的身体。

"我们去散步。"我说。我没有问。我给的是命令。"上校，我们现在就带苔丝去公园。"

杰森惊慌失措了一会儿。这是一个女人，一个陌生人，用浓重的匈牙利口音告诉他该怎么做。我能看到他四处张望，心里想：我怎么才能离开这里呢？但他是个好士兵。他站了起来。

他说，"好的，夫人。"

我很快就发现杰森创伤的根源。尽管我们有明显的不同，但还是有很多共同之处，我们都知道暴力，我们都知道惊呆是什么感觉。我自身也带着一个深深的伤口，以至于多年以来，我也无法把它完完全全地告诉任何人。

我的过去仍然萦绕在我的心头：每次我听到警报声、沉重的脚步声，或者是有人在大喊大叫，我就会感到焦虑、眩晕。我懂得这就是创伤。在我的内心，有一种近乎持续存在的感觉，一旦将要发生不对劲或者可怕的事情，我的身体就会自动产生恐惧反应，让我逃跑，得到掩护，找个地方躲起来，远离无处不在的危险。我的创伤仍然可以从平凡的遭遇中浮现出来。突然出现的标识，一种特殊的气味，就可以把我带回到过去。那一天遇见杰森·福勒上校，已是我从大屠杀集中营解放出来30多年以后的事了。而到了今天，所发生的事永远不会被忘记，也永远不会改变。但随着时间的推移，我学会了如何回应过去。我可以很痛苦，或者我可以满怀希望；我可以沮丧，或者我可以快乐。我们总是有选择控制的机会。我在这里，这就是现在，我学会了一遍又一遍地告诉自己，直到恐慌的感觉开始缓解。

传统观点认为，如果某件事让你烦恼或让你焦虑，那就不要看它，不要对它细想，不要去那里。所以我们从过去的创伤和苦难中逃离，或者从现在的困境或冲突中逃离。在我成年后的大部分时间里，我一直认为我的生存依赖于把过去和它的黑暗锁在门外。在我20世纪50年代初移民巴尔的摩的时候，我甚至不知道奥斯维辛的英文发音。即使我可以，我也并不想告诉你我在那里。我不想要任何人的怜悯。我不想让任何人知道。

我只是想成为一名像扬基·都德[1]那样的花花公子，不带口音地说英语，隐瞒过去。在我对归属的渴望中，在我害怕被过去吞没的恐惧中，我极力地隐藏我的痛苦。我还没有发现，我的沉默、我渴望被接受，都是在恐惧中建立的，都是自我逃避的方式——那是不直接面对过去和自我的选择，在不折不扣的监禁生活结束后的几十年，我依然选择不释放。我与我的秘密同在。

那个总有紧张性精神病的陆军上校坐在我的沙发上一动不动，这让我想起了我最终发现的：**当我们把真相和故事隐藏起来时，秘密就会变成我们自己的创伤，我们自己的监狱。偏离了逐渐减弱痛苦的目的，我们筑起了无法逃避的砖墙和钢筋栅栏，不顾一切地否认自己有接受自己的机会。**无论我们是否接受自己，当我

---

[1] 扬基·都德：《胜利之歌》音乐剧的主人公。

们不允许自己为我们的损失、创伤和失望而悲伤时,我们注定要不断地重新体验这些损失、创伤和失望。

自由在于学会拥抱所发生的一切。自由意味着我们鼓足勇气,一块砖一块砖地将监狱拆除。我担心,坏事会发生在每个人身上。这一点我们不能改变。看看你的出生证明,它说过生活将会很容易吗?它没有。但我们中的许多人仍然深陷创伤或悲伤之中,无法充分体验我们的生活。但这种悲伤我们可以改变。

最近,在肯尼迪国际机场等待飞往圣地亚哥的航班时,我坐下来,研究每个路过的陌生人的面孔。那些面孔深深地触动了我。我看到了无聊、愤怒、紧张、担心、困惑、沮丧、失望、悲伤和最令人烦恼的空虚。看到这么多人少有欢乐和笑容让我很难过。**即使是在生命中最阴暗的时刻,我们依然有体验希望、轻松、幸福的机会。平凡的生活也是生活**。痛苦的生活,充满压力的生活同样也是生活。为什么我们常常要奋力去获得活着的感觉?为什么我们要让自己远离完整人生的感受呢?为什么把生活带入生命是一种挑战?

如果你问我在我所治疗的人中最常见的诊断,我不会说是抑郁症或创伤后应激障碍,尽管这些情况在我所认识、喜爱和引导他们释放自己的人中都太普遍了。我会说渴望,我们太渴望了。我们渴望得到赞许、关注、爱慕。我们渴望自由拥抱生活,真正了解和做我们自己。

我对自由的研究,以及我作为一名职业临床心理学家的多年经验,让我明白了痛苦是普遍存在的。但是受害者是可以做选择的,受害者与受害之间是有区别的。在生活中,我们都有可能在某种程度上成为受害者。在某些节点上,我们会遭受某种痛苦、灾难或虐待,这是由我们难以或根本无法控制的人、机构或环境造成的。这是生活，这是受害。它来自外部，包括邻里的欺侮，老板的愤怒，配偶的暴力，情人的欺骗，法律的歧视，把你送进医院的事故，等等。

相反，**受害者来自内部。没有人能让你成为受害者，只有你自己。**成为受害者不是因为我们身上发生了什么事，而是我们选择坚持我们是受害者。我们显露出一个受害者的想法——一种思维方式，并成为僵化的、责备的、悲观的、陷入过去中的、不宽恕的、惩罚性的、没有健康的限制或界限的人。**当我们选择限制自己生活在受害者的心态中时，我们就成了自己的狱卒。**

我想要把一件事弄清楚。当我谈论受害者和幸存者时，我并没有责怪受害者。他们中的许多人从来没有机会拥有其他身份。我不能责怪那些被送到毒气室或是死在自己床上的人，甚至是那些撞到带电和带钩的铁丝网的人。我为所有被宣判为有暴力和破坏力倾向的人感到悲伤。我活着是为了引导别人在面对生活中的种种困难时更有自主权。

我也想说**痛苦是没有等级的。没有什么事情能使我的痛苦比你的更糟或更好，没有一张图表可以描绘出一种悲伤比另一种悲伤更加悲伤。**有人会和我说："我现在的生活很艰难，但我没有权利抱怨，这不是奥斯维辛。"这种比较可以使我们减少自己的痛苦。作为一个幸存者，作为一个"茁壮成长的人"，需要绝对接受过去和现在的事情。如果我们低估了自己的痛苦，因为我们对生活中的挑战感到失落、孤独或害怕而惩罚自己，那么对其他人来说，这些挑战似乎微不足道，我们仍然选择成为受害者。我们没有看到我们的选择。我们在评判自己。我不想让你听到我的故事后说："我自己的痛苦不那么明显。"我想让你听到我的故事后，能够说："如果她能做到，那么我也可以！"

　　一天早上，我看到两位背靠背的病人，她们都是40多岁的母亲。第一个女人有一个患有重度血友病的女儿。她多数时间在哭，问上帝怎能夺走她孩子的生命。我为这个女人感到痛心，她全心全意地照顾女儿，却被女儿即将离世打败。她很生气，她很伤心，她不确定自己是否能在痛苦中幸存下来。

　　另一个女人是从乡村俱乐部来的，她也哭了大半个小时。她很沮丧，因为她的新凯迪拉克汽车刚刚送到，车身的黄色与她预想的有着细微偏差。从表面上看，她的问题似乎微不足道，特别是与之前那位因孩子即将去世而痛不欲生的病人相对比。但我了解清楚后才明白，她因车的颜色偏差而失望流泪，其实是代表着她对生活中更大之事的失望。生活并没有按照她所希望的方式进行，一个孤独的婚姻，儿子又被学校开除，她为了丈夫和孩子放弃了一个职业志向。通常，我们生活中的小烦恼象征着更大的损失，看似无关紧要的担忧代表着更大的痛苦。

　　我意识到，那天的两位病人虽然看起来如此不同，但彼此之间又有着共同之处。两个女人都在应对着她们无法控制的局面，她们的期望被颠覆了。两人都在挣扎，感到被伤害，因为有些事情不是她们想要的，她们试图使已经发生的事实和自己期待的结果相一致。每一个女人的痛苦都是真实的。每一个女人都被卷入了人类的戏剧中，身处那些我们看不到的境地，觉得自己没有准备好应付。这两个女人理应得到我的同情，两者都有被治愈的潜力。这两个女人，就像我们所有人一样，即使她们的情况没有改变，但在态度和行为上都有将自己从受害者变为幸存者的可能。幸存者没有时间问："为什么是我？"对他们来说，唯一相关的问题是："现在怎么办？"

无论你是处于生命的黎明时分，还是在正午或是深夜；无论你是经历了深深的痛苦还是刚开始遇到困境；无论你是第一次坠入爱河，还是到了老年失去了生命伴侣；无论你是正在从一个改变生命的事件中恢复过来，还是寻找一些能给你的生活带来更多快乐的小调整，我都很乐意帮助你发现如何逃离你自己的心智"集中营"，成为你注定要成为的人。我愿意帮助你体验脱离过去，摆脱失败和恐惧，摆脱愤怒和错误，摆脱悔恨和未解决的悲伤——自由地享受丰富、完美的人生盛会。**我们不能选择没有伤害的生活，但我们可以选择自由，从过去中逃脱，不管发生什么，拥抱可能。我请求你自由地做出选择。**

就像我母亲曾经为星期五晚上（安息日）的晚餐做的白面包那样有三条线，这本书也有三条线索：我的生存故事，我的自我恢复故事，以及我有幸带领之前的病人重获自由的故事。我尽可能地转述我所能记得的最完整的经历。病人的故事准确地反映了他们经历的要点，但我已经改变了所有的名字和识别特征，并在一些例子里，我创造了完成相似挑战病人的组合材料。接下来是关于拥抱可能的故事，无论大小，都希望它能带领我们从创伤走向胜利，从黑暗走向光明，从监禁走向自由。

• 第一章
四个问题

如果仅允许我从整个生命中提取一个瞬间，一幅静止的画面，那就是：在一个荒凉的院子里，有 3 个身穿深色羊毛大衣的女人手挽着手地等待着。她们已经筋疲力尽，鞋子上满是灰尘。她们站在一支长长的队伍里。

这 3 个女人分别是我的母亲、我的姐姐玛格达和我。我们大家都不知道这是我们在一起的最后时刻，而且我们也不愿意这样想。或者是我们已经太疲劳，以致无法猜测将来会发生什么事。这竟是一个母亲和女儿们从此诀别的时刻。然而只有等到事情过去之后，我们才能体会到它的意义是那么深远。

我就像是排在她们后面的那个人一样，从后面默默地看着我们仨。为什么只让我记起母亲的背影，而不是她的脸呢？她把长发杂乱地编成辫子，夹在头上。玛格达的浅棕色波浪卷发轻轻地披在肩上。我的黑头发盘在了围巾下面。我母亲站在中间，玛格达和我靠在她的两旁。很难分清是我还是姐姐撑扶着母亲，让她维持着站立的姿势。或者恰恰相反，是母亲用力撑扶着玛格达和我。

此刻是我生命中出现重大损失的开始。70多年来，我一直反反复复地忆起我们三个在一起的这幅画面。我非常仔细地观察和研究画面中的每一处，希望能回忆起一些珍贵的地方。仿佛我可以重新回到那段还没有失去她们的时光。

如果这样的话，我就可以再久一点停留在我们手挽着手，完全属于对方的那段时光里了。我看着母亲、姐姐和我。我们弯着手臂，衣服下面沾满了灰尘。

童年记忆往往是碎片、短暂的瞬间或是意外的相遇。它们一起构成了我们生命中的剪贴簿。它们是所有我们能留下的记忆，让我们明白并告诉我们，我们是谁。

虽然我很珍惜和母亲分离之前那段最亲密的记忆，但是我们之间却充满了悲伤和失落。我们在厨房独处时，她正在包装着大家吃剩下的果馅卷。果馅卷是她用生面团做的，我看着她用手把它们分开，并像厚厚的亚麻台布那样盖在餐桌上。"念给我听吧。"她说。我从她的床头柜里拿出那本残旧的《乱世佳人》。我们曾经一起读过，现在我们再一次开始读。在读到写在扉页上的神秘英文题词时，我停顿下来了。这是一个男人写的字，但不是我父亲写的。我母亲告诉我，这本书是她在外交部工作时遇见的一个男人送给她的礼物，当时她还没有认识我的父亲。

我们坐在火炉边的直背椅上。虽然我只有9岁，但是我能流利地读完这本成人小说。"我很庆幸你虽然没有美丽的外貌却有着聪明的大脑。"母亲不止一次这样告诉我，这是一个赞美和批评交织在一起的评价。母亲对我很严厉，但这次我很享受。当我们一起阅读的时候，我不需要和别人分享她，我可以独自拥有我的母亲。我沉浸在文字、故事之中并享受着与母亲同在一个世界里的感觉。斯嘉丽在经历战火之后，回到了塔拉，得知她的母亲已经去世，她的父亲万分悲痛。"上帝为我作证，"斯嘉丽说，"哦，再也不会挨饿了。"母亲合上眼睛，把她的头靠在椅背上。我想爬到母亲的腿上，把头靠在她的胸口。我希望她能用嘴唇轻吻我的头发。

"塔拉……"她说，"美国现在是一个该去看看的地方了。"我希望她会温柔地说出我的名字，就如她在说到一个从未去过的国家时那般。对我来说，所有在母亲厨房里的味道，都是一出混合了饥饿和大餐的戏剧——一直是这样，即使是在极其渴望的大餐里也会上演。我不知道这种渴望是她的、我的还是我们共同分享的。

我们坐在火炉旁。

"当我像你一样大的时候……"母亲又开始说。

在她说话的时候，我不敢动，害怕会打断了她说话。

"当我像你这么大时，婴儿们、我母亲和我都睡在同一张床上。有一天早上，爸爸叫醒了我，'伊隆卡，叫你母亲起床，她还没有做早餐，没帮我拿出我要穿的衣服'。我转向还在被窝里的母亲。但是她没有动。她已经去世了。"

母亲从来没告诉过我这件事。我想知道更多关于一个女儿在她已经去世的母亲身边醒来时的细节。我也想把目光移开。这件事太可怕了，让我不敢想象。

"当他们埋葬她的那个下午，我还认为他们把她活埋了。那天晚上，父亲让我去准备家庭晚餐，所以那就是我之后一直要做的事。"

我等待着剩下的故事。我等待着最后的教训，或者是安慰。

"该睡觉了。"这就是我母亲说的。她弯下身去扫火炉下面的灰尘。

一阵重重的脚步声从门外的大厅里传来。在我听见钥匙碰撞发出的刺耳声之前，我就已经闻到了父亲身上的烟草味。

"女士们，"他说，"你们还没睡？"他衣冠楚楚地身着西装，踏着闪亮的鞋子，走进了厨房，咧嘴笑着，手里拿着一个小袋子。他用力地亲吻了我的前额。"我又赢了。"他自豪地说。无论是扑克还是桌球，当他和朋友比赛获胜之后，都会和我分享战利品。今晚他带来了一个装饰着粉色糖衣的小蛋糕。如果换成是玛格达姐姐的话，母亲通常会因为担心她的体重而夺走她吃蛋糕的待遇。但母亲向我点了点头，示意我可以吃。

母亲站了起来，正准备从火炉旁走到水槽边。父亲拦住她，举起她的手，让她沿着房间旋转起来。她生硬地附和着，脸上没有一丝笑容。他把她拉到身边拥抱着，手从她的背后抚弄她，母亲耸了一下肩，摆脱了他。

"我对你的母亲很失望。"在我们离开厨房的时候，父亲故作低声地对我说。他是想让她无意中听到，还是这就只是一个我和他之间的秘密？我把这段记忆储存下来，留待以后仔细地琢磨它的两种可能性。然而，他声音里的苦涩使我害怕。"她想每晚都去歌剧院，过奢华的大都会生活，而我只是一个会玩桌球的裁缝。"

父亲的挫败感让我感到很疑惑。他在我们镇里是大名鼎鼎的，也很受欢迎。幽默和欢笑总是让他看起来很舒服，很有活力，在他身边充满乐趣。他喜欢食物，尤其是肉类，他经常会不顾母亲控制我们体重的要求，偷偷喂我们吃。他的裁缝店赢得了两枚金牌，他不仅仅是一个会缝结合线和折直边的裁缝，还是一位高级定制服装设计师。这也是他能够遇见母亲的原因。当时，母亲正需要定做一条裙子，因为听闻他的作品能够展示每位女士独特的美而来到了他的裁缝店。不过，他曾经想做一名医生，而不是裁缝。这个梦想得不到他父亲的鼓励。每隔一段时间，他对自己的失望就会浮出水面。

"爸爸，你不只是一个裁缝。"我安慰他说，"你是最棒的裁缝！"

"你将是在科希策里拥有最佳衣着的女士。"他告诉我，轻轻地拍拍我的头，"你拥有高级定制时装模特般的完美身材。"

他似乎在提醒着自己。他把失望推回到阴影角落中去。我们走到了我和玛格达姐姐、克拉拉姐姐共用的卧室门口时，我能想象到玛格达正在房间里假装做着作业，克拉拉则擦着她的小提琴上的灰尘。父亲和我在门口又站了一会儿，我们俩都还未准备好离开。

"我希望你是一个男孩子，你知道吗？"父亲说着，"在你出生时，我砰地关上门，我为又生了一个女孩而发狂。但现在你成了我唯一能交谈的人。"他亲吻了我的前额。

我喜欢父亲的关注，就像母亲的一样珍贵……和飘忽不定。就好像他们对我的爱其实与我的关系不大，更多的是与他们的孤独有关。就好像我的身份跟我是谁或者我所拥有的无关一样，这只是衡量父母分别失去了什么的一个指标。

"晚安，迪库卡。"父亲最终说。他用妈妈为我起的昵称，迪库卡。这些无意义的音节对我来说是温暖的。"告诉你的姐姐们，是时候关灯了。"

当我走进卧室的时候，玛格达和克拉拉用一首她们为我作的歌来迎接我。她们在我3岁的时候作了这首歌，因为一次拙劣的医疗事故，我的一只眼睛变成内斜。"你很丑，你很弱，"她们唱着，"你将永远找不到丈夫。"自从那次意外以后，我会低着头走路以便我不要看到有人在看我那张不对称的脸。我还没有意识到，问题不在于我的姐姐们用一首刻薄的歌来嘲讽我，而在于我居然相信她们。我对自己的自卑感深信不疑，所以我从不用自己的名字介绍自己。我从未告诉人们，"我是伊迪丝。""我是克拉拉的妹妹。"我会说。克拉拉是一位小提琴神童。她在5岁的时候，就掌握了门德尔松小提琴协奏曲。

但是今晚我有一个特殊的认识。"当母亲跟我一样大的时候，外祖母就去世了。"我告诉她们。我非常确定这个信息的优越性，但这种优越性并没有在我这里发生，对我的姐姐们来说，这是旧闻，我是最后一个，而不是第一个知道的人。

"你在开玩笑吧。"玛格达说，她的声音充满了讽刺，我一听就能听出来。她15岁，身材丰满，有着性感的嘴唇和波浪卷发。她是我们家里的玩笑家。当我们年幼的时候，她教我如何把葡萄从卧室的窗户扔进楼下露台上顾客的咖啡杯里。受她的启发，我很快就发明了我自己的游戏。但在那时，赌注发生了改变。我和我的女性朋友会在学校或大街上和男孩子们一起玩。我们会在学校或大街上大摇大摆地走到男孩子们跟前，"4点的时候在广场的大钟旁见我。"我们用颤抖的声音讲，眨着眼睛。他们会来的，他们总是会来。来的人有时激动不已，有时害羞，有时昂首阔步，充满期望。我和我的女性朋友会站在我那安全的卧室窗边，看着男孩们到来。

"别逗了。"克拉拉生气地对玛格达说。她虽然比玛格达小，却跳出来保护我。"你知道在钢琴上方的画像吗？"她跟我说。"妈妈经常和它聊天的那个？那就是她的母亲。"我知道她说的那幅画像。我每天都会看到。"帮帮我，帮帮我。"母亲一边拂去钢琴上的灰尘，一边向画像呻吟。我觉得很尴尬，因为我们谁也没有问过母亲，画像里的人是谁。同时我也很失望，我的信息没有让我的姐姐们感到我有着特殊的地位。

我从来就是一个沉默和不起眼的妹妹。像玛格达会厌倦了当小丑、克拉拉也可能会讨厌当神童的事情是不会发生在我身上的。克拉拉不能阻止自己的与众不同，一秒都不可以。她也不能将所有她习以为常的崇拜——这样她自身非常敏感的东西，从她身边拿走。玛格达和我必须为得到一些我们确信永远都不够多的东西而努力工作。克拉拉担忧她可能会因为犯下一个致命的错误而完全失去它。克拉拉自3岁起，在我的有生之年，她就一直在拉小提琴。直到很久以后，我才意识到在她非凡天赋背后的代价：她放弃了成为一个小孩。我从来没见过她玩玩偶。相反，她会站在一扇开着的窗户前练习小提琴，除非她能召唤一群路人听众来见证这一切，否则她无法享受她的创作天才。

"妈妈爱爸爸吗？"我问我的姐姐们。父母间的隔阂和他们私下告诉我的一些伤心事，也让我忆起我从来没见过他们会盛装打扮一起上街。

"这是什么问题。"克拉拉说。尽管她否认我的担忧，但我想我已经从她的眼里看到了认同。虽然我会尝试，但我们还是再也没有讨论过这件事。我？姐姐们早早就知道，我们所谓的爱常常是有条件的。而我花了很多年才知道，这种爱是因为满足于你的表现而产生的奖励。

当我们换上睡衣，爬上床时，我抹去了对父母的担忧，取而代之地想起了我的芭蕾舞导师和他的妻子，想起自己两步并作一步地跑上楼梯去舞蹈室，还一边跑一边脱掉校服，穿上我的紧身衣和裤袜时的感觉。我从5岁开始学习芭蕾舞，母亲的直觉告诉她我不适合当一个音乐家，而是应该培养另一种天赋。就在今天，我们在练习劈叉。芭蕾舞导师提醒我们，力量和柔韧性不可分割——一个肌肉收紧了，另一个就会松开。为了保持持久和可塑性，我们必须保持内心坚强。

我把他的指令如祷文般记在心上。我把身子往下沉，脊柱保持直立，收紧腹部肌肉，腿部向两边拉伸。我懂得怎样呼吸，尤其是当我觉得卡住不能动时。我想我的身体就像我姐姐的小提琴弦那样伸展着，找到精确的张紧度，使得整个乐器奏出奇妙的乐章。就这样，我做到了一个完整的劈叉。"好啊！"我的芭蕾舞导师鼓掌道。"保持住你现在的动作。"他把我从地上举起来，高高地举在他的头顶上。失去了地板的作用力，我很难让腿保持绷直的姿态。但有那么一会儿，我觉得自己像个供品，发出纯洁的光。"迪库卡，"导师说，"**在生命中，所有能让你惊喜若狂的事情都来自内心。**"我要花好几年的时间才能真正理解他的意思。而现在我所知道的就是我可以呼吸、旋转、踢腿和弯曲。随着我的肌肉伸展开来和力量不断增强，我的每个动作，每个姿势似乎都在呼唤着：我是，我是，我是，我是我，我是一个大人物。

记忆是神圣的，但也令人困扰。那是一个将我的愤怒、内疚和悲伤汇集在一起的地方，就像饥饿的鸟儿在反复地啃着同一块老骨头。那也是我会去寻找"为什么我幸存下来"这个无法回答的问题答案的地方。

我 7 岁时，我的父母正在举办一个晚宴。他们派我去外面打一壶水。回来时，我从厨房听到他们在开玩笑，"我们本可以省下那个的。"我想他们的意思是在我来之前，他们已经是一个完整的家庭了。他们有一个弹钢琴的女儿，还有一个拉小提琴的女儿。我想我是多余的，而且我不完美，也并没有我的位置。我们都以这种方式曲解事情，我们假设是这么一回事而从不去验证它的真假。我们还会编造一个故事来告诉自己，强化我们去相信确实如此。

在我 8 岁的一天，我打算离家出走。我想验证我是可有可无的，是受忽视的。我要看看我的父母是否知道我已经走了。我没有去上学，而是坐电车去了我的外祖父母家。我相信我的外祖父母——我妈妈的父亲和她的继母——一定会包庇我。他们和母亲因为玛格达把饼干藏在克拉拉梳妆台抽屉里的事，卷入了一场持续的战争。他们对我来说是安全的，然而他们也会处罚那些违反禁令的行为。他们会手牵手，这是我父母从未做过的事。他们没有故意扮演相爱，也不需要假装奉承。他们是令人感到安慰的——一阵牛胸肉、烤豆、甜面包和霍伦特炖菜的气味，这是我外祖母在安息日带去面包店做的炖菜，因为正统的做法不允许她使用自己的烤箱烹调。

我的外祖父母见到我很高兴。这是一个美好的早晨。我坐在厨房里，吃着坚果面包卷。但门铃响了。我外祖父去应门。过了一会儿，他冲进了厨房。他听力不太好，所以大声地警告我。"躲起来，迪库卡！"他叫喊道。"你的母亲来了！"他试图保护我，却把我出卖了。

使我最困扰的是，母亲发现我在外祖父母家厨房时的脸色，并不是因为见到我在这里而惊喜，反而像是我的存在使她感到惊讶，就像我不是她期望见到的那个人一样。

我从来就不美丽，这一点我母亲很清楚。但在我将要10岁的时候，母亲向我保证，我再也不用隐藏我的脸了。布达佩斯的克莱因医生能治好我内斜的眼睛。在乘坐火车去布达佩斯的时候，我吃着巧克力并享受着母亲对我的专属关注。母亲告诉我，克莱因医生是第一位在没有麻醉的情况下进行眼科手术的名医。我太沉迷于旅行的浪漫和我完全拥有着母亲的这项特权，以致没有意识到她对我的警告。我从没有想过手术会产生疼痛，直到我被它所吞噬。母亲和她的亲戚们（他们帮我联系上克莱因医生）把我颤抖的身体扶到桌子旁，倚靠着。比无限巨大的痛楚更糟糕的是，被爱你的人压制着而无法动弹的感觉。直到手术成功后很久，我才能从母亲的角度来看待这个情景，知道她对我的痛苦也感同身受。

当我独处时，我是最快乐的，我可以回到我的内心世界里。在我13岁时的一个早上，我如常地在上学路上的一个私人体育馆里，练习着我们芭蕾舞班将要在节日里在河边表演的《蓝色多瑙河》舞曲。灵机一动，我跳起了自己编排的舞蹈。我想象父母见面时的情景，同时分饰两角——当父亲看到母亲走进房间时，他滑稽地愣了一会儿才反应过来。我妈妈旋转得更快，跳得更高。我把整个身体弯成了一道弧线，就像快乐的笑脸。我从未见过母亲欢笑，也没有听过她开怀大笑，但我从骨子里觉得她的幸福并未被发掘。

当我到学校时，父亲给我的这一季度的学费不见了，不知何故，我在这一连串的舞蹈中把它弄丢了。我检查了衣服的每一个口袋和褶皱，却仍然没有找到。整整一天，害怕告诉父亲的恐惧感，使我觉得炽热的身子骨发冷。当他在家里举起拳头的时候,眼中根本没有我。这是父亲第一次打我,或者说,第一次打我们中的任何一个。那天晚上我躺在床上,几乎想死。如果这样,父亲也许会因为他对我所做的事而感到痛苦,而且我希望他也会死去。

这些记忆留给我的是力量的象征吗?还是所受伤害的?**也许童年是一块土壤,在这里,我们试着发现自己多么伟大,或者多么渺小。童年又像是一张地图,在这里,我们研究着自身价值的边界和大小。**

也许每一个生命,都是对我们没有但希望有以及对我们拥有但宁可没有的事物的一项学习。

过了几十年我才发现,**我可以用一个不一样的问题来面对我的人生。不是"我为何活着",而是"我要用我被赋予的生命做些什么"。**

家庭的普通人间戏剧因边界、战争而变得复杂起来。第一次世界大战(简称"一战")以前,我出生和成长的斯洛伐克地区曾是奥匈帝国的一部分,但在1918年,也就是在我出生的10年前,《凡尔赛条约》重新绘制了欧洲地图,并建立了一个新的国家。捷克斯洛伐克是由3个地区构成:由斯洛伐克的农业组织拼凑而成的地区、由捷克人组成的摩拉维亚和波希米亚的工业地区以及喀尔巴阡山脉的俄罗斯地区。其中,斯洛伐克是我家所在的地区,它是由匈牙利人和斯洛伐克人组成的,而喀尔巴阡山脉的俄罗斯地区现在是乌克兰的一部分。随着捷克斯洛伐克的诞生,我的家乡匈牙利的卡萨,变成了捷克斯洛伐克的科希策。而我的家族变成了两种少数民族。我们是匈牙利民族,生活在以捷克人为主的国家中,同时我们也是犹太人。

尽管犹太人自 11 世纪以来就一直生活在斯洛伐克,但直到 1840 年,犹太人才被允许在卡萨定居。即便如此,城市官员在基督教贸易协会的支持下,也会为难那些想在那里生活的犹太家庭。然而到了 19 世纪之初,卡萨已经成为欧洲最大的犹太社区之一。不像在波兰等其他东欧国家,匈牙利的犹太人社区不是少数民族居住区(这就是为什么我的家人只会说匈牙利语,不会说意第绪语[1])。我们没有被种族隔离,我们享受着大量的教育、专业和文化机会。但我们仍然会遇到略感微妙但显而易见的种族歧视,反犹太主义不是纳粹党发起的。在成长的岁月里,我内化了一种自卑感和一种信念,认为不承认自己是犹太人、入乡随俗、融合、永不脱颖而出更安全。要找到一种身份和归属感很困难。直到 1938 年 11 月,匈牙利再次吞并了科希策,我们感觉就像回到家一样。

我们的家是一座古老的安德烈亚西宫建筑,它已经被分隔成单门独户的公寓。母亲站在我们家的阳台上,把一张东方地毯铺在栏杆上。她不是在清洁,而是在庆祝。匈牙利王国的摄政王阿德米拉尔·尼克拉·霍尔蒂殿下,今天抵达,欢迎我们的小镇正式回归匈牙利的版图。我理解父母的兴奋和自豪。我们回来了!今天,我也欢迎霍尔蒂。我跳起舞。我身穿传统的匈牙利服装:一套鲜艳的大花刺绣羊毛马甲和裙子,白色波浪袖衬衫,还有丝带、蕾丝和红色皮靴。当我在河边做高踢腿的时候,霍尔蒂鼓掌了。他拥抱了舞蹈演员,也拥抱了我。

---

[1] 意第绪语:属于日耳曼语族。全球大约有 300 万人在使用,大部分的使用者是犹太人,而且其中主要是阿肯纳西犹太人在操用此语。

"迪库卡，我希望我们能像克拉拉一样是金发。"玛格达在睡觉时低声和我说。

我们还需要一段时间才能废除宵禁和歧视性法律，但霍尔蒂的巡游是一个证明这一切终究会到来的起点。匈牙利国籍在某种意义上带来了归属感，但也存在另一种意义上的排斥。我们很高兴能说母语，作为匈牙利人的身份被接纳，但这种接纳取决于我们的同化程度。邻居们认为只有非犹太人的匈牙利民族才被允许穿传统服装。

"最好不要让别人知道你是犹太人，"我的姐姐玛格达警告我，"那样做只会让其他人想要来拿走你的漂亮东西。"

玛格达最年长，她总是告知我身边的事物将会如何。她经常给我讲一些细节，通常是一些糟糕的事，让我去学习和思考。在1939年，纳粹德国入侵波兰，匈牙利纳粹的箭十字党民兵在安德烈亚西宫占据了我们家楼下的公寓。他们向玛格达的身上吐痰，将我们驱逐。我们搬到另一间公寓，它在科苏特市拉约什马路六号，是在一条小巷而不是主干道上，对我父亲的生意来说不太方便。这里本来是另一个已经去了南美的犹太人的家。我们知道其他犹太家庭正在离开匈牙利。我父亲的妹妹玛蒂尔达也已经走了好几年了。她住在纽约布朗克斯区，那是一个犹太人的移民社区。她在美国的生活似乎比我们的更受限制。我们不谈论离开。

直到1940年，那时我13岁，箭十字党民兵开始围捕卡萨的犹太男子并把他们送到强制劳动营。战火似乎离我们很远。我父亲并没有被捉走，至少起初的时候没有。我们否认了身份。如果我们没有引起注意，就可以继续我们的生活。在我们的头脑中，我们可以保护好自己，免于伤害。

但是在 1941 年 6 月的一天，玛格达骑了她的自行车出去。当警笛轰鸣时，她横冲了 3 个街区躲到外祖父母家，却发现有一半的地方已经荡然无存。感谢上帝，他们死里逃生了，但他们的女房东却没有。这是一次单独的袭击，一颗炸弹炸毁了一个街区。我们得知俄国人要对这些颓垣败瓦和死难者负责。没有人相信，但没有人能反驳。我们是幸运的，同时也是脆弱的。唯一可靠的事实是，在那一堆被打碎的砖块上曾经是一栋房子。毁灭和物资缺乏成为事实。在巴巴罗萨行动中匈牙利加入了德国的阵营。我们的军队入侵俄罗斯。

在这段时间里，我们被要求戴上黄色的星星。关键是要隐藏它，我们用外套把它覆盖。但即使我的星星没有被人看见，我还是觉得我似乎做了一些不好的、应该被惩罚的事情。我不可饶恕的罪过是什么？我妈妈总是待在收音机旁。当我们在河边野餐时，我父亲讲述着第一次世界大战期间在俄罗斯当囚犯时的心路历程。我知道那是他作为战俘时的经历——这是精神创伤，尽管我不知道怎么称呼这种创伤——那也关系到他会与宗教信仰产生距离。我知道战争是他痛苦的根源。但是战争，这场战争，仍然在别处进行。我可以不理会它，我会的。

放学后，我在芭蕾舞团待了 5 个小时，我也开始学习体操。尽管它开始只是芭蕾舞的补充练习，但我很快就对它产生了与芭蕾舞一样的热情，认为它同样是一门艺术。我加入了由我的私人体育馆里的女孩和来自附近的私立男子学校学生组织的读书俱乐部。我们读了斯蒂芬·茨威格的《玛丽·安托瓦内特：一个普通女人的肖像》。我们一起谈论茨威格发自内心、从人的思想角度去写历史的写作手法。在读书俱乐部里,有一个名叫埃里克的男孩。有一天,他注意到我。每次我说话的时候,我看到他都在盯着我看。他个子很高,有雀斑和红色头发。我想象着凡尔赛宫,想象着玛丽·安托瓦内特的闺房,想象着在那里遇见埃里克。我对性一无所知,但我很浪漫。我看到他注意到我,我想知道,我们的孩子会是什么样子?他们也会有雀斑吗?讨论结束后,埃里克走近我的身边。他身上的味道很香,像新鲜的空气,仿佛我们一下子就到了霍恩河河岸上的草地散步一样。

我们的关系从一开始就有着重要的分量和实在的意义。

我们谈论文学,讨论巴勒斯坦。这不是一个无忧无虑的约会,我们的关系不是随意的迷恋和早恋。这是面对战争时的爱。我们生活的城市已经对犹太人实行宵禁,但有一天晚上我们还是偷偷地溜了出去,没有戴上黄色的星星。我们在电影院里排队,在黑暗中找到自己的座位。这是一部由贝蒂·戴维斯主演的美国电影《走出过去的时代》。我后来才知道,在美国,它被称为《扬帆》。贝蒂·戴维斯扮演一个未婚的女孩,被她控制狂的母亲欺压着。她试图寻找真我和自由,但总是被她母亲的批评所击倒。埃里克认为这是一种关于民族自觉和自我价值的隐喻。我看到了我母亲和玛格达的影子——我的母亲喜爱埃里克,却因非正式约会惩罚了我;她恳求我多吃点,却不愿给玛格达填满盘子;她经常沉默和内省,却对玛格达发怒;她的愤怒虽然从来没有指向我,但却让我同样感到恐惧。

当前线部队逼近俄罗斯的时候,我们永远不能预知接下来会发生什么,我家里亦因此纷争不下。在黑暗和因不确定而产生的混乱中,埃里克和我照亮了彼此。随着我们的自由和选择变得越来越受限制，我们每天都计划着未来。我们的关系就像一座桥，通过这座桥，我们可以从现在的忧虑去到未来的欢乐。计划、激情、承诺。或许是身边的动荡要我们承担更多的义务、更少的质疑。没有人知道会发生什么，但我们知道。当我们连接到未来时，我们拥有彼此和一个共度一生的未来，可以像看见我们的手那般清晰地看见这一切。在1943年8月的一天，我们来到了河边。他带了一个相机，拍了我穿着泳衣在草地上做劈叉动作的照片。我希望有一天我能给我们的孩子们看这张照片，告诉他们我们是如何维系我们的爱并兑现我们的承诺的。

当我那天回到家时，父亲已经不在了，他被送到了强制劳动营。他只是个裁缝，不关心政治。他对别人有什么威胁？为什么他会成为目标？他有敌人吗？有很多事情是母亲没有告诉我的。仅仅是因为她不知道吗？还是她在保护我，或她自己？她不会坦率地谈论她的忧虑，但在我父亲离开的那几个月里，我能感觉到她是多么悲伤和恐惧。我看到她试图用一只鸡做几顿饭。她得了偏头痛。我们接待了一个寄宿者来弥补收入上的损失。他在我们公寓对面的街上开了一家商店，我在他的店里坐了很长时间，只是为了靠近他那令人安慰的仪态。

玛格达，现在已经成年了，但没有继续上学。她以某种方法找到了父亲，然后去探望他。她看见父亲摇摇晃晃地把一张桌子从一个地方抬到另一个地方。这是她告诉我她去探望的唯一细节。我不知道这幅画面的意义。我不知道父亲在被囚禁期间被迫做什么工作，我不知道他会被囚禁多久。我有两幅父亲的画面：一幅就像我所认识的他那样，嘴里吐着烟圈，脖子上搁着卷尺，他用粉笔在昂贵的布上标记图案，眨着眼，正准备好放声唱一首笑话改编的歌。另一幅就是这幅新画面，在一个没有名字的地方，一个没有人的土地上，他抬起一个沉重的桌子。

在我 16 岁生日那天，我因感冒待在家里，没有去上学。埃里克来到我们的公寓，送我 16 朵玫瑰花并给了我甜蜜的初吻。我很高兴，但我也很伤心。我能做些什么才能留住这一切呢？又有什么是可以维持下来的呢？我将埃里克在河边帮我拍的照片交给一位朋友，我不记得为什么。为了更安全地保存吗？我没有预感到我会在过下一个生日之前就要离开。然而莫名其妙地，我知道我需要有人来帮我保存我生命的证据，我需要像播种一样向周围培植自我的存在感。

在早春，父亲在工作营地待了七八个月之后，被释放了。他能在逾越节[1]之前一或两周的时候及时被释放，实属恩赐。这就是我们的想法。他又拿起他的卷尺和粉笔。他没有谈论他去过的地方。

在他回来几周后的一天，我坐在体操室的蓝色垫子上做例行热身运动，指着脚趾，绷起脚板，伸直我的腿、手臂、脖子和后背。我又感觉我已恢复状态。我不再是那个因为眼睛内斜而不敢说出自己名字的小屁孩，我不再是那个害怕家人的女儿。我是一个艺术家，一个运动员，我的身体强壮而柔软。我没有玛格达的美貌和克拉拉的名声，但我有一副柔软和富于表现力的身躯，这个是我需要的唯一真实的东西——发育期的身体。我的训练和技能让我的生活充满了可能性。体操课上最优秀的人组成了一支奥运训练队。1944 年的奥运会因战争取消了，但这给了我们更多的时间来为比赛做准备。

---

1 逾越节：犹太人最重要的上帝的节日，在圣历（犹太历）正月十四日。

我闭上眼睛，拉伸手臂，把身体向前穿过我的腿。我的朋友用她的脚趾轻轻地碰了碰我。我抬起头，看到教练径直朝我走来。我们挺爱她的，这是对英雄的崇拜。有时我们会绕远路回家，这样就可以经过她的房子了。我们会沿着人行道慢慢地走，希望能透过窗户瞥见她。我们妒忌她那不为我们所知的生活。因为有了当战争结束时参加奥运会的约定，我大部分的使命感都停留在教练对我的支持和信任之中。如果我能设法吸收她所教给我的一切，如果我能满足她对我的信任，那么，伟大的事情即将发生。

"艾伊迪丝。"当她接近我的垫子时说。她用我的正式名字伊迪丝，不过加了爱称。"请来谈一下。"她用手指滑过我的背，把我引到大厅里。

我满怀期待地看着她。也许她已经注意到我在跳马运动上的进步，也许她希望我能在今天的练习结束时，带领团队进行更多的伸展运动。也许她想邀请我吃晚餐。在她开口之前，我已经准备好答应她了。

"我不知道该怎么跟你说。"她开始说话。她仔细观察我的脸色，然后向窗外望去，望着夕阳的余晖。

在我意识到这可怕的画面在我的脑海里形成之前，"是我的姐姐吗？"我问。克拉拉正在布达佩斯的音乐学院学习。母亲去布达佩斯看完克拉拉的演奏会后会把她带回家过逾越节。当教练在大厅里尴尬地站在我旁边时，不能正视我的眼睛，我担心的是她们坐的火车出轨了。对她们来说，还有一周的时间，她们现在回家的话，时间还是太早，但这是我能想到的唯一的悲剧。即使是在战争时期，第一个让我想到的灾难是一个由机械造成的、人类错误造成的悲剧，而非人为设计的。尽管我意识到克拉拉的一些老师因为害怕将来会发生的事情而已经逃离欧洲,其中包含一些非犹太人。

"你的家人很好。"教练说话的语气并不能使我安心,"伊迪丝,这不是我的选择。但我必须告诉你,你在奥林匹克训练队的位置将会被其他人接替。"

我想我可能会呕吐。我觉得自己的皮肤很陌生。"我能做什么?"我梳理了在这几个月的严格训练中做错过的事情,"我不明白。"

"我的孩子。"她说,现在她完全正视着我。更糟糕的是,我看到她在哭。与此同时,我的梦想像在肉铺里的报纸一样被粉碎,我不想同情她。"一个简单的事实是,由于你的背景,你不再有资格。"

我想起那些向我吐口水的孩子,称我为"肮脏的犹太人"。那些犹太朋友为了避免骚扰已经停止上学,正在收音机里收听课程。"如果有人朝你吐口水,回敬他们。"父亲教导过我。"这是你做的。"我考虑向我的教练吐口水。但反击将是等同于接受她毁灭性的消息。我不愿意。

"我不是犹太人。"我说。

"对不起,艾伊迪丝。"她说,"很抱歉。但我依然想让你留在工作室,我想让你训练那个在团队中取代你的女孩。"她的手指又放在我的背上。再过一年,她现在爱抚的我的背部的地方被打断了。在接下来的几周里,我将全部的生命放在这件事上。但是在我所珍爱的工作室的走廊里,我的生活好像已经结束了。

在我被逐出奥林匹克训练队之后的日子里,我密谋着我的报复计划。它不会是仇恨的报复,而是尽善尽美的报复。我将向教练展示,我是最有成就的运动员和最好的教练。我将一丝不苟地训练我的替代者，我将证明把我从团队中裁掉是一个错误。在母亲和克拉拉从布达佩斯如期回来的那天，我沿着铺着红地毯的公寓走廊，一直往我们家公寓的方向做着侧手翻，想象着我的替代者作为我的替身，我自己是头号明星。

母亲和玛格达在厨房里。玛格达在切苹果做果泥。母亲在搅拌着未发酵的薄饼粉。她们怒火中烧地工作，几乎没有留意到我的到来。这就是她们现在的关系。她们一直在争斗，尽管是在没有吵架的时候，她们也是在对峙着。她们争论的主题往往是食物，母亲一直在意玛格达的体重，但是现在冲突已经发展为一种普遍的习惯性敌意。"克拉拉呢？"我边问边从碗里偷拿了些已经砸碎的核桃。

"布达佩斯。"玛格达说。母亲把她的碗往柜台上猛地一放。我想问一下，为什么姐姐不跟我们一起过节。她真的选择了音乐而不是我们吗？还是不允许她缺课，因为她的同学都不会去庆祝这个节日？但我没有问。我担心我的问题会把母亲即将爆发的愤怒推向沸腾。我回到父母亲、玛格达和我共寝的卧室里。

在其余的每个晚上，特别是假期里的夜晚，我们都会围在钢琴旁，由从小就开始学钢琴的玛格达为我们演奏音乐。她和父亲一起，轮流地带领我们歌唱。玛格达和我并不像克拉拉那样有天赋，但是我们在父母的认可和熏陶下，仍然有着创作热情。在玛格达演奏后，就轮到我表演了。"跳舞吧，迪库卡！"母亲会说。尽管这更多的是一种要求而不是一种邀请，我还是会尽情地品味着父母的关注和赞美。接着是有着明星般吸引力的克拉拉拉起小提琴，母亲亦随之手舞足蹈起来。但是今晚我们家没有音乐。吃饭前，玛格达试图通过逾越节家宴的往事提醒我，让我振作起来。以前我在我的胸罩里塞袜子，希望给克拉拉留下深刻的印象，在她不在的时候，我已经变成一个女人了。"现在你已经很有女人味，可以到处炫耀了？"玛格达说。在逾越节家宴桌上，她延续滑稽古怪的脾性，用手指拨弄酒壶里依照风俗为先知以利亚准备的酒。以利亚，把犹太人从危难中拯救出来。在每一个晚上，父亲可能都会笑，尽管只有他自己。在每一个晚上，母亲都会严厉地指责玛格达，结束这种愚蠢的行为。但是今晚，父亲太心神不定而没有注意到，母亲因为克拉拉的缺席而对责骂玛格达感到心烦意乱。当我们按照风俗打开公寓的门让先知进来，我感到一阵寒意，这与凉爽的夜晚毫无关系。在我内心深处，我知道我们现在多么需要保护。

"你试过去领事馆吗？"父亲问。他甚至不再假装主持逾越节家宴了。除了玛格达之外，没有人能吃东西。"伊洛娜？"

"我已经试过了。"母亲说。就像她在另一个房间里进行回应一样。

"再跟我说说克拉拉是怎样讲的。"

"还说？"母亲抗议。

"再说。"

她毫无表情地说着，用手指揉搓着她的餐巾。那天早上4点，克拉拉打电话给她的旅馆。克拉拉的教授，曾是音乐学院教授的著名作曲家巴托克·贝拉从美国打来了一个警告电话：在捷克斯洛伐克和匈牙利的德国人开始握紧拳头，犹太人将在晨曦初露时被带走。克拉拉的教授禁止她回卡萨的家。他想让她敦促母亲也留在布达佩斯，并把其他的家人送去。

"伊洛娜，为什么你还回家？"父亲抱怨道。

母亲瞪了父亲一眼。"我们为这里所做的一切呢?我们应该离开它?如果你们三个不能到达布达佩斯呢?你想让我那样生活吗?"

我不觉得他们被吓到了。我听到的只有责备和失望,父母亲经常游走在两者之间,就像盲目的梭子穿梭在织布机上。这就是你所做的。这是你没有做的。这就是你所做的。这是你没有做的。后来我才懂得这不仅仅是日常的争吵,而且是在进行历史性和重要性的争执。父亲拒绝了去美国的车票。这次是匈牙利的官员用假文件接近母亲,敦促我们逃跑。后来我们了解到,父母亲都有机会做出不同的选择。现在,他们感到遗憾,他们用指责掩盖遗憾。

"我们能回答这四个问题吗?"我的提问是为中断父母的忧郁。这是我在家里的工作,当父母之间的和平使者,当母亲和玛格达之间的和平使者。我不能控制我们对外做的任何计划。但在家里,我担任着一个重要的角色。我的工作就是作为最小的孩子去问四个问题。我甚至不需要打开我的《哈加达》[1]。我打从心里记得这段文字。"为什么这个夜晚和其他的夜晚不同?"我开始问。

在这顿饭的最后,父亲围绕着桌子走,亲吻我们每个人的头。他在哭。为什么这个夜晚和其他的夜晚不同?天亮之前,我们就会知道了。

---

[1] 《哈加达》:《哈加达》已成为保持犹太教传统的一个文化读本,也是向犹太儿童进行犹太史教育的一个课本。其体裁大都为宗教诗文、寓言和民间故事,属于拉比文学。

- 第二章
你放在心里的东西

　　他们在黑暗的夜晚中过来。他们使劲敲打着门，大喊着。父亲会让他们进来吗？还是他们会强行攻进我们的公寓呢？他们是德国士兵，还是箭十字党民兵？我还没弄清楚这些让我惊醒的响声是怎么回事。我的嘴里还有逾越节酒的味道。士兵们涌进卧室，宣布我们要立刻从自己家搬出并被安置到其他地方。我们四个人只能带一个行李箱。我睡的小床就靠在父母的床脚边，而我仿佛失了方寸，不想下床。但我母亲马上就开始行动了。不知不觉地，她已经穿好衣服，伸手去拿衣柜顶上保存着的、装着克拉拉胎膜的小盒子。克拉拉出生时，那块胎膜像头盔一样包裹着她的头和脸。助产士通常会保存胎膜，把它们卖给水手，作为水手免于溺水的保护符。母亲不放心将盒子放在行李箱里，她把它当作一个好运的图腾，深深地藏进她的大衣口袋里。我不知道母亲包裹这个东西是为了保护克拉拉，还是我们所有人。

　　"赶紧，迪库卡。"她敦促我，"起来，穿好衣服。"

　　"并不是说穿衣服对你的身材有好处。"玛格达低声地说。她的调侃没有因此暂停。我怎么知道什么时候该真正害怕呢？

母亲正在厨房里打包吃剩的食物、罐子和锅子。事实上，她现在想带上的是可以供应我们生活两周的物资，面粉和一些肥鸡肉。父亲在卧室和客厅里踱步，收拾了一些书、烛台、衣服，又把这些东西放下。"拿毛毯。"母亲呼叫他。我想如果有一个花式小蛋糕，那一定就是他要带上的东西。他只是为了以后把小蛋糕交给我时感受到的快乐，和为了看到我脸上展现出喜悦的瞬间。谢天谢地，我母亲更实际一点。当她还是个孩子的时候，她像是她的弟妹们的母亲那样，照料他们。在许多令人悲伤的困难季节中，她想办法缓解他们的饥饿。我想着她一定是这样想的，依靠她的包裹，我再也不会挨饿了。我还是想她把盘子、生存工具放下，回到卧室里帮我穿衣服。或者至少我想她来叫我。告诉我该穿什么，告诉我不要担心，告诉我一切都很好。

士兵们跺着脚，用枪在桌上敲击。赶紧！赶紧！我突然对母亲感到愤怒。她会在解救我之前先去解救克拉拉。她宁愿在食品储藏室里挑选，也不愿在黑暗中握住我的手。我将不得不去找寻属于自己的那份甜蜜和运气。尽管是在黑暗寒冷的4月早晨，但我只穿了一套薄的蓝色丝绸连衣裙，这套是被埃里克亲吻时穿的连衣裙。我用手捋顺褶皱，系上窄边蓝色麂皮带。我会穿这套连衣裙是因为想让他再次拥抱我。这套连衣裙会让我保持性感并受到保护，也让我准备好去唤回我的爱。往更深更好的方面说，当我哆嗦的时候，这条裙子就成为一种希望的象征，一种信任的标志。我想象着埃里克和他的家人，也在黑暗中忙乱地整理行装。我能感觉到他在想我。一股能量从我的耳朵传到我的脚趾。我闭上眼睛，用手捧着我的手肘，让爱与希望的闪光的余晖温暖着我。

　　但是这不速之客入侵了我的私人世界。"浴室在哪里？"其中一名士兵对玛格达大喊大叫。我那专横、挖苦、爱挑逗的姐姐畏缩在他的怒视之下。我从未见过她会害怕。她从来没有放过任何一个调侃别人的机会，也没有放过任何一个能让人们开怀大笑的机会。身份高的人也没有能力凌驾于她。在学校里，当老师走进房间时，她是不会按照规定站起来的。"埃莱夫纳特。"有一天，她的矮个子数学老师，用我们的姓氏来训斥她。我姐姐踮起脚尖，盯着他看。"哦，你在吗？"她说，"我看不见你。"但今天那些人拿着枪。她没有用粗鲁的言辞和叛逆的反驳。她只是温顺地指向走廊里的浴室门。士兵们猛地推开她，不让她挡着路。他拿着一把枪，他还需要其他证据来证明他的统治地位吗？这使我开始明白，事情可能会变得越来越糟糕。每时每刻，它都蕴藏着发生暴力事件的可能性。我们永远不知道何时，也不知道如何能打破这种状态。即使服从命令也未必救得了你。

　　"马上出去！该是你们去一趟短途旅行的时候了。"士兵们说。母亲把行李箱盖上，父亲把它拿起来。她把灰色外套系紧，第一个跟着指挥官走到大街上。接着是我，之后是玛格达。在我们到达已经准备好座位的四轮马车前，我回头看着父亲正从我们的家离开。他提着行李，面向门站着，一脸惘然，作为一位午夜旅行者，轻拍着自己的口袋寻找他的钥匙。一名士兵用难听的话大声辱骂，并用他的脚后跟踢开我们家的大门。

　　"去看看，"他说，"看最后一眼，让你大饱眼福。"

　　我的父亲凝视着黑暗的空间。他好似困惑了一会儿，虽然他不能肯定这个士兵是慷慨的还是不怀好意的。接着士兵一脚踢到他的膝盖上,父亲一瘸一拐地,向我们和其他家庭的马车走过来。

我陷于希望自己能保护父母和父母再也不能保护我的悲痛中。埃里克,我祈祷,无论我们到哪里,帮助我找到你。不要忘了我们的将来。不要忘了我们的爱。我们挨个儿地坐在光秃秃的木板上,玛格达一声不吭。在我悔恨的目录中,这是非常突出的一次:我没有伸手去握住姐姐的手。

天刚刚破晓时,马车在市镇边界的雅各布砖厂停了下来,我们被赶进了砖厂。我们比较幸运,我们这些早到的人可以在干燥的棚屋里住。将近1.2万名被关押在这里的犹太人,都要在没有屋顶的地方睡觉。所有人都要睡在地板上,身上盖着自己的外套,在春天的寒冷中颤抖。在营地中心,有人小小的冒犯都会换来橡胶警棍的一轮毒打,而我们只能捂住耳朵。这里没有自来水,水是用马车一桶一桶地运来的,但是从来都不够用。起初,配给加上母亲从家里带来的残羹剩饭,还刚刚够喂饱我们。但仅仅过了几天,挨饿的痛楚就变得剧烈了,成了一种持续抽搐的绞痛。玛格达看到她过去的体育老师在隔壁的营房里,在这种饥饿的环境下,努力照顾一个刚出生的婴儿。"当我没奶了,我该怎么办?"她向我们呻吟着,"我的宝宝一直哭了又哭。"

营地沿着一条小路分成两边。我们这边的营地安置的都是来自我们镇的犹太人。我们得知所有在卡萨的犹太人都被关押在这座砖厂,我们的邻居、店主、老师、朋友都在这里。但是我的外祖父母——住在距离我们公寓30分钟路程的地方,却没有在我们这边的营地。闸门和守卫把我们和另一边的人分开了。我们不被允许越界。但我恳求一位守卫，希望他允许我去另一边找我的外祖父母。我走在没有墙的营房里，悄悄地重复着他们的名字。当我在一排排挤成一团的家庭中踱步时，我还会叫埃里克的名字。我告诉自己，这只是时间和毅力的问题。我会找到他的，不然他也会找到我的。

我没有找到我的外祖父母。我也没有找到埃里克。

随后的一个下午，当水车到达时，人群匆促地拥挤着去舀一小桶水。埃里克看到我时，我正一个人坐在那里守护着我们家的外套。他轻吻我的前额、面颊和嘴唇。我摸着我丝绸衣服上的羊羔皮带，称赞它给我带来的好运气。

从那以后，我们设法每天都见面。有时我们会去猜测有什么事会降临到我们身上。有传言说，我们会被送到另一个叫肯尼埃尔梅兹的集中营，我们将在那里工作，与我们的家人一起生活，远离战争。我们不知道这谣言是由匈牙利警方和箭十字党散播的，它给我们带来了虚假的希望。战后，一大批来自遥远城市的信件都堆在邮局里，没被开封过。地址行写道：肯尼埃尔梅兹。地址不存在。

那个地方的确实存在，这个等待着我们火车到来的地方，超出了我们的想象。埃里克和我已经计划好我们的未来。战争之后，我们会上大学。我们会继续在学校里举办沙龙和读书俱乐部。我们会读完弗洛伊德的《梦的解析》。

在砖厂里面，我们可以听到有轨电车驶过的声音。它们是那么触手可及，跳到车上是件多容易的事啊。但是任何靠近外面围栏的人都会在没有警告的情况下被射杀——一个比我稍大一点的女孩试图逃跑，他们把她的尸体挂在营地的中央以儆效尤。对于她的死，我的父母没有对玛格达和我谈论过一句。"试着去拿一小块糖，"

父亲告诉我们，"拿一小块糖，握住它。在你的口袋里，总要放一些甜的东西。"有一天，我们听说我的外祖父母被运输车运离工厂了。我们想我们将会在肯尼埃尔梅兹见到他们。我亲吻了埃里克，道了晚安，相信他的嘴唇就是我心中的糖。

在工厂里待了大约一个月后的一天清晨，我们这部分的营地被命令撤离了。仓促之间，我想找个人给埃里克传递信息。"随他去吧，迪库卡。"我妈妈说。她和父亲给克拉拉写了一封告别信，但没有办法寄出去。我看着妈妈把它扔掉，就像弹去香烟上的灰烬一样丢在人行道上，看着它在三千人潮的南来北往中消失了。当三千人涌向工厂大门，挤进一排排火车车厢时，随着人潮停停走走，我的丝绸连衣裙摩擦着我的双腿。我们又一次在黑暗中挤成一团。就在火车要开走之际，我听到有人在呼喊我的名字。是埃里克，他沿着车厢板条的间隙在呼唤我。我朝他声音的方向挤去。

"我在这里！"我在引擎启动时叫道。板条太窄了，我看不见他，摸不着他。

"我永远不会忘记你的眼睛，"他说，**"我永远不会忘记你的双手。"**

当我们在火车站登上一辆拥挤不堪的车厢时，我不停地重复着这几句话。我听不到那些警察的叫嚷声和孩子们的哭喊声，这完全被他那难忘的声音所覆盖了。如果我今天能活下来，我就能让他看到我的眼睛，就能让他看到我的手。我按着这些话的节奏呼吸。**如果我今天活下来……如果我今天活下来，明天我就自由了。**

我从未坐过这样的火车车厢。它不是客运列车，而是用来运输牲畜或货物的。我们是被看成货物的人类，在一列车厢里就有100

个人。在里面的一个小时就如同一个星期这么久。不确定的因素让时间变得更加漫长。车轮碾过轨道产生不间断的噪声和不确定性。8个人分吃一条面包，喝一桶水。还有一个桶是给我们装排泄物的，它充满了汗味和粪便的味道。有些人在途中死去。我们都只能直立着睡觉，靠在自己家人身上，用肩膀甩开那些死人。我看见一个父亲给了他的女儿一袋药丸。"如果他们想对你做什么……"他说。有时火车会停下来，每节车厢里会有几个人被命令出去打水。玛格达有一次去打水。"我们在波兰。"她回来后告诉我们。后来她解释了她是怎么知道的。当她去打水的时候，一个在田里的男人用波兰语和德语向她打招呼，告诉她这个城市的名字，并疯狂地打手势，用手指划过他的脖子。"只是想吓唬我们。"玛格达说。

　　火车不停地行驶。我的父母都在我两旁无力地靠着。他们不说话。我从未见过他们有接触。父亲的胡子渐渐变灰了，他看起来比他父亲还老，这使我害怕。我请求他刮胡子。当我们走到这段旅程的终点时，我无法知道原来青春活力真的可以挽救一条生命。这只是一种直觉，一个女孩想念她所认识的父亲，渴望他再次成为一个讲究美食及享受生活的人，一个温文尔雅的调情者，一个讨女人喜欢的男人。我不希望他变得像一个拿着药的父亲，对家人咕哝着："这比死亡更糟糕。"

　　但当我亲吻父亲的脸颊说："爸爸，请刮胡子。"他生气地回答我："为了什么？"他说："为了什么？为了什么？"我很惭愧我说错了话，让他生我的气。我为什么说错话？为什么我认为告诉我父亲该做什么是我的责任呢？我记得我把上学的学费弄丢时他大发雷霆。我靠在母亲身上寻求安慰。我希望我的父母能有温馨的互动,而不是像陌生人一样坐着。我母亲不怎么说话,但她也不呻吟,她不想死。她只是走进了自己的内心。

"迪库卡,"一天晚上,她对着黑暗说,"听着。我们不知道我们要去哪里。我们不知道会发生什么。记住,没有人能夺走你放在心里的东西。"

我陷入了对埃里克的另一个梦里。我又醒来。

他们打开运牲畜的车门,明媚的 5 月阳光洒了进来。我们迫切地想出去,向空气和光明冲去。我们在匆忙中歪歪倒倒地相互碰撞地下了车,实际上是从车里掉了出来。在火车上不停地颠簸了几天之后,我们已经很难在坚实的地面上站直。我们都在利用每一个细节尝试获取方位——拼凑出我们所处的位置,稳定我们的神经和四肢。我看到一群穿着黑色冬季大衣的人聚集在一段狭窄的泥土上。我看到某个人的围巾或行李包布里发出闪烁的亮光,是强制佩戴的黄色星星。我看到了这个标志:劳动创造自由。音乐响起来了。我父亲突然高兴起来。"你看!"他说,"这不可能是一个可怕的地方。"如果平台不是那么拥挤的话,他看上去像是想要跳舞。他说:"在战争结束之前,我们只需要做一点点工作。"我们在砖厂听到的传言一定是真的,我们必须在这里工作。我寻找附近田野的涟漪,想象身体瘦弱的埃里克在我对面,弯着腰照料庄稼。相反,我看到的是绵延不断的水平线:牛车上的木板,无尽的铁丝网围栏,低矮的建筑物在远处贫瘠的平地上兀立着一些树和烟囱。

穿制服的人在我们中间推搡着。没人解释什么,他们只是吆喝着简单的指令。到这边。到那边。纳粹党士兵一边指示方向,一边猛力地推着我们移动。人群被赶进了一支单独的队伍。我看到我父亲向我们招手，也许他们被派作先行部队为他们的家人划出一块地盘。我想知道今晚我们睡在哪里，我想知道我们会在什么时候吃饭。母亲、玛格达和我一起站在一支妇女和儿童的长长队伍里。我们缓缓地前进着。我们靠近那个动动手指就能转变我们命运的人。我还不知道这个人就是声名狼藉的死亡天使约瑟夫·门格勒医生。当我们向他前进的时候，我无法再看他跋扈冷酷的眼睛。当我们靠近时，我注视着他，他咧嘴的笑脸中露出一副参差不齐的牙齿，散发着孩子气。当他问是否有人生病，并且安排回答"是"的人去左边队伍时，他的嗓音听起来似乎很和蔼。

"14岁以上、40岁以下的，排在这边队伍。"另一个官员说，"40岁以上的，到左边。"老年人、小孩和怀抱婴儿的母亲从我们队伍里分离出来，站到左手边的长队里。我母亲的头发是灰色的，满头是灰色，早早地就变灰了，但她的脸和我的一样光滑，没有皱纹。玛格达和我将母亲挤在我们中间。

现在轮到我们了。门格勒医生引导着。他指示让母亲到左边去。我开始跟着她。他抓住我的肩膀，"你很快就会见到你的母亲，"他说，"她只是去洗个澡。"他把玛格达和我推到右边。

我们并不知道左边相对于右边的意义。"我们现在要去哪里？"我们互相问。"我们会怎么样？"我们被押送到营地的另一个地方，只有妇女围在我们身边。她们大部分是年轻的女性，看起来很光鲜，几乎让人眼花缭乱。她们很高兴能离开那散发着无情恶臭、幽闭恐怖、充满黑暗的火车，呼吸到新鲜的空气并享受着照在她们皮肤上的温暖阳光。其他人咬着自己的嘴唇。恐惧在我们中间传播，但好奇也散布在其中。

我们被命令停在更矮的建筑物前面。穿着条纹衣服的女人站在我们身边。我们很快就知道她们是管理其他人的囚犯，但是还不知道我们就是这里的囚犯。在阳光的持续照耀下，我解开了外套。有一个穿着条纹衣服的女孩，眼睛盯着我那蓝色的丝绸裙子。她扭着头向我走过来。

"很好，看看你。"她用波兰语说。她把灰尘踢在我的平底鞋上。在我还没意识到发生什么事之前，她伸手去够我那镶金的小珊瑚耳环。根据匈牙利习俗，那副耳环是从我出生起就戴在耳朵上的。她猛地一拉，我感到一阵刺痛。她把耳环装进了口袋里。

尽管身体受到了伤害，但我依然非常渴望她能喜欢我。一如既往，我希望被接纳。她那羞辱性的冷笑对我造成的伤害比我耳垂上的疼痛更大。"你为什么这样做？"我说。"我会把那副耳环给你的。"

"当你无忧无虑上学、看电影的时候，我就在这里腐朽了。"她说。

我想知道她在这里已经多久了。她很瘦，但很结实。她站起来时很高，她可以当一名舞蹈演员。我想知道为什么我向她提到正常的生活时，她看起来如此生气，"我什么时候能见到我母亲？"我问她，"我听说很快就能见到她。"

她冷冷地瞪了我一眼。她的眼神里没有一点同情。除了愤怒，什么都没有。她指着远处的一个烟囱里冒出的烟。"你母亲正在那里燃烧，"她说，"你最好开始用过去式来谈论你的母亲。"

第三章
在地狱里跳舞

"在生命中,所有能让你惊喜若狂的事情都来自内心。"我的芭蕾舞导师告诉过我。在来到奥斯维辛集中营以前,我从来不明白他所说的意思。

玛格达盯着母亲走进去的那栋楼楼顶的烟囱。"灵魂永不灭。"她说。她在寻找自我安慰的话语。但我很震惊,失去了知觉。我无法想象这些正在发生,或者已经发生的不可思议的事情。我不能想象我的母亲已经被火焰吞噬了。我完全不能接受她已经离世了。而且我不能问为什么,至少现在不能,我甚至不能悲伤。我所有的注意力都要放在多活一分钟,多呼吸一次上面。如果我姐姐还在,我就能活下来。我会把自己和她绑在一起,我要像她的影子一样紧紧地跟着她,我就能活下来。

在寂静得只剩下一阵一阵的大雨声中,我们被集中起来,残忍地剪掉了头发。我们光着头,赤裸地站在外面等待发放我们的制服。考波什和纳粹党的军官向我们发出的嘲笑声带来的疼痛,就像一支支箭头擦过我们裸露的、潮湿的皮肤那样疼。比他们的话语更糟糕的是他们的眼神。我敢肯定，他们盯着我们，那种厌恶的眼神，感觉就要撕裂我的皮肤，劈开我的肋骨。他们的仇恨是那么自我和目空一切，这让我很不舒服。我曾经以为，埃里克会是第一个看到我赤裸身体的人。埃里克将永远不可能再看到我那没有伤疤的身体了。那些伤疤是军官们的仇恨造成的。他们已经使我成为比人更低级的动物了吗？我还会是以前的那个女孩吗？"我永远不会忘记你的眼睛，你的手。"我必须保持一个完整的我，即使不为自己，也为了埃里克。

我转向我姐姐，她陷入了让人震惊的沉默中。她成功地应对了每一次的迁徙造成的混乱和危机，在每支拥挤的队伍里，都没有离开过我的身边。现在她像是看到太阳从天上掉落那样，手里拿着被剪掉的浓密头发颤抖着。我们光着身子，站在那里好几个小时了，**她还是紧紧地抓住她的头发，好像握着自己的头发，就能坚持自身的完整和自己的人性**。她离我很近，我们几乎贴着，然而我却思念她。玛格达，那个自信、有着各种笑话的性感女孩，她在哪儿？她似乎也在问同样的问题。她在那团参差不齐的头发上寻找着自己。

这个地方违背常理的行为使我感到不安。我们见识到了，杀人在这里是很高效的、系统性的。但是，在分发制服方面似乎又没有任何系统性可言，我们已经等了差不多一天了。守卫们残酷而且死板，似乎没有人是管这些的。**他们对我们的监视并不代表我们的价值高，只意味着我们被世界遗忘的程度。没有东西是符合逻辑的**。但这次，完全没有理由需要漫长等待，这一定是故意设计好的。我怎样才能让自己在一个只有围栏、死亡、侮辱和不断翻滚着烟雾的地方保持心情稳定呢？

最终玛格达跟我说:"我看上去怎么样?"她问:"告诉我真相。"

真相?她看起来像一只长着疥癣的狗,一个赤裸的陌生人。我当然不能告诉她这些,但是任何谎言都会带来更大的伤害,所以我必须找到一个想象不到的答案,一个不会让她受伤的真相给她。我凝视着她那双深蓝色的眼睛,想着她提出的问题,"我看上去怎么样?"这个是我所听过的问题中最勇敢的。这里没有镜子。她要我帮她找到并面对自己。所以我要告诉她一件真实的事情,是通过我说出来的。

"你的眼睛,"我告诉我姐姐,"它们很美丽。当它们被头发遮住时,我从来没有注意到它们。"这是我第一次看到我们有一个选择:选择注意我们所失去的,抑或是选择关注我们仍然拥有的东西。

"谢谢。"她低声说。

我想问她或告诉她一些其他事情,这似乎比无言以对要好得多。语言无法清楚地表达这些刚刚发生的事;无法清楚地表达我靠在身穿灰色外套的母亲肩膀上的时候,火车继续开着的事实;无法清楚地表达我父亲的脸上满布阴暗的事实;无法清楚地表达我不愿意让那些又黑又饿的时光再回来的事实;无法清楚地表达我的父母被杀,火化成烟雾的事实。关于我的父亲和母亲,我必须假设我父亲也死了,我要鼓起勇气问玛格达,是否我们该勇敢地希望:我们并没有在一天的时间里完全变成孤儿。但我看着玛格达让她的头发从手里滑落下来,落在尘土飞扬的地面上。

他们拿来了灰色的制服,这不合身的衣服是用粗糙的棉花和羊毛制成的。天要黑了。他们把我们驱赶到阴暗简陋的营房,我们将睡在多层床架上，6个人睡同一块木板。在那间丑陋的房间里，看不见没完没了冒着烟的烟囱是一种解脱。那个抢我耳环的年轻女人是囚犯头目，她给我们分配床铺，解释这里的规则。晚上任何人不允许外出。这里有一个水桶，那就是我们晚上的洗手间。玛格达和我试着和室友们躺在最上面的板子上。我们发现，如果我们交替着头和脚，就会有更多的空间。尽管如此，没有人能在不占用别人床位的情况下翻身或调整自己的位置。为了可以一起转身和调整位置，我们制定出一套规则。囚犯头目给每个新囚犯分配一个新的碗。"别弄丢了。"她警告道，"如果把碗弄丢了，你就没东西吃。"在昏暗的营房里，我们站着等待下一个命令。我们会有饭吃吗？我们要去睡觉吗？我们听到音乐，我想我是幻听到了管弦乐队在演奏。但另一个犯人解释道：这是由一位世界级小提琴手带领的集中营乐队在弹奏。克拉拉！我想。但她提到的小提琴家是维也纳人。

我们听到从营房外传来短促的德语说话声。当听到咔嗒咔嗒的开门声时，囚犯头目直起身子。我认出了站在门槛上那位穿着制服的军官，他是引导我们选择队伍的那位。我知道就是他，他那咧开嘴唇笑的方式，门牙之间的那条空隙，他就是门格勒医生，一位有教养的杀手，一位艺术爱好者。他晚上在营房里围捕，寻找有才能的囚犯来娱乐。今晚，他和他的助手一起走进我们的营房，把目光撒向我们这些穿着松垮衣服和被草草剪掉头发的新人身上。我们站着不动，背靠着房间边上的木床。他巡视着我们。玛格达非常巧妙地用她的手轻轻擦了一下我的手。在我还不知道发生什么事之前，门格勒医生喊出一个问题。离我最近的女孩，她知道我在卡萨是一名芭蕾舞演员和体操运动员，她把我往前推，靠近那个死亡天使。

他观察了一下我。我不知道我的眼睛该朝哪儿看。我直直地盯着那扇敞开的门。乐队就在外面集合，沉默地等待着他的命令。我觉得我就像在地狱的欧律狄刻[1]，等待着俄耳甫斯[2]在竖琴上拨动心弦，使地狱冥王哈得斯[3]的心融化，释放我。或者我是为继父希律王[4]跳舞的萨洛米[5]，在揭开一层一层的面纱后露出她的肉体。是跳舞赋予了她力量，还是跳舞把她的力量剥夺了？

"小舞蹈家，"门格勒医生说，"为我跳舞吧。"他指挥音乐家们开始演奏。熟悉的华尔兹舞曲《蓝色多瑙河》前奏，飘入这个黑暗、封闭的房间里。门格勒睁大眼睛瞪着我。我很幸运，我知道《蓝色多瑙河》舞蹈的常规动作，闭起眼睛也会跳。但是我的四肢很沉重，就像在一场噩梦里，有危险时，你逃也逃不掉。"跳啊！"他再次命令，我觉得我的身体开始动了。

首先是高踢腿，然后是单脚尖旋转和转身，劈叉和提起"裙摆"。当我踏着舞步，弯腰和旋转时，我听见门格勒在跟他的助手说话。

---

1 欧律狄刻：托勒密一世之妻。公元前4世纪初人物，是安提帕特的女儿。
2 俄耳甫斯：希腊神话中人物。是光明与音乐之神阿波罗（Apollo）和史诗女神卡莉欧碧（Calliope）之子，音乐天才，前往冥界寻求复活亡妻尤丽黛的方法，后来失败。追逐尤丽黛幻影的他不近女色，死于色雷斯（Thracia）女子的怨恨。
3 冥王哈得斯：又译作黑帝斯、哈德斯等，是古希腊神话中的冥界之王，同时还是掌管瘟疫的神，他曾经使忒拜城邦染上致命的瘟疫，直到两个少女墨提娥克、墨妮佩自愿献祭，瘟疫才停止。
4 希律王：《新约圣经》中的人物。亦被称为希律大帝一世、黑落德王，是罗马帝国在犹太行省耶路撒冷的代理王。希律生于耶路撒冷，父亲是安提帕。
5 萨洛米：亦称莎乐美。一般被认为是记载在《圣经》中的犹太国王希律王和其兄弟腓力的妻子所生的女儿。据记载，她帮助她的母亲杀死了施洗约翰。她的美无与伦比，巴比伦国王愿意用半壁江山，换莎乐美一舞。

他一直没有把目光从我身上移开，但他在观看之余，也在履行自己的职责。我能在音乐之外听到他说的话。他在和其他官员讨论，在场的百名女孩中哪一名将会被处决。如果我跳错了一步，如果我做了什么让他不快的事情，那个被处决的人就会是我。我跳舞，跳舞，我在地狱里跳舞。我无法忍受看着这个决定我们命运的刽子手。我闭上眼睛。

我将注意力全都集中在我已训练多年的常规动作中——身体形成的每一条直线和曲线都像诗歌中的音节一样优美。我的身体在演绎着一个故事：一位女孩参加舞会的故事。她在兴奋和期待中旋转。然后她停下来反思和观察，在接下来的几个小时里会发生什么？她会遇见什么人？她转向一个喷泉，手臂向上扫去，环抱着它。她弯下身去摘花，再把花一朵朵地扔给她的崇拜者和一同狂欢的人，向人们扔花，分发爱的信物。我能听到小提琴的声音激昂起来，我的心也随之加速跳动。在黑暗中，我听到音乐下的窃窃私语声，听到母亲的话语又回荡在我的身边，仿佛她就在这空洞的房间里。"只要记住，没有人能够把你放在心上的东西拿走。"门格勒医生，我饿得要命的狱友们，幸存下来的反抗者，很快都会消失，就连我心爱的姐姐也会不见，唯一存在的世界就是我脑海里的那个我。《蓝色的多瑙河》已奏完，现在我听见的是柴可夫斯基的《罗密欧与朱丽叶》。营房的地板变成了布达佩斯歌剧院的舞台。我在为歌迷观众跳舞，我在炽热的灯光下跳舞。当他在舞台上把我高高举起的时候，我为我的爱人罗密欧跳舞。我为爱跳舞。我为生命跳舞。

当我跳舞的时候，我发现我有一种永不磨灭的力量。我永远不会知道，多么神奇的恩赐允许我有这种洞察力。即使在恐怖的时期结束之后，它也多次地拯救过我的生命。我可以看出，今天早上杀害我母亲的老练杀手——门格勒医生，比我更可怜。我在我心中是自由的，他永远也不会自由。他总是不得不生活在他所做的一切里。他比我更像囚犯。我结束了我的舞步的最后一个动作，一个优雅的劈叉。同时我祈祷，但这不是为我自己祈祷。我是为他祈祷。为了他的利益，我祈祷他没有杀了我的必要。

他一定是对我的表演印象深刻，因为他扔给我一条面包——结果证明，这个举动在不久后挽救了我的生命。由傍晚到夜晚，我和玛格达以及我们同床的伙伴分享面包。我很感谢有面包。我很感激还活着。

在奥斯维辛的第一个星期，我学会了生存法则。如果你能从守卫那里偷来一块面包，你就是英雄；但是如果你从同狱犯人那里偷东西，你就是耻辱的，你会死。竞争和统治使你无法立足，合作是这个游戏的名字。为了生存，要超越自己的需要，把自己交托给某个人或某样东西。对我来说，这个人就是玛格达，这样东西就是希望，希望明天在我自由的时候再次见到埃里克。为了生存，即使我们睁开眼睛，依然需要召唤自己的内心世界，寻求一个避风港。我记得一个同住的犯人，她设法保存了一张自己在拘留前的照片，一张她留着长发的照片。她能够提醒自己是谁，这个人仍然在。这种意识成了她维持生存的避风港。

我记得几个月后的冬天，我们发了旧大衣。他们只是把大衣胡乱地扔给我们，不理会大衣的尺寸是否合身。他们只是想让我们为找一件适合自己的大衣而打斗。玛格达很幸运，他们给了她一件厚厚的暖和的大衣，又长又重，一直扣在脖子上。如此温暖，令人羡慕。

但她立刻和别人交换了。她选择的大衣是一件轻薄的，勉强到膝盖，露出大面积的胸部。对玛格达来说，穿着性感的衣服比穿着保暖的衣服会更有效地让她生存下去。对别人的吸引给了她尊严，比身体的舒适更有价值。

我记得，即使是挨饿的时候，我们也会举行盛宴。我们一直在奥斯维辛集中营里煮东西。在我们的脑子里，我们每时每刻都在庆祝，为了在匈牙利辣鸡肉里该放多少辣椒，或者如何做最好的七层巧克力蛋糕而争吵。为了挺过阿佩尔[1]，我们幻想能闻到烹调肉散发出来的丰富充盈的香味。我们行进到日常的劳动场所——一个叫加拿大的仓库，在那里我们被命令整理新来囚犯的物品；到营房，我们必须不停地打扫，打扫，再打扫；或者去火葬场，最不幸的那些人会被迫从等待被烧的尸体那里，收集金牙、头发和人皮。我们就像去菜市场那样聊天，计划每周的菜单，如何测试每种水果和蔬菜的成熟度。我们会一起讨论菜谱，例如如何制作薄煎饼，一种匈牙利薄煎饼。煎饼必须多薄、需要用多少糖、要多少坚果。你有把葛缕子放进你的撒凯利炖牛肉吗？你用两个洋葱吗？不，三个。不，只用一个半就够了。我们为我们想象中的菜色流口水，当我们一天只有一餐——清水汤，一块不新鲜的面包时，我会谈论到我母亲在阁楼里养的鹅，每天喂玉米使得它的肝脏越来越胀。到宰鹅时，会把肝脏打碎混合成鹅肝酱。当我们晚上躺在床上睡着的时候，我们也梦见了食物。村里的钟在上午 10 点响起，我父亲手里拿着一个

---

[1] 阿佩尔：惩罚性的点名，囚犯们在恶劣的天气下毫无意义地在外面站了几个小时。即使是死囚也要被赶出来清点。在点名时进行挑选，较弱的囚犯将被挑选出来进行杀害。

从街对面屠夫那里得来的包裹，溜进了我们的公寓。今天，他在报纸里藏了一块肉。"迪库卡，来尝尝吧。"他招手说。"你像什么榜样，"我母亲抱怨道，"喂女孩子吃这么多，不督促她保持身材。"但她几乎笑了。她正在制作果酪馅饼，她用手将面团铺在餐桌上，然后在下面吹气，直到生面饼像纸一样薄为止。

母亲制作的馅饼里有强烈的胡椒和樱桃的味道；她的魔鬼蛋[1]；她用手工切大利面条，切得太快了，我甚至怕她会切掉一根手指。尤其是我们星期五晚上的白面包，对我母亲来说，食物创作和最后品尝菜色有着一样的艺术性。在奥斯维辛，对食物的幻想支撑着我们。正如运动员和音乐家可以通过精神训练使得他们的技能变得更优秀，我们是营房艺术家，总是忙于各式各样的创作。我们在头脑中创造的东西为我们提供了精神上所需的支持。

一天晚上睡觉前，我们在营房里举办了一场选美比赛。我们穿着灰色的、没有造型的衣服，穿着脏兮兮的内衣做模特。匈牙利语有一句俗话，美全部体现在肩膀上。没有人能摆出像玛格达那样的姿势，她赢得了这次盛会。但是没有人准备睡觉。

"再来一场更好的比赛，"玛格达说，"谁有最好的胸部？"

我们在黑暗中脱去衣服，向周围炫耀着我们露出来的胸部。仅仅几个月前，我每天都花五个多小时在工作室里练习芭蕾舞和体操。我会让我的父亲打我的腹部来感受我的强壮。我甚至可以把他抱起来或者抱着走。我现在为我那在冰冷的营房里赤裸的身体感到骄傲。我像一个模特一样在黑暗中高视阔步，我赢了这场比赛！

---

1 魔鬼蛋：西餐菜品名，因其常在万圣节制作食用而得名。常作传统西餐中的开胃菜。

"我出名的妹妹。"玛格达一边说一边迷迷糊糊地睡着了。

我们可以选择恐怖教给我们的东西。在我们的悲伤和恐惧中变得更痛苦、更怀有敌意、更令人丧失勇气或者是保持我们孩子般的天真，活泼而好奇的部分，那部分是天真无邪的。

一天晚上，我得知我旁边的一个年轻的女士，在战争前结婚了。我向她打探些情况。"它是什么样的？"我问。"只属于一个男人吗？"我不是在问性的问题，不完全是。当然，激情使我感兴趣，但更重要的是日常归属感。在她的叹息中，我听到了一些美丽的、没有因失去而遭受破坏的甜蜜。和她说话的几分钟里，我看到她的婚姻生活不像我的父母那样，而是有一些发光的东西。它比我外祖父母安宁舒适的感情更令人瞩目。这听起来像爱，完全的爱。

当母亲对我说："我很庆幸虽然你没有美貌，但有着聪明的头脑。"这些话激起了我的恐惧。我是不够好的，毫无价值的。但在奥斯维辛集中营，母亲的声音在我耳边响起，意义就不一样了。我有头脑，我很聪明，我要解决问题。在我脑子里的这几句话，令我对未来依然保持希望产生了巨大的作用。这也适用于其他犯人。我们发现有一种内在的力量可以利用——通过一种向自己倾诉的方式来帮助自己感受到内心的自由，让我们自己的道德保持理性，给我们基础和保证，即使外部力量试图控制和抹杀我们。"我很好。"我们学会了说，"我是无辜的。"不知怎的，好的事情会因此而发生。

我认识一个在奥斯维辛集中营的女孩。她病得很厉害，而且还在日渐消瘦。每天早上我都预感会在她的床铺上发现她的尸体，我担心她会被送去死亡的队伍。但是她让我吃惊。每天早上，她都设法鼓起勇气去多活一天，每次面对门格勒指向不同队伍的手指时，她总能在她的眼睛里保持活跃的火花。而到了晚上,她就会发出像锉刀一样的呼吸声,瘫倒在床上。我问她,她是如何设法继续坚持下去的。"我听说我们将在圣诞节前被解放。"她说。她的脑子里有一张细致的日历,倒数着日子和小时,直到我们的解放,她决定要活到被解放的时刻。

然而圣诞节来了,但我们的解放者没有来。第二天她就死了。我相信她内心深处对希望的呼唤使她活了下来,但当她失去希望时,她就不能继续活下去了。而我身边几乎所有的人——纳粹党军官、犯人头目、狱友——每时每刻都告诉我,从阿佩尔到工作结束,我永远不会从死亡营地里活着出去。**我努力发出一种内在的声音,告诉我另一种选择的故事,告诉自己:这是暂时的,如果我今天能活下来,明天我就可以自由了。**

我们每天都被送到奥斯维辛集中营的淋浴处,每一次淋浴都充满了不确定性。我们从不知道从水龙头中流出的会是水还是气体。有一天,当我感觉到水落在我们身上时,我呼出那口紧憋的气。我把油滑的肥皂涂抹到身上。我还没有瘦到皮包骨。在恐惧之后的安静里,我能认出我自己。我的手臂、大腿和腹部上的肌肉仍然紧绷,我陷入了对埃里克的幻想中。我们现在是大学生,住在布达佩斯。我们带着书去咖啡馆学习。他的眼神离开了书本,在我的脸庞上打量着。我感觉到他在我的眼睛和嘴唇上停下来。正当我想象着抬起脸来接受他的吻时,我意识到淋浴间变得那么安静。我感到一阵寒意。那个比任何人都令我觉得害怕的人站在门口。死亡天使正凝视着我。我盯着地板,等待其他人重新开始呼吸,这样我就知道他已经走了。但他没有离开。

"你！"他叫道，"我的小舞蹈家。"

我试着用埃里克更响亮的声音掩盖门格勒的声音。"我永远不会忘记你的眼睛。我永远不会忘记你的手。"

"来吧。"他命令道。

我跟着。我还能做什么呢？我盯着他外套上的纽扣径直走过去，避开狱友们的眼睛，因为我无法忍受看到我的恐惧在他们那里反射出来。呼吸，再呼吸，我告诉自己。他领着我，我赤身裸体，浑身湿漉漉地沿着过道，走进了一间只有一张桌子和一把椅子的办公室。水从我的身体滴落到冰冷的地板上。他靠在桌子上，慢慢地把我全身看了个遍。我太害怕了，考虑不到任何东西，但是冲动的小电流像条件反射一样穿过我的身体。踢他。踢到他的脸上。我想钻进一个小球里掉到地上，紧紧地抱住自己。我希望他对我做的任何事情都会很快结束。

"靠过来一点儿。"他说。

我往前走了一厘米，面对着他，但我没有看到他。我只能专注于我活着的片段，是的，我能，是的，我能。当我靠近他时，我感觉到他的身体散发着一种薄荷气味。我的舌头上有罐头的味道。只要我在颤抖，我就知道我还活着。他的手指在弄他的纽扣。是的，我可以，是的，我可以。我想起了我的母亲和她长长的长发。她把它吹到头顶上，再让它像夜晚的窗帘一样落下。我赤裸的身体和杀母的凶手在一起，但他不能把她带走。就在我离他足够近的时候，他可以用手指触摸我，我决定不让自己对此有感觉。电话在另一个房间响了。他退缩了，重新为他的衣服扣上纽扣。

"不要动。"他打开门时命令道。

我听见他在隔壁房间拿起电话，他的声音显得中性却又简单粗暴。我一个决定也没做就跑了。我知道接下来要做的是，坐在我姐姐旁边，狼吞虎咽地喝着每天那一勺子汤。清汤里有小而薄的土豆皮片，像疮痂一样在上下游动。我害怕他会再次找到我，惩罚我。他会完成他之前开始做但还没完成的事。他会选择送我去死，而且再也不会中途离开。这种恐惧永远不会消失。我不知道接下来会发生什么。但与此同时，我可以让自己在心里面活着。我今天活了下来，我在脑海中吟唱。今天我活了下来，明天我就自由了。

第四章
侧手翻

在 1944 年的夏天,玛格达和我意识到不再有匈牙利犹太人到达集中营了。我们后来得知,在 7 月,摄政王霍尔蒂厌倦了向德国当局屈服,将驱逐犹太人出境的政策搁置了。他搁置得太晚了。数十万的犹太人已经被送到各个集中营,在短短的两个月内,我们中就有 40 万人丧生。到 10 月,霍尔蒂政府落入纳粹分子手中。仍留在匈牙利的 20 万名犹太人——大部分在布达佩斯,没有被送往奥斯维辛集中营。他们被迫向奥地利行军 300 多公里。但那时我们还不知道这件事,我们对生活和战争都一无所知。

冬天的一个早晨,我们排在另一支队伍中。寒风刺骨。我们要文身了。我依次等候,卷起袖子,展示我的手臂。我根据要求做动作,不由自主地作出反应。寒冷和饥饿使我几乎麻木了。有人知道我在这里吗?我以前每时每刻都在想,但现在这个问题浮现在我面前是如此慢,仿佛我走进了一团不散的浓雾。我记不起过去是怎么想的了。我必须想起埃里克的样子,但在我很刻意地想他的时候,总是不能重塑起他的容貌。我不得不通过回忆来欺骗自己,不知不觉地抓住了自己。玛格达在哪里？这是我醒来时第一件要问的事，是我进入工作时第一件要问的事，也是我进入睡眠之前第一件要问的事。我会急促地四处张望，确认她仍在我身后。即使我们没有眼神交集，我也知道，同样地她也会留意我。我开始把晚餐的面包节约并储存下来，那样我们就可以在早上分享。

那个拿着刺针和墨水的军官正站在我面前。他抓住我的手腕，开始刺，但很快把我推到一边去。"我不会把墨水浪费在你身上。"他说。他把我推到另一支队伍里。

"这支队伍是死亡队伍，这就是生命的终结。"离我最近的女孩说。她由里到外完全是灰色的，好像被灰尘所覆盖。我们前面有人在祈祷。在这经常受到死亡威胁的地方，这一刻的情景刺痛了我。我突然想到死亡与死气沉沉之间的不同。奥斯维辛是两者兼而有之。烟囱不停地冒着烟，任何时刻都可能是你的最后一刻。那么为什么要理会呢？为什么要费神呢？然而，**如果这一刻，这一次，是我在地球上最后的时刻，我必须在放弃和失败中浪费时间吗？我必须像已死去一样度过自己的最后一刻吗？**

"我们从来不知道这些队伍意味着什么。"我告诉离我最近的女孩。如果我们用因未知事物产生的好奇心代替了内心的恐惧，又会怎样？然后，我看到了玛格达。她被选入了不同的队伍。如果我被派去死，如果我被派去工作，如果我被疏散到其他营地，跟已经被派去的人一样……除了我能和姐姐待在一起，姐姐也能和我在一起，其他都不重要。我们是为数不多幸运的囚犯，还没有完全脱离自己的家庭。毫不夸张地说，我为我姐姐而活。说我姐姐为我而活，也同样一点不夸张的。院子里乱哄哄的。我不知道各支队伍意味着什么。我唯一知道的事，就是我必须和玛格达一起面对将来，即使在前面的是死亡。我看着我们之间的地面，铺满了被踩硬的雪，卫兵围绕着我们。我没有计划。说时迟那时快。玛格达和我交换了眼神。我看见她的蓝眼睛，然后我就开始行动。我开始做侧手翻，手着地，脚朝天，一圈，两圈。一个警卫盯着我看。我看他上、下、上、下轮流颠倒着看我。我预料任何一秒都会有子弹打来。我不想死，但我不能阻止自己一次又一次地翻滚。他没有举起枪。是他太吃惊了，才没对我开枪吗？还是因为我头太晕没有看到他开枪呢？他向我使了个眼色。我发誓我看见他使眼色。好吧，他似乎说，这次你赢了。

在我吸引他全部注意力的那几秒钟里，玛格达跑过空地，来到我的队伍里和我站在一起。我们又重新回到女孩们的队伍，等待着接下来发生的一切。

我们被驱赶着穿过冰冷的院子，往火车站台走去。6个月前，我们到过那里。在那里，我们和父亲分开了；在那里，母亲在我们中间，和我们一起走过她生命的最后时刻。那时还播放着音乐，现在却是那么寂静。如果风是寂静的，那不断涌来的刺骨的寒意，为冬天和死亡发出的叹息，对我来说也不再是一种噪声。我脑海里充满疑问和恐惧，但这些想法持续太久了，对我来说，它们不再是一些想法。结局总是历历在目，如泣如诉。

我们得知，我们只是去一个地方工作，直到战争结束。如果我们能听哪怕两分钟的新闻，我们就会知道战争本身就可能是另一次伤亡。当我们站在那里，等着爬上狭窄的坡道进入运牛车厢，俄军正从一边向波兰靠近，美军也从另一边靠近。纳粹正在一点点地撤离奥斯维辛集中营。那些留下来的因犯，如果他们能在奥斯维辛再多活一个月，就会赢得自由了。我们坐在黑暗中，等待火车把我们拉走。一名士兵——德意志国防军，而不是纳粹党卫军，把头从门外伸进来，用匈牙利语对我们说："你们必须吃东西。"他说，"不管他们做什么，记得吃东西，因为你们可能很快就会自由了。"这是他给我们的希望吗？还是虚假的承诺？一个谎言？这名士兵就像砖厂里的箭十字党民兵，散布谣言，用权威而又带着讨好的言语消除我们内在的戒备心。谁会提醒一个饥饿的人吃东西啊？

虽然车厢里十分黑暗，他的脸还是被数公里的栅栏背光与雪的反光所照亮，我敢说他的眼神是善良的。这种善良现在看来，就像一种光的魔术，这是多么奇怪啊。

我不知道我们的车开了多长时间，我和玛格达睡在对方的肩膀上。突然，我听到了我姐姐的说话声。她正和一个我在黑暗中无法辨认的人讲话。"我的老师。"她解释道。那个来自砖厂、她的婴儿不停地哭泣的老师。在奥斯维辛集中营，所有带小孩的妇女从一开始就被毒气毒死了，她还活着，只意味着一件事：她的孩子死了。我想知道，我作为一位失去母亲的孩子和那位失去孩子的母亲，到底哪一种更痛苦一些呢？当车门打开的时候，我们已经到德国了。

我们只有不超过 100 人。我们住在一个儿童夏令营里，有双层床和一间厨房，我们用少量的配给准备自己的饭菜。

早上，我们被派到一个线厂工作。我们戴着皮手套，停止机器上转动的轮子，防止线跑到一起。即便是戴上手套，轮子也会把我们的手割破。玛格达以前的老师坐在玛格达旁边的轮子前，大声地哭着。我本以为是她的手在流血和疼痛让她崩溃，但她却是在为玛格达哭泣。"你需要你的手！"她呻吟道，"你弹钢琴，没有手你怎么办？"

负责监督我们工作的德国女工头的话使她沉默。"你现在能工作已经很幸运了，"她说，"你很快就会被杀死。"

那天晚上，在警卫的监督下，我们在厨房准备晚餐。"我们已经逃过了毒气室，"玛格达说，"但我们会死于线的生产过程。这很有趣，因为我们并非死于战争。"我们可能不会在这场战争中生存下来，但我们在奥斯维辛集中营里幸存了下来。我为晚餐削土豆皮。由于经历过因定量供应而造成的饥饿，我不舍得浪费任何一点食物。我把土豆皮藏在内衣里，当警卫在另一个房间的时候，我用烤炉来烤土豆皮。当我们用疼痛的手匆忙地把土豆皮送进嘴里时，它因为太烫仍然吃不了。

"我们已经逃出了毒气室，但我们会死于吃土豆皮。"有人说。我们从内心深处笑了出来，我们不知道内心还会有欢笑。我们笑了，就像我每周在奥斯维辛集中营里做的一样。当我们被迫献血，供给受伤的德国士兵的时候，即使我的手臂上还插着针，坐在那里还是会和自己开玩笑。

祝你用我和平主义舞者的血液赢得一场战争！我不能把我的手臂拿开，否则我就会被枪毙。我不能用枪或拳头反抗压迫者，但我可以找到一种方法来获得我自己的反抗能力。现在我们的笑声中有力量。我们的友爱、我们的轻松让我想起了奥斯维辛集中营的那个夜晚，我赢得了美胸竞赛。我们的谈笑就是我们的支撑力。

"谁来自最好的国家？"一个叫哈瓦的女孩问道。我们为此而争论，都歌颂自己的家乡。"没有哪个地方像南斯拉夫那样美丽。"哈瓦坚持说。但这是一场没有胜利的比赛。家不再是一个地方，也不是一个国家。这是一种既广泛又有特殊意义的感觉。如果我们过多地谈论它，我们也就可能面临着失去它的风险。

在线厂工作了几个星期后的一个早上，纳粹党卫军来找我们，用条纹连衣裙代替我们的灰色衣服。我们登上另一列火车。但这一次，我们被迫穿着条纹制服坐在车厢顶，用人做诱饵来阻止英国人轰炸火车。火车装满了弹药。

"从线厂到装满了弹药的火车。"有人说。

"女士们，我们得到提升了。"玛格达说。

车顶上的风是对我们的惩罚和摧毁。但至少在这么冷的时候，我不会感到饥饿。我宁愿死于寒冷还是火烧呢？气体还是枪呢？这一切都是突然发生的。即使是在火车顶上有人类囚犯，英国人的炸弹还是嘶嘶地向我们投来，发出隆隆的爆炸声。烟。呼喊声。火车停了，我跳下车。我是第一个跳下去的。我向着那被雪覆盖的山坡直奔上去，它被一条通向小树林的铁轨环抱着。在那里我停下来，在雪地里屏住呼吸寻找我的姐姐。玛格达不在树林里，我没看见她从火车里跑出来。炸弹在铁轨上发出嘶嘶声并发生了猛烈的爆炸。我能看到在火车旁边有一堆尸体。

我必须作出选择。我可以跑走，逃入森林，捡回一条生命。**自由是如此接近，只是几步的事情**。但是如果玛格达还活着，我抛弃了她，谁会给她面包？如果她死了呢？就像百叶窗的叶板在翻动。咔嚓：森林。咔嚓：铁路。

我跑回山下。

玛格达坐在沟渠里，一个死去的女孩在她的膝盖上。这是哈瓦。血从玛格达的下巴上流下来。在附近的火车车厢里，一些男人在吃东西。他们也是囚犯，但不像我们。他们穿的是平民服装，而不是制服。他们有食物。我们猜他们是德国的政治犯。无论如何，他们比我们享有特权。他们在吃东西。哈瓦死了，我姐姐还活着，我所能想到的就是食物。那个漂亮的玛格达正在流血。

"现在有机会去要点儿食物，你看上去是可以做到的。"我责骂她，"你伤得那么重，没法再去调侃了吧。"只要我能对她发火，我就可以从由内而外被倾倒出来的恐惧和痛苦中抽离出来。我并没有感到欣喜，并没有感恩我们还活着、又在另一个致命的时刻活了下来，而是对我的姐姐大发雷霆。我迁怒于我的姐姐。**我对命运感到愤怒，但我把困惑和伤害转移到我姐姐那张流血的脸上。**

玛格达没有回应我的侮辱，也没有把血擦干净。守卫们围上来，对着我们大喊大叫，并用枪戳着倒在地上的尸体，以确保那些不动的人真的死了。我们把哈瓦的尸体留在肮脏的雪中，与其他幸存者站在一起。

"你本可以逃跑的。"玛格达说。她说得我像是个傻瓜。

在一个小时内，弹药被重新搬回到新的火车车厢里。我们穿着条纹制服再次坐回车顶上，这时玛格达下巴上的血已经干了。

我们是囚犯，是难民。我们早就忘记了日期和时间。玛格达是我的启明星。只要有她在附近，我就有我所需要的一切。一天早上，我们从弹药车上被拉下来，排成一队连续走了好几天。雪开始慢慢融化，枯草露了出来，也许我们已经走了几个星期了吧。炸弹落下的地方，有时会很近，我们可以看到城市在燃烧。我们在德国各地的小镇上停留，有时向南迁移，有时向东迁移，被迫在沿途的工厂里工作。

统计囚犯人数是党卫军最关注的事情。我不知道我们还剩多少人,也许我不数是因为我知道每一天这个数字都在变小。这不是死亡集中营,但死亡的方式却是多种多样。路边的沟渠被鲜血染红了,鲜血都是从那些被射中后背或胸部的人身上流出来的——那些试图逃跑的人,那些无法跟上的人。有些女孩的腿被冻住了,完全冻住了,她们像被砍倒的大树一样倒下了。疲惫、寒冷、发烧和饥饿,即使守卫不扣动扳机,身体也会自动倒下。

我们已经好几天没有食物了。我们来到一个山顶,看到有一座农场,一间外屋和一个用来饲养牲畜的围栏。

"给我一分钟。"玛格达说。她在树林里东躲西藏地奔向农场,希望不被那些停下来吸烟的党卫军发现。

我看着玛格达呈"之"字形地向花园的篱笆跑去。现在摘春天的蔬菜为时过早,但我可以吃牛饲料,可以吃植物的根茎。如果一只老鼠跑进我们睡觉的房间,女孩们就会向它扑过去。我尽量不让玛格达注意到我的目光。我把目光移开,但当我再回头看时,已经看不见她了。只听见一声枪响,又一声。有人发现了我的姐姐。卫兵对我们大喊大叫,拔出枪来,数着我们的人数。又响了几声枪声,还没有见到玛格达的踪影。帮帮我,帮帮我。我意识到我在向我母亲祈祷。我在跟她讲话,就像她过去向钢琴上方她母亲的画像祈祷一样。玛格达告诉我,即使是在分娩过程中,她也这样做。在我出生的那个晚上,玛格达听到我们的母亲在尖叫:"妈妈,帮帮我!"然后玛格达就听到了婴儿的哭声,那是我。母亲说:"你帮了我。"面临死亡时的祈祷是我与生俱来的权利。

妈妈,帮帮我们,我祈祷着。我看到树之间有一道灰色的闪光。

她还活着。她躲过了子弹。现在也不知是怎么一回事，她从党卫军的眼皮底下逃脱了。在玛格达回到我身边之前，我都紧张得不能呼吸。

"有土豆。"她说。"如果那些混蛋没有开枪，我们就可以吃上土豆。"

我想象在吃着和苹果一样美味的东西。我甚至不会花时间去擦干净它，狼吞虎咽地把混有泥土的肉和皮一起吃掉。

接着，我们去了捷克边境附近的一个弹药厂工作。这是三月的一天早上，在棚屋宿舍里，我无法从长板床上下来。我发烧了，身体颤抖着，全身乏力。

"起来，迪库卡。"玛格达命令我，"你不能说有病的。"在奥斯维辛集中营，那些无法工作的人，听说会被送往医院，但随后他们就消失了。为什么现在会有所不同呢？这里没有杀戮的设施，没有铺设毒气管道，没有砌好的砖，但只是一颗子弹也会让你死去。尽管如此，我还是站不起来。我仿佛听到我自己的声音在漫无边际地和我们的外祖父母闲聊。他们以前会让我们逃课，带我们去面包店，就连母亲也不能拿走他们买给我的糖果。在我的意识里，我知道我出现精神错乱了，但我无法恢复正常的知觉。玛格达叫我别再说话，并给我盖上大衣——她说，发烧的时候，这样可以让我暖和些，但更重要的是要把我藏起来。"千万不要动，甚至是一根手指也不能动。"她说。

工厂就在附近，穿过一座建在急流上的小桥就到了。我身上盖着大衣，假装大衣下面没有人，担心着我被发现失踪的那一刻，一个警卫会走进棚子里向我开枪。玛格达能从机器发出的噪声里听到枪声吗？我现在对任何人都没有用了。

我陷入了神志不清的沉睡中。我梦到了火。这是一个熟悉的梦——这一年来我梦想着温暖的生活。然而，一股令我窒息的烟味把我从梦中呛醒。是小屋着火了吗？我害怕走去门口，害怕无力的双腿走不动，更害怕暴露自己。之后我听到了炸弹声，到处是呼啸声和爆炸声。我怎么能在轰炸中睡觉呢？我使出全身力气从长板床上起来。哪里才是最安全的地方？即使我能跑，我要跑到哪里去？我听到外面传来了一阵阵喊叫声："工厂着火了！工厂着火了！"

我再次注意到我和我姐姐之间的距离：我已经成为测量专家了。我们之间有多少个指间距？有多少步？需要多少个侧手翻？现在我们被那座桥、江水、木头，还有火隔开。我最后靠着棚屋的门框站立起来，通往工厂的桥正在着火，整个工厂被浓烟吞噬了。对于任何经历过轰炸的人来说，混乱是一个喘息的时间，是一个逃跑的机会。我想象着玛格达推开一个窗户跳了出去，冲进树林里去。透过树枝向天空望去。准备跑到那个自由的远方。如果她逃跑了，那我也就脱离现在的困境了。我可以滑到地板上，再也不爬起来。这将是一种解脱。存在变成一种责任，我让我的腿像围巾一样折叠起来，放松地滑落下来。玛格达就在火光里，她已经死了。比我抢先了一步。我要赶上和她一起离开这个世界。我已经感觉到火的热度。现在，我可以和她会合了，马上就可以了。"我立即就到！等等我！"我叫道。

不知什么时候，她从一个幻觉世界里，又变回到真实的世界中。无论如何，她用事实告诉我：她已经穿过了燃烧的桥，回到了我的身边。

"你这个傻瓜,你可以跑掉的。"我说。

现在是4月,草在山上绽放出绿色,每天的白昼时间在不断地延长。当我们经过一个城镇的郊区时,孩子们向我们吐口水。多么可悲啊,我想,这些孩子被洗了脑,变得这么憎恨我们。

"你知道我要怎么报复吗?我要杀死一个德国母亲。德国人杀了我的母亲,我要杀一个德国母亲。"玛格达说。

我有一个不同的愿望。我希望有一天,能看到那个向我们吐痰的男孩,他已经不再憎恨我了。在我的复仇幻想中,那个对我们大喊大叫的男孩——"肮脏的犹太人!害虫!"捧着一束玫瑰。他说:"现在我知道我没有理由恨你,没有任何理由。"我们互相宽恕,拥抱在一起。我不告诉玛格达我的幻想。

一天黄昏来临时,党卫军把我们推到一个社区会堂,晚上我们可以在那里睡,但又没有食物了。

"任何离开这里的人都会立即被射杀。"卫兵警告说。

"迪库卡,"玛格达倒在我们的床板上,呻吟道,"很快我就会完蛋了。"

"闭嘴。"我说。她吓到我了。她的沮丧比一把举起的枪更让我觉得可怕。她不像是这样说话的人。她不会放弃的。也许我是她的负担。也许我的病使我坚强,但使她筋疲力尽。"你不会死的。"我告诉她,"我们今晚会吃到东西。"

"哦,迪库卡。"她说,然后朝墙滚去。

我要向她展示。我要让她看到希望。我要去拿点吃的东西。我要帮她恢复精神。党卫军就在门口附近,在晚上最后一盏还没关的灯光下聚集,吃着他们的配粮。有时他们会向我们扔些零碎的食物,只是为了看到我们卑躬屈膝。我跪在地上向他们走去。"请，请。"我乞求道。他们笑了。一个士兵拿着一块楔形罐头肉示意要给我，我冲了过去，但他把它放进嘴里，他们笑得更厉害了。他们像这样逗我玩，直到我累坏了为止。玛格达睡着了。我不能放弃，更不能让她失望。党卫军想放松一下去了门外抽烟，便结束了聚餐。我从侧门偷偷地溜了出去。

我能闻到肥料、苹果花和德国烟草的味道。草又湿又凉。在一堵灰泥墙的另一边，我看到了一个小花园：小的莴苣头，豆子的藤蔓，胡萝卜顶上长着柔软的绿色嫩叶。我觉得已经品尝到了胡萝卜的味道，就好像我已经摘了它们一样，鲜脆而带点泥土味。爬墙并不难。当我颤抖着翻过墙顶时，我的膝盖擦伤了一点，被蹭破皮的出血处有新鲜空气吹过皮肤，就像是浮出水面一样美好，我开始头晕了。我抓起胡萝卜的顶部，用力拉，根部从泥土中拔出的声音就像缝线被扯开的声音。它们在我手里沉甸甸的。土块在根部摇摇晃晃地悬挂着。就连泥土闻起来也像一场盛宴——像种子，这里包含了各种可能。我又爬上了墙，尘土落到我的膝盖上。我想象着，玛格达在咬我们这一年来第一份新鲜蔬菜时的表情。**我做了一件大胆的事。我想让玛格达看到的不仅仅是一顿饭，不仅仅是营养物质溶解在她的血液里：很简单，是希望。**我又跳回到地面上。

但我并不是一个人。一个男人盯着我看，他拿着枪，是一名国防军士兵，不是纳粹党卫军。比枪更糟糕的是他的眼睛，眼神带有惩罚意味。你怎么敢？他的眼睛像是在说。我要教你服从。他把我推倒并要求我跪在地上，把枪上了膛对准我的胸口。请，请，请，请。我祈祷，像我对门格勒所做的那样，请求他不要杀我。我颤抖着，胡萝卜撞到我的腿上。他把枪放下了短短几秒，然后又把枪举起来。咔嗒。咔嗒。

比对死亡的恐惧更糟糕的是被囚禁着但又无能为力的感觉，不知道下一秒会发生什么事情。他抓住我的腿猛地一拉，把我转向玛格达睡觉的那座楼。他用枪托把我推到里面去。

"撒尿的。"他对里面的卫兵说，他们咯咯地笑了起来。我把胡萝卜卷在我的衣服里。

刚开始玛格达并没有醒来。我把胡萝卜放在她的手掌里，她才睁开眼睛。她吃得太快以致咬到了自己的嘴巴内侧。她哭了，感谢我所做的一切。

党卫军一大早就把我们叫醒，又到继续前行的时候了。我极度饥饿，肚子空空的，我想我一定是梦见胡萝卜了。玛格达给我看了看那些塞在口袋里的胡萝卜秧，虽然它们已经枯萎了，但这些是准备以后食用的。在以前的生活中，这些我们会扔掉或者喂给阁楼里的鹅吃，但现在它们看起来是那么迷人，就像童话里一个神奇的充满了金子的罐子。下垂的、褐色的胡萝卜须象征着一种神秘的力量。我不应该冒险去摘它们，但我去了。我不应该活下来的，但我活下来了。"应该"对我来说并不重要，它们并不是唯一的行为准则。一定是有一种不同的原则，一种不同的权威的理论在起作用。我们骨瘦如柴，病得很重，营养不良，几乎不能走路，更不用说行军，更不用说工作。然而，胡萝卜事件让我感觉到坚强的力量。如果我今天能活下来，明天我就自由了。我在脑海里唱着歌。

在寒冷的早晨，我们为清点人数排成一队，我小声哼唱着歌。在我们即将为恐怖的另一天启程的时候，门口出现了骚动。纳粹党卫军的士兵用德语大喊，另一个人又喊回去，他挤进了我们房间。我屏住了呼吸，抓住玛格达的手肘，只有这样我才不会摔倒。是那个在花园抓住我的人。他严肃地看了看房间四周。

"那个敢破坏规则的女孩在哪里？"他质问道。

我在颤抖，怎么也不能让身体平静下来。他是回来复仇的，想公开地惩罚我。或者他觉得他必须这样做。一定是有人听说了他对我莫名其妙的仁慈，现在他必须为他的冒险付出代价。他现在必然是要我付出代价，来偿还他对冒险的付出。我颤抖着，害怕得几乎无法呼吸。我惹了大麻烦了，脑海中清楚地知道我离死亡是多么近啊。

"那个小罪犯在哪里？"他又问了一遍。

他马上就会认出我来，或者他会把手伸进玛格达的外套里，然后发现口袋里的胡萝卜须。我无法忍受等待他认出我的焦虑。我趴到地上，向他爬去。玛格达发出嘘声向我暗示，但为时已晚。我蹲伏在他的脚下，看到他靴子上的泥，地板上的木纹。

"你。"他说。语气听起来对我很厌恶。我闭上眼睛，等待着被他踢，等待他开枪。

一样沉重的东西被扔到我的脚边。一块石头？他将用一种缓慢的方式，拿石头杀死我吗？

不。它是面包，一小块黑麦面包。

他说："那件事情证明你一定非常饿。"我希望我现在能见到那个人。他证明了希特勒统治了12年德意志帝国所带来的仇恨，并不足以抹杀掉人民的善良。他的眼睛就像我父亲的眼睛，绿色的，充满了安慰。

- 第五章
死亡的阶梯

　　我们继续行军了几周。自离开奥斯维辛集中营以来，我们一直被关押在德国。但有一天，我们来到奥地利边境，在那里等待过境。当我们站在没有尽头的队伍里，守卫们会在一起闲聊。我已经对队伍产生次序错觉，一件事自然地跟随另一件事顺序的错觉。但能站着不动已经很好了。我听见了守卫们的谈话。他们说，罗斯福总统去世了，杜鲁门留下来指挥余下的战争。听到在我们的炼狱外的世界发生变化，对我们来说是多么陌生。新的行军路线已经确定。这些事件的发生与我们的日常生活相去甚远，以至于现在知道是如此震惊。即使是现在，还是别人为我作选择。当然这不是专门针对我，我只是个小人物。但是有一个有权的人正在作出决定，这将决定我会遭遇什么事。是去北面、南面、东面，还是西面？是德国还是奥地利？在战争结束之前，应该如何对待幸存的犹太人呢？"当战争结束……"一个卫兵说。他还没有想好。这就是我和埃里克曾经有过的那种对未来的憧憬。战后……如果我以正确的方式集中精神，我能推断出他还活着吗？假设我在火车站外面等着买车票，但我只有一次机会决定我要去的那个城市，是布拉格、维也纳、杜塞尔多夫、普雷绍夫，还是巴黎？我把手伸进口袋，本能地触摸一下护照。埃里克，我亲爱的，我在找你的路上。一位女边防警卫用德语对我和玛格达大喊，并用手指着让我们去另一支不同的队伍。我开始动身了，玛格达却不动。卫兵又大喊起来。玛格达还是不动，也不回答。她神志出问题了吗？她为什么不跟着我？卫兵在玛格达面前大喊大叫，但玛格达只是一直在摇头。

"我不明白。"玛格达用匈牙利语对卫兵说。她当然能听明白，我们俩都能说流利的德语。

"是的，你一定明白的！"卫兵喊道。

"我不明白。"玛格达重复说。她的声音非常平和。她的肩膀高高挺直。我错过什么了吗？她为什么要假装不懂？在这挑衅并没有什么可取之处。她失去理智了吗？两人继续争执。玛格达没有大声争吵。她只是平淡地、平静地重复着说她不明白，她不明白。警卫失去控制。她用枪托打玛格达的脸，又打了她的肩膀，不停地打，直到玛格达跌倒。警卫向我和另一个女孩示意把她拖走。

玛格达伤痕累累，咳嗽着，但她的眼神里闪着光。"我说：'不！'"她说，"我说'不'了。"对她来说，这是一次了不起的挨打。这是她力量的证明。当警卫失去控制时，她坚守自己的阵地。**玛格达的非暴力反抗，让她觉得自己是选择的主宰，而不是任由命运摆布的受害者。**

但是玛格达的这种力量是短暂的。很快，我们又继续前进，朝着一个我们前所未见的糟糕地方前进。

我们到达毛特豪森，这是一个男性的集中营。在一个采石场里，囚犯们被迫切开和搬运用来建造希特勒梦幻城市的花岗岩，一个新的德国首都，一个新的柏林。在这里，除了楼梯和人，我什么也看不见。楼梯是白色的石头，在我们前面伸展着，好像它可以把我们带到天上一样。尸体一堆堆的，到处都是。尸体的肢体扭曲着，四肢像破碎的栅栏一样张开。他们是如此骨瘦如柴、丑陋，互相缠绕着，几乎无法分辨出人类的外形。我们在白色楼梯上站成一列。它被称为死亡阶梯。我们推测，我们在楼梯上将等待另一种选择，直接走向死亡或者在这里做更多的工作。传言使我们这支队伍不寒而栗。我们了解到，毛特豪森集中营的囚犯们必须在186级台阶下的采石场排成一队，将50公斤重的石头运上来。我想象着我的祖先，埃及法老的奴隶们，被沉重的石头压弯了腰。在死亡的阶梯，我们听说，当抬着一块石头上楼梯，在你面前的人绊倒或体力不支倒下时，你就是下一个倒下的人。一个接一个，直到整支队伍都倒下，堆在一起。

我们听说，如果你活下来，那就更糟。你必须站在悬崖边的一堵墙的旁边。伞兵墙，它叫——伞兵墙。在枪口下，你必须选择：被枪杀，还是把你身边的犯人推下悬崖？

"请推我，"玛格达说，"如果是这样的话。"

"我也是。"我说。我宁愿摔1000次，也不愿意看到我姐姐被枪杀。我们太虚弱了，也太饥饿，不能用优雅的方式说出来。我们这样说是出于爱，也是出于自我保护。别再让我负担一件沉重的东西，就让我跌落在石头中间吧。

我的体重比囚犯们背上死亡阶梯的岩石要轻得多。我是如此轻，我可以像树叶或羽毛一样，飘来飘去，往下，再往下。现在就可以跳下去了，我宁可转身跳下去，也不愿向上走一层台阶。我想现在的我已被掏空，对大地而言，我的重量并不是一种负担。我正沉溺于这种失重的幻想，释放活着的重负，这时有人在我前面打破了这个幻境。

"这是火葬场。"她说。

我抬起头。离开死亡集中营已经有好几个月了，我已经忘记了死亡烟囱是多么真实地存在着。在某种程度上，它们是那么让人安心。在笔直的砖堆里，感受死亡的迫近——你可以把烟囱看成是一座桥梁，一条从肉身到空气的通道——幻想一下自己已经死去，是有一定道理的。

然而，只要烟囱冒出烟，我就有东西与之相抵抗。我有一个目标。传闻"在早晨我们就要死"。我可以感觉到放弃的情绪像无形的地心引力那样拖拽着我，这是一种必然发生的、持续不断的力量。

夜幕降临了，我们睡在阶梯上。为什么他们等了这么久才开始选择呢？我的勇气开始动摇起来。我们会在早上死去。早上我们就会死了。我母亲是否知道当她加入孩子和老人的队伍时，会发生什么事情？当她看到玛格达和我被指向另一个方向的时候呢？她与死亡做斗争了吗？她接受吗？她直到最后才意识到吗？如果你知道你正走向死亡，那到底什么时候死，还重要吗？我们会在早上死去。早上我们就会死了。我听到非常确切的传闻，就好像是敲打在采石场岩石上的回声一样，不断地重复着。我们行军了几百公里，真的就是为了消失吗？

我想整理一下我的思绪。我不希望我最后的想法是陈旧的，或者是绝望的。重点是什么？这意味着什么？我不希望我最后的想法是，这次只是一次我们之前见过的恐怖事件的重演。我想要活着的感觉。我想品味一下什么是活力。我想起了埃里克的声音和他的嘴唇。我试着去召唤那些可能仍然带着力量，让我兴奋的想法。我永远不会忘记你的眼睛，我永远不会忘记你的手。

这就是我想要记住的——来自胸脯的温暖和面颊的红润，尽管"记住"不是恰当的词。在我还有一个躯壳的时候，我要尽情地享受它。很久以前，在卡萨，母亲禁止我去读埃米尔·左拉的《娜娜》，但我偷偷带进了浴室，秘密地读了一遍。我明天就死了，还是处女就死了，为什么我要有一个自己永远不能完全了解的身体呢？我生活中有很多事情还是一个谜。我记得我第一次来月经的那一天。放学后我骑自行车回家，当我到家时，我看到我的白色裙子上有血痕，我被吓坏了。我哭着跑向妈妈，请她帮我找到伤口。她打了我。我不知道在一个女孩的第一次月经时，被扇耳光是一个匈牙利传统。我也一点不了解月经。没有人，包括我的母亲、姐姐、老师、教练或朋友，从来没有人向我解释过我身体的结构。我知道男人有一些女人没有的东西。我从来没见过我父亲赤裸的身体，但我觉得当埃里克抱着我的时候，他的那一部分会顶着我。他从来没有让我碰过它，从来没有讲过他的身体。我喜欢他的身体和我自己的身体给我的那种感觉，等待着被发现的秘密。当我们接触的时候，有一种东西会在我们之间产生能量。

这是一个我永远无法解开的谜。我曾体验过欲望带来的满足感，像小星星那样，它们发出光芒照耀着整个宇宙，但现在却永远无法再感受到了。现在，我在死亡阶梯上哭泣。失去自己所有的东西，包括：母亲、父亲、姐姐、男朋友、国家和家，是多么可怕的事情啊。

为什么我还要失去我不了解的东西呢？为什么我要失去未来呢？还有我可能拥有的东西吗？我永远都不会成为一个妈妈吗？我的父亲永远不能给我做婚纱了吗？我还是处女就要死了。我不希望这是我最后的想法。

我试着想象一种不可动摇的力量。我认为，也不难看到，在毒气室、水沟里、悬崖边，在186级白色阶梯上，是人在操作死亡集中营。这是一件多么恐怖的事情，我不想纵容它出现。我想知道是否有人知道我在这里，知道发生了什么事，知道有一个叫奥斯维辛集中营，一个叫毛特豪森集中营的地方？我想知道我的父母现在是否能看到我。我想知道埃里克能不能看到我。我想知道一个男人的裸体是什么样子的。我周围都是男人，不可能再活下去的男人。即使让我看到也不会伤了他们的自尊心。我说服自己，放弃自己的好奇心是更糟糕的罪过。

我留下玛格达在楼梯上睡觉，自己爬到堆满尸体的泥泞山坡。我不会脱掉任何人的衣服。也不会损害死者。但是如果一个人倒下了，我会去看看。

我看见一个人，他的双腿歪了，似乎不再属于这个身体，但我可以辨认出两腿连接的地方。我看到那里的毛和我的一样，深色的，粗糙的，还有一个小附属物，就像一个小蘑菇，一个从泥土中挤出来的柔软的东西。奇怪的是，女人的那部分都是收拢起来的，男人的是暴露出来的，如此脆弱。我感到很满意，不会对身体结构一无所知就死了。

天亮时，队伍开始移动。我们没有谈论太多。有些人在哀号，有些人在祈祷。大多数情况下，我们把恐惧、后悔、放弃或解脱都当成是自己的隐私。我没有告诉玛格达我前一天晚上看到了什么。这支队伍前进得很快。时间不多了。我试着回想起我过去在夜空中辨认出来的星座。我试着回想起母亲做的面包的味道。

"迪库卡。"玛格达说，但我需要几次深呼吸来确认我的名字。我们已经到达了楼梯的顶端。选拔官就在前面，每个人都被送往同一个方向。这不是一支有选择的队伍，而是一种引领，真的要结束了。他们会等到第二天早上才把我们全部送去处死。我们应该互相许下诺言吗？还是向对方道个歉？有什么必须说的吗？现在有五个女孩在我们前面。在生与死之间，我该对姐姐说些什么呢？

然后这支队伍突然停了下来。我们被带到一群在闸门边上的党卫军士兵面前。

"如果你们想逃跑，就会被枪毙！如果你们落后了，也会被枪毙。"他们对我们大喊。

我们又得救了。

莫名其妙地，我们又继续行军。

这是从毛特豪森到贡斯基兴的死亡行军。这是我们被迫行走的最短距离，但那时我们太虚弱了，我们2000人中只有100人能活过来。玛格达和我互相紧贴着，决心待在一起并保持站立。每一个小时，就会有几百个女孩掉进马路两边的沟渠里。她们太虚弱或病得太重，以致无法继续向前走，当场被杀死了。我们就像蒲公英的种子，被风吹散，只剩下几朵白色的花簇。饥饿是我们唯一的名字。

我身体的每一部分都在疼痛，已经麻木了。我再也走不动了，痛得太厉害，已经感觉不到自己在动，疼痛像电流一样流经全身，每走一步只是一个电流信号的反馈。我不知道我是在磕磕绊绊地走着，直到我感觉到玛格达和其他女孩用手臂一起撑扶起我。她们把手指系在一起，形成了一把人椅。

"你分享过你的面包。"其中一人说。

这些话对我来说毫无意义。我什么时候品尝过面包？但是，一个记忆慢慢浮现出来。我们在奥斯维辛集中营的第一个晚上。

门格勒命令演奏音乐，命令我跳舞。这个身体跳过舞；这个心灵梦见了歌剧院；这个身体消化了那个面包。那天晚上我有了这个想法，现在又再次想起：门格勒杀了我的母亲，但让我活下去。现在，一个在一年前和我一起分享面包皮的女孩认出了我。她用最后的力气把她的手指与玛格达和其他女孩的手指交叉起来，把我抬到空中。在某种程度上，门格勒造就了这一刻的发生。他没有在那晚或其他夜晚杀死我们任何一个。他给了我们面包。

• 第六章
选择一叶草

总会有一个更糟糕的地狱。那是我们对生活的奖励。当我们停止前进时，来到了贡斯基兴·拉格尔。它是毛特豪森的一个小营地，在一个村庄附近的沼泽森林中，有几座木质建筑物。这个营地用来容纳几百个奴隶工人，现在1.8万人挤在这里。它不是死亡集中营。这里没有毒气室，没有火葬场。但毫无疑问，我们是来这里送死的。

现在已经很难判断谁会活着，谁要死去。疾病在我们身体里、在我们之间传播，包括斑疹伤寒、痢疾、白色的虱子、溃疡。我们被迫吃生的和腐烂的肉。马的尸体已经被我们咬了一半，是生吃的，谁还需要一把刀来切肉啊？只是把肉从骨头上直接啃下来。在拥挤的建筑物里，或者在光秃秃的地面上，人们堆成三层躺着睡。如果下面有人死了，那就继续睡吧，已经没有力气把死人拖走了。有一个女孩实在太过饥饿，她的一只脚板已经变成黑色，腐烂了。我们被赶进潮湿的树林里，他们准备用一场大火结束我们的生命。我们所有人都会被点燃，整个地方都安置了炸药。我们等待着爆炸，等待火焰吞噬我们。在大爆炸之前，还会有其他的危险：饥饿、发烧和疾病。整个营地只有一个由 20 个洞穴组成的公共厕所。如果你等不及去排便，他们会向你射击。那里的排泄物汇聚成池，垃圾在里面闷烧。地面是一个大泥坑，如果你没有找对下脚的地方行走，你的脚就会陷入泥浆里，那泥浆混合着泥和粪便。我们离开奥斯维辛集中营已经有五六个月了。

玛格达喜欢卖弄风情，这就是她对死亡呼唤的回应。她遇到了一个法国人，一个来自巴黎的人，他在战争前生活在路德街[1]。我告诉自己，永远不会忘记这个地址。即使在这种恐惧的深处，人与人之间也会发生化学反应，在唇齿之间，是那么显眼。我看着他们俩聊天，就像坐在夏日的一个咖啡馆里，轻敲着他们之间的小盘子那样。**活着的人就该如此。我们把神圣的脉搏当作打火石来抵御恐惧。不要毁了你的灵魂，把它像火炬一样举起来，** 把你的名字告诉那个法国人，把他的地址收藏好，细细品味，就像慢慢咀嚼面包一样。

在贡斯基兴，短短几天的时间里，我变成了一个不能走路的人。虽然我还不知道我的背部已经骨折了（即使到现在我也不知道是什么时候受伤的，或者是怎么发生的）。我只感觉到我储备的能量已经耗尽。我躺在沉重的空气中，身体与陌生人的身体缠绕在一起，所有的人都堆在一起，有些已经死了，有些早已死去，有些像我一样，几乎奄奄一息。我知道我看到的东西都是幻觉，以为是真实的，但不是。我母亲在给我读书。斯嘉丽哭着说："我爱上了某个根本不存在的东西。"我父亲扔给我一个花式小蛋糕。克拉拉开始演奏门德尔松小提琴协奏曲。她在窗边演奏，这样可以吸引过路人的注

---

[1] 路德街：Rude 音译。

意，向她抬起头。这样她就可以吸引到她所渴望而不能直接要求的关注。活着的人就该如此。我们根据自己的需要来调整琴弦。

在这地狱一般的地方，我看到过有人吃人肉。我可以这样做吗？为了我自己的生命，我能把一个死人骨头上的皮肉咬下来，然后咀嚼吗？我曾见过肉体被玷污了，这是不可接受的残忍。一个男孩被绑在一棵树上，而党卫军的军官们则用一个无辜孩子的脚、手、手臂、耳朵，作为练习射击的目标。有一个怀孕的女人来到了奥斯维辛，不知为何，却没有被直接杀死。当她分娩时，党卫军把她的双腿绑在一起。我从未见过像她那样痛苦的挣扎。但看着饥饿的人在吃死人肉时，我会胆汁上升，眼前一黑，想呕吐，晕过去。**我不能这样做，但我必须吃。我必须吃，不然我就会死去。没被践踏的泥土上长出青草。我盯着叶片，我看着不同长度和形状的叶片。我将会吃草，我挑选草叶来吃。我将让选择占据我的头脑。这就是选择的意义。吃还是不吃？吃草还是吃人肉？吃这片还是那片草叶？**大部分时候我们都在昏睡，没有东西可以喝。我失去了时间感，经常处于睡眠状态。在我醒着的时候，我奋力保持意识清醒。

有一次，我看到玛格达手里拿着一个罐头，她爬回我的身边，罐头在阳光下闪闪发光，是一个沙丁鱼罐头。红十字会在中立的情况下，允许向囚犯提供援助。而玛格达挤进队伍里面，得到了一个沙丁鱼罐头。但是我们没有办法打开它，这是一种新的残忍。即使是一个好的意图，一件好事，也会变成徒劳。我的姐姐手里拿着食物，正在慢慢地被饿死。她像抓住自己头发那样，紧紧抓住罐头，试图为自己留着。一个无法打开的鱼罐头体现了她现在最具人性的那一面。我们当中有的死了，有的快要死了。我不知道哪个是我了。

我知道在我的意识角落里，白昼被黑夜取代了。当我睁开眼睛的时候，我不知道我是在睡觉，还是在昏厥，也不知道睡了多久。我没有能力问，睡多长时间了？有时我能感觉到我在呼吸；有时我试着移动头部去寻找玛格达；有时我都想不起她的名字了。

哭泣声使我从类似于死亡一样的睡眠中惊醒。哭泣是死亡的预兆。我在等待可能发生的爆炸，等待可能出现的高温。我闭上眼睛，等待着燃烧。但是并没有爆炸，那里也没有火焰。我睁开眼睛，看到吉普车队在松树林中缓慢地行驶。松树林把我们的营地掩藏起来，从公路到空地上根本看不见它。"美国人已经到了！美国人到这里了！"虚弱的人们在喊叫着。吉普车队一高一低，很模糊，就像在水里或是在酷热的天气中见到的那样。这是一种集体幻觉吗？有人在唱《当圣人行进到达时》。70多年来，这些不可磨灭的感官印象一直陪伴着我。但当它们发生时，我却不知道它们的含义。我看见穿制服的男人；看见有星星和条纹的旗帜——我意识到这是美国国旗；看见印有数字71的旗帜；看见一个美国人把香烟递给犯人。他们非常饥饿，把香烟、纸和所有的东西都吃了。我在一堆乱成一团的尸体中望着。我不知道哪条腿是我的。"这里有活的人吗？"美国人用德语叫道。"如果你听得见我说话，请举手。"我试着移动我的手指，示意我还活着。一个士兵离我很近，我都能看到他裤子上的泥痕，闻到他的汗味。我在这里，我想叫他。我在这里。我发不出声音。他在尸体里搜寻。他的眼光掠过我，没有认出我来。他用一块脏布捂住脸。"如果你能听到我的声音，请举手。"他说。只有说话时，他才勉强把布从嘴边挪开。我努力寻找我的手指。"你永远不会活着离开这里。"这是那个扯掉我耳环的犯人头目，拿着文身枪、不想浪费墨水的党卫军军官，线厂的女工头，在漫长的行军中枪杀我们的党卫军，他们说的话。他们认为自己的判断是正确的。

那个士兵用英语喊话。在我视野之外的人大声回答。他们准备离开了。

这时，在地面上爆发出一小块亮光，似火一般的光芒。最后，我很惊讶，它没有发出任何声音，士兵们却转回来。我麻木的身体突然变得热起来——我想是因为火焰，或者是发烧。但是没有，这里没有火。一束微光根本就不是火，这是阳光照射在玛格达的沙丁鱼罐头上产生的！不管是有意的还是无意的，她用一个鱼罐头吸引了士兵们的注意力。他们折返回来，我们还有一次机会。如果我的思绪能跳舞，就能让他们看到我的身体。我闭上眼睛，集中注意力，用想象中的阿拉贝斯克舞姿把我的双手举过头顶。我听到士兵们一个传一个地，又喊了起来。有一名士兵离我很近。我闭上眼睛，继续我的舞蹈。我想象我在和他一起跳舞。他把我举过头顶，就像罗密欧在营房里对门格勒所做的一样。那就是从战争中涌现出来的爱。**哪里有死亡，哪里就一定有东西与之对抗。**

现在我能感觉到我的手了，我知道这是我的手，因为士兵触碰到了它。我睁开我的眼睛，看到他那宽大的、深色的手环绕在我的手指上。他把一些东西压进我的手里，珠子，五颜六色的珠子，红色、棕色、绿色和黄色。

"食物。"士兵说。他看着我的眼睛。他的肤色是我见过的人中最黑的，他的嘴唇很厚，他的眼睛是深棕色的。他帮助我把手抬到我的嘴边。他帮我把珠子放到我那干燥的舌头上。唾液慢慢聚集，我尝到了甜的滋味。我尝到了巧克力。我记得这个味道的名字。我父亲说，在你的口袋里，总要放一些甜的东西。这是甜。

但玛格达呢？她也被发现了吗？我还没有讲过一个字，也没有发出过声音。我连结结巴巴地说声"谢谢"都不行。我无法发出我姐姐名字的音节。我几乎不能吞下那个士兵给我的小糖果。除了渴望会有更多的食物或者喝一杯水之外，我几乎想不到别的。现在他的注意力集中在要把我从那堆尸体中救出来，必须把死人从我身上挪开。死尸们松弛的脸，松弛的四肢，尽管骨瘦如柴，但还是很重。当抬起尸体时，他表情痛苦，很吃力。闻着恶臭，他不停地咳嗽。他调整了一下嘴上的布。谁会知道这些人已经死了多久呢？或者只需要一点力气就能把他们和我分开。我也不知道该如何表达我心中的感激。但这种感激之情像针扎一样刺痛，穿透我的皮肤。

现在，他把我抬起来，在离尸体稍微远一点的地方放下，让我仰卧在地上。我能从树顶之间的缝隙里看到天空。我能感觉到脸上湿润的空气和身体下面泥泞的草地。我让我激动的思绪放松了一下。我想象着母亲长长的盘发，父亲的大礼帽和胡子。我所感受到的和曾经感受到的一切都源自他们，源于他们的结合并生出了我。他们把我放到怀里轻轻地摇摆，把我变成了大地的孩子。我记得玛格达所说的关于我出生的故事。"帮帮我吧。"我母亲哭泣着对她的母亲说，"帮帮我吧。"

现在玛格达就在我旁边的草地上，她手里拿着她的沙丁鱼罐头。我们在最后的选择中幸存下来。我们还活着。我们在一起。我们都自由了。

第二部分

逃 跑

现在,危险已经过去了,
我的疼痛和遭遇使我的意识变成了一种幻觉,
一部无声的电影。

• 第七章
我的解放者，我的施暴者

  我曾经让自己想象过这样一个时刻：我的囚禁结束了，战争也结束了。我想象着那一刻，快乐会从我心底绽放开来，我要用我最响亮的声音喊道："我自由了！我自由了！"但现在的我没法发声。**我们像是一条平静的河流，自由的河流，从坟墓般的贡斯基兴流向旁边的城镇。**我坐在一辆临时拼凑而成的车上，车轮发出吱吱嘎嘎的响声。我几乎没有清醒过，在这种自由中没有感受到任何欢乐和解脱。我们踏着沉重而缓慢的步伐走出森林。每个人都一脸茫然，奄奄一息，不久又陷入昏迷的状态。狼吞虎咽地进食会产生危险，吃错食物也会有危险。自由带给我们的是一身的褥疮、虱子、斑疹伤寒症、腹泻和一双无精打采的眼睛。

  我意识到玛格达就在我身边行走。当马车颠簸的时候，我全身疼痛。在一年多的时间里，我一直没奢侈地考虑过什么是疼的，什么是不疼的。我一直只是在想着如何跟上其他人，保持领先一步，在这里弄点儿东西吃，走得足够快，永不停歇，活下去和不落在队伍后面。现在，危险已经过去了，我的疼痛和遭遇使我的意识变成了一种幻觉，一部无声的电影。我们是一队行走的骷髅，大多数人的身体都遭受过毁灭性的伤害，已经不能行走了。我们躺在车上，靠着拐杖。我们的制服很脏，很旧，破烂不堪，几乎无法遮住我们的身体。我们骨瘦如柴，身体上的皮肤也似乎已经盖不住我们的骨头了，我们就像是一个个活生生的解剖课模型。肘、膝盖、脚踝、脸颊、关节、肋骨，像是有问题那样凸显出来。我们现在是什么东西呢？我们的骨头看起来是那么令人讨厌，眼窝深陷，像一个个洞穴，木然、忧郁和空虚，还有凹陷的面部和蓝黑色的指甲。我们是一群移动伤员，更是一队缓慢游行的食尸鬼。我们跟跟跄跄地走着，车在鹅卵石路上摇摇晃晃。我们一排排地聚集在一起，占满了奥地利韦尔斯的整个广场。镇上的人透过窗户盯着我们看。我们太可怕了，没有人敢和我们说话，沉默得就像广场都快要窒息了一样。镇上的人都跑回自己家里，孩子们也赶紧遮住自己的眼睛。我们从地狱中活过来了，却变成了别人的梦魇。

对于我们来说，进食和喝水是至关重要的事情。不能太多，也不能太急促，不然就可能会过量进食。我们中的一些人已经无法克制自己了。我们饿得太久了，身体的肌肉和对食物的克制都渐渐消失了。后来，我得知，家乡的一个女孩，她是我姐姐克拉拉的朋友的妹妹，从奥斯维辛集中营里解放出来，却因为吃得太多死了。持续的饥饿和尽快结束饥饿都是致命的。然而，在恢复的过程中，我那断断续续的咀嚼能力看起来也是一种福气。还有，幸运的是，美国兵几乎没有什么食物可以提供给我们，大部分是糖果，我们后来得知这些彩色的小珠子叫 M&M。

没有人愿意收留我们。希特勒死了不到一个星期，距离德国正式投降还有一些时日。整个欧洲的暴力活动正在减少，但仍然处于战争时期。食物和希望对每个人来说都是稀缺的。我们这些幸存者，这些以前的俘虏，仍然被一些人视为敌人、寄生虫、害虫。这场战争并没有结束其他人的反犹太思想。美国兵把玛格达和我带到居住着一个德国家庭的房子里，里面住着一位母亲、一位父亲、一位祖母和三个小孩。我们将住在这里，直到我们恢复到足够强壮，可以走路为止。美国人用不标准的德语警告我们：小心点，还没有完全和平，任何事情都有可能发生。

这对父母把家里所有的东西都搬进一间卧室里，父亲向孩子们演示了如何锁好门。孩子们依次凝视了一下我们，然后就跑去他们妈妈那里，把脸藏在妈妈的裙子后面。我们能够理解他们的好奇心和恐惧感。我已经习惯于党卫军的那种白眼和残酷的行为，还有超乎常理、极不协调的欢呼声——这是他们对至高权力的喜悦。**我已经习惯于他们显示自己地位的方式，习惯于他们觉得自己更高大，习惯于他们提高自己的使命感和控制欲。但孩子们看我们的方式比他们更糟。我们似乎冒犯了他们的纯真。孩子们看待我们的方式，就好像我们真的是罪人。他们的震惊比反感来得更尖刻。**

士兵们把我们带到可以睡觉的房间里。这是一间育儿室，而我们就是战争的孤儿。他们把我抬到一个木制的婴儿床上。我是那么弱小，体重大约只有 32 千克。我不能独立行走，就像是一个婴儿。我几乎不能思考如何表达，只想着疼痛和需求方面的措辞。我被扶起时会痛哭，但现在没有人会来扶我。玛格达也在小床上蜷成一团。

门外的喧闹声破坏了我的睡眠。我的睡眠是那么容易被破坏。我无时无刻不感到害怕。我对已经发生的事情感到害怕，对可能发生的事情也感到害怕。任何黑暗中的声音都让我联想起我的母亲把克拉拉的胎膜塞进她的外套里,我的父亲在我们被驱逐的清晨,回头凝视着我们的公寓。随着过去的事情在脑海里不断地重演,我一次又一次地失去了我的家和我的父母。我盯着婴儿床上的板条,试着让自己的心情平静下来,继续睡觉,或者至少保持平静。但噪声依然持续,冲撞声,重踏声。突然房门被踹开了。两个美国兵冲进了我的房间。他们跌跌撞撞地互相搅在一起,被一个小架子绊倒了。一束强烈的灯光打破了我房间的黑暗,其中一个男人指着我,笑着抓住他的胯部。玛格达没在这里,我也不知道她在哪里,她是否离我很近,能听见我尖叫,还是在某处蜷缩着,和我一样害怕。我听见我母亲的声音:在你结婚之前,你不能失去你处女的身体。她在我还不知道处女是什么之前就给我上课。我没有必要一定这么做,我明白这只是个威胁。不要毁了自己,不要让人失望。现在,我是那么脆弱,粗糙的处理方式不仅会让他玷污了我,还可能会杀了我。但我担心的不仅仅是死亡和更多的疼痛,我害怕的是失去对母亲的尊重。一个士兵把他的朋友推到门口,让他帮忙看守着,他自己则荒谬地嘀咕着向我走来。他的声音模糊不清,语言也混乱无序。他的汗味和酒精的味道闻起来非常刺鼻,就像发霉一样。我必须让他远离我,没有什么东西可以扔,甚至不能坐,也坐不起来。我试着尖叫,但我只能发出微弱的颤音。门口的士兵一直在笑,但他没有笑。他用非常严厉的语气跟我说话。我不懂英语,只知道他在说关于婴孩的事。另一名士兵靠在婴儿床扶手上。他的手在腰上摸索着。他会蹂躏我,摧毁我的。他拔出枪,像拿着火炬一样疯狂地挥舞着。我在等待着他用手强行压住我,但他却朝门口走去,向他的朋友走去,离开了。门"咔嚓"一声关上了,就剩下我一个人在黑暗中。

我不能睡觉。我相信士兵会再回来的。玛格达在哪里呢?其他士兵把她带走了吗?虽然她也很消瘦,但她的身体比我的好得多,而且她仍然有一点女性特征。为了缓和我的思绪,我试着去整理我所知道的男人和他们的人性特点:埃里克,温柔而乐观;我的父亲,对自己和环境感到失望,有时会失败,有时会尽其所能,找点小乐趣;门格勒博士,好色和控制欲强;还有我在地里偷胡萝卜时,捉住我的德国国防军,带惩罚性,但仁慈和善良;那个把我从贡斯基兴的死人堆里拽出来的美国兵,坚定而勇敢;现在,这又是一种新的滋味,新的阴影。一个解放者,但同时也是一个施暴者。他的存在很伟大,但也很空虚,空荡荡的,漆黑一片,仿佛他的人性已经离开了他的身体。我永远也不会知道玛格达那晚在哪里。即使是现在,她也记不起来了。但我将背负着那个可怕的夜晚发生的事情,带着我希望永远都不能忘记的东西一起逃离。那个几乎强奸了我,可能还会回来继续强奸我的人,和我一样,他的余生可能都在试图把阴影赶走、把它推到边缘的忏悔中度过。那天晚上,我相信他在黑暗中迷失了,他几乎变成了黑暗里的魔鬼,但他没有。他选择不这么做。

在早上,他又回来了。我知道是他,因为他身上仍然散发着酒味。尽管我是在半明半暗的光线中看到他的,但恐惧还是使我记住了他的容貌。我抱着我的膝盖啜泣,停不下来。我发出像是一种动物那样的哭声。这是一种恸哭的声音,还有些像是昆虫发出的嗡嗡声。他哭泣着跪在婴儿床旁,不断地重复着两个字。我不知道它们是什么意思,但我记得它们的音节:"原谅我,原谅我。"他递给我一个布袋。因为它太重了,我拿不起来,所以他把里面的东西都拿了出来放在床垫上。布袋里装着的是军队配给的小罐头。他给我看罐头上的图片，并一边指一边说，就像一个疯狂的侍应生在解释菜单，招呼我选择下一餐的食物。我听不懂他在说些什么，只是在研究这些图片。他撬开一个罐子，用勺子喂我。这是一罐添加了甜甜的东西和葡萄干的火腿。我们匈牙利人永远不会把火腿和任何甜食搭配在一起吃。如果我的父亲当初没有把他秘密包裹的猪肉和我分享，我也不可能知道它就是火腿。我不停地张开嘴，吃了一口又一口。当然，我也原谅他了，因为我太饿了，而他带来了食物给我吃。

之后，他每天都会来。玛格达的身体已经恢复得很好了，又开始卖弄风骚。那个时候的我以为，他拜访这座房子的主要原因是能享受她的关注。但日复一日，我才发觉他似乎并不在意她，他是为我而来的，我才是他关注的对象。也许他在为他差一点就做出侵犯行为而忏悔。或者，他需要向自己证明希望和纯真是可以重燃的，包括他的、我的和全世界的；更想证明一个骨折的女孩是可以重新行走的。在他照顾我的 6 周里，我太虚弱了，太疲劳了，就连学会讲或拼出他的名字这么简单的事也做不到。他把我从婴儿床上扶起来，握着我的手，劝诱着我绕着房间一步一步地走。当我试图挪动时，我的背就像被燃烧的煤烫到那样疼痛。我专注于把重心从一只脚转移到另一只脚，试着感受重心转移的那一刻。我把手高高举过头顶，握住他的手指。我把他当成我的父亲，父亲一直希望我是一个男孩，但他很爱我。

你会是镇上着装最漂亮的女孩，他一次又一次地告诉我。当我想到父亲时，一股暖流从我的后背中涌出，在我的心中燃烧，有痛苦，也有爱。一个婴儿都知道世界上任何事情都有两面性，我也在重新学习这一点。

玛格达的身体状况比我好，她试图让我们的生活更加井然有序。有一天，这个德国家庭出门了，玛格达打开了衣橱，她想找些适合我们穿的衣服。她写信给克拉拉、母亲在布达佩斯的弟弟和在米斯科尔克的妹妹。她写那些可能永远不会被读到的信，只是希望能发现有谁还活着，发现离开韦尔斯后我们该去哪里重建自己的生活。我已经不记得怎么写自己的名字了，更不用说地址，或一个句子。"你在那里吗？"

一天，那个美国兵带来纸和铅笔。我们从字母表开始。他写了大写 A 和小写 a，然后是大写 B 和小写 b。他给我铅笔，然后向我点了点头。我能写出任何字母吗？他想让我试试。他想看看我恢复了多少，我记得多少。我可以写 C 和 c，D 和 d 了！我想起来了！他鼓励我，他为我高兴，并让我继续写 E 和 e，F 和 f。但写到之后的那个字母我犹豫了，我知道下一个字母是 G，但我想不起来了，无法在纸上写出来。

有一天，他带了一台收音机。他用收音机播放音乐，这是我听过的最欢快的音乐，音调轻快，让人兴奋。我听到号角的声音，号角声会促使人动起来。它们的闪光点不是只有诱惑力，还有比诱惑力更深的，一种不可抗拒的邀约。美国兵和他的朋友们随着音乐翩翩起舞。他们向玛格达和我展示了吉特巴舞、布吉伍吉舞。男人们一对一对地跳，就像跳交谊舞那样，甚至他们握着手臂的方式对我来说也是没见过的——是一种在舞厅跳舞的风格，但更轻松，更随意。这不是正式的舞蹈，但也并不是马虎了事的那种。他们是如何让自己的神经绷得那么紧，却又那么灵活，并且准备得如此充分呢？

他们的身体随音乐的节奏摆动。我想要像那样跳舞。我想让我的身体也能做这些动作。

一天早上,玛格达去洗了个澡。当她回到房间时浑身发抖,头发是湿的,衣服脱掉了一半。她闭着眼睛在床上发抖。她洗澡的时候,我就一直睡在床上。因为现在我的体形已经恢复,所以不能再睡原来的婴儿床了。我不知道她是否知道我已经醒了。

我们获得解放已经一个多月了。在过去的40天里,玛格达和我几乎每时每刻都一起待在这个房间里。我们已经恢复了体力,我们甚至已经恢复说话、写作甚至跳舞的能力。我们可以一起谈论克拉拉。我们希望她在某个地方还活着,并在试图找我们。但我们不能谈论我们曾经的遭遇。

也许在我们的沉默中,我们正试图营造一个能把我们从创伤中解放出来的环境。在韦尔斯休养是一种过渡性的生活,但也可能是一种新的生活方式在召唤我们。也许我们正试着给对方和我们自己一个空白的空间来构建未来。我们不想让暴力和失去亲人的画面来玷污这个房间。我们希望能看到除了死亡以外的东西。因此,我们心照不宣地同意不谈论任何会破坏生存希望的事情。

现在我姐姐在颤抖,陷入痛苦中。如果我告诉她我是醒着的,如果我问她发生什么事了,如果我目击到让她崩溃的过程,她就不必独自面对那件让她颤抖的事情了。但如果我假装睡着,我可以成为她的一面镜子,她从镜子中感觉不到这个刚刚经历的痛苦;我可以成为一面有选择性的镜子,我可以向她展示她想要建立的东西,其他的她都可以避而不见。

最后,我不需要决定做些什么事了。她已经开始说话。

"在我离开这所房子之前,我会报复的。"她发誓。

我们很少碰见给我们提供住宿的那户家庭,但玛格达的沉默和充满仇恨的愤怒迫使我往最坏的方面去想。我想象着,当她脱下衣服的时候,那位父亲走进了浴室。"是他……"我结结巴巴地说。

"没有。"她发出急促而刺耳的呼吸声,"我正想用肥皂,就感觉这个房间开始旋转了。"

"你生病了吗?"

"没有。是的。我不知道。"

"你发烧吗?"

"没有。是那块肥皂,迪库卡。我不能碰它。一种恐慌降临到我身上了。"

"没有人伤害你吧?"

"没有。是那块肥皂。你知道他们在说什么吗?他们说这肥皂是用人做的,是用他们杀死的人做成的。"我不知道这是不是真的。但这里和贡斯基兴很接近吗?也许吧。

"我仍然想杀死一个德国母亲。"玛格达说。我记得我们在冬天走过的所有路,这个是她的幻想,她不断地重复着:"我能做到,你知道的。"

有很多不同的方法可以让你坚持下去,我必须找到自己的方式来适应所发生的一切。我还不知道是什么样的方式。虽然我们已经从死亡集中营中被解放出来,但我们必须完全地拥有自由——自由地去创造,去谋生,去做选择。在我们找到自由之前,我们只能在无尽的黑暗中不停地绕圈。

后来,有医生来帮助我们医治身体,但没有人会向我们提供心理层面的治疗。我花了许多年才开始明白这一点。

　　一天，那个美国兵和他的朋友们来告诉我们，我们将要离开韦尔斯。苏联人正在帮助幸存者回家，他们是来道别的，并带来了收音机。收音机里播放着格伦·米勒的歌曲《心情》，我们也放松下来了。因背脊受伤，我几乎无法控制自己的步伐，但在我的脑海里，在我的精神中，我们就像是旋转的陀螺：慢，慢，快——快，慢。慢，慢，快——快，慢。我也能做到的——保持胳膊和腿放松，不瘸腿。格伦·米勒，艾灵顿公爵，我一遍又一遍地重复念着这个大乐队里明星的名字。这个美国兵领着我小心地旋转，他稍稍降低身体，在舞步中松开手。我仍然很虚弱，但我能感受到我身体的潜能，我相信当我痊愈的时候，所有的东西它都可以表达出来。许多年以后，我将和一个被截肢者一起工作，他会解释他有幻肢感。在解放六周后，我听着格伦·米勒的歌声，与我那还活着的姐姐，还有那个几乎强奸了我的美国士兵一起跳舞时，我反而有着和幻肢相反的感觉。这不是一种失去东西的感觉，而是我身体的一些部位有恢复知觉的感觉，是它自己恢复正常的。我能感觉到手脚有恢复如初的可能，更相信我能再次从生活中站起来。

　　在从韦尔斯到维也纳的火车旅程中，我们要穿过苏联占领的奥地利。在几个小时的火车行程里，我不停地抓挠着我全身因虱子和风疹引起的皮疹。家，我们要回家了，再过两天我们就到家了！然而，我们回家的喜悦与失去亲人的痛苦是分不开的。我知道我的母亲和外祖父母都死了，当然我的父亲肯定也死了。他们已经死了一年多了。没有和他们一起回家，就等同于再次失去他们。

　　也许克拉拉还在，我给予自己希望。也许埃里克也还在。

在我们旁边的座位上坐着两个兄弟。他们也是幸存者。孤儿。来自卡萨[1]，和我们一样！他们叫莱斯特（Lester）和伊姆雷（Imre）。后来我们得知，在死亡行军途中，他们的父亲被从背后射杀了。我们很快也知道，在我们家乡的15000名被驱逐者中，我们是在这场战争中幸存下来的70人中的4个。

"我们还拥有彼此，已经很幸运，很幸运了。"他们现在说。

莱斯特和伊姆雷，玛格达和我。我们处在一种反常的状态。纳粹不只是谋杀了数百万人，同时还谋杀了这些人的家庭。现在，除了在那些不可思议的失踪者和死亡者的名册中寻找亲人之外，我们的生活还是要继续。后来，我们将听到在欧洲各地无家可归者营地发生的团聚、婚礼和孩子出生的故事。我们还听说会有特意为情侣们发放能获得结婚礼服的特别配给券。我们屏住呼吸，在联合国善后救济总署[2]的报纸上仔细搜寻，希望在报纸上散落的幸存者名单里看到自己熟悉的名字。但现在，我们什么也不能做，只能凝视着火车的窗外，望着空旷的田野、断桥。在一些地方，那些新种的庄稼显得那么娇嫩脆弱。盟军对奥地利的占领将持续10年。在我们经过的城镇，人们的心情并没有半点放松和喜悦，这是一种对局势的不确定性和饥饿引起的紧张气氛。战争已经结束了，但紧张的气氛并没有因此结束。

"我的嘴唇丑吗？"当我们靠近维也纳市郊时，玛格达问道。她正研究着在窗户玻璃上她叠加在风景中的影像。

---

1 卡萨：斯洛伐克东部最大的城市，经济和文化中心。
2 联合国善后救济总署：战后为统筹重建二战受害严重且无力复兴的同盟国参战国家的福利机构。

"为什么这么问,你是打算用它做点什么吗?"我跟她开玩笑,我试着诱导出她那从不间断、爱戏弄人的性格。我试图压制自己那个不可能实现的幻想——埃里克还活在某个地方,我很快就会戴着临时的面纱成为一位战后的新娘,永远和我的爱人在一起,再也不会孤单。

"我是认真的。"她说,"告诉我真相。"

她的焦虑使我想起,我们在奥斯维辛集中营的第一天,她被剃成光头赤裸着站在那里,紧紧地握着被剪下来的头发。也许她是把全世界对未来无法预测的恐惧都浓缩成她个人的恐惧,并把它更具体化了——害怕自己没有足够的吸引力,去找一个男人,害怕她的嘴唇是丑陋的。或者问题是她被更深层次的不确定性——本质价值的问题给纠缠住了。

"你的嘴唇有什么问题?"我问。

"妈妈讨厌它们。街上有人称赞我的眼睛,她会说,'是的,她的眼睛很漂亮,但你看看她厚厚的嘴唇。'"

生存是黑白分明的,当你为生命而奋斗的时候,是不会让"但是"这个词闯入的。现在,"但是"这个词涌现出来。我们有面包吃,是的,但是我们身无分文。你的体重在增加,是的,但是我的心情却很沉重。你还活着,是的,但是我的妈妈死了。

莱斯特和伊姆雷决定在维也纳逗留几天,他们答应来家里找我们。我和玛格达登上另一列开往布拉格的火车。这趟火车要向西北方向开8个小时。一个男人挡在火车车厢的入口。"我们的人才可以进去。"他冷笑道。我们的人。他是斯洛伐克人。犹太人必须坐在火车车顶上。

"纳粹虽然输了,"玛格达喃喃自语,"但这还是和以前一样。"

没有别的方法可以回家,我们只能爬上火车的车顶,加入其他流离失所的人群之中。我们手牵手。玛格达坐在一个叫拉斯·格拉德斯坦(Laci Gladstein)的年轻人旁边。他用自己几乎只剩骨头的手指,抚摸着玛格达的手指。我们不会追问对方曾经去过哪里。我们的身体和我们惶恐不安的双眼,都在述说着你想要知道的一切。玛格达靠在拉斯单薄的胸口上,寻找温暖。我嫉妒他们能在彼此身上找到的安慰、吸引力和归属感。我太执着于对埃里克的爱,希望能再次找到他,寻找那个现在就用手臂拥抱我的男人。即使我没有记挂着埃里克的声音,我想我也会因为害怕而不敢去寻求安慰和发生任何亲密行为。我骨瘦如柴,浑身都是虫子和褥疮。谁会要我呢?最好不要冒险联系而被拒绝,最好不要证实我所受到的损害。更何况,现在谁能给我最好的庇护呢?需要那个人知道我作为一个幸存者忍受了什么吗?或者找一个什么都不知道的人,他可以帮助我忘记过去?找一个在我经历地狱的磨难之前就认识我的人,他可以帮助我复原回到从前的自己?或者是一个只看重我现在的人,他不会一直关注着那些已被摧毁的东西?我永远不会忘记你的眼睛,埃里克告诉我。我永远不会忘记你的手。在一年多的时间里,我一直坚信这些话,它就像一张可以指引我走向自由的地图。我已经变成现在这个样子,但如果埃里克无法面对呢?如果我们找到对方并一起生活,却发现我们的孩子是幽灵的孩子,那该怎么办?

我依偎着玛格达。她和拉斯谈论着未来。"我要当一名医生。"他说。

对于一位和我一样,在一两个月前差点就死去的年轻人来说,这是一个多么高尚的理想。他会活过来的，会痊愈的，还会医治别人。他的雄心壮志消除了我的疑虑。这是多么震惊，他带着梦想走出死亡集中营，这似乎是一种不必要的冒险。即使是现在我已经见识了饥饿和暴行，但我还是记得我所受到的伤害，记得被偏见毁掉的梦想和教练将我从奥林匹克训练队中撤销资格时的说话方式。我还记得外祖父是如何从辛格缝纫机公司退休并等待他的养老金支票。他是如何等了又等，盼了又盼。他是如何谈论其他小事的。最后，他收到第一张支票。但一个星期后，我们就被送到砖厂，几周后，他死了。我不希望自己总想着不好的事情。

"我在美国有一个叔叔，"拉斯继续说，"在得克萨斯州，我要去那里，在那里工作，攒钱重新上学。"

"也许我们也会去美国。"玛格达说。她一定想到了布朗克斯的玛蒂尔达姑妈。我们周围的人都在火车车厢顶，谈论着未来的生活。为什么要继续生活在使我们失落的灰烬中呢？为什么还要在一个我们不想要待的地方继续挣扎求生存呢？很快我们就了解到美国和巴勒斯坦都有严苛的移民限制。我们没有不设限制和偏见的避风港。**无论我们走到哪里，生活可能总是这样。只能尝试忽略那些随时可能被轰炸、被射杀和被扔进沟渠里的恐惧，或者充其量被迫登上火车顶部，手牵着手，顶着风。**

在布拉格，我们需要再次换乘，我们和拉斯道别。玛格达把我们家的旧地址，科苏特拉约什路6号，写给他，他也承诺会联系我们。距离下一趟列车的发车还有些时间，我们可以找个地方伸展一下我们的双腿，坐在阳光下，安安静静地吃点面包。我想找个公园，希望能看到绿色植物和鲜花。在那里，每隔几步我就会闭一次眼睛，用心感受一下城市、街道、人行道和民众喧闹的气息，还有面包店、汽车尾气和香水。当我们身处地狱的时候，很难相信有这些东西的存在。我凝视着商店的橱窗，觉得自己即使身无分文也没关系。当然，没钱也将会是个问题。在科希策，食物并不是免费发放的。但看到了摆卖的裙子、袜子、珠宝、烟斗和文具的这一刻，我已经觉得非常满足了，生活和商业还在继续。一个女人拿着一条夏季的连衣裙在欣赏，一个男人看中了一条项链。东西并不重要，但美很重要。这是一个人们都没有失去想象、制造和欣赏美丽事物能力的城市。我将再次成为一个居民，住在某个地方的普通居民。我会跑跑腿，买买礼物。我将去邮局排队。我会吃自己烘焙的面包。为了纪念我的父亲，我将穿着高级定制的服装。为了纪念我的母亲，我会去看歌剧，她喜欢坐在椅子的边缘，听着瓦格纳的乐章，激动地哭泣。为了克拉拉，我要去听交响乐，寻找门德尔松的小提琴协奏曲的每一场表演，沉浸在憧憬和渴望里，感受着音乐带来的直线上升的紧迫感和跌宕起伏的华丽乐章的完美结合。然后更加险恶的主旋律，威胁着独奏小提琴手不断上升的梦想。站在人行道上，我闭上眼睛，这样我就能听到我姐姐小提琴的回声了。玛格达的叫声吓了我一大跳。

"醒醒，迪库卡！"

我睁开眼睛，看见在这繁华的城市，公园入口的旁边，贴着一张小提琴独奏表演的海报。

海报上的照片是我姐姐。

照片里，我的克拉拉握着她的小提琴坐在那里。

- 第八章
透过一扇窗

我们在科希策下了火车。我们的家乡已经不再属于匈牙利了，它现在是捷克斯洛伐克的一部分。我们眨着眼，看着六月那明媚的阳光。我们既没有钱坐出租车，也没有钱买任何东西。还有，我们不知道我们家的老房子是否被别人占用了，更不知道以后该怎样才能生活下来。但我们已经到家了，并已经准备好要去找克拉拉。仅仅几周前，克拉拉还在布拉格举办过一场音乐会。她一定在某个地方，一定还活着。

我们穿过梅斯茨克公园（Mestský Park），向市中心走去。人们坐在户外的桌子和长椅上，孩子们则聚集在喷泉周围。那里有一个钟，当年我们看着那些男孩们聚在那里，期盼着和玛格达约会。那里还可以见到我们父亲商店的阳台，金色的牌子在栏杆上闪闪发光。他就在这里！我敢肯定，我能闻到他的烟草味，感觉到他的胡子就在我的脸颊上。但现在商店的窗户已经全是黑的了。我们向我们在科苏特拉约什路 6 号的公寓走去。就在这条人行道上，我们被带到砖厂前马车停放的地方，一个奇迹发生了。克拉拉突然从前门走了出来，出现在我们面前。她的头发就像我们母亲当年的头发一样编成辫子，然后盘起来，背后背着她的小提琴。当她看到我的时候，她把小提琴盒扔到人行道上，向我跑来。她悲伤地呻吟着。"迪库卡，迪库卡！"她哭了，像抱婴儿一样抱起我，她的手臂就像一只摇篮。

"别拥抱我们！"玛格达尖叫道，"我们浑身都是虫子和褥疮！"我想她的意思是：亲爱的克拉拉，我们伤痕累累。她的意思还有：不要让我们见到的事情伤害到你，别让事情变得更糟，别问我们发生了什么事，更不要就这样消失在稀薄的空气中。

克拉拉不停地摇着我。"这是我的小宝贝！"她兴奋地告诉一位路过的陌生人。从这一刻起，她就成了我的母亲。她已经在我们的脸上看到了这个位置是缺失的，而她必须把它补上。

距离和她上次见面已经有一年半的时间了。她正在赶去广播电台的路上，去那里举行音乐会。我们极其希望她不要离开我们的视线，生怕再次失去与她的联系。"等一等，等一等。"我们乞求道。但她已经差不多要迟到了。"如果我不演奏，我们就没钱买东西吃了。"她说，"快点，跟我进去。"也许现在没时间说话也是一种好事。我们也不知道从何说起。不过让克拉拉看见我们的身体遭受如此重的创伤，她一定会非常吃惊。没有时间也许也是一件幸事，克拉拉可以做一些具体的事情来表达她的爱和慰问，比如正确地引导我们康复，这种康复不仅仅需要休息。也许我们永远不能康复，但起码她现在还是可以做一些事情的。她把我们带进屋里，脱下我们的脏衣服，帮助我们在父母曾经睡过铺着白色床单的床上躺下，并为覆盖着我们全身的皮疹搽抹上炉甘石液。这些让我们非常痒的皮疹，同时也会传染给她，她就会因得皮疹而全身通红，不能再去开音乐会了。我们的团聚更多体现在身体的接触上。

玛格达和我赤裸着身体，全身上下涂满了炉甘石液，在床上躺了至少一个星期。克拉拉并没有问我们问题，更没有问我们的父母在哪里。她不停地说话是为了不让我们讲。她说话也是为了不想听其他人讲话。她告诉我们的每件事都像是一个奇迹，那么不可思议。但至少我们已经在一起了，我们是幸运的，很少有人可以像我们这样一家团聚。克拉拉直率地、不加掩饰地告诉我们，我们的小姨和舅舅——母亲的亲妹妹和亲弟弟被人从桥上扔下，淹死在多瑙河里。当在匈牙利的最后一批犹太人遭到围捕时，克拉拉逃过了检测，伪装成异教徒，住在她的教授家里。"有一天，我的教授跟我说，'你要住进女修道院里，明天你必须学习《圣经》，不久你就要开始教《圣经》。'这似乎是将我隐藏起来的最好办法。那女修道院离布达佩斯将近320公里。我按他们的习俗着装。但有一天，学院的女孩认出了我，我便偷偷坐上了回布达佩斯的火车。"

夏天的某个时候，她收到了我们父母的一封信。这封信是我们在砖厂时，他们写的，告诉了克拉拉我们被监禁的地方，说我们一家人在一起很安全，并认为我们很快就会转去一个叫肯尼埃尔梅兹的劳改集中营。我记得在我们从砖厂疏散时，因为没有办法将信寄出，眼睁睁地看着妈妈把信丢在大街上。当时我以为她是放弃才把它扔掉的。但是对克拉拉讲述的她的生存故事，我有不同的看法。在松开这封信的时候，我母亲并没有放弃希望，她是在点燃希望。不管怎样，不管她出于遭受挫败还是寄以希望地扔掉这封信，她都是在冒险。这封信最终还是被送到我的姐姐，一个藏在布达佩斯的金发犹太人手上。信封上有她所在的地址。当我们在黑暗中被送到奥斯维辛集中营时，有一个陌生人，手里拿着那封信。他本可以打开它，把克拉拉带到箭十字党去。他可以把信扔进垃圾桶，也可以把它丢弃在街上。但这个陌生人在信封上贴了一张邮票，并寄给了在布达佩斯的克拉拉。对我来说，这和我姐姐的再次出现一样，都是那么不可思议。这是一个魔术，是我们之间存在着一条生命线的有力证据，也是在那个时候世界上仍然存在着善良的证据。在被三千双脚踢起的泥土中，许多人径直朝着波兰的一个烟囱走去，母亲的信却在那里飞了起来。一个金发女孩放下小提琴，撕开封印。

克拉拉还讲述了另一个结局很好的故事。在知道我们已经疏散到砖厂，预计在某一天又会被送走，送到肯尼埃尔梅兹，或者某些人才知道的地方，她去了布达佩斯的德国领事馆，要求把她送到我们原来所在的地方。在领事馆，看门人告诉她："小姑娘，快走开，不要进来。"她不甘心遭到拒绝。她试图偷偷溜进大楼。看门人看见她，打了她，重重地打了她的肩膀，她的胳膊，她的肚子，她的脸。"滚出去。"他又说道。

"他打了我，但他救了我。"她告诉我们。

临近战争结束时，苏联人包围了布达佩斯，纳粹更加下定决心要把这座城市的犹太人赶尽杀绝。"我们必须携带印有我们姓名、宗教信仰和照片的身份证。他们每时每刻都在街上查看这些身份信息，如果他们看到你是犹太人，他们可能会杀了你。我不想带着我的身份证，但我担心，在战后，我需要一些东西来证明我是谁。所以我决定让我的一位女性朋友帮忙保管身份证。她住在海港的对岸，所以我必须过桥才能到达她那里。当我到达大桥时，士兵们正在检查证件。他们跟我说：ّ请显示一下你是谁。'我说我什么也没有，不知怎么的，他们让我过去了。一定是我的金发和蓝眼睛说服了他们。自此，我再也没去朋友家取回那张身份证了。"

"当你不能从一扇门进去时，就从窗户进去。"母亲常常这样说。没有生存或痊愈的大门，但到处都是窗户。虽然你不能轻易地够着插销，窗格也太小了，没有适合身体通过的空间，但你不能站在原地，你必须想办法。

德国投降后，我和玛格达在韦尔斯康复时，克拉拉又去了领事馆，这次是苏联领事馆，因为红军把纳粹控制下的布达佩斯解放了出来，她试图了解我们的情况。他们没有我们的家庭资料，但他们表示愿意帮助她回科希策，以换取一次免费的音乐会。"我演出时，有200名苏联人出席了，然后我就坐在火车顶上回家。当我们停下来或睡觉时，他们会照看着我。"当她打开门，进到我们的旧公寓时，一切都是那么杂乱无章，我们的家具和所有物品被洗劫一空。房间之前被用作马厩，地板上还覆盖着马粪。当我们学着吃饭、走路和用韦尔斯语写下自己名字的时候，克拉拉开始为赚钱而开音乐会，并将地板擦洗干净。

现在我们回来了。当我们的皮疹痊愈后，我们轮流着离开公寓。我们三个人才只有一双完好的鞋子。当轮到我穿鞋子的时候，我在人行道上慢慢地来回走动，我的身体依然太虚弱了，不能走得太远。邻居认出我来："我很惊讶看到你能成功地恢复过来。"他说："你一直是个瘦骨嶙峋的小孩。"我心里感到了胜利的喜悦。尽管困难重重，却是一个开心的结局！但我感到内疚。为什么是我？为什么我能做到呢？没有任何解释。这是侥幸，或者是一个错误。

人们可以分成两类：幸存者和不幸者。在这里，我们不讲述后者的故事。我们外祖母的画像依然挂在墙上。她的黑头发在中间分开，然后向后系成一个紧绷的发髻。她光滑的前额上有几根卷毛。她在照片里没有笑，但她的眼睛比严肃更真诚。她会意且务实地看着我们。玛格达会像母亲过去所做的那样，对着她的肖像说话。有时她会寻求帮助，有时会细声抱怨，有时会大声咆哮。"那些纳粹混蛋……该死的箭十字党……"在她的画像下靠着墙的钢琴不见了。在我们以往的日常生活中，钢琴像我们的呼吸一样几乎无处不在。现在，它的缺失影响了整个房间的气氛。玛格达的发怒缘于这个空荡荡的地方。随着钢琴的消失，她的一些东西也不见了：她的身份认同和自我表达的一个发泄口。她因它的不在而感到愤怒。这种愤怒是充满活力的，充分表达的和任性的。我对她这方面非常钦佩。我的愤怒是转向内心的，它凝结在我的肺里。

　　随着日子的流逝，玛格达变得越来越强壮，但我仍然很虚弱。我的上背部依然疼痛，行走困难，而且我的胸部因淤血积聚变得很沉重。我极少离开家。即使我没有生病，也没有想去的地方。**当死亡是所有问题的答案时，为什么要去散步呢？当与生者的任何互动，都证明了你是在一个不断壮大的幽灵集会陪伴下走过这个世界的，为什么还要说话呢？当每个人都有那么多哀伤的时候，为什么要特别想念一个人呢？**

　　我依靠我的姐姐们：克拉拉，我忠实的护士；玛格达，我的新闻来源，让我与更美好的世界保持着联系。有一天，玛格达气喘吁吁地回到家。"钢琴！我找到了，就在咖啡馆里。我们的钢琴！我们必须把它拿回来。"她说。

　　咖啡馆老板不相信这是我们的。克拉拉和玛格达轮流恳求他。

她们描述了在我们的客厅里举行的私人音乐会。克拉拉的大提琴朋友，另一个来自音乐学院的神童强诺·斯塔克，是如何在他职业生涯的第一年，和克拉拉一起在我们的房子里，举办他的首场音乐会。她们的话语中没有一个字是摇摆不定的。最后，玛格达寻找到钢琴调音师，他们一起来到咖啡馆，和店主交谈，然后看了印在钢琴盖子里的序列号。"是的，"他一边点头一边说道，"这是大象钢琴。"他召集了一群人把它搬回到我们的公寓里。

在我的内心深处，是否有什么东西能证实我的身份，能让我恢复到以前的我？如果有这样的东西存在，我要找谁来揭开盖子，读出代码呢？

一天，玛蒂尔达姑妈寄来了一个包裹。布朗克斯区瓦伦丁大道，回信地址是这样写的。她寄来了茶和克罗斯克。我们以前从来没有见过克罗斯克，所以也不知道它是用来烹饪和烘焙的黄油的替代品。我们的吃法很简单，直接把它抹在面包上吃。还有我们一次又一次地重复使用茶包。你知道我们用同样的叶子能酿造出多少杯茶吗？

我们的门铃偶尔会响起，我会在床上惊醒。这些都是最美好的时刻，说明有人在门外等着你。过了几秒我们才去打开门，那可能是任何人。有时我会想象外面的是我们的父亲。毕竟，他在第一次选择中幸存了下来。他找到了一种工作的方法，让他在整个战争期间都显得很年轻。他就在这里，抽着烟，手里拿着一支粉笔，脖子上挂着一条长长的卷尺，就像一条围巾。有时我想象着在门廊上的是手里捧着一束玫瑰花的埃里克。

我的父亲永远不会回来了，思斯的出现让我们确切地知道他已经死了。

有一天，在从韦尔斯到维也纳的火车上，与我们一起的两兄弟中的一个，莱斯特·科尔达敲响了我们的门铃。他是来看看我们过得怎么样的。"叫我思斯吧。"他说。他的出现就像为我们那浑浊的房间带来了新鲜的空气一样。我和我的姐姐们一直在回顾往事和继续前行之间徘徊。我们的大部分精力都用来恢复和还原，那些在我们丧失家园和被监禁之前所拥有的健康和财产以及生活中的其他东西。思斯为了帮助我们而显示出的热情和兴趣提醒着我，要为更多的东西而活着。

克拉拉正在另一个房间里练习小提琴。当他听到音乐时，他的眼睛唰地被点亮了。"我能荣幸地见见那位音乐家吗？"他问。克拉拉也被迫演奏了匈牙利的查尔达斯舞曲。思斯随着音乐跳起了舞。也许是时候构建我们的生活了——不是回到过去，而是重新开始。

在1945年的整个夏天，思斯成了我们家的常客。当克拉拉要去布拉格参加另一场演奏会时，思斯提出要和她一起去。

"我现在要烤一个结婚蛋糕吗？"玛格达问。

"不要。"克拉拉说，"他有一个女朋友。他只是出于礼貌。"

"你确定你们没有坠入爱河吗？"我问。

"他记得我们的父母。"她说，"我也记得他的。"

我在家里待了几个星期，虽然还不够强壮，但我还是步行去了埃里克的旧公寓。公寓是空的，他的家里没有人回来。我发誓要尽可能多地去他家看看。离开的痛苦比惊醒后的失望来得更强烈。悼念他不是单单地悼念一个人而已。在集中营里，我可以渴望他真实地存在着，并坚守我们对未来的诺言。如果我今天能活下来，明天就自由了。但自由的讽刺之处在于，很难找到希望和目标。现在我必须接受这样一个事实：我结婚的人都不认识我的父母。如果我有孩子，他们也不会认识他们的外祖父母。我不仅仅是为自己的损失而伤心，而且还有它所波及未来的方式，还有它延续的方式。我母亲过去常常告诉我要找一个额头宽的男人，因为这意味着他聪明。"看看他是怎么用手帕的。"她会说，"确保他总是带着干净的手帕。确保他的鞋子是擦亮的。"她不可能参加我的婚礼了。她永远不会知道我变成什么样，我选择的是谁。

克拉拉现在就像我母亲。她这样做是出于爱和她天生的能力，也可能是因为愧疚。她没有在奥斯维辛集中营保护我们，所以觉得现在一定要保护好我们。她包揽了家里所有的烹饪工作，并把我当成婴儿一样用勺子来喂。我爱她，喜欢受到她的关注，喜欢被拥抱的感觉，这让我感到更安全。但她同时也是令人窒息的，她的好心使我没有喘息的空间。她似乎需要在我的身上得到一些东西作为回报，不是感激或是感谢，而是更深层次的东西。我能感觉到，她希望依靠我来体现她自己的使命感和她存在的原因。在照顾我的过程中，她找到了她能幸免于难的原因。但我现在的任务是不需要她的帮助也能很健康地活着。这就是我活下来的原因。

到了6月底，我的背还是没有痊愈。我的肩胛骨之间有一种持续不断的刺痛感。我的胸部仍然感到疼痛，就连呼吸也觉得痛，之后我突然发烧了。克拉拉带我去了医院并坚持要给我找一个私人病房，给我最好的照顾。我担心医药费的问题，但她说她会多开几场音乐会并想办法来支付。当医生过来为我检查的时候，我认出他来，他是我以前同学的哥哥。他的名字叫加比。我记得他妹妹叫他天使加比利。我知道，这个同学已经死了，死在奥斯维辛集中营。他问我是否在集中营里见过她。我真希望我能给他一张他妹妹最后的照片，让他拿来作纪念。我还想撒一个谎，想告诉他，他的妹妹是多么勇敢，并和我深情地谈论过他。但我不会说谎。我宁愿面对父亲和埃里克生命的最后几分钟的空白，也不愿被告知不真实的事情，无论它是多么令人欣慰。自被解救以来，天使加比利给了我第一次治疗。我被诊断患有伤寒、肺炎、胸膜炎和背部骨折。他为我做了一个活动的石膏，覆盖了我的整个身体。这样我晚上可以把它放在床上，爬进这个石膏壳里休息。

加比的到访不仅仅是一种身体上的治疗，也没有向我收取任何医疗费用。我们经常坐下来一起回忆过去。我总不能和我的姐妹们直白地诉说自己的悲伤，它太刺心，往事还历历在目。与她们一起悲伤似乎是对我们奇迹般团聚的一种污蔑，所以我们从不相互抱怨和哭泣。但是面对加比，我可以尽情地表达自己的悲伤。有一天，我问加比关于埃里克的事。加比还记得他，但不知道他后来怎么样了。因为加比有同事在塔特拉山区的遣返中心工作，他说他会向他们了解一下，看能不能得到一些关于埃里克的消息。

一天下午，加比为我检查后背的情况。他等到我翻身躺好后，告诉了我他得到的消息。"埃里克被送到奥斯维辛集中营后，"他说，"在一月份，解放前的一天，他去世了。"

我爆发出撕心裂肺般的痛哭声。我想我的胸口都碎了。悲伤的冲击是如此强烈，眼泪都无法流出来——喉咙里发出一声声刺耳的呻吟声。就连对我所爱的人，在他生命最后枯竭的那些日子里所经历的痛苦和所处的精神状态，我也想不出如何去考究，大脑只剩下一片模糊。我被悲痛和因失去他而感到的不公平所折磨。如果他能再多坚持几个小时，甚至多呼吸几次，我们现在就能团聚了。我趴在桌子上大声呻吟，直到声音都嘶哑了。

等到自己的震惊消散，我醒悟到，如果自己从一种特别的角度去考虑这件事，其实知道他的死讯所带来的痛苦对我来说已经是非常仁慈了。我就连父亲有没有死都无法知道。确定埃里克已经走了，对我来说就像在长时间的疼痛之后，开始接受诊治一样。我可以准确地找出受伤的原因，也可以确定应该治疗什么了。

但诊断并不等同于治愈。我不知道现在该怎么处理埃里克的声音，那深刻于心中的话语和希望。

到 7 月底，我终于退烧了，但加比仍然对我的恢复进度不满意。我的肺部被折断的背骨压得太久，已经充满积液。他担心我感染肺结核，建议我去塔特拉山区的一家结核病医院接受治疗。加比就是在那里打听到了埃里克的死讯。克拉拉将会陪我乘火车去距离山区最近的村庄。而玛格达会留在我们的公寓里。在经历一番努力和争取回来后，我们总是期待着会有一个意想不到的访客，即使机会渺茫，我们也不能冒着无人在家的风险，哪怕是一天。一路上，克拉拉一直把我当作小孩子来对待。"看看我的小宝贝！"她向其他乘客大声说。我就像个早熟的孩子一样向他们投以微笑。我确实看起来就像一个小孩。我的头发因伤寒掉光了，现在刚刚长出像婴儿那样柔软的头发。克拉拉帮我用围巾遮住我的头。当车在山区爬升的时候，我呼吸到了高山干燥而清新的空气，但是我仍然呼吸困难。我的肺里就像长期有一个泥潭。当我不能让自己的眼泪向外流的时候，它们流进了这个泥潭里。我不能不理会自己的悲伤，更没法将它驱赶。

克拉拉将按日期回到科希策，参加广播演出——她的音乐会是我们唯一的收入来源，所以她不能陪我去结核病医院。我会在那里一直待到我完全好起来为止，但她拒绝让我一个人去。我们在遣返中心到处询问是否知道有需要去医院的人。最后我被告知，住在附近旅馆的一位年轻人也需要去医院接受治疗。当我在旅馆的大厅里找到他的时候，他正在亲吻一位女孩。

"火车上见。"他咆哮着。

当我在火车站的站台上向他走去时，他还在亲吻着那位女孩。他的头发是灰色的，至少比我大 10 岁。在 9 月份，我就满 18 岁了，但我瘦弱的四肢、扁平的胸部和光秃秃的头，看起来更像一个 12 岁的小孩，当他们拥抱时，我尴尬地站在他们旁边，不知道如何知会他一声。我开始烦闷起来，这就是我要托付的那个人吗？

"先生，你能帮一下我吗？"我终于开口问了，"你应该陪我一起去医院。"

"我很忙。"他说。几乎没有停下他的吻来回应我的迹象。他就像一位年长的哥哥，希望甩掉一个烦人的妹妹。"火车上见。"

在克拉拉不断的讨好和提醒之后，他的轻蔑减少了。我不知道为什么这让我如此困扰。我的男朋友死了，他的女朋友还活着？还是说，我是如此微不足道，以至于没有人愿意关注和认可，甚至有完全消失的危险？

他在火车上给我买了一个三明治，并给自己买了一份报纸。除了交换姓名和基本礼节之外，我们就不再说话了。他的名字是贝拉。对我来说，他只是火车上一个粗鲁的人，一个我不愿意但必须向他寻求帮助的人，一个只是勉强给予帮助的人。

当我们到达车站时，我们意识到必须步行到结核病医院，现在已经没有报纸来分散他的注意力了。

"你在战前做了什么？"他问道。之前没有听他讲过话，我注意到他原来说话带着口吃。当我告诉他我是一个体操运动员、会跳芭蕾舞时，他说："这让我想起了一个笑话。"

我满怀期待地看着他，准备接受一个匈牙利式的幽默，准备好迎接我在奥斯维辛集中营减压时的感受，在那里，我、玛格达和我们的室友们一起举办了一场乳房选美比赛，并在那糟糕的日子里响起了欢快的笑声。

"有一只鸟，"他说，"有一只快要死的鸟。一头牛帮助它，从它的屁股后面让它暖和起来，你知道我的意思的。那只鸟开始兴奋起来了，然后一辆卡车来了，把那只鸟轧死了。一匹聪明的老马走了过来，看着路上的死鸟。马说：'我不是告诉过你，如果头上有屎，就不要跳舞了吗？'"贝拉为自己讲的笑话而大笑起来。

但我觉得受到了侮辱。他的本意是要弄点笑话，但我觉得他是想告诉我，我的头上有屎。我认为他的意思是：你真是一团糟。我想他是说，你这个样子，就不应该称自己是一个舞者。在我受到侮辱之前，有那么一会儿，能吸引到他的注意力已经让我松了一口气，这让我很欣慰，因为他问到我在战前是个什么样的人。非常值得安慰的是，在战争之前，我就是那样的存在，那样的茁壮成长。他的笑话进一步证实了战争对我的改变和伤害。被一个陌生人击垮是非常痛苦的，我痛苦是因为他是对的，我就是一团糟。尽管如此，我不会让一个麻木不仁的人或他的匈牙利式讽刺得到想要的结果，我要告诉他，那个活泼的舞者仍然住在我的身体里面，不管我的头发有多短，我的脸有多瘦，堆积在我的胸口的悲伤有多厚。我就是要走在他前面，在路中间做一个完美的劈叉。

事实证明，我没有结核病。他们让我在医院里待了三个星期，治疗我肺里的积液。我非常害怕感染结核病，尽管我知道这种疾病不能通过接触传播，也不能通过门把手上的细菌传播，但我还是用脚而不是双手开门。我没有结核病是件好事，但我还是没好起来。我没有足够的词来解释胸部的积液、前额上剧烈的阵痛，我的视野就像是抹上了沙石一样模糊。很久以后，我知道了这种感觉是有一个名字的，叫作抑郁。现在我所知道的是，必须努力地从床上爬起来，为呼吸而努力，为存在而努力。为什么起床？起床后做什么呢？在奥斯维辛集中营，在完全没有希望的时候，我都没有自我放弃。每天我周围的人都是这样说："你离开这里的唯一方法就是成为一具尸体。"但可怕的预言给了我与之斗争的目标。现在我要恢复心灵的创伤，因为我面临着一个不可挽回的事实，那就是我的父母再也不会回来了，埃里克也再不会回来了，这就像是在我心中的恶魔。我想过结束自己的生命，我想要摆脱痛苦。为什么不这样做呢？

贝拉被分到了我楼上的房间，他的房间在我的正上方。有一天，他在我的房间里停下来。"我会把你弄笑的，这会让你好起来的，看着吧。"他摇着舌头，拉着他的耳朵，发出动物的声音，就像对待婴儿的那种。这可能很荒谬，也许还是一种侮辱，但我却无法控制自己，笑声就像潮水一样从我身上高涨起来。"别笑。"医生之前警告我，就像笑声是一种不可抵抗的诱惑，好像我有笑死的危险。"如果你笑了，你会更加疼痛。"他们是对的，它确实很痛，但那种感觉非常好。

那天晚上,我躺着没睡,想起他就睡在楼上的床上,想着跟他讲一些在学校里学到的,能给他留下深刻印象的故事。第二天,当他来到我的房间看我的时候,我讲给他听,那晚所能记得的希腊神话,记得的迷迷糊糊的神。我还跟他讲了弗洛伊德的著作《梦的解析》,这是埃里克和我一起读的最后一本书。我就像过去在家里为晚宴的客人表演那样地为他表演。在克拉拉表演之前,我会站在聚光灯下,站在舞台上,成为当天节目的焦点。他看着我,就像一位老师看着他的明星学生。他很少告诉我关于他自己的故事,但我知道他年轻的时候学过小提琴,还喜欢在录音室内录音并在广播里播放这些音乐。

贝拉已经27岁了,而我只是个孩子。他的生活中还有其他的女人,就是在火车站台上和他亲吻而被我打断了的那个女人。他还告诉我,在结核病医院有另一位病人,他的表妹玛丽安娜最好的朋友,一个他在高中时约会过的女孩,那是战前的事了。她现在病得很严重,可能快不行了。他称自己是她的未婚夫,这是满足她临终时愿望的一种形式,也是满足她母亲期望的一种形式。几个月后,我了解到,贝拉还有一个妻子。对他来说,她几乎是一个陌生人,一个他从来没有亲密过的非犹太女人。在战争的早期,他被迫做了一些相关文件的安排,以保护他的家庭和财产。

那不是爱情。是我太饥饿了,非常饿,我在逗他开心。他看着我,就像很久以前,埃里克在书友会中看着我那样,好像在欣赏我的聪明,好像在聆听我那许许多多有意义的故事。现在,这样就足够了。

在结核病医院的最后一个晚上，我躺在我舒适的小房间里，我觉得从山的底部，从地球的中心，传来一个声音。这个来自地板和薄床垫下面的声音包围着我，控制着我。"**如果你活着，**"那声音说，"**你必须为某件事站起来。**"

"我会写信给你的。"当我们要说再见的那个早晨，贝拉对我说。这不是爱，我无法和他走到一起。

当我回到科希策的时候，玛格达到火车站接我。自从我们重聚以来，克拉拉对我的占有欲就很强，我几乎已经忘记了和玛格达单独相处是什么感觉了。她的头发长出来了，呈波浪状，勾勒出了她的脸型。她的眼睛又亮起来了。她看起来很好。她一直在说我离开的这三个星期里发生的一些八卦新闻。思斯和他的女朋友断绝了关系，现在他毫不掩饰地向克拉拉献殷勤。科希策的幸存者成立了一个娱乐俱乐部，她已经承诺我会去表演。而和我们一起坐在列车顶端的拉斯，写信告诉我们，他已经收到了来自得克萨斯州亲戚的担保信。她告诉我，很快他就会和他们一起住在一个叫埃尔帕索的地方，在那里，他将在亲戚的家具店里工作，为读医学院攒钱。

玛格达说："克拉拉最好不要第一个结婚，这样会令我很丢脸的。"这就是我们治愈的方法。昨天，同类在相食和谋杀。昨天，在选择草的叶片。**今天，通过那些过时的习俗和礼节，规则和角色让我们感觉自己像个正常人，当作什么也没发生过地生活，我们通过这种方式，把生命中那段惨不忍睹的插曲所造成的损失和恐惧压到最低。我们不会成为迷失的一代。**

我姐姐说："这里，我有东西给你。"她递给我一个信封，上面写着我的名字，这是我们在学校里教的草书。"你的老朋友来了。"

有那么一会儿，我想她的意思是埃里克。他还活着。在信封里的是我的未来，他一直在等我。或者他已经有自己的生活了。

但信封不是来自埃里克，它并没有包含我的未来，它为我保留了过去。信封里面有一张照片，是我在去奥斯维辛集中营之前拍的最后一张照片。这张照片是我送给我的朋友雷贝卡的，是埃里克为我拍的，一张我在河边做劈叉的照片。她为我一直珍藏着这张照片。在我的手指中夹着一张我还没有失去父母时的照片。照片里的她完全没有意识到她很快就会失去她的所爱。

那天晚上，玛格达带我去了娱乐俱乐部。克拉拉和思斯都在那里，还有思斯的兄弟伊姆雷。我的医生加比也在那里，也许这就是为什么尽管我很虚弱，但还是同意去跳舞。我想让他知道我已经开始好转了。我想告诉他，他对我所付出的时间已经令我有所改变了，他的努力没有白费。我请求克拉拉和其他音乐家演奏《蓝色多瑙河》，我开始了我的例行动作。这支舞蹈就是在一年多前，我在奥斯维辛集中营度过的第一个夜晚，跳给约瑟夫·门格勒的舞蹈，当时我得到了一块面包作为奖励。那些步伐没有改变，但我的身体已经改变了。我不再是清瘦有劲，肌肉也不再柔软，我的四肢或内心都失去了力量，剩下的只有一个气喘吁吁的外壳，一个背骨断裂而且没有头发的女孩。我闭上眼睛，就像我在营房里做的那样。在不久前的晚上，我合上自己的眼睛，这样就不用看见门格勒那可怕而凶残的眼睛；这样我就可以在他凝视的目光下，不至于完全崩溃地摔倒在地上。现在我闭上眼睛，这样我就能感觉到我的身体，而无须逃离这个房间，这样我就能感受到来自观众那充满感激的热情。我慢慢找回以前舞蹈的状态，回到熟悉的步伐，高踢腿，劈叉，我在这一刻变得更加自信和舒适。在那些日子里，我们想象着没有什么比宵禁更严重的侵犯我们自由的东西了。我的状态恢复得很及时。我在为自己的清白跳舞，为那个跳着走上楼梯、向芭蕾舞室走去的小女孩跳舞，为那个第一次把她带进芭蕾舞室、睿智而慈爱的母亲跳舞。帮帮我，我向她呼喊。帮帮我。帮帮我重新面对生活。

几天后，我收到了一封厚厚的信。这是贝拉写的。这是他写给我的许多长信中的第一封，是在结核病医院写的，在此之后的信是他在普雷绍夫的家中写的。普雷绍夫是斯洛伐克的第三大城市，在科希策以北32公里处，他在那里出生并长大。当我对贝拉有了更多的了解时，开始把他在这些信中告诉我的事情拼凑成他的生活，那个有着口吃和喜欢讽刺幽默的灰发男人变成了一位有着鲜明轮廓的人。

贝拉写道，他最早的记忆是和他的祖父一起散步，他的祖父是这个国家最富有的人之一，在蛋糕店里，祖父拒绝给他买饼干。当他离开医院的时候，他将接管祖父的生意，批发该地区农民的农产品，为斯洛伐克的所有人提供研磨咖啡和小麦。贝拉是一个富足的食品储藏商，这些食品足够一个国家的量，他简直就是一场盛宴。

就像我母亲一样，贝拉在很小的时候就过着单亲的生活。贝拉的父亲曾是普雷绍夫市市长，在此之前，他是一位著名的专门为穷人打官司的律师，在贝拉4岁的那个冬天，他去布拉格参加了一个会议。刚下火车，就遭遇了一场雪崩，这就是警察告诉贝拉母亲的情况。贝拉的父亲是一个有争议的人物，贝拉怀疑他的死是因为他为穷人和被剥夺权利的人做辩护，影响了普雷绍夫社会名流的利益，结果被谋杀了。但官方的说法是，他被雪压着，窒息而死。自从父亲去世后，贝拉讲话就开始口吃了。

他的母亲再也没有从他父亲的去世中恢复过来。她的公公，贝拉的祖父，把她关在家里，不让她和其他男人见面。在战争期间，贝拉的姑姑和叔叔邀请她一起去匈牙利。在那里，他们用假身份证件，将自己隐藏起来。有一天，贝拉的母亲在市场上看到一群党卫军士兵时，惊慌失措。她跑到他们那里，大声忏悔："我是犹太人！"结果，她被送到了奥斯维辛集中营，并死在毒气室里。这个家庭的其他成员，也因贝拉母亲的招供而暴露了身份，只好设法逃进山里去了。

贝拉的弟弟乔治从战前就一直住在美国。在他移民之前，他在斯洛伐克首都布拉迪斯拉发的大街上行走时，受到非犹太人的攻击，眼镜都被打碎了。他酝酿着选择离开欧洲，与他们在芝加哥的叔祖父一起生活。他们的堂妹玛丽安娜逃到了英国。因为贝拉从小就在英国学习，英语说得很流利，所以他拒绝离开斯洛伐克。他想保护家里的每一个人，但这是不可能的。德国人承诺，所有返回原居地的犹太人都将受到善待，他的姑姑和叔叔被哄骗而走出了山区，结果被带到街上列队枪杀了。

贝拉躲进山里，避开了纳粹的围捕，几乎只能勉强地拿起一把螺丝刀，他写道。他害怕武器，更不想打架。他笨手笨脚的，却成了一位游击队员。他拿起枪，加入了与纳粹作战的苏联人的队伍里。与游击队在一起时，他染上了肺结核。他不需要在集中营里生存下来，但他在山林中幸存了下来。为此，我很感激，因为我永远也不会看到从他的眼睛里反射出来的烟囱的印记。

普雷绍夫离科希策只有一个小时的车程。有一个周末，贝拉来看望我，从一个包里拿出瑞士奶酪和意大利香肠。食物，这是我马上就会爱上的东西。如果我能让他保持对我的兴趣，我相信他会提供食物给我和我的姐姐们——这就是我的想法。我对他的态度并不像我对埃里克那样。我不幻想亲吻他，也不幻想着能长时间地留他在身边。我甚至没有卖弄一下——不是以一种浪漫的方式。我们就像两个遇到海难的人在海上寻找生命的迹象。我们在对方那里都看到了一道闪光。我发现我又重新回到生活的轨迹上了，觉得自己将要属于某个人。我知道贝拉不是我生命中的挚爱，这和我对埃里克的爱的方式是不一样的。我并不要他取代埃里克。但是贝拉给我讲笑话，给我写了20页的信，我需要做一个选择。

当我告诉克拉拉我要和贝拉结婚时，她并没有恭喜我。她转向玛格达。"啊，两个残废的人结婚了，会怎么样？"她说。后来，在餐桌前吃饭时，她直接跟我说："你还是个婴孩，迪库卡。你不能作出这样的决定。你还没有完全恢复，他也没有。他有肺结核。他口吃。你不能嫁给他。"现在我有了一种新的动力，去为这段婚姻做点事。我必须向我姐姐证明，她是错的。

克拉拉的反对并不是唯一的障碍。事实上，贝拉还有一段与一位非犹太女士的合法婚姻，这位女士保护他的家族财产免受纳粹迫害，而且拒绝与他离婚。他们从来没有生活在一起，除了彼此的利益之外，从来没有过任何其他形式的关系。对于她来说，就是为了贝拉的钱；对于贝拉来说，就是为了她的非犹太人身份。她不会同意和他离婚的，至少不会马上同意，除非贝拉同意付给她一大笔钱。

还有他在塔特拉山区治疗肺结核的未婚妻,她已经奄奄一息了。贝拉乞求她的朋友——他那逃往英格兰,但在战后又回来的表妹玛丽安娜,去转告给她,他是不会和她结婚的。由于这件事,玛丽安娜大发雷霆。"你真可怕!"她喊道,"你不能这样对她。我永远不会告诉她,你违背了你的诺言。"贝拉要我和他一起去医院,这样他就可以亲自告诉她了。见了面,她对我非常和蔼可亲,她的病已经十分严重了。当看到一个人的身体被摧毁得这么严重,我会非常紧张,这太像不久前发生在我身上的事情了。我害怕站在离死亡之门这么近的地方。她告诉我,很高兴见到贝拉会和一位像我这样精力充沛、生活有趣的人结婚。我很高兴能得到她的祝福。然而,我也很容易会成为一位躺在床上,靠着粗糙的枕头,在言语之间不停地咳嗽,手帕沾满了血的人。

那天晚上,贝拉和我住在一家旅馆里,这是我们之前相遇的旅馆。他以前每次来科希策探望我,我们都睡在不同的房间里。我们从来没有共用过一张床。我们从来没有见过对方没有穿衣服的样子。但今晚不同了,我试着回想起左拉作品《娜娜》里的禁忌语。还有什么能让我给他快乐,同时也让我自己去追求快乐呢?没有人对我在性行为方面做过指导,我总觉得裸体是丢脸的、耻辱的和可怕的。我必须再次学习亲密关系。

"你在发抖,"贝拉说,"你冷吗?"他走向他的手提箱,从里面拿出一个系着闪闪发光的蝴蝶结的包裹,里面裹着一个盒子。盒子里的薄纱纸包裹着一件漂亮的丝质睡衣,这是一份奢侈的礼物,但这并不是打动我的原因。他知道我有另外一种保护的需要,不是为了保护自己不受他这位未来丈夫的侵犯，而是一种自我提升和拓展的方式，一种让我进入到从没经历过的人生新篇章的方式。当他把睡衣滑过我的头，布料落在我的腿上时，我颤抖起来。合适的服装可以增强舞蹈的能力。我旋转着，展示给他看。

"太高雅了。"他说，"非常漂亮。"

我很高兴有人这样地看着我。他的目光不仅仅是一种恭维，更像是我母亲曾经教导我的，要看重自己的天分。通过贝拉的眼睛，我获得了对我的身体，乃至对我生命的一种从未有过的欣赏。

• 第九章
明年耶路撒冷见

  1946 年 11 月 12 日，我和贝拉·埃格尔在科希策的市政厅登记结婚。我们可以在埃格尔的宅邸举办一场奢华的庆祝活动，可以选择一个犹太仪式。但我还是一个女孩，只有 19 岁，从未有机会完成高中学业。我正在从一个阶段过渡到另一个阶段。我的父母都已经离世。我父亲的一个老朋友，是一个非犹太人，他一直都来探望我和我的姐姐们。他还是一名法官，在贝拉的弟弟乔治（George）上法学院的时候，便认识了乔治。他是贝拉的家庭和我的家庭的纽带，他是我父亲和外界关系的纽带，所以我们选择他为我们主持婚礼。

  在贝拉和我相遇后的 15 个月里，我那像绒毛般稀疏的头发，已长成一头齐肩的长发。我让它垂下来，在额角上别了一个白色的发夹。我穿着一件借来的及膝黑色人造丝结婚礼服，礼服的肩部是蓬松的，有白色的领子和锥形的袖子。我拿着一小束用宽缎带系着的、由百合和玫瑰组成的花球。我在父亲商店的阳台上微笑着照相。参加婚礼的只有 8 个人——我、贝拉、玛格达、克拉拉、思斯、伊姆雷，还有我父亲的两个老朋友，一个是银行行长，另一个是法官，他们是我们的证婚人。贝拉结结巴巴地说出他的誓言，克拉拉给了我一个眼色，是要警告我。婚礼的接待处就在我们的公寓里。克拉拉煮好了所有的食物。烤鸡、匈牙利蒸粗麦粉、土豆加黄油和欧芹，还有多博什果子奶油蛋糕——7层的巧克力蛋糕。我们试着让这一天过得很开心，但所有应该出席却缺席的人都在拖慢我们快乐的脚步。稍后我听到别人说我们是出于父母的原因而结婚的，孤儿和孤儿的婚姻。但我要说，我们结婚是因为一件尚未结束的事。对贝拉和我来说，这件尚未结束的事就是悲伤。

我们在多瑙河畔的伯拉第斯拉瓦度蜜月。我和丈夫一起跳华尔兹，我们在战前就已经知道这支舞了。我们参观了麦斯米兰的喷泉和加冕山。贝拉假装是新国王，用他的剑指着北方、南方、东方、西方，承诺要保护我。我们参观了用于加强对土耳其人防御的旧城墙。我们都认为暴风雨已经过去了。

在旅馆里的那天晚上，我们被敲门声吵醒了，一队警察冲进我们的房间。无处不在的官僚主义使我们的生活成了像迷宫一样错综复杂的制度，生活中每个细枝末节都需要用到官方的许可证。警察会每时每刻地检查每位平民百姓的生活，几乎不需要任何借口就能把你送进监狱。因为我丈夫很富有，他是一个重要的人物，所以我们被跟踪并不稀奇。但我还是很惊讶和害怕（我总是害怕），同时也会感觉尴尬和愤怒。这是我的蜜月，他们为什么要打扰我们呢？

"我们刚刚结婚。"贝拉用斯洛伐克语，企图让他们安心（我从小只说匈牙利语，但贝拉能说一口流利的捷克语和斯洛伐克语，以及其他批发业务所需的语言）。他给警察看了我们的护照、结婚证书、戒指，以及所有能证明我们身份的东西，还有我们来酒店的理由。"请不要打扰我们。"

关于侵犯我们的隐私和对我们的怀疑,警察没有作出任何解释。他们跟踪贝拉是因为什么呢?他们把他错当成别人了吗?我尽量不把这次的闯入视为一个预兆。我把注意力集中在我丈夫口吃的声音里。我们没什么好隐瞒的,但高度警觉性是我的常态。我不能甩开那种自己有罪的潜意识,害怕自己会被发现。

我不当的行为却酝酿了一个生命。一种小心谨慎的喜悦马上就要开始了。

在回家的火车上,我们有一个包间。与旅馆相比,我更喜欢它那多一点点的雅致。我可以把自己编入一个故事中去。我们可以是探险家,或是开拓者。火车的移动减少了我大脑里的忧虑和混乱,帮助我把注意力集中在贝拉的身上。或者可能是床太小的关系,我身体的反应让我惊讶,快乐是一种灵丹妙药,一种安慰剂。火车在夜间奔驰着,我们一次又一次地互相触摸对方。

当我们回到科希策,见到我姐姐们时,我马上跑去洗手间。我反复地呕吐。这是个好消息,但我还不知道。我只是在想,经过一年多的缓慢恢复,又再次生病了。

"你对我的孩子做了些什么?"克拉拉尖叫着。

贝拉用凉水洗了洗手帕,然后帮我擦了擦脸。

当我的姐姐们还继续在科希策生活时,我开始了一种意想不到的奢华生活。我住进了埃格尔家族在普雷绍夫的大宅子,一个有500年历史的修道院,很宽、很长的一栋大房子,马匹和马车沿着小道在排队等候着。贝拉就在楼下工作,我们住在楼上。大房子的其他部分都租给了租户。有一个女人给我们洗衣服,煮床单,熨衣服,洗干净所有的东西。我们用着为这个家庭特制的精致陶瓷餐具来吃东西,餐具上面用金色印着他们的姓氏——也是我的新姓氏。在餐厅里,有一个可以供我按下的按钮。玛莉丝卡(Mariska),我们的管家,就会在厨房听到我的召唤。如果她给的黑麦面包不够,我就可以按下按钮,要更多的面包。

"你吃得像猪一样。"她小声对我抱怨道。

她没有掩饰她对我加入这个家庭的不满。我的到来对她的生活方式,对她管理房子的方式是一种威胁。看到贝拉把买日常用品的钱递给她,我就觉得很难受。我是他的妻子。我觉得自己一点用处都没有。

"请教我做饭吧。"有一天,我对玛莉丝卡说。

"我不想让你进厨房。"她说。

为开始我的新生活,贝拉把我介绍给普雷绍夫上流社会的精英们、律师、医生、商人和他们的妻子。在他们旁边,我显得是那么高瘦笨拙、年轻和缺乏经验。我遇到了两个和我年龄相仿的女人。艾娃·哈特曼(AvaHartmann),一个时尚的女人,嫁给了一个富有的、年长的男人,她喜欢把她的黑发梳到一边。还有玛尔塔·瓦达兹(Marta Vadasz),嫁给了贝拉最好的朋友班迪(Bandi)。她有一头淡红色的头发和一张和蔼、耐心的脸。我紧紧盯着艾娃和玛尔塔,思考着我该怎么做,该说些什么。艾娃、玛尔塔和其他女人喝干邑白兰地,我也跟着喝干邑白兰地。艾娃、玛尔塔和其他女人还喜欢抽烟。在艾娃家的晚宴结束后的一天晚上,她弄了些我所吃过的最好吃的碎肝,配着青椒和一点点洋葱——我给贝拉留下的印象是,我是他认识的人中唯一一个不吸烟的。第二天,他送给我一个银烟盒和银烟嘴。我不知道该如何使用它——如何把香烟插入它的末端，如何吸气，如何把烟从嘴唇边吹出来。我试着模仿其他女人。我觉得自己就像一只优雅的、穿着漂亮衣服的学舌鹦鹉，而这件衣服并不是爸爸为我做的。

  他们知道我去过哪儿了吗？坐在客厅里，围坐在华丽的餐桌旁，我凝视着我们的朋友和熟人，惊叹不已。他们有人失去了同我和贝拉一样的东西吗？我们从不谈论这个话题，否认是我们的护甲。我们都不知道我们通过切断与过去的联系，通过试图对问题保持沉默所能造成的伤害。我们都相信，我们越是安全地把过去封锁起来，我们就会越安全、越快乐。

  我尝试着放松自己，享受着从未拥有过的优越和财富。我告诉自己，以后再也不会有人大声敲门打扰我休息了，只有羽绒被和洁白床单带来的舒适，更没有饥饿。我吃着玛莉丝卡做的黑麦面包和饺子，有一批饺子是用德国酸菜做的，另一批是用羊奶干酪做的，斯洛伐克的羊奶酪。我的体重增加了，回忆和失落只在我心中占据了一小部分。我不断地推开它们，让它们知道自己应该待的地方。我看着自己的手把银烟嘴举到我的面前，然后拿开。我假装这是一种新的舞蹈，我能学会每一种姿态。

  我增加的体重不仅仅是因为丰富的食物。在早春的时候，我发现我怀孕了。在奥斯维辛集中营，我们都没有来月经。也许是持续的痛苦和饥饿让我们的月经周期停止了，或者可能是体重的极度减轻造成的。但现在，我的身体，这个曾经饱受饥饿、消瘦、被遗弃等死的身体，孕育了一个新的生命。我数着从上次月经到现在的周数，估计贝拉和我一定是在度蜜月时怀上这个孩子的，也可能是在火车上怀上的。艾娃和玛尔塔告诉我,她们也怀孕了。

我本希望我的医生能够祝贺我。他是埃格尔家族的家庭医生,也是在贝拉出生时接生的医生。但他反而教训起我来。"你不够强壮。"他告诉我。他敦促我尽快安排堕胎,但我拒绝了。我哭着跑回家,他紧紧地跟着我。玛莉丝卡让他进了客厅,"埃格尔夫人,如果你要这个孩子,你会死的。你太瘦,太虚弱了。"

我看着他的眼睛。"医生,我准备献出我的生命。"我说,"晚安。"

贝拉跟着他走出门口。我能听到我的丈夫在为我的冒犯行为向医生道歉。他解释道:"她是裁缝的女儿,不太懂得这个。"他所说的保护我的话,在我仍然脆弱的自我意识中造成了另一个伤口。

但当我的子宫不断膨胀时,自信和决心也随之膨胀。我不会再躲在角落里。我的体重增加了 22 千克,当我走在大街上的时候,我就会把肚子撑出来,看着橱窗反射着我从它面前滑过的影像。我当时没有立即意识到这种感觉。后来当我再回忆起来,这就是快乐的感觉。

在 1947 年的春天,克拉拉和思斯要结婚了,贝拉和我开着绿色的欧宝·亚当汽车去科希策参加他们的结婚典礼。这是另一个没有父母出席的重要时刻,另一个因他们的缺席而减少了欢笑的快乐日子。但我怀孕了,生命是充实的,我不会让悲伤拖垮我。玛格达弹着家里的钢琴,唱着父亲过去常唱的曲子。贝拉挣扎着,在与不同的思想观念斗争:是在舞蹈中把我横抱起来,还是让我坐下休息呢。我的姐姐们把手放在我的肚子上,我身体里的新生命是属于我们所有人的。这是我们新生活的开始,也是我们父母和祖父母的一部分,将继续下去,直到未来。

当音乐暂停，我们开始中途休息的时候，男人们点燃了雪茄，大家围绕着未来的生活开始了交谈。思斯的弟弟伊姆雷很快就要去悉尼。我们的家庭已经很小了，我不希望我们再次分开。住在普雷绍夫，已经让我感觉离我的姐姐们太远了。在我和贝拉要开车回家的那天清晨，克拉拉把我和玛格达拉进了卧室。

"我得告诉你一件事，小家伙。"她说。

从玛格达皱起的眉头，我可以看出她已经知道克拉拉要说什么了。

"如果伊姆雷要去悉尼，"克拉拉说，"我们也会一起去。"

在普雷绍夫，我们的朋友也有在谈论移民的事情，也许到以色列，也许到美国，但澳大利亚的移民政策是最宽松的。艾娃和她的丈夫也提到了悉尼。但它是那么遥远。"你的事业怎么办？"我问克拉拉。

"悉尼也有管弦乐队。"

"你不会说英语。"我在为她留下寻找各种借口。好像这些都是她没有想到过的反对意见。

"思斯曾经作出过承诺。思斯的父亲在临死之前，要求他要照顾弟弟。如果伊姆雷要去，我们也要去。"她说。

"所以你们俩都抛弃我了。我们为了生存而作出了努力，我想我们应该是团结在一起的。"玛格达说。

我还记得两年前4月份的那个晚上，当时我担心玛格达会死，我冒着被打或更严重的危险爬上一堵墙，给她摘新鲜的胡萝卜。我们熬过了一场令人难以忘怀的战争——我们每个人都幸存下来，因为我们有对方作为保护，也因为我们都把对方当作可以活下去的目标。我要感谢我的姐姐给了我生命。

"你很快也要结婚了。"我向她保证,"你要明白,没有人比你更性感。"

我还不明白,姐姐的痛苦与其说是与孤独有关,不如说是与她不值得被爱的信念有关。在她看到痛苦、黑暗面、不足之处和伤害时,我看到的是另一样东西,看到了她的勇气,看到了她的胜利和力量。这就像我们在奥斯维辛集中营的第一天,她的头发被无情地剃光了,但这让我看到了她眼睛的美丽。

"你对谁感兴趣啊?"我问她。我希望像小的时候那样去调侃她。玛格达总是能讲出别出心裁的词语,或扮演出滑稽的样子——她能让沉重的事情变得轻松。我希望让她继续做梦。

玛格达摇摇头。"我想到的不是一个人,"她说,"我在考虑一个地方。"她指着放在梳妆台上镜框里的一张明信片。图上显示了一个贫瘠的沙漠,一座桥。从图像的说明文字可以看出一个地名,埃尔帕索。它是拉斯寄来的。"他逃去那里了,我也能。"玛格达说。

对我来说,埃尔帕索就像地球的尽头。"拉斯有邀请你加入吗?"

"迪库卡,我的生活不是童话。我不指望有人来救我。"她用手指在膝盖上敲着,好像在弹钢琴。她还有更多话要说的。"你还记得妈妈死的那天,她口袋里装着什么东西吗?"

"克拉拉的胎膜。"

"还有一美元钞票。玛蒂尔达姑妈从美国寄来的一美元。"

为什么我不知道呢?原来母亲有那么多的小东西用来表达她的希望。不只是我不曾记得的那张美元钞票,还有我记得的胎膜,还有她在砖厂打包准备烹饪的鸡油和寄给克拉拉的那封信。玛格达似乎就是我们母亲的现实版，包括她的希望。

"拉斯不会和我结婚的。"她说，"但不管怎样，我要去美国。"她已经写了信给玛蒂尔达姑妈，请求她寄一份移民担保书。

澳大利亚，美国。当我的下一代还在我身体里翻动时，我的姐姐们却向我预示着她们要去我无法触及的那些地方。战后，我是第一个选择新生活的人，现在她们也要选择了。我为她们感到高兴。然而，我想起了战争期间的那一天，我病得不能工作，玛格达独自去弹药厂工作，结果工厂被炸弹袭击了，玛格达本可以逃跑并获得自由，但她却选择跑回营房来救我。我现在已经找到了一个美好、幸运的生活了。她没有必要再照顾我的生存问题。但如果说地狱的哪一小部分是值得我怀念的，那这个部分就是它让我明白生存必须依靠互相依赖，独自一人是不可能生存的。在选择不同的方向时，我和我的姐姐们，是否会因解开魔咒而面临危险呢？

9月的一个清晨，贝拉出了城，我第一次感到宫缩。它不断地缩紧，剧烈的疼痛让我觉得身体几乎要断裂。我打电话给克拉拉。当她两小时后到达时，医生仍然没到。我在贝拉出生的那个房间里，在他出生的同一张床上分娩。我弯下身子，强忍着疼痛，感受着和当年在这里分娩的贝拉的母亲同样的痛苦，一个我没有机会见到的女人。我将要为这个世界带来的孩子，会没有祖父母。医生还没有来。克拉拉在我身边徘徊，给我喂水，为我擦脸。"走开！"我对着她大声喊。"我受不了你的气味。"我不能像一个婴儿那样去生孩子。我得活得像自己，但她在分散我的注意力。在极度疼痛，已经产生模糊意识的分娩过程中，我想起了奥斯维辛集中营里那个两条腿被绑在一起而无法分娩、受痛苦折磨的孕妇。我无法阻止她的脸出现，她的声音也在这房间里，围绕着我。她萦绕在我的心头，同样也激励着我。当她和她的孩子都已经面临无法形容的残酷死亡时，在她身体里，在她的内心，每一次冲动都预示着一个生命。一股悲伤贯穿我的全身，我彻底崩溃了，似乎在用她那痛苦的刀刃撕裂自己。我接受这种痛苦，因为我们都别无选择。我接受我的痛苦，因为这样可以抹去关于她的记忆，也可能会抹去所有的记忆，因为如果这种分娩的疼痛没有摧毁我，那么记忆会。医生终于来了，我的羊水破了，我感到一个婴儿从我身体里喷出来。"是个小女孩！"克拉拉喊道。过了一会儿，我才完全恢复感觉。我在这里，我的宝贝女儿也在这里，一切都那么恰到好处。

我想给她取名安娜玛丽，一个浪漫的名字，一个听起来像法语发音的名字，但是在政府提供的新生儿可采用的名字的名册里，安娜玛丽没有被记录在册。所以我们选择了把这个名字倒过来：玛丽安娜，这是对贝拉表妹玛丽安娜的怀念，那位因我破坏了贝拉和他女朋友之间的婚礼而叫我哑巴鹅的人。贝拉的女朋友现在已经死了。贝拉到处分发雪茄。他不会屈服于只给儿子发雪茄的传统，他的女儿将通过每一个仪式，每一个骄傲的举动来得到祝福。他给我带来了一个首饰盒。里面有一只金手镯，连接着几片有邮票大小，由两种黄金制成的正方形。它看起来很重，但实际上很轻。

"为我们的未来。"贝拉一边说一边把它戴到我的手腕上。

他这么说，我就知道我人生的方向了。它就象征着，我的一切都是为了这个孩子。我对她的承诺将会像我手腕上的金手镯一样完整合一。**我知道我的目的：我要活着，以确保她永远不会再经历我所经历的一切。从以前的我到现在的她，这种延续将从我们共同**

的根中生长出来，形成一枝新的枝干，一枝攀向希望和欢乐的枝干。

尽管如此，我们还是采取了预防措施。为了安全起见，我们为她洗礼时又重新起名。我们的朋友玛尔塔和班迪都用了匈牙利姓氏瓦达斯，意思是"猎人"，代替了他们的犹太名字。

但有什么是我们能控制得了的吗？玛尔塔的孩子生下来就死了。

玛丽安娜出生时有 4.5 千克重，占了整个婴儿箱。"我可以用母乳喂她吗？"我问德国儿科医生。

"你以为你的乳头是干什么用的？"她回答说。

我的奶水非常充足，除了足够喂玛丽安娜之外，还可以供给我朋友艾娃的女宝宝。我的奶水真的很多，她们每次饿的时候我都能让她们得到满足。当我喂奶的时候，我会俯身靠近她，这样她就不用担心找不到我的身体了。这是她的食物，我让她吸吮每一滴奶。当她吸完我所有的奶水时，我的内心是最充实的。

玛丽安娜受到了如此多的保护、拥抱、照顾，并经常包裹得严严实实的，以至于我不相信她会生病。我知道她哭闹的原因。我想她可能是饿了，也可能是累了。但当我晚上再去看她的时候，她的体温突然飙高，就像烧着的煤炭一样。她的眼神是呆滞的，身体做出各种不适的反应，不停地哭喊着。她病得太厉害了，认不出我就在她身边，或者我在场也起不了作用，她需要的不是喂奶，我抱着她也不行。每隔几分钟就有一次剧烈的、让人窒息的咳嗽呛在她的胸口上。我叫醒全家人，贝拉打了电话给他的医生，然后在他出生的房间里走来走去。那位是为他接生的医生，也是为玛丽安娜接生的医生。

医生对我的态度很严厉。她得了肺炎。"这是生命攸关啊。"

他说。他听起来很生气，仿佛她生病都是我的错，仿佛他不能让我忘记，从一开始，玛丽安娜的生命就建立在冒险和我愚蠢并且大胆的行为上。现在看看发生了什么。但也许他的愤怒只是厌倦而已。他活着就是为了治病。他的劳动以失败告终也是有一定比例的。

"我们该怎么办？"贝拉问道，"告诉我们该怎么办。"

"你听说过青霉素吗？"

"是的，当然。"

"给你的孩子注射青霉素。要快。"

贝拉目瞪口呆地盯着他，医生在给自己的大衣扣扣子。"你是医生。你知道哪儿有青霉素？"他央求道。

"埃格尔先生。这个国家是没有青霉素的。没有你可以合法购买的渠道。晚安，各位！祝你好运！"

"我愿意付出任何代价！"

"是的。"医生说，"你必须自己想办法去安排。"

"找执政党，可以吗？"医生离开后，我建议。他们把斯洛伐克从纳粹的占领中解放出来。他们一直在试图讨好贝拉，并看重他的财富和影响力。如果他加入该党的话，他们就会为他安排一个农业部部长的职位。

贝拉摇了摇头。"黑市卖家将有更多、更直接的渠道。"他表示。

玛丽安娜又断断续续地睡着了。我必须给她补水，但她不接受水或牛奶。"给我钱，"我说，"告诉我要去哪儿。"

黑市商人会在市中心合法卖家的市场旁边做生意。贝拉会被认出来，但我就可以不暴露身份。我先要去拜访一位屠夫，并说暗语，跟着去面包师傅那里再说另一句暗语，然后有人会来找我。一位贩子在卖花的小贩附近拦住了我。

"青霉素，"我说，"够一个生病的孩子的分量。"

他嘲笑道，我的要求是不可能实现的。"这里是没有青霉素的。"他说，"我得坐飞机去伦敦。我可以今天去，明天回来。但这样会花费很大。他说的价格是贝拉用报纸包起来放在我钱包里的钱的两倍。

我没有动摇。我说我将会付给他我身上携带的全部金额。"必须要做到。如果你不去，我就去找别人。"我想起了我们离开奥斯维辛集中营那天的守卫、我的侧手翻和他使的眼色。我必须和这个愿意和我合作的人好好谈谈这些。"你看到这个手镯了吗？"我拉起袖子，露出了玛丽安娜出生以来我每天都戴着的金手镯。

他点了点头。也许他会想象着戴在他的妻子或女朋友的手腕上会是什么样子。也许他在心里盘算着他能卖到什么价钱。

"这是我女儿出生时我丈夫送给我的。现在我给你机会拯救我女儿的生命。"

我看到他的眼睛闪烁着某种比贪婪更伟大的眼神。"把钱给我，"他说，"留着你的手镯。"

医生第二天晚上又来了，为玛丽安娜注射了第一次青霉素。他一直待到玛丽安娜的发烧好转，并接受了我的喂乳为止。

"我知道你会找到办法的。"他说。

到了早上，玛丽安娜已经好起来并能笑了。她含着乳头睡着了。贝拉吻了她的额头，吻了我的脸颊。

玛丽安娜好些了，但其他的威胁还在酝酿中。贝拉拒绝了农业部部长这个职位。他的欧宝·亚当敞篷车有一天被赶出了公路，贝拉没有受伤,但司机受了点轻伤。贝拉去了司机家,为他带去了生活用品,并祝福他能早日康复。司机打开了一条门缝,但不愿意完全把门打开。他妻子从另一个房间大声叫道:"别让他进来。"贝拉用力推开门,看到他母亲最好的桌布就铺在他们的桌子上。

他回到家,检查了本来存放着餐布的橱柜。许多东西已经不见了。我希望他会生气,解雇司机,或者其他员工。他耸了耸肩。"整天用最漂亮的东西,"他告诉我,"你永远不知道它们是什么时候被拿走的。"

我想起我家的公寓里堆满了肥料,我们的钢琴放在路边的咖啡馆里,想起那些重大的政治时刻——权力交接、边界重新划定,也总是和个人有关联的。科希策成为卡萨,然后又变回科希策。

"我不能再这样下去了,"我告诉贝拉,"我不能被视为靶心一般地活着,我女儿更不能失去父母。"

"不能这样。"他同意了。

我想起了玛蒂尔达姑妈。玛格达已经收到了她的移民担保书,正在等待签证。我正打算向贝拉建议,我们应该考虑试着跟玛格达去美国,但我记得玛格达曾被告知要等几年才能拿到签证,因为即使有担保,移民也会受到配额限制。我们不能依靠一个多年才能通过的流程来保护我们不受伤害。我们需要一个更快的方法离开。

1948 年 12 月 31 日,玛尔塔和班迪来到我家迎接新年。他们举杯庆祝以色列,祝愿这个新国家能健康成长,一杯接一杯不停地喝。

"我们可以去那里,"贝拉说,"我们可以在那里做生意。"

这不是我第一次想象自己移民,在高中时,埃里克和我曾想象着战后一起到新的国家生活。在偏见和动荡时期，我们无法阻止同学向我们吐口水，也无法阻止纳粹占领我们的家园，但我们可以拥护一个未来的家园，可以建立一个安全的家园。

我不知道我是否应该接受贝拉的建议，是要把它当作是在实现那被推延的旧梦，还是担心我们的决定过于依赖一种幻觉，结果期望越大，失望就越大。以色列是一个如此新的国家，以至于它还没有举行第一次选举，就已经与相邻的阿拉伯国家处于战争状态了。此外，目前还没有一项回归法案，这项法律几年后才实施，允许来自任何国家的犹太人可以移民并定居在以色列。我们将不得不依靠在战争期间帮助犹太人逃离欧洲的地下组织——布里查（Bricha），来安排我们坐船前往。布里查依然是个地下组织，帮助难民，包括那些被驱逐的人、无家可归的人和无国籍的人，开始新的生活。即使我们能确定可以顺利上船，这个计划依然是一个无法得到保障的赌注。就在一年前，"出埃及记1947"号轮船带着四千五百名犹太移民到以色列寻求庇护，希望在那里定居，结果连人带船一起被遣返欧洲。

但今天是除夕，我们对未来还是充满希望的，并觉得应该勇敢地面对将来。在1948年的最后几个小时，我们对未来的计划基本成形了。我们将利用埃格尔家族的财产去购买在以色列创业所需的全部设备。在接下来的几周内，经过大量的研究，贝拉认为，投资通心粉工厂是最明智的。我们会用一辆厢型车，运送足够的用品以维持我们在新家的前几年生活。

在匈牙利，晚间喝酒后，不吃酸菜汤就不算是一个完整的酒会。玛尔塔今天就用碗带来了热气腾腾的酸菜汤。

我们说，"明年在耶路撒冷见"。

在接下来的几个月里，贝拉购买了一辆厢型车。我们会用这辆车把埃格尔的财产先运往意大利，然后再用船运到海法。他为通心粉工厂购买了主要的设备。我负责把家里的银器、写着金色名字的瓷器包装好。我给玛丽安娜买了足够她再穿五年的衣服，然后把珠宝缝进口袋和衣服的褶边里。

根据计划，我们的厢型车会先行出发，同时布里查想办法帮助我们离开。

在深冬的一天，贝拉出差了，有一封寄给他的来自布拉格的挂号信。我签了名，这是一封我不希望他看到的信。信中说：在战争之前已经移民到美国的捷克斯洛伐克公民，将获准登记那些仍然逗留在欧洲的家庭成员，法律允许这些遭受迫害的人申请美国签证，而不受其他寻求美国庇护的人数配额限制。贝拉的叔祖父艾伯特 20 世纪初就去了芝加哥，登记了埃格尔家族成员。我们现在是在战前就有登记，被邀请到美国避难的两个捷克家庭之一。贝拉必须立即向美国驻布拉格领事馆提交我们的文件。

我们的厢型车已经在去以色列的路上了，新的生活马上就要开始了。我们已经安排好了一切。我们已经选好了。但听到这个消息，听到这个意想不到的机会，我的心都快跳出来了。我们可以像玛格达一样去美国，而不用等。贝拉出差回来了，我请求他去布拉格提交文件。"要以防万一，"我催促他，"只作为一个预防措施。"他不情愿地去了。我把所有文件和内衣一起放在梳妆台最上面的抽屉里，以防万一。

第十章
迁徙

1949年5月19日,我和玛丽安娜从公园回到家,见到玛莉丝卡在哭泣。

"他们逮捕了埃格尔先生!"她低声呻吟,"他被带走了!"

几个月来,我们已经意识到我们的自由时光是有限的。除了去年贝拉被赶出公路之外,生意也被查封了,汽车被没收、电话被窃听,但我们运往以色列的财产安然无恙。我们之所以留下来,一方面是等着布里查安排我们离开,另一方面是我们还无法想象离开之后的生活会怎样,但我现在冒着女儿失去父亲的风险,这是我不能接受的。我必须消除我内心的忧虑和恐惧。我要想办法不让贝拉被折磨至死的事情发生。我必须像妈妈在我们被赶出公寓、送到砖厂的那天早上那样冷静。我必须足智多谋并充满希望,我必须策划好行动计划。

我给玛丽安娜洗了澡,陪她一起吃午饭,并让她躺下睡午觉。我争取时间让自己去思考,我要确保她能得到她需要的一切营养和物质享受。谁会知道我们今晚还有没有觉睡?睡在哪里?时间一分一秒地过去。我不知道接下来我该怎么做，我只知道必须想办法把贝拉弄出来，并保护我们女儿的安全。我收集一切有用但不引起别人怀疑的物品。玛丽安娜睡觉时，我打开梳妆台的抽屉，拿出贝拉在我们结婚时为我定做的钻戒。这是一枚漂亮的戒指——黄金中镶着一颗完美的钻石，圆圆的，但它总是让我感到不自在，所以我从不戴它。今天我把它戴上了。我把贝拉从美国驻布拉格领事馆取回的文件藏在我的裙子里，紧贴着后背，用裙子上的腰带紧紧地扣在身上。我不能让自己看起来像一个逃跑的人，不能用装有窃听器的电话给任何人打电话求助，但我不忍心就这样没联系姐姐们就离开。我不指望她们能帮助我们，但我想让她们知道我正处于危难之中，我可能再也见不到她们了。我打给克拉拉，她接了电话，我即兴发挥地表演起来，试着不哭，试着不让我的声音颤抖或变调。

"我很高兴你能来看我。"我说，事实上并没有什么探望计划，我用的是暗语，希望她能理解。"玛丽安娜一直吵着要找她的克拉拉姨妈。确认一下，你的火车什么时候开啊？"

我听到她开始是想纠正我的话，想问个明白，但又突然停顿了，相信她已经意识到我有些事情想告诉她。火车，探望，她将如何理解这些零散的线索呢？"我们会于今晚到达，"她说，"我到车站去。"今晚，她会在火车上和我们见面吗？这就是我们刚才想安排的事吗？还是我们的对话太过迂回以至于我们互相都无法理解呢？

我把护照塞进钱包，等待着玛丽安娜醒来。她从9个月大的时候就开始接受上厕所的训练，不过在午睡醒来我帮她穿好衣服后，还是为她戴上了尿布，并把我的金手镯塞到里面。我什么都不带，不能让自己看起来像一个要逃跑的人。在这剩余的时间里，只要能把我们带到安全的地方，我说话时就会用我在受到胁迫时的语气来表达，那种既不专制也不霸道，既不畏缩也不软弱的方式。**被动就是让别人替你做决定。争强好胜就是为别人做决定。坚定自信就是为自己做决定。要相信你有足够的信心，相信你是足够好的。**

哦，我在发抖，抱着玛丽安娜离开了家。如果我的行动是成功的，我将不会再回到这个埃格尔的宅邸，不只是今天，可能是永远不回来。今晚，我们就要上路，去建立我们的新家。我保持低调，和玛丽安娜聊个不停。玛丽安娜出生后的20个月里，除了哺乳和照料她之外，我还会把一切的事情都告诉女儿，这也是我作为母亲的成功之处。我讲述我们一天都在做什么，给街道和树木命名。言语是我一次又一次地给予她的珍宝。她能说三种语言：匈牙利语、德语和斯洛伐克语。"克维特纳。"她指着一朵花，用斯洛伐克语说。从她身上，我重新懂得了什么是安全和好奇。作为回报，这就是我能为她提供的——我无法左右危险的发生，但我可以帮助她认识她的立场和价值。我继续内心的独白，这样就没有空当发出恐惧的声音。

"是的，一朵花，看看这棵橡树，叶子都长出来了，还有那辆牛奶卡车。我们现在去警察局见个人，警察局是一栋很大很大的建筑，就像我们的房子，但是里面有很长的走廊……"我说话的时候，仿佛我们在进行一次普通的短途旅行，仿佛我可以成为自己所需要的母亲。

警察局很吓人。当武装警卫把我领进大楼时，我几乎想转身就跑。穿制服的男人和佩枪的男人，我不能忍受这种权力的表现，它让我晕眩，让我非常不舒服。我在他们的威胁中迷失了自己和方向。

但多一分钟的等待都会让贝拉的危险增加一分。他已经表明，他不是一个俯首听命的人。执政党已经表态他们也不能容忍他的不合作。他们会花多少时间来给他一个教训，从他身上获得一些可以想象出来的信息，让他屈从于他们的意志呢？

那我呢？如果我透露了来这里的目的，将受到怎样的惩罚？从在黑市上买到青霉素的那天起，我便重拾了信心。然而，最大的风险是他会说不。如果我没有违法购买所需的药品，就要冒着失去女儿的风险。今天，坚持自己的观点可能导致报复、监禁和酷刑。然而，不去尝试，也会是一种风险。

监狱长坐在高柜台后面的一张凳子上。他是个大块头。我担心玛丽安娜会注意到他很胖，而且大声喊出来，这样就会毁掉我们的机会。我微笑着和他对视了一下。我不会以他本来的样子来看待他，而是以我相信他能做到的样子来看待他。我会像我已经得到自己想要的东西似的和他说话。"谢谢您，先生。"我用斯洛伐克语说，"非常感谢您把我女儿的父亲还给了她。"他听后，困惑地皱起眉头。我把他的目光吸引了过来。我摘下我的钻石戒指，把戒指捧在掌心，朝向他。"父女团聚是一件美好的事。"我继续说着，我在昏暗的灯光下前后转动那颗宝石，使它像一颗星星一样闪闪发光。他看了看钻石，然后抬头凝视了我很久。他会去找他的上司吗？他会把玛丽安娜从我怀里抢走并逮捕我吗？或者他会为了拿些好处，帮助我吗？当他在权衡选择时，我感觉内心紧张，手臂疼痛。最后，他伸手拿起戒指，把它塞进口袋里。

"名字？"他说。

"埃格尔。"

"来。"

他带我穿过一扇门,下了楼梯。"我们去找爸爸。"我对玛丽安娜说,好像我们是在火车上见他似的。这是一个阴郁、可怕的地方。被关押人的身份也非常混乱,被关押的人中有多少人根本不是罪犯,而是滥用权力的受害者呢?自从我之前也成为过囚犯后,身边就再没有囚犯了。站在铁栏的这一边,我几乎也能感觉到自己的那份羞辱感。我很害怕在这个任意妄为的恐怖年代,我们可能会被迫交换位置,我也沦为一名囚犯。

贝拉在单人牢房里,穿着平常的衣服,并不是囚犯制服。当看到我们时,他从折叠床上跳了起来,从栏杆里伸手去握玛丽安娜的手。

"玛库卡(Marchuka),"他说,"你看到我那张有趣的小床了吗?"

他认为我们只是来这里探监的。他的一只眼睛是瘀黑色,嘴唇上留有血迹。我看到他的两种表情:一种是看着玛丽安娜时天真快乐的表情,一种是看着我时好奇的表情。我为什么会把一个孩子带进监狱呢?为什么我要给玛丽安娜留下这个印象,让她铭记于心呢,即便她还不能说监狱的名字?我尽量不让自己有太大的心理抵触。我试着用我的眼睛告诉他,让他相信我。我试着用爱温暖他,这是唯一的比恐惧更强大的力量。当他本能地知道如何同玛丽安娜玩一个游戏,就可以把这个阴森可怕的地方变得有益无害的时候,我觉得我从没有像此刻这样深爱着他。

监狱长打开牢房。"5分钟!"他大声喊道。他拍了拍装了钻戒的口袋,然后背对着我们,沿着走廊往回走。

我穿过牢房的门，拉住贝拉就跑。我根本无法呼吸，直到我们三个人再次来到街头，贝拉，玛丽安娜，还有我。我用脏手绢帮贝拉擦掉嘴唇上的血迹，立即向火车站走去。我们不需要任何讨论，好像我们早就计划好的：他的被捕和我们的突然出逃。我们一边前行一边安排所有的事情，有一种眼花缭乱的感觉，就像是快速穿过厚厚的雪地，踩在别人留下的脚印上，却惊奇地发现那些脚印像是专门为我们铺好的一样，适合我们的脚和速度。现在我们跟着记忆来行动，就好像我们早已在另一次人生中经历过这个旅程。我很高兴贝拉能抱着玛丽安娜。我的手臂几乎麻木了。

到了火车站，我让贝拉和玛丽安娜坐在一张隐蔽的长椅上等我，我独自购买了三张去维也纳的票和一大包三明治。谁也不知道我们要到什么时候才会再有食物。

下一趟火车需要45分钟才能到，也就是说距离贝拉的空牢房被发现又多出了45分钟。他们当然会派警察来火车站查看。火车站是追捕逃犯一定要去的地方，逃犯也就是贝拉现在的身份，我是他的帮凶。我保持有规律的呼吸以免颤抖。当我回到家人身边时，贝拉在给玛丽安娜讲有趣的故事：一只鸽子以为自己是蝴蝶。我坐在长椅上，尽量不去看钟，玛丽安娜坐在贝拉的膝盖上，我靠在他们身上，试图把贝拉的脸遮住。时间过得太慢了，我给玛丽安娜打开一个三明治，自己也试着吃一口。

接下来的一个公告，让我的牙齿直打战，没法吃东西。"贝拉·埃格尔先生，请向信息台报告。"广播员嗡嗡地说。车站里，票务的交易声、父母斥责孩子们的声音戛然而止。

"别看。"我低声说，"无论你想做什么，都不要抬头。"

贝拉一直在逗玛丽安娜开心，逗她笑。我担心他们会发出太大的声音。

"贝拉·埃格尔，请马上来报告。"播音员喊道，同时警报声也响了起来。

西行的火车终于进站了。

"快上车，"我说，"躲进厕所里，以防他们搜查火车。"

我们匆忙登上火车，尽量不去张望警察的身影。贝拉背着玛丽安娜跑，她高兴地不停尖叫。我们没有行李，走在街上是有道理的，但现在，我反而担心没有行李会引起怀疑。到达维也纳需要将近7个小时的车程。即使我们设法离开了普雷绍夫，沿途还是会有警察的威胁，他们可能会在任何一个车站上车搜索。没有时间去弄假身份，我们就只有这一个身份。

我们发现了一间没有人的小客房，我让玛丽安娜站在窗边，我连忙统计着站台上站着的人，寻找着警察的踪影。从监狱里把贝拉救出来后，我几乎不能容忍他离开我的视线，不能容忍危险还在继续或加剧。贝拉吻了我和玛丽安娜，然后躲进了厕所。我等着火车的开动。如果火车能离开车站，我们距离自由就近了一步，距离贝拉回来又近了一秒。

火车还没有开动。妈妈，妈妈，我祈祷。帮助我们，妈妈。帮助我们，爸爸。

小客房的折门猛地被打开，一名警官匆匆看了我们一眼就离开了。我听到他的靴子在过道上发出来的响声，听着其他的房门开了又关，喊着贝拉的名字。我对着玛丽安娜絮絮叨叨，不停地讲话和唱歌，以掩饰心中的不安。我让她望着窗外，然而又担心我们会看到贝拉戴着手铐,被拽下火车的情景。最后,我看到列车长从站台上搬起连接月台和火车的凳子,登上火车。车门已经关上,火车开动了。贝拉在哪里?他还在火车上吗?他成功躲过侦查了吗?或者他正在回监狱的路上,受到殴打——或者更糟呢?如果是这样的话,车轮的每一次转动都让我们离得越来越远,离我们共同创造的新生活越来越远。

当我们到达科希策时,玛丽安娜在我怀里睡着了,现在仍然没有见到贝拉的踪迹。我在站台上寻找克拉拉。她会来这里见我们吗?思斯会来吗?她明白我们所处的危险吗?自我们通电话以来的这几个小时里,她做了哪些准备工作呢?

就在火车要离开科希策站时,小客房的门突然打开,贝拉兴奋不已地冲了进来。"我有一个惊喜!"我还没来得及让他安静下来,他就喊道。玛丽安娜睁开眼睛,她迷惑不解,十分惊慌。我左右摇晃着她,伸手去抱我的丈夫,他现在安全了。

"难道你不想看看我的惊喜吗?"他又把门拉开。还有我的姐姐克拉拉和思斯,一个手提箱和她的小提琴。

"这里有空位吗?"思斯问道。

"小家伙!"克拉拉说着,把我拉到她跟前。

贝拉想要讲述他如何在普雷绍夫逃过了警察的搜索,而思斯也想讲述他们是如何在科希策发现了贝拉,但我还是相信危险并没过去,不能将还没孵化的鸡蛋当成小鸡来看待。在神话中,沾沾自喜是没有好处的。必须让他们这些大神们清醒地认识到目前的处境。我还没告诉贝拉有关戒指和怎么把他从监狱里救出来的事。他也没有问。

火车又开动了。玛丽安娜头靠在贝拉的膝盖上睡着了。思斯和克拉拉低声地说着他们的计划：维也纳是他们等待澳大利亚签证的完美地点，现在是离开欧洲，到悉尼和伊姆雷会合的时候了。我还不敢去想维也纳的情景，火车每次停站，我都会屏住呼吸。斯皮什新村（Spišska Nová Ves）、波普拉德（Poprad-Tatry）、利普托夫斯基米库拉什（Liptovský Mikuláš）、斯洛伐克（Žilina），[1] 还有三站才到维也纳。特伦钦（Trenčín）到了，没有出现灾难，在特那瓦（Trnava）也没有发现危机，我们差不多到了。伯拉第斯拉瓦（Bratislava）位于边境，是我们度蜜月的地方。在这里火车停站的时间拖得很长，玛丽安娜醒了，周围一片寂静。

"睡觉，宝贝，睡觉。"贝拉说，"嘘。"我也跟着说："嘘。"

在站台上，我们从黑暗中看到十几名斯洛伐克士兵朝火车走来。他们散开，两人一组走向各节车厢。很快他们就会来敲我们的门，要求我们出示证件。即使他们认不出贝拉，也会看到他护照上的名字，想隐藏已经来不及了。

"我会回来的。"思斯说。他挤进过道，我们听到他和列车长讲话的声音。就在士兵差不多走到车门的时候，我们看到他走下站台。我永远也不知道思斯对他们说了些什么，也不知道中间是否有钱或珠宝的交易。我所知道的是，在经历了一段煎熬的时刻后，士兵们向思斯脱帽致敬，并转身返回车站。我有时每天都要做出选择，有时候会更久一点，就像选择一支队伍那样，我该如何面对呢？但至少在选择的队伍里，结果很快就会知晓。

---

[1] 斯皮什新村、波普拉德、利普托夫斯基米库拉什、斯洛伐克：原文捷克语，表示各个火车站的名称。

思斯回到小客房里。我的心已经安定下来，但还是不敢问他是如何说服士兵们掉头而去的。我们的安全感太脆弱，不能指望它，如果我们大声说出我们已经解脱，就可能把安全感破坏掉。火车正在驶往维也纳，我们互相之间都沉默不语。

自战争结束以来，维也纳有25万人在向以色列、巴勒斯坦或北美寻求避难和移民，我们只是其中的一小部分。我们在罗斯柴尔德医院避难，医院所在的区域已被美国占领。这家医院是难民逃离东欧的集中地，我们5个人和另外3个家庭被安排在一个房间里。虽然已经很晚了，贝拉还没等我安顿玛丽安娜上床睡觉，就离开了房间。他试图联系我们的朋友班迪和玛尔塔，告诉他们我们的方位。在我们家，我们计划好，和他们一起去以色列。玛丽安娜睡着了，我抚摸着她的后背，听着克拉拉和同屋的其他女人低声交谈。在罗斯柴尔德医院，成千上万像我们一样的人在等待布里查的帮助。在除夕夜，我们和班迪、玛尔塔一起坐在餐桌前，吃着德国酸菜汤，计划着以色列的新生活。我们在构建未来，而不是逃跑。现在，和其他难民挤在一个拥挤的房间里，我意识到布里查的深刻意义。布里查是希伯来语"迁徙"的意思。我们在迁徙中。

我们的计划可靠吗？在罗斯柴尔德医院，同屋的女士告诉我们，她们的朋友已经移民到了以色列，但那不是一个舒适的地方。经过一年，阿以战争终于结束，这个国家仍然处于战后状态。在严重的政治动荡时期，阿拉伯人和犹太人之间保持着敌对的状态。人们只能住在帐篷里，这并不是我们收拾行装所期待的生活。我们的银器和瓷器放在一个被暴力冲突包围的帐篷里有什么用呢？玛丽安娜衣服上缝的珠宝又有什么用？它们只值别人愿意支付的价钱。谁愿意用刻着我们名字的金盘子吃饭呢？不是工作的艰辛或贫穷让我难以下咽，而是处于战争的现实。如果它只会带来痛苦，为什么还要去那里开始新生活呢？

我在黑暗中等待贝拉回来的时候，打开了美国领事馆的文件，这些文件是我强烈要求贝拉从布拉格取回来的，绑在我的背上，穿越了边界。两个捷克斯洛伐克家庭有资格移民美国，只有两个。贝拉在去布拉格时得知，另一个家庭已经离开欧洲，选择移民到以色列而不是美国。该轮到我们做出选择了。我把文件拿在手里，看着那些文字，它们在昏暗的灯光下模糊不清，像等待着被碾碎，然后重组起来。"美国，迪库卡。"我似乎听到了母亲的声音。美国是最难进入的国家，配额非常严格，但如果这封信不是骗局，不是恶作剧，我们就有办法去美国。我们的财产已经被送往以色列。我说服自己相信这封信的内容一定是虚假的，你身无分文，没人想要你的。

贝拉气喘吁吁地进来，吵醒了我们的室友。他已经设法在半夜联系上了班迪，明天晚上他们会出发来维也纳，第二天早上我们就会在火车站和他们会合，一起先去意大利，班迪在布里查的帮助下，已经安排好去海法的船。我们将和班迪、玛尔塔一起去以色列，那是在新年的前夜就计划好的，我们将在那里建造通心粉工厂。我们一到维也纳就可以马上离开，真是幸运，我们不用等待多年。为了去澳大利亚，克拉拉和思斯可能要在这里等待多年。

但是，对于在36小时后离开维也纳，逃离战后混乱的普雷绍夫，却重新把我的女儿带回到充满动荡和冲突的战争地区，我并不开心。我坐在床边，膝上放着美国领事馆的文件，用手指抚过上面的墨水。

贝拉在一旁看着我。

"有点晚了。"他说,这是他唯一可以讲的。

"我们是否应该讨论一下这个呢?"

"有什么好讨论的?我们的财产,我们的未来,在以色列。"

他是对的,但只对了一半,我们的财产在以色列,可能在沙漠的一辆货车车厢里烘烤着。我们的未来现在还不存在,而它应该是自己的意愿再加上环境的等式方程。我们的意愿可能会改变或出现分歧。

当我终于躺在床上时,克拉拉隔着熟睡的玛丽安娜对我低声耳语。"小家伙,"她说,"听我说。你必须热爱你正在做的事情,否则你就不应该这么做。不值得。"她要我做什么?和贝拉争论我们已经决定好的事情?还是离开他呢?她是我所期待的,能依靠和支持的人。她会捍卫我的选择,那些我已经做出的选择。我知道她不想去澳大利亚,但她要和她的丈夫在一起。她应该理解为什么尽管我不想,但还是要去以色列。在我们生活的过程中,这是她第一次告诉我不要像她那样,不要步她的后尘。

早上,贝拉立刻出门,去取我们去以色列所需要的行李箱、外套、衣服和其他由犹太联合分配委员会(Jewish Joint Distribution Committee)、美国慈善机构为难民提供的必需品。我和玛丽安娜一起去了城里。我把来自布拉格的文件藏在我的手提袋里,就像玛格达过去藏糖果一样——既是诱惑,也是救援。我们是唯一被允许移民的捷克家庭,这意味着什么?如果我们拒绝了,谁会去呢?会没有人去吗?去以色列是一个很好的计划,是我们竭尽所能做出的最好的计划。但现在有一个机会,是在我们敲定移民以色列的计划时不存在的。现在我们有了一种新的选择,一种不需要住在战区帐篷里的选择。

我无法阻止自己。在没有得到贝拉的允许,没有告知他的情况下,我询问了去美国领事馆的路,抱着玛丽安娜走进那里,至少我要弄清楚这些文件有没有弄错或者是一个骗局。

"祝贺你,"当我给警官看这些文件时,他说,"签证一办好,你马上就可以去了。"他给了我申请签证的书面材料。

"要花多少钱?"

"不需要,女士。你是难民。有了新国家的许可,你就可以立即启程。"

我觉得眩晕。这是一种美好的眩晕,就像昨天晚上火车离开伯拉第斯拉瓦时我们一家人依然健在一样。我把申请资料带回罗斯柴尔德医院的房间,把它们拿给克拉拉和思斯看,我仔细研究并寻找资料上的问题。不需要花太多时间就找到了一个:你曾经患过结核病吗?贝拉有。虽然自 1945 年以来,他就没有出现任何症状,但他现在有多健康并不重要。你必须在申请时提交 X 光片。他肺部有创伤。伤口是显而易见的。结核病永远无法治愈,就像没愈合的创伤一样,随时可能恶化。

那么,明天去以色列吧。

克拉拉看着我把申请资料放在床垫下。"还记得我 10 岁的时候被茱莉亚音乐学院录取的事吗?"她说,"母亲会不让我去吗?去美国吧,迪库卡。母亲希望你这样做。"

"但是结核病。"我说。我的辩解是为了忠于贝拉的意愿,忠于我丈夫的选择,而不是因为条文上的规定。

"如果你不能从门口进去,那就从窗户进去。"克拉拉提醒我。

夜晚来临。我们在维也纳的第二个晚上,也是我们在维也纳的最后一个晚上。我一直等到玛丽安娜睡着了,等到克拉拉、思斯和其他人也都睡觉了。我和贝拉坐在门边的两把椅子上,相对而坐。我努力记住他的脸,以便能向玛丽安娜描述他的轮廓。他饱满的前额,完美的、弯弯的眉毛,给人以亲切感的唇形。

"亲爱的贝拉,"我开始说,"我要说的话并不容易接受。这将是多么艰难的一件事。但我没有办法说服自己放弃。"

他美丽的前额皱了起来。"怎么回事?"

"如果你明天遇到班迪和玛尔塔,像我们计划好的那样去以色列,我不会反对你。我不会劝你放弃的。但我已经做出了选择。我不会和你一起去的。我要带玛丽安娜去美国。"

第三部分

自 由

你可以从一个人身上拿走所有东西,
但有一件不行:
人类最后的自由——在所有特定环境下选择自己的态度,
选择自己的方式。每一刻都是一种选择。

第十一章
移民日

1949年10月28日,移民的当天是我一生中最乐观、最充满希望的一天。为了等待签证,我们在罗斯柴尔德医院拥挤的房间里住了一个月,又在维也纳的一间小公寓里住了5个月,现在我们就要踏入新家的门槛了。我们站在美国军队运输船罗伯特·L.豪兹上将号的甲板上,灿烂的阳光和湛蓝的天空照亮了大西洋。自由女神像出现在我们眼前,就像音乐盒里的小雕像,在远处显得那么渺小,纽约市慢慢变得清晰可见,它那精致的轮廓开始显现出来。几周以来,望向这里,只能见到一条地平线。我把玛丽安娜抱起,挨着甲板栏杆。

"我们到美国了。"我告诉她,"一块自由的土地。"

我想我们终于自由了,我们之前冒了很大的险,现在,安全和机遇是给我们的回报,这似乎是一个合理而简单的等式。数千公里的海洋将我们与铁丝网、警察搜查、死刑犯集中营、无家可归者营地分隔开来。我还不知道噩梦是没有地域界线的,内疚和焦虑也在无边界地回荡。在10月的阳光下,我在客轮上层的甲板上,把女儿抱在怀里，望着纽约，足足站了 20 分钟。我相信，在这里，过去是无法触摸到我的。玛格达已经提前到达美国，在今年（1949 年）7 月份，她拿到了签证，乘船来到纽约，和玛蒂尔达姑妈以及她的丈夫住在布朗克斯区。她在玩具厂工作，负责装嵌小长颈鹿玩具的头部。她曾在一封信中开玩笑说，拿大象来制作长颈鹿。再过一两个小时，我就可以拥抱我的姐姐，我勇敢的姐姐，她的笑话可以让人瞬间摆脱痛苦。正当玛丽安娜和我细数着船和陆地之间的白浪，我在心中默念着祝福的时候，贝拉从小船舱里走了出来，他正在那里收拾我们的行李。

因为丈夫的出现，我的心又充满了柔情。在旅程的几个星期里，在漆黑的水面上，在漆黑的环境中，在房间里晃动的小床上，我对他的激情比我们在一起的 3 年里的任何时候都强烈，比我们在蜜月旅途怀了玛丽安娜的火车上还要强烈。

回想起 5 月份，在维也纳，直到最后一刻，他都无法做出决定，无法做出选择。他站在火车站的一根柱子后面，手里提着手提箱，准备去与班迪和玛尔塔会合。他看到我们的朋友到达车站，在站台上找寻我们。他躲藏起来，看着火车进站，听到广播督促旅客上车，看着人们再次上了火车。他看见班迪和玛尔塔还在一节车厢门口等着他。广播员在广播里叫喊着他的名字。他想和朋友们在一起，想上火车，赶上大船，拯救那满载财物的货车。但他在柱子后面定住了，此时其他乘客都鱼贯地上车，班迪和玛尔塔也是。当火车车门关上时，他才强迫自己走出来。他违背了他对更好未来的判断，违背了他对未来的安全和经济保障所下的赌注，冒着生命中最大的风险，走开了。

现在，离我们开始美国的新生活还有几分钟的时间，没有什么比我俩都做出同样的选择更深刻和更意义深远的了：为女儿美好的未来而放弃拥有的资产，一起从零开始。他对女儿的承诺，对这新的冒险，对我的承诺，深深地打动了我。

然而（这个"然而"就像一个门闩一样），为了带玛丽安娜去美国，我曾经有放弃我们婚姻的念头。不管多么痛苦，我都愿意为此牺牲，包括家庭和合伙关系——这是贝拉无法接受的。因此，我们在不平等的基础上开始了新的生活。我能感觉到，尽管他可以不惜一切代价地为我们牺牲，但他仍会为失去的东西而伤心。我感到安慰和喜悦，而他感到痛苦。当我高兴地迎接新生活的同时，贝拉所失去的一切会给前方所有未知的事情带来一种具有危险性的压力。

所以我们心甘情愿地做出牺牲。还有一个谎言：贝拉的体格检查报告。我们在申请签证时需要在文件夹里夹上胸透X光片。我们不能让贝拉的结核病，像幽灵般地阻挡我们的未来，所以思斯假扮成贝拉和我一起去见体格检查医生，所以我们现在带着的是思斯清晰的、没有任何阴影的胸片。当移民局官员批准贝拉入境时，他们核准的是思斯的身体及过往病史，另一个符合健康要求的人。

我想轻松地呼吸一下，把安全与好运当作奇迹来珍惜，无须再密切提防和步步为营。我想教导女儿自信地站在这片土地上。她就在那儿，头发在风中飘动，脸颊被吹红了。"自由！"她喊道，她对这个单词感到高兴。我即兴地拿起绑在女儿脖子上用丝带穿着的奶嘴扔进了海里。

如果我转过身来，可能会看到贝拉在警告我，但我没有转过去。"我们现在是美国人。美国孩子不用奶嘴。"我说。我完全陶醉了，随手把我女儿当作安全象征的奶嘴扔掉，就像游行时扔彩色纸屑一样。我想让玛丽安娜成为我想成为的那种人：一个能融入其中，不会为与众不同、有缺点而困扰，更不会由于过去的残暴和处于残酷的比赛状态中而困扰。

她并没有抱怨，对我们的新奇冒险感到兴奋，对我奇怪的行为感到高兴，接受了我的逻辑。在美国，我们会像美国人那样生活（就好像我已经对美国人的所作所为了如指掌似的）。**我要相信我的选择，我们的新生活，所以我要抹去所有悲伤和恐惧的痕迹。**当我走下通往我们新家园的木制坡道时，我已经戴好面具了。

我逃了出来。但我还没有自由。

• 第十二章
新手

  1949 年 11 月，一个灰色的黎明，我在潮湿的街道上登上了去往巴尔的摩的公交车，将要去服装厂工作。我每天的工作是剪小男孩拳击运动短裤上的线头，可获得每打七美分的报酬。这家工厂让我想起了德国的线厂。当时，玛格达和我从奥斯维辛集中营被带走后，就去了线厂工作。厂子里空气干燥、尘土飞扬，还有冰冷的混凝土，机器发出咔嗒咔嗒的响声，女领班说话时，必须大声喊叫。"减少上厕所的时间！"她喊道。但之前的女领班告诉我们，我们会一直工作到筋疲力尽，直到死亡为止。我不停地工作，最大化地提高生产效率，最大化地提高微薄的薪水。但同时也是因为，不停地工作，在过去是一种生存的需要，已成为一种不可丢弃的习惯。如果我能一直待在嘈杂和紧迫的环境之中，我就不会有空暇去胡思乱想了。我很努力地工作，回到家后，手会在黑夜里不停地颤抖。
  因为收留了玛格达，所以玛蒂尔达姑妈和她的丈夫没有空余的空间或资源来收留和接济我们了。我们已经开始的新生活，不是像我想象的那样在布朗克斯，而是在巴尔的摩。在这里，我们和贝拉的弟弟乔治、乔治的妻子以及他们两个年幼的女儿一起住在一套狭小的、没有电梯的公寓里。乔治曾是捷克斯洛伐克著名的律师，但在20世纪30年代，他刚移民入境到美国芝加哥时，是在福勒刷子公司工作，上门推销刷子和清洗产品；现在在巴尔的摩卖保险。在乔治生活中所出现的一切都是苦涩的、令人担忧的和气馁的。他紧跟着我走过公寓的每个房间，注视着我的一举一动，抱怨我没有把咖啡罐的盖子盖严。他对过去发生的种种事情感到愤怒——他曾在伯拉第斯拉瓦遭到袭击；在芝加哥，他在众目睽睽下遭到抢劫。他对现状也感到愤怒，不能原谅我们身无分文地来到这里，不能原谅我们放弃了埃格尔家族的财产。我在他面前感到很难为情，有他在的时候，我在下楼梯的时候一定会绊倒。

  有一天，我坐公共汽车去上班时，满脑子都是在想不开心的事，工厂的咔嗒咔嗒声，还混合着乔治的不愉快和对钱的不断担忧。过了很久，我才注意到公共汽车并没有开动，仍靠在路边，其他乘客都盯着我，皱着眉，摇着头。我开始冒汗，感到头皮发麻。这种感觉，如同我听到带着武器的箭十字党民兵在黎明敲我们家的门，把我吵醒的感觉。如同我捡起胡萝卜后，德国士兵用枪指着我胸口时的感觉。我的内心充满了恐惧，感觉自己做错了什么，感觉自己将会受到惩罚，生存和死亡就是赌注。危险和威胁的感觉使我疲惫不堪，连发生什么事都想不起来了。我用了在欧洲坐车的方式上了公交车，坐在座位上，等待售票员过来卖票，而忘记在美国需要把硬币放在投币箱里。公共汽车司机对我大喊："要么付钱，要么下车！"即使我能说英语，也听不懂他说的话，我被恐惧所征服，被铁丝网和枪炮的影像所征服，被烟囱里冒出来的浓烟所淹没，被过去的监狱围墙包围了。这与我在奥斯维辛集中营的第一个晚上为约瑟夫·门格勒跳舞所发生的事情正好相反。那时,我想象自己并不是在集中营,而是在布达佩斯歌剧院的舞台上,我的内心世界拯救了我。现在,我的内心世界把一个简单的错误、一个误解解读为了一场大灾难。这并不是什么大是大非、不可救药的事情。那个男人因为误解我,我也不能理解他,所以觉得生气、沮丧。即使大喊大叫和争执,我也没有生命危险。然而,我把现状看为:危险,死亡。

"要么付钱,要么下车!"司机喊道。他从座位上站起来,向我走来。我趴在地上,捂着脸。他现在在我上方,抓住我的胳膊,想拉我的腿。

我蜷缩在公共汽车的地板上,哭泣着,颤抖着。一位乘客同情我,她和我一样是移民。她先是用意第绪语问我,然后用德语问我身上是否有钱,并在我汗水淋淋的掌心里数出硬币。她扶我回到座位上,坐在我的旁边直到我能再次呼吸。公共汽车开始上路。

"愚蠢的新移民。"有人从过道走到座位上的时候,低声说。

当我写信告诉玛格达这件事的时候,我把它说成了一个笑话,一个关于移民的"新手闹剧"。但从那天起,我的内心发生了变化。20多年以后,我通过参加语言和心理的训练来弄明白这些身体反应的原因。在我的脑海里会突然重现以前的情景,并出现情绪不安的身体表现——心跳加速、掌心冒汗、视线变窄,就像那天的情况(在我的一生中,即使是现在,在我80多岁的时候,我仍然会多次出现),是人在面对精神创伤时的自然反应,这就是为什么我反对将精神创伤后的应激障碍称为一种失调。这不是一种对精神创伤的失调反应,而是一种常见而自然的反应。但在11月清晨的巴尔的摩,我并不知道发生了什么事，认为自己的崩溃意味着我有严重的缺陷。**我希望能够认识到我不是一个被打垮的人，是受困于被无情打断的生活而产生的后遗症。**

在奥斯维辛集中营，在毛特豪森集中营，在死亡行军中，我通过描绘我的内心世界活了下来。即使在我被饥饿、折磨和死亡包围的时候，我也在自己的内心世界里找到了希望和信念。在我第一次回想起以前的情景时，便开始相信我的内心世界就是恶魔们居住的地方。我的内心世界不再是我的支撑，而是成了我痛苦的源泉：无法忘却的记忆、失落和恐惧。我在卖鱼的柜台前排队，当店员叫到我的名字时，他的脸和门格勒的对调了。在走入工厂的清晨，我会看见妈妈就在我身边，看着她转身离去。我试图将过去的记忆驱逐出我的内心，认为它对于自己的生存造成了威胁。**直到多年以后，我才明白逃避并不能治愈伤痛，反而会使痛苦加剧。**从地理位置上看，美国远离我从前被禁锢的监狱。但在这里，我的心理比以前受到更大的束缚。**我逃避过去的恐惧，但没有得到自由。我为心中的恐惧做了一个牢房，通过沉默把它封印起来。**

值得庆幸的是，玛丽安娜过得很好。我想让她感觉正常，正常，一切都正常。她做到了。尽管我很担心她会发现我们很穷，她的母亲总是害怕在美国的生活不是我们所期望的那样，但她却很快乐。她可以免费参加日托中心，因为负责日托中心的鲍尔太太（Mrs. Bower）同情移民。她很快就学会了英语，并成为鲍尔太太的小助手，当其他孩子哭闹时，她帮忙照顾他们。没有人要求她那样做，她天生对别人的悲伤敏感，对自己的力量也有与生俱来的信心。贝拉和我称她为小亲善大使。鲍尔太太会送她回家，还给她一些书，用来帮助我学好英语，就像帮玛丽安娜那样提供尽量多的支持。我试着读《小鸡》。我不能把人物角色理顺。谁是幸运小鸭（Ducky Lucky）？谁是露西鹅（Goosey Loosey）？玛丽安娜笑话我，又教了我一遍。她假装愤怒，我假装我只是在玩，我只是假装不懂。

比起贫穷，更让我担心的是女儿的尴尬，担心她会因我而感到羞耻。周末的时候，她陪我去洗衣店帮我操作洗衣机，带我去杂货店找日夫牌花生酱，还有其他十几种我从没听说过的食物，那些名字我既不会拼写也不会发音。1950年，玛丽安娜三岁，她坚持要我们像她的同学一样在感恩节吃火鸡。我怎么能告诉她我们买不起呢？在感恩节前一天回家的路上，我在施赖伯食品店门前停下来，我运气真好，他们在做火鸡的促销活动，60美分一千克。我选择了一只最小的。"看，亲爱的！"我一到家就呼叫起来。"我们有一只火鸡。一只小火鸡！"为了她——为了我们一家三口能过感恩节，我是多么想要这只火鸡呀。

疏远是我的长期状态，甚至当我在与我们的犹太移民朋友接触时也是如此。那年冬天，我们受邀参加光明节派对，所有的孩子轮流唱光明节的歌曲。女主人邀请玛丽安娜唱歌。我很骄傲地看着我那聪明而成熟的女儿，她快乐、热情、急切、自信地接受邀请，走到房间中央。她已经把英语当成她的第一语言。在幼儿园，她参加了一个我并不认识的犹太人举办的课外活动，这个犹太人已经信奉了基督教。玛丽安娜朝客人们微笑，然后闭上眼睛，开始唱道："耶稣爱我，我知道，因为《圣经》告诉我……"客人们盯着她和我。我的女儿已经学会了我最希望她拥有的技能，无论在哪里都能表现得像在家里一样。而现在，由于她对区分不同人群的规则缺乏理解，这下让我感到非常尴尬，想钻到地板下瞬间消失。甚至是在我自己的社区里，不是来自外面，也会出现这种尴尬和这种流放者的感觉。相信自己不应该活下来，永远不值得被他们接纳，这是自我禁锢的一部分。

玛丽安娜在美国生活得很好，但贝拉和我却过得很艰难。我仍然受着自己恐惧的折磨——噩梦般的记忆，在平静的外表之下酝酿着恐慌。我也害怕贝拉的怨气。他学英语不像我那么费劲。他小时候在伦敦的一个寄宿学校读过书，他说英语和说捷克语、斯洛伐克语、波兰语、德语以及许多其他地方的语言一样流利，但是在美国他的口吃变得更加明显，这像一种信号，告诉我，我强加给他的选择使他痛苦。他的第一份工作是在一个仓库里搬运沉重的箱子。我们知道这对肺结核患者是不好的，但乔治和他的妻子杜伊（Duci）认为我们有工作已经是很幸运的了。杜伊是一位社会福利工作者，曾帮助我们找到工作。工资低得可怕、劳动要求高、对人格贬低，这就是对移民的写照。移民既不是医生，也不是律师，更不是市长，无论他们曾受过怎样的培训和拥有怎样的专业技能（除了我那了不起的姐姐克拉拉，她和思斯移民后不久就在悉尼交响乐团获得了小提琴家的职位）。移民只能开出租车、在工厂做计件工作和给杂货店的货架堆货。我内化了这种无价值的感觉，贝拉也很抗拒，因而脾气暴躁，反复无常。

在巴尔的摩度过的第一个冬天，杜伊带着买给玛丽安娜的儿童滑雪服回家。玛丽安娜想马上试穿一下。它的拉链很长，在玛丽安娜的衣服外面套上舒适的滑雪服需要花很长时间。我们终于穿好准备去公园了，慢慢地走下五阶楼梯，来到街上。当我们到达人行道时，玛丽安娜说她需要尿尿。

"你之前为什么不告诉我们！"贝拉要爆炸了。他从未对玛丽安娜大吼过。

"我们搬离这间房子吧。"那天晚上我低声说。

"你想好了，公主。"他咆哮道。我仿佛不认识他。他的愤怒使我害怕。

不，我最害怕的是我自己的愤怒。

我们设法攒够了钱，搬进了巴尔的摩最大的犹太社区——帕克高地，在一所房子后面的一间女仆的小房间里住下。我们的女房东是曾经来自波兰的移民，但她早在战争之前就已经移民，在美国待了几十年了。她叫我们新手，嘲笑我们的口音。她带我们看浴室，希望我们对室内管道感到惊奇。我想起了玛莉丝卡和埃格尔宅邸里的小铃铛，每当我想要更多的面包时，就把它摇响。为符合我们在房东太太心中所期待的形象，装出惊讶的样子并向她解释，甚至是向自己解释以前和现在之间巨大的鸿沟，要容易得多。

贝拉、玛丽安娜和我住在一个房间里。玛丽安娜上床睡着了，我们把灯关掉，坐在黑暗中。我们的沉默不是亲密的，而是紧张沉重的，就像一根绳子在负重的重压下开始磨损。

我们尽力做一个正常的家庭，1950 年，我们就连去帕克高地大道（Park Heights Avenue）自助洗衣店隔壁的电影院看电影也觉得非常奢侈。在开启洗衣机后，我们带着玛丽安娜去看《红鞋》（The Red Shoes），这是一部由匈牙利犹太移民埃默里克写的剧本改编而成的电影，值得我们学习并引以为豪。我对这部电影印象很深，因为它从两个方面打动了我。坐在黑暗中，和家人一起吃着爆米花，我感到一种满足感，这种满足感对我来说已经变得捉摸不定——一切会变好，我们坚信可以过上幸福的战后生活。但是电影的角色和情节颠覆了我，打破了我悉心维系的面具，让我注意到我那有缺陷的真面目。

这部电影讲的是一个叫维姬·佩奇（Vicky Page）的舞蹈演员，她引起了鲍里斯·莱蒙托夫（Boris Lermontov）——一家著名芭蕾舞公司的艺术总监的注意。她在扶手杆上练习着芭蕾舞的高踢腿，充满激情地跳着《天鹅湖》，渴望得到莱蒙托夫的关注和重视。我目不转睛地看着屏幕，觉得是在观看自己的一生。如果没有希特勒，没有战争，我会继续像她那样生活着。有那么一会儿，我觉得坐在我旁边的是埃里克，我忘了我有个女儿。我只有23岁，但感觉我生命中最美好的时光已经结束。电影中有一段，莱蒙托夫问维姬："你为什么想跳舞？"她回答说道："你为什么想活着？"莱蒙托夫说："我不知道为什么，但我必须这么做。"维姬说："这也是我的答案。"在去奥斯维辛集中营之前，就算是在奥斯维辛集中营，我也会这样说。**每个人内心都有一束永恒的光芒，就是从不放弃对生活的渴望，对我来说，就是尽情地享受生活和跳舞。** 现在，我做事的目的很简单，就是表现得让我女儿永远不知道我的痛苦。

这是一部悲剧，维姬并没有得偿所愿。当她在莱蒙托夫的新芭蕾舞中担任主角时，她被恶魔纠缠。这部电影的这一部分太可怕了，我几乎看不下去。维姬的红色芭蕾舞鞋似乎控制了她的双脚，那鞋子让她不停地跳，直到临近死亡边缘。她在自己的噩梦中，在萧瑟荒芜之地，和一群食尸鬼及一个用烂报纸做成的舞伴跳舞。她根本停不下来，因为她无法醒过来。维姬把红鞋藏在抽屉里，试图放弃跳舞。她爱上了一个作曲家，并嫁给了他。在电影的结尾，她被邀请再跳一次莱蒙托夫的芭蕾舞。她丈夫恳求她不要去。莱蒙托夫提醒她："没有人能有两次生命。"她必须做出选择。我想知道，是什么让一个人做一件事而不做另一件事？维姬又一次穿上红鞋。这一次，鞋子迫使她跳到大厦的边缘，接着掉了下去，死了。其他的舞者在没有她的情况下继续跳着芭蕾舞，聚光灯落在维姬在舞台上应该站着的地方。

这不是一部关于精神创伤的电影。事实上，我还不知道我正遭受着精神创伤。但是《红鞋》给了我一张由图像组成的词汇表，它教会我去了解自己内心与现实经历之间的紧张状态。还有关于维姬最后一次穿上红鞋和坠落的方式——看起来不像是选择，是被迫做出的自然反应。她到底害怕什么？是什么驱使她这样做吗？是有些东西出现了，逼迫她呢？还是有些东西没有了，她就不能活了呢？

"你会选择跳舞而不是我吗？"贝拉在坐公交车回家的路上问道。我不知道他是不是想起了那个在维也纳的夜晚。我告诉他，不管有没有他的陪伴，我都要带玛丽安娜来美国。他已经知道我有能力选择某人或某事。

我用打情骂俏的口吻化解了他的问题。"如果当时你看到我跳舞，你就不会让我选了。"我说，"你从没见过像我这样的高踢腿。"我假装，我假装。我憋住一声尖叫，把它埋藏在内心深处。我并没有选择！我内心的沉默代表着狂怒。是希特勒和门格勒为我做了选择。我并没有选择！

贝拉是第一个在压力下崩溃的人。这发生在工作的时候。他正在举起一个箱子，结果摔倒在地上，呼吸困难。在医院里，X光片显示他的结核病复发了。同我把他从监狱里救出来的那一天，也就是我们逃到维也纳的那一天相比，他看上去更没有表情，脸色更苍白。医生把他转移到结核病医院。我每天下班后都带玛丽安娜去看他，但担心玛丽安娜会看到他咳血，这样的话，尽管我们努力隐瞒她父亲的病情，她也会觉得父亲可能会死。她4岁了，已经会看很多书，为了让爸爸开心，她带来了鲍尔太太的图画书，她告诉护士什么时候父亲吃完了饭，他什么时候需要更多的水。"你知道什么能让爸爸高兴起来吗？"她对我说，"一个小妹妹！"我们没有打算再生一个孩子，因为太穷了。现在我终于松了一口气。令我感到安慰的是，尽管贝拉在康复期间，我拿着微薄的薪水，但我们却没有因为要多解决一个人的温饱问题而有压力。但看到女儿渴望有个伴儿，我的心都碎了。她的孤独，使我想念我的姐姐。玛格达现在在纽约有了一份更好的工作，她利用从父亲那里学到的裁缝技巧，为伦敦公司制作大衣。她不想在一个新的城市再重新开始，但我恳求她来巴尔的摩。1949年，在维也纳，我曾短暂地幻想自己的生活可能会变成这样：把玛丽安娜带到我姐姐身边，而不是我丈夫身边。然后，为了不让女儿在战区苟延残喘，这是一种选择，一种牺牲。现在，如果贝拉死了，或者他成了一个病人，这个想法就将成为必然了。我们住的公寓稍微有点大，租金也高，即使我们两个人都有工作，剩的钱也才勉强够吃饭。我无法想象我一个人要负担这么多钱的状况。玛格达同意考虑过来。

"别担心，"贝拉边说边用手帕捂着嘴巴咳嗽，"我不会让我们的女儿在没有父亲的情况下长大。我不会。"他咳得厉害，结结巴巴地，几乎说不出话来。

贝拉真的康复了，但他仍然很虚弱，无法再去仓库工作。在贝拉惊人的魅力和幽默的感染下，结核病医院的医务人员承诺，在他出院之前，帮助他做职业规划，让我们摆脱贫困，并让他康复起来。他们让贝拉完成一个连他自己都认为不切实际的能力倾向测试。测试结果出来，显示他最适合做乐队指挥或会计。

"我们可以在芭蕾舞中开创新生活。"他开玩笑地说，"那样你可以跳舞，我来指挥管弦乐队。"

"你年轻时，曾经期盼过学音乐吗？"用假设推测的方式来讲述过去的事情是一个危险的游戏。

"我小时候真学过音乐。"

我怎么会忘记呢？他和我姐姐一样学过小提琴。当他追求我的时候，在那些信里提及过这件事。现在再听他谈论这件事，感觉就像被告知他过去使用的是另一个名字。

我坐立不安。我被金钱和贝拉的疾病所困扰，被工厂里密密麻麻的工作流程和数买杂货用的硬币所困扰，好消息也离我而去，千百种忧虑令我无法释怀。贝拉有新的前程，新的道路，但我没有。我换了几次工作，努力赚更多的钱，让自己感觉好些。这些额外的资金帮助了我，而且这些改善确实让我有一段时间会感到振奋，但这种感觉不会永远持续。在一家保险公司，我从一个复印员被提升为资料员。我的主管注意到我工作很努力，愿意培养我。在其他秘书的陪伴下，我感到很开心，很高兴能成为他们中的一员，直到我的新朋友建议我："午餐时不要坐在犹太人旁边。他们的气味令人难以忍受。"我根本不属于这里，我必须把我的身份隐藏起来。之后，我在一家行李箱公司工作，老板是犹太人，我想我终于找到合适的地方了。我感到自信，被认可。虽然我是一名办事员，而不是接待员，但有一天，电话铃响了很久也没人接，看到秘书的工作负担如此重，我便扑过去接了电话，我的老板怒气冲冲地走出办公室。"谁允许你的？"他喊道，"你想毁了我的名誉吗？没有一个新人能代表这家公司。我讲明白了吗？！"问题不在于他严厉地批评我。问题是我觉得他认为我毫无价值。

1952年夏天，贝拉康复后不久，玛丽安娜五岁前的几个月，玛格达搬来巴尔的摩。她在我们这儿住了几个月，直到她找到一份工作。我们在靠近前门的用餐区为她搭了一张床。公寓在夏天总是很闷热，即使是在晚上，玛格达睡觉前也会打开一点门缝。"小心！"贝拉警告说，"我不知道你在布朗克斯住的是什么样的宫殿，但这不是一个安全的社区。如果你让门开着，就会有人进来。"

"真希望是这样。"玛格达咕噜着，眨着睫毛。我的姐姐，她只会把她的痛苦超脱地掩盖在幽默中。

为欢迎玛格达，我们举办了一个小型聚会。乔治和杜伊（乔治是那种不愿意花一分钱的人），还有我们公寓里的一些邻居们，包括我们的房东也过来参加。他们带来了他们的朋友纳特·希尔曼（Nat Shillman），一位退休的海军工程师。玛格达讲述了她刚到美国第一周的趣事，玛蒂尔达姑妈在街上给她买了一个热狗。"在欧洲，当你从卖热狗的小贩那里买到一个热狗时，你总是会得到两个热狗，上面都是德国泡菜和洋葱。玛蒂尔达为我的热狗付完钱回来时，在一个薄薄的小圆面包上只有一个小小的热狗。我认为她太小气了，不愿意付两个热狗的钱，或者她是在暗指我的体重问题。我怀恨了好几个月，直到有一天我自己去买热狗，才明白这里就是这样子的。"

所有的眼睛都注视着玛格达，注视着她那张表情丰富的脸，等待着她接下来会说些什么有趣的话题。她总是会遇到很多趣事。纳特显然被她迷住了。客人们走后，玛丽安娜也睡了，我和玛格达坐在她的床上，像小时候那样闲聊。她问我对纳特·希尔曼了解多少。"我知道，我知道，他和爸爸的年龄差不多，"她说，"但我对他的感觉很好。"

我们聊了许多，直到我在她的床上已经困得差不多要睡着了，但还是不想停下来。我需要问玛格达一件事，一件与我内心的空虚相关的事，但如果我向她问起恐惧、空虚的事，那么我必须承认，我已经习惯于假装它不存在了。"你快乐吗？"我终于鼓起勇气问她。我希望她说快乐，这样我也会有同感。我也希望她说她从没快乐过，没有真的快乐过，这样我就会知道空虚不单单在我身上。

"迪库卡，这是姐姐给你的建议。要么你太敏感了，要么你完全不敏感。当你敏感的时候，你会受到更多的伤害。"

"我们会没事吗？"我问，"在某一天？"

"是的。"她说，"不。我也不知道。但有一件事是真的：希特勒把我们弄得非常糟糕。"

贝拉和我现在每周可以挣到60美元，足够要第二个孩子了。我又怀孕了，我的女儿在1954年2月10日出生了。在医院，美国医生都会例行公事般地给每一位产妇实施麻醉。当我从麻醉中醒来时，女儿已经在育婴室。但我想要抱一下我的孩子，给她喂奶。当护士把她抱到我面前时，我看到她长得很完美，还在睡梦中。她不像她姐姐出生时那么大，小小的鼻子，光滑的脸颊。

贝拉带着已经6岁的玛丽安娜去看宝宝。"我有一个妹妹了！

我有一个妹妹了！"玛丽安娜高兴地庆祝着，仿佛我把钱放在信封里存好，然后从产品目录里给她订购了个妹妹一样，仿佛我总是有能力满足她的愿望。她很快就会有一位表妹，因为玛格达也怀孕了，她在1953年嫁给了纳特·希尔曼，他们的女儿将会在10月份出生。她用我们母亲的名字给她取名为伊洛娜。

我们给自己的小女儿取名奥黛丽，是根据奥黛丽·赫本的名字命名的。医生给我注射的镇静剂药物至今仍让我昏昏沉沉的。即使是高强度的生产过程，第一次见到和护理我的孩子，也隐藏着我生活的麻木状态。

这就回应了"祸兮，福之所倚；福兮，祸之所伏"。在奥黛丽出生的那几个月，贝拉在准备他的注册会计师考试，就像在为终极考试做准备一样。这是一个至关重要的考试，它将决定他是否能找到适合自己的位置，属于自己的那份安宁以及我们是否能有更多的选择。

但他的考试并没有通过。此外，他还被告知因为他的结巴和口音，无论他是否能获得会计师执照，都永远不会得到工作。

他说："无论我做什么事，总会有一块障碍物挡在路上。"

我反对他的说法，安慰他。我说我们总会找到办法的，但我无法阻止我姐姐克拉拉的声音潜入我的脑海："两个残废的人。"这将如何是好呢？我默默地在浴室里哭泣，假装开开心心地走出来。**我不知道隐藏起来的恐惧只会变得更加严重，不知道这样假装乐于给予，乐于抚慰的习惯，只会让我们的情况变得更糟。**

- 第十三章
你在那里吗

1955 年夏天，玛丽安娜 7 岁，奥黛丽 1 岁的时候，我们收拾行装，坐上我们那辆旧的灰色福特车，从巴尔的摩出发，前往得克萨斯州的埃尔帕索。由于对就业前景感到迷茫，贝拉情绪低落，更厌倦了弟弟的看法和怨恨，同时也担心自己的健康。他联系了他的表弟鲍勃·埃格尔，希望能得到他的建议。鲍勃是贝拉的叔祖父艾伯特的养子。贝拉的叔祖父艾伯特，在 20 世纪初，离开在普雷绍夫的四弟——贝拉的祖父（贝拉的祖父当时在普雷绍夫经营着还不错的生意，战后，贝拉继承了他的生意），和另外两位兄弟一起移民到芝加哥经营批发业务。20 世纪 30 年代，正是芝加哥的埃格尔家族支持乔治移民美国，也正是他们在战前为埃格尔家族做了登记，所以我们获得了签证的机会。我感激芝加哥埃格尔家族的慷慨和远见，没有他们，我们永远无法在美国安家。

鲍勃现在和他的妻子以及两个孩子住在埃尔帕索，但是，当他告诉贝拉"来西部吧"，我还是担心会被这个看似不错的机遇所欺骗，而走进另一条死胡同。鲍勃向我们担保。他说，埃尔帕索的经济正在蓬勃发展，在这个边境城镇，移民很少被隔离或边缘化，而城市的边界地区更是一个让新家庭从头开始、创建美好生活的完美地方。他甚至帮助贝拉找到了一份注册会计师助理的工作，薪水是他在巴尔的摩的两倍。"沙漠里的空气对我的肺有好处。"贝拉说，"我们可以租一套房子，而不再是租一套小公寓。"于是我同意了。

我们试图把这次巨变变成一次有趣的冒险、一次度假。我们的车开在高速公路上，欣赏着风景优美的风光。我们在一个有游泳池的汽车旅馆前停了下来，因提早到达，我们可以在晚饭前去游泳池里畅游一番。尽管我感到非常焦虑，不仅是因为搬家以及汽油、汽车旅馆和餐馆的饭菜的费用，还因为我和玛格达之间的距离又再次被拉开，但是我发现自己笑得更频繁了。不是为了让家人安心而戴上微笑的假面具，而是真正发自内心的、从我的脸颊和眼睛深处显露出来的笑，我觉得自己和贝拉之间有了一种新的感情。他教玛丽安娜讲一些俗气的笑话，在游泳的时候将奥黛丽从水中抛起。

在埃尔帕索，我首先注意到的是天空是那么明净和广阔。北方环城的群山也吸引了我的目光。我总是抬头看。在一天当中的某些时候，太阳照射的角度使山脉看上去仿佛被压平，变成一个模糊的纸板雕刻，就像电影场景中的那样。山峰是统一的暗棕色。随后，光线开始移动，山脉像彩虹那样变成了粉色、橙色、紫色、红色、金色、深蓝色，群山突然变成浮雕，像手风琴一样伸展开来，露出所有的褶皱。

这里的文化也同样是多元化的。我原以为这里就像西部电影里那样，是尘土飞扬、与世隔绝的边疆小镇，生活着顽强、孤独的男人，和比男人更孤独的女人。但我觉得埃尔帕索比巴尔的摩更欧洲化，更国际化。这座城市的人们会将两种语言、多种文化融合在一起，而且没有明显的种族隔离。这里既是边界，又是世界文化的结合体。得克萨斯州的埃尔帕索和奇瓦瓦州的华雷斯，与其说是两个独立的城市，不如说是一个整体的两部分。格兰德河贯穿其中，将城市划分为两个区域，由于它的独特性，双方的边界又显得那么恣意。我想起了我的家乡：从科希策，到卡萨，再到科希策，边界改变了所有的一切，而这里的边界并没有改变任何东西。我只会很基础的英语，根本不会说西班牙语，但在这里，我觉得自己不像在巴尔的摩那样被边缘化、被排斥。我们之前住在巴尔的摩一个犹太移民社区，本来希望能在那里找到栖身之所，但反而发觉自己完全暴露在外面，无法融入整个城市。在埃尔帕索，我们只是融合体的其中一部分。

搬家后不久的一个下午，我和奥黛丽去附近的公园玩，突然听到一位母亲用匈牙利语呼唤她的孩子。我注视了她好一会儿，那是另一位匈牙利母亲，我多希望能认出她来。但我很快就开始自责了，这是多么天真的设想——仅仅因为她的声音很熟悉，可能有自己的影子，就认为我们可能有某些共同之处。然而，当她和她的孩子们在玩耍的时候，我却无法控制自己，无法停止对她的跟踪，无法摆脱我认识她的感觉。

突然，我记起了一些东西，那是克拉拉结婚当晚发生的事情：在科希策，一张明信片塞进了玛格达的镜子。在明信片上，一座桥上横跨的：埃尔帕索。我怎么会忘记十年前，拉斯·格拉德斯坦就是搬到这个城市的呀？拉斯，一位在贡斯基兴和我们一起解放的年轻人，他和我、玛格达一起坐在火车顶上，温柔地握着我们的手，从维也纳到布拉格，我当时甚至认为某一天他可能会和玛格达结婚。

他来到了埃尔帕索,在他的叔叔和婶婶的家具店里工作,赚钱上医学院。现在住的地方——埃尔帕索,我曾经在明信片里见过,那个地方就像是在世界的尽头。

奥黛丽把我从幻想中唤醒,她想去荡秋千。当我把她抱起来的时候,那个匈牙利女人和她的儿子也走近了秋千架。我情不自禁地用匈牙利语跟她说话。

"你是匈牙利人,"我说,"也许你认识我的一个老朋友,他战后来到了埃尔帕索。"

她用大人看小孩的那种方式看着我,好像觉得我是那么赏心悦目,散发着难以置信的天真。"谁是你的朋友?"她配合地问道。

"拉斯·格拉德斯坦。"

她的眼睛瞬间充满泪水。"我是他的姐姐!"她哭了。她从我的言语中,读到了我需要的信息代码。老朋友。战争结束后。"他现在是个医生,"她说,"他现在的名字是拉里·格莱斯顿。"

我该如何解释我当时的感受呢?现在距离我和拉斯,以及其他无家可归的幸存者一起坐在火车顶上的情景,已经过去了十年。十年间,他实现了成为医生的梦想。听到这些,我相信似乎没有什么希望或抱负是遥不可及的,他能在美国重塑自己,我也可以。

但这只是故事的一半。在炙热的沙漠阳光下,站在公园里,我真的到了世界的尽头,此时此刻的我,在时间和空间上都远离了奥地利那个闷热的森林——当时的我被扔进一堆尸体里求生。自从战争以来,我也从未敢接近过去的自己,而现在,我几乎是在向一个陌生人承认存在着一个过去的我,在光天化日之下与一个过去的幽灵相遇,此时我的女儿在秋千上却要求再荡高些。也许前进也意味着回归。

我在电话簿里找到拉里·格莱斯顿的号码，过了一个多星期我才打电话给他。接电话的是他的妻子，一位美国人。她为我写下一个留言信息，她问了好几次我名字的拼写方式。我告诉自己，他不会记得我的。那天晚上，鲍勃和他的家人到我家来吃晚饭。玛丽安娜让我做汉堡，我做汉堡的方式和我妈妈一样，就是把碎牛肉和鸡蛋、大蒜和面包屑混在一起，搓成肉丸一样，配上用葛缕子籽做的球芽甘蓝、土豆。当我把饭菜端上餐桌时，玛丽安娜翻了翻白眼。"妈妈，"她说，"我说的是美国的汉堡包。"她想要的是一种扁平的小馅饼，在无味的白面包中间，配上油腻的炸薯条和一摊平平无奇的番茄酱。在她的美国表兄弟迪基和芭芭拉面前，她感到很尴尬。她对我的否定让我感到一阵刺痛，我做了我之前承诺的永远不会做的事情——我让她感到了羞耻。电话铃响了，我赶紧借故逃离餐桌，去接电话。

"伊迪丝，"一位男士说，"埃格尔夫人，我是拉里·格莱斯顿医生。"

他说的是英语，但他的嗓音没有变化。过去的故事飘进厨房，一幅一幅地呈现在我面前，火车顶上那刺骨的寒风也随之吹了进来。我感到头晕，我的背也开始感到疼痛。"拉里，"我说，从远处传来我的声音，仿佛是从另一个房间的收音机里传来的。我们共同的过去无处不在，却又难以启齿。

"我们又见面了。"他说。我们转用匈牙利语来聊天。他和我谈到他的妻子和她的慈善工作，他们的三个女儿，我也告诉他关于我的孩子和贝拉想成为注册会计师的愿望。他邀请我去他的办公室，邀请我们和他的家人一起吃饭，真心希望友谊会延续到我们的余生。当我挂断电话时，天空正变成玫瑰金色。我能听到家人在餐厅里的声音。鲍勃的儿子迪基问他妈妈关于我的事情："她真的是美国人吗，为什么英语这么差？"我的身体开始紧张起来，就像过去的回忆又再次靠近我。这就像急刹车时，出于保护的条件反射，把一只手挡在孩子们的面前一样。当我怀上玛丽安娜，不顾医生的警告时，当我选择我会去照顾更多的生命时，我决定不让死亡集中营给我的孩子们投下阴影。这种信念坚定了一个目标：我的孩子们永远不会知道。他们永远不会想象我饿得只剩皮包骨，在浓烟滚滚的天空下梦见我母亲做的馅饼。这些将永远不会是一个他们必须记住的形象。我会保护他们，不让他们承受痛苦。然而迪基的问题提醒我，虽然我可以选择沉默，我可以选择其他人因亲属关系或伪装而保持的沉默，但是我无法选择别人在我不在的时候说什么或做什么。我的孩子们会无意中听到什么？尽管我努力把真相隐藏起来，但其他人会告诉他们吗？

让我松了一口气的是，迪基的妈妈把谈话引到了一个新的方向。她提示迪基和他姐姐芭芭拉向玛丽安娜介绍一下学校里秋季课程最好的老师。贝拉有没有提醒她保持沉默？还是她凭直觉知道的？是为了我，为了我的孩子，为了她自己？后来，当他们一家人聚在门口准备离开时，我听到迪基的母亲用英语低声对他说："永远不要问迪库卡阿姨过去的事情。这不是我们谈论的话题。"我过去的生活是家庭忌讳。我的秘密是安全的。

总有两个不同的世界，一个是我所选择的，一个是我所拒绝的。我拒绝的世界总在未经我许可的情况下，中途插入。

1956 年，贝拉通过了注册会计师考试，拿到了证书。就在我们的第三个孩子——儿子约翰尼（Johnny）出生前几个月，我们在嘉年华大道（Fiesta Drive）买了一套三居室的房子。房子后面除了沙漠只有盛开的粉红色和紫色的石南花、红色的丝兰花和充满活力的响尾蛇。在里面，我们为客厅和书房选择浅色的家具。周日早上，贝拉穿过边境到华雷斯农产品市场购买了新鲜的木瓜并买了份报纸。我们在报纸上看到了头条新闻。在匈牙利发生了一场起义，苏联坦克滚滚而来镇压叛乱。贝拉和姑娘们相处得很融洽，结结巴巴地和她们聊天。天气很热，我的肚子很大。我们打开制冷设备，围坐在休息室的电视旁，观看转播的墨尔本夏季奥运会。

我们开始收看节目时，来自布达佩斯的女子体操队犹太人凯莱蒂·阿格奈什（Agnes Keleti）正在热身，她 35 岁，比我大 6 岁。如果她是在卡萨长大的，或者我是在布达佩斯长大的，我们可能会一起训练。"注意！"贝拉告诉女孩们，"她和我们一样是匈牙利人。"看着凯莱蒂·阿格奈什上场，就像看见另一个我，我的另一半人生一样。那个没被送到奥斯维辛集中营的人，（后来我发现，凯莱蒂从布达佩斯的一个基督徒女孩那里买了身份证，逃到一个偏远的村庄，在那里当女佣，等待战争结束）她的母亲还活着。那位在战后能过上与之前一样生活的人，那位没有让苦难或者年龄毁了梦想的人。她举起手臂，伸展身体，准备开始。贝拉疯狂地欢呼，奥黛丽也在一旁模仿他。玛丽安娜看着我，我情不自禁地靠向电视机。她不知道我曾经是一名竞技体操运动员，更不用说我们共同经历的、让生活中断的那场战争——至今仍在侵入我的生活。但是我感到女儿意识到了我屏住了呼吸，意识到了我是用自己的身体，而不仅仅是用自己的眼睛，来跟随凯莱蒂的身体。贝拉、玛丽安娜和奥黛丽为每个旋转动作鼓掌。我屏住呼吸，凯莱蒂的动作游刃有余，她俯下身去触碰地板，从保持坐姿向前弯曲到向后拱，变成倒立，所有动作是如此优雅和流畅，直到她的动作全部完成。

她的苏联竞争对手占了上风。由于匈牙利的起义，匈牙利和苏联运动员之间的紧张关系尤其令人担忧。贝拉大声喝倒彩。两岁的小奥黛丽也这么做。我叫他们俩安静。我用评委的视角来观察拉瑞萨·拉提尼娜（Larisa Latynina），凯莱蒂一定也在观察她。我看到她的高踢腿可能比凯莱蒂的更高一些，我看到她轻盈的弹跳，以全劈叉跪裆的方式着地。玛丽安娜为她发出赞叹的声音。贝拉再次发出嘘声。"她真的很棒，爸爸。"玛丽安娜说。贝拉耸了耸肩，他说："在这所房子里，我们为匈牙利人欢呼。"最后，凯莱蒂和拉提尼娜并列成为冠军。在颁奖典礼上，两人并肩站在一起，拉提尼娜的肩膀擦着凯莱蒂的肩膀。凯莱蒂在台上开始做鬼脸。"妈妈，你为什么哭？"玛丽安娜问我。"我没有。"我说。

否认，否认，再否认。我在保护谁呢？我的女儿吗？还是我自己？

玛丽安娜变得越来越好奇，她是个如饥似渴的读者。当读完埃尔帕索公共图书馆（El Paso Public Library）儿童专区所有的书后，她开始在我们家的书柜里乱翻，阅读我的哲学和文学作品《贝拉的历史》（*Bela's history*）。1957年，当她10岁的时候，她和我、贝拉一起在书房的米色沙发上。她站在我们面前，像个小老师那样打开一本书，并告诉我们，这是她在书架上发现的，它藏在其他书后面。她指着一幅照片，照片上赤裸的骷髅尸体堆成一堆。"这是什么?"她问道。我全身冒汗,天旋地转。我本已预料到这一刻的到来,但我还是感到非常惊讶,那么突然,令人恐惧,就好像我走进屋里,发现来自圣哈辛托广场(San Jacinto Plaza)的活生生的鳄鱼跑到我们的客厅里。面对事实,面对我那寻找事实真相的女儿,就像是面对一头猛兽。我从房间里跑出去,跑到浴室的水槽里呕吐。我听到贝拉告诉我们的女儿关于希特勒和奥斯维辛集中营里的故事。我听见他说了一句可怕的话:你妈妈在那儿。我真想打碎墙上那面镜子。不!不!不!我多想尖叫。我不在那里!这不是你该承受的!"你妈妈很坚强。"我听见贝拉对玛丽安娜说。"但你必须明白,你是幸存者的女儿,你必须永远,永远保护你妈妈。"这可能是一个去安抚玛丽安娜的机会,把她从担心和同情中解脱出来。告诉她,她的祖父母会多么爱她。告诉她,没事了,我们现在安全了。但是我不能离开浴室,我不相信自己,哪怕只说一句关于过去的话,也将激起我更强烈的愤怒并造成更大的损伤。我将掉进一个黑洞里,也会把她带到那个可怕的地方。

我关注孩子,关注我能做的事情,我要让所有人在我们的新家感到安全、被认同和快乐。

我们有每日的例行公事,会纪念每一周和每个季节,这些都是我们为了快乐而做的事情:贝拉在早上开车送奥黛丽去学校时,剃了光头,这是一种不同寻常的事情。贝拉跑着去西夫韦(Safeway)购物,西夫韦建在我们房子后面广阔的沙漠里。不可避免的是,我忘了在购物清单上加一些东西,于是我打电话到店里找他。杂货店店员听出了我的声音。"埃格尔先生,你妻子打电话找你。"他们用广播找他。我照料我们的花园,修剪草坪,在贝拉的办公室做兼职。贝拉帮助在埃尔帕索所有成功的移民——叙利亚、墨西哥、欧洲的犹太人，他成了备受喜爱和值得信赖的会计师。周六，他带着孩子们去见客户，他们对孩子们的爱就像对贝拉一样。星期天，贝拉开车去华雷斯（Juárez）的杂货店买新鲜的水果，然后，回家吃一顿丰盛的早午餐，我们还会听百老汇的音乐剧专辑，跟着演出的曲调唱歌（贝拉可以唱歌且没有口吃），然后我们去基督教青年会游泳。圣诞节那天我们去埃尔帕索市中心的圣哈辛托广场。我们庆祝圣诞节时不买礼物，但是孩子们仍然写信给圣诞老人。我们在光明节交换了实用的礼物——袜子和衣服，我们用丰盛的食物迎接新年和阳光嘉年华（the Sun Carnival）游行——太阳女王（the Sun Queen），一支高中乐队，扶轮社（the Rotary Club）的成员骑着摩托车经过。春天，人们会到白沙和圣达菲（White Sands and Santa Fe）野餐。秋天，返校学生在阿门·沃德（Amen Wardy）购物。我用手触摸，感受着最好的布料，还有本事以最低的价格买到最好的衣服（贝拉和我都有这些能触知的习惯——对他来说，是选择产品；对我来说，是选择衣服）。我们去墨西哥的农场参加秋收，自制玉米粉蒸肉吃。食物能表达爱。当我们的孩子带着优异的成绩单回家时，我们会带他们去家后面的冷饮小卖部吃香蕉圣代。

当奥黛丽 9 岁的时候，她参加了一年一度的游泳队选拔，成了一名游泳比赛运动员。到她上高中的时候，就像我以前练体操和芭蕾一样，她每天要训练 6 个小时。当玛丽安娜 13 岁时，我们在房子上加建了一个主卧套间，这样玛丽安娜、奥黛丽和约翰尼就都有自己的房间了。我们还买了一架钢琴，玛丽安娜和奥黛丽都在学钢琴，就像小时候我父母做的那样，我们也举办私人音乐会，我们还会举办桥牌派对。贝拉和我参加了莫莉·夏皮罗（Molly Shapiro）主办的读书俱乐部。夏皮罗在埃尔帕索以举办专题沙龙而闻名，艺术家和知识人士都喜欢参加他举办的沙龙聚会。我在得克萨斯大学上英语语言课程（ESL）。我的英语水平终于有了很大的提高，在1959年，我觉得我可以入学修读本科课程。能继续深造是我长久以来的梦想——另一个被延误的梦想，这个梦想现在可以实现了。我坐在一排篮球运动员旁边上第一节心理学课。我用匈牙利语做笔记，并请求贝拉帮助我完成每项作业。我32岁。我们无论是在对外交际还是回到家里，都感到很快乐。

但这时贝拉看待我们儿子的方式有些问题。他希望有一个儿子，但没想到会是这样。约翰尼患有手足徐动性脑瘫，可能是出生前就患有脑炎所引起的，这影响了他对动作的控制能力，就连做玛丽安娜和奥黛丽小时候会做的那些小事——自己穿衣服、说话、用叉子或勺子吃饭，他也觉得非常吃力。他看起来也和她们不一样，眼睛总是低垂着。贝拉对约翰尼的态度比较尖刻，对他的努力没有耐心。我记得我曾因斗鸡眼而遭到嘲笑，所以我为儿子感到非常心痛。贝拉会因约翰尼带来的挑战而沮丧地大喊大叫（他用捷克语大喊，尽管我希望孩子们能说流利的美式英语，但是他们在家里还是学了一点匈牙利语。即使他们听不明白贝拉的话，但他们能听懂他的语气，所以他们哭了）。我真想躲进卧室。我是个躲藏高手。1960年，当约翰尼四岁的时候，我带他去看约翰斯·霍普金斯大学的专家克拉克医生（Dr. Clark）。他告诉我："你的儿子会成为你所期待的那样，可以做其他人都会做的事，只是要花更长的时间才能做到而已。你对他施加太大的压力，这可能会适得其反，但如果你没有给他足够的压力，那也是错误的。你需要根据他的潜力给予适当的压力。"我辍学了，这样我就可以有时间带约翰尼去语言治疗诊所，去职业治疗诊所，去我能想到的所有诊所，任何有可能帮助他的专家诊所（奥黛丽说，现在她最深刻的童年记忆不是在游泳池里，而是在候诊室里）。我选择不去接受儿子永远被疾病缠身的事实，坚信如果我们相信他能成功，他就一定能成功。当他小的时候，用手吃饭，张着嘴咀嚼，这是他能做到的最好的方式，而贝拉看着他的时候是那么失望，那么悲伤，我觉得我必须保护我的儿子不受他父亲的伤害。

恐惧像是一股电流穿过我们舒适的生活。有一次，在奥黛丽10岁的时候，她邀请了朋友过来玩，我走过她的房门，就在这时一辆救护车响着笛声，从我们家门前呼啸而过。我捂着头，这是我在战争中养成的顽固习惯，我现在还会这样做。还没等我意识到是警笛声和我的过敏反应，我就听到奥黛丽对她的朋友大喊："快，到床底下去！"她扑通一声倒在地板上，并滚到床裙下面。她的朋友笑了，跟着她一起做，认为这是一种奇特的游戏。但我知道奥黛丽不是在开玩笑，她真的认为警报声就预示着危险，必须躲起来。我无意中，没有任何意识地，就把这一点教给了她。

关于安全、价值观和爱，我们在不知不觉中还教会孩子们其他什么东西了吗？

玛丽安娜高中毕业舞会的那天晚上，她穿着丝绸连衣裙站在我们的前廊上，手腕上戴着一束漂亮的兰花。当她和她的女伴走出门廊时，贝拉喊道："玩得开心，宝贝。你知道，你妈妈在你这么大的时候，还在奥斯维辛集中营，她父母都死了。"

玛丽安娜走后，我冲着贝拉尖叫，诉说着他的冷酷无情，警告他，他没有权利在这个特殊的夜晚毁掉玛丽安娜的欢乐，毁掉我从她的欢乐中得到的快乐。如果他不能审视自己，我也不会；如果他不能用快乐的情感来祝福我们的女儿，那他和死了没区别。贝拉辩解道："这就是一个令人高兴的事情：你在奥斯维辛集中营，而她不在。我希望玛丽安娜为她的生活感到高兴。""那就别破坏它！"我大喊道。比贝拉的情况更糟糕的是，事后我没再跟玛丽安娜说过这件事了。我假装没有注意到她也过着两种生活——一种是她为自己而活，另一种是她为我而活，因为我不希望她过这样的生活。

1966年秋天，当奥黛丽12岁时，玛丽安娜在惠蒂尔学院（Whittier College）读2年级，而10岁的约翰尼实现了克拉克博士的预言：只要有适当的支持，他的身体和学业都能保持稳定。我终于有时间投入自己的学业中了。我重新回到学校。我的英语水平现在已经足够好，不再需要贝拉的帮助，可以自己写论文了（在他帮助我的时候，我的最好成绩是中下，但现在我的成绩是优）。我觉得我终于迎头赶上，超越了过去的局限。我尽我最大的努力将过去和现在的两个世界保持分离，但它们却再一次碰撞在一起。我坐在阶梯教室里，等着我的政治学入门课开始，这时一个棕黄头发的男人坐在我身后。

"你就在那儿，是吗？"他说。

"哪里？"我开始恐慌起来。

"奥斯维辛集中营。你是其中的幸存者，是吗？"

我被他的问题弄得心烦意乱以致无法反问他问题。是什么让他认为我是幸存者呢？他是怎么知道的？他是怎么猜到的？在我现在的生活中,我从来没有对任何人说过我的经历,就连我的孩子也没讲过,手臂上也没有文着字。

"你不是大屠杀的幸存者吗?"他又问。

他很年轻,大概20岁,大约是我年龄的一半。这个年轻人真诚恳切的本性和声音的强度,让我想起了埃里克,想起宵禁后我们如何跑到电影院看电影;如何拍了我在岸边做劈叉的照片;他如何第一次吻我的嘴唇,并将他的双手搁在我腰间那条细细的腰带上。解放后的第21年,我被失落碾碎了。失去了埃里克,失去了我们年轻的爱,更失去了我们的未来——我们分享婚姻、家庭和激进的愿景。在我被囚禁的那整整一年里,我不知何故逃脱了似乎不可避免的死亡,我因埃里克的那句话而坚持了下来:我永远不会忘记你的眼睛,永远不会忘记你的手。那段记忆是我的救命稻草。现在呢?我把过去关在门外了,回忆过去就是对恐惧一次又一次地屈服。但在过去,那里有埃里克的声音。在过去,那里有我感受到的爱,还有在我挨饿的那些岁月里,在脑海中响起的歌声。

"我是幸存者。"我颤抖着说。

"你读过这本书吗?"他给我看了一小本平装书《活出生命的意义》(Man's Search for Meaning),作者是维克多·弗兰克尔(Viktor Frankl)。这听起来像一本哲学书。作者并不出名。我摇摇头。"弗兰克尔曾经在奥斯维辛集中营,"年轻人解释说,"他在战后写了这本关于集中营的书。我想你会感兴趣的。"

我手里拿着那本书。它很薄,但让我充满恐惧。为什么我还会愿意回到地狱去呢,即使是通过别人的经历?但我不忍心拒绝这个年轻人的好意。我低声说了句"谢谢",然后把这本薄薄的书塞进我的包里。整整一晚，它在我的包里就像一颗嘀嗒作响的炸弹。

我开始做晚饭，但感到心烦意乱，神情恍惚。我让贝拉去西夫韦买更多的大蒜，然后再买更多的辣椒。我几乎没吃什么饭。晚饭后，我帮约翰尼做了拼写单词的小测验，洗了碗，亲吻孩子们并道了晚安。贝拉去书房听拉赫玛尼诺夫（Rachmaninoff）的歌，读当天的报纸《国家》。我的书包放在前门旁边的走廊里，书还在里面。它在我的房子里出现会让我感到不舒服。我想不读了，也不需要。我在那里，但我不会再让自己痛苦了。

午夜过后的某个时间，我的好奇心战胜了恐惧。我蹑手蹑脚地走进客厅，拿起那本书，在灯光下坐了很长时间。我开始阅读了。这本书并不是对所有事实和事件的描述，而是对他个人经历的描述，这些经历是数以百万计的囚犯一再遭受的，是由集中营的一名幸存者讲述的一个发生在集中营的真实故事。我的脖子后面感到一阵刺痛。他在跟我说话，在代表我说话。集中营里的日常生活是如何反映在普通囚犯的心中的呢？他描写了一个囚犯生命的三个阶段。从到达死亡集中营、感受到"缓刑的幻觉"开始了第一阶段。是的，我清楚地记得我父亲是如何听着火车站台上播放的音乐，说这不是一个可怕的地方，我还记得门格勒在生死之间摆动手指的样子，他的话语随意得让你觉得宽慰："你很快就会见到你妈妈了。"然后是第二阶段——学习去适应那些不可能和不可思议的事情。忍受纳粹对囚犯长时间的毒打，无论多冷、多饿、多累、病得多重都要站起来，喝着稀汤，尽量省下面包，看着自己只剩皮包骨，到处听人说，唯一的解脱就是死亡。即使是第三阶段，释放和解放并没有结束监禁的生活，弗兰克尔写道。**它可以在痛苦、幻灭中继续，为寻找**

生命的意义和幸福而斗争。

我正盯着我本应藏起来的东西。当我读到这些的时候，我发现我并没有感到自己被封闭或被锁在那个痛苦的地方。令我惊讶的是，我并不害怕。每读一页，我想写十页。**如果我的故事能使我轻松而不是更紧张呢？如果谈论过去可以治愈它而不是使它固化呢？如果沉默和否认不是灾难性损失后的唯一选择呢？**

我读到弗兰克尔如何在冰冷的黑暗中走向他的工作地点。寒冷是刺骨的，守卫是残酷的，囚犯们跌跌撞撞地走着。在身体上所受的痛苦和非人性的歧视中，弗兰克尔出现在他的妻子面前。他看到她的眼睛，他的心因此在深冬里绽放出爱的花朵。**他明白，一个一无所有的人，在这个世界上，可能仍然会在他所爱的人的心中，哪怕只是短暂的片刻，也应该感到幸福**。我的心扉被打开。我哭泣着，这页是母亲跟我说的话，在那令人窒息的黑暗的火车上对我说的话：**记住，没有人能从你心中拿走你想要的东西。我们不能选择让黑暗消失，但我们可以选择点燃光明**。

在 1966 年秋天，在这黎明前的几个小时，我读了这段话，这是弗兰克尔所讲述的核心：**你可以从一个人身上拿走所有东西，但有一件不行：人类最后的自由——在所有特定环境下选择自己的态度，选择自己的方式。每一刻都是一种选择。无论我们的经历是多么令人沮丧、无聊、受限制、痛苦或压抑，我们都可以选择如何应对**。我终于明白，我也有选择的权利。这种认识将改变我的生活。

● 第十四章
一个又一个幸存者

没有人能不经历曲折就可以痊愈。

1969 年 1 月的一个晚上,当奥黛丽结束了她钟点工的工作回到家中时,贝拉和我邀请她和约翰尼一起坐在客厅的丹麦沙发上。我无法直视贝拉,也不能直视我的孩子们,只是盯着沙发那时尚的线条和细长的沙发脚。贝拉哭了起来。

"有人死吗?"奥黛丽问道。"快告诉我们。"

约翰尼紧张地用脚踢着沙发。

"一切都很好。"贝拉说,"我们非常爱你们俩。你妈妈和我决定要分开住一段时间。"他说话的时候结巴起来,就像花了整整一年才讲完这句话。

"你在说什么?"奥黛丽问道,"怎么回事?"

"我们需要探索一下如何在我们的家庭里拥有更多的和平。"我说,"这不是你的错。"

"你们不再爱对方了吗?"

"爱,"贝拉说,"我爱。"这是他的刺刀,一把指向我的刺刀。

"你们是突然不高兴的吗？我以为你们很快乐。还是你们想骗我们一辈子？"当奥黛丽 12 岁的时候，她开始掌管自己当钟点工赚到的钱。贝拉为她开了一个支票账户，还说他会把她赚的钱翻倍。但是现在她把钱扔在沙发上，就好像我们已经污染了所有好的东西或有价值的东西。我和贝拉离婚是有历史原因的，并不是瞬间的觉醒。我的选择与我的母亲有关——她选择的东西和她不应该选择的东西。在她嫁给我父亲之前，她在布达佩斯的领事馆工作，自己挣钱，是一个国际化的社会和职业圈子的一员。在她那个时代，她是完全自由的。但后来她的妹妹结婚了，社会和家庭对她的期望给了她很大的压力，迫使她年纪轻轻就结婚了。她爱上了一个人，那个人是她在领事馆工作时认识的，是那个给她在《乱世佳人》上题词的人。但因为他不是犹太人，她的父亲不让她嫁给他。有一天，我的父亲，著名的裁缝，为她做了一件衣服，他很欣赏她的身材，她选择了离开自己喜欢的生活，选择了别人所期待的生活。在嫁给贝拉的过程中，我担心自己也做了同样的事情——为了换取贝拉给我的安全感，放弃了为自己的梦想所要承担的责任。现在，那些吸引我和他在一起的品质，他提供给我和照顾我的能力，让我感到窒息，而我们的婚姻就像是一种自我放弃。

我不希望我的婚姻像父母的婚姻那样孤独，没有亲密感，我也不希望像他们那样有破碎的梦想（我父亲的梦想是成为一名医生；我母亲希望成为职业女性，为爱而结婚）。但我自己想要什么呢？我不知道。不知不觉间，我建立起了一股与贝拉对抗的力量。我并没有发现自己真正的目的和方向，而是在与他的斗争中找到了意义，与我想象中会限制我的他作对抗。说真的，贝拉很支持我的学业，他付了我的学费,喜欢和我谈论我所读的哲学和文学,找到我的阅读清单,有趣地补充分析他最喜欢的科目:历史。也许是因为贝拉偶尔会对我上学的那段时间表达一些不满,或者因为我的健康,他有时会提醒我要慢下来。有一种想法在我心中生根发芽:如果我想在我的生活中进步,就必须是我完全依靠自己。我太渴望了,太厌倦了自我贬低。

我记得 1967 年,我和奥黛丽去圣安吉洛(San Angelo)参加游泳比赛,当时她 13 岁。晚上,其他父母都在旅馆里一起喝酒作乐。我意识到,如果贝拉在那里,我们就会成为活动的中心,不是因为我们俩都喜欢喝得酩酊大醉,而是因为贝拉天生就是个魅力十足的人——他看见一屋子人,就不能置身事外。任何一个地方,只要有他在,都会变成一个社交场所,被他制造的氛围所吸引,人们沉浸在愉悦中。我很钦佩他这一点,我也很讨厌他这一点,我讨厌我总要保持沉默,好让他的声音更为突出,就像在我的家庭里只能容下一颗星星。在埃尔帕索,我们每周一次的牛肋排舞会上,当大家都在舞池里为贝拉和我腾出地方的时候,我只能和贝拉分享大家羡慕的目光。朋友们说,我们在一起的时候十分感人,很难把视线移开。作为一对夫妻,我们羡煞旁人——但没有空间留给我一个人。那天晚上在圣安吉洛,我发现其他父母不友好地吵闹和酗酒,让我很不舒服,我回到了我的房间。我很孤独,有点为自己感到难过。然后我迅速翻阅弗兰克尔的书。对任何情况我可以自由选择做出怎样的反应。

我做了一件我从未做过的事。我敲了敲奥黛丽房间的门。她见到我很惊讶,但她还是邀请我进去了。她和她的朋友们在打牌和看电视。"我像你这么大的时候，我也是个运动员。"奥黛丽睁大了眼睛。"女孩们，你们很幸运，很漂亮。你们知道什么是强壮的身体。要努力拼搏。要成为一个团队。"我告诉他们我的芭蕾舞老师之前告诉我的："你生命中所有的狂喜都是来自你的内心。"我跟她们说了声"晚安"，然后走出门去，但在我离开房间之前，我做了一个高踢腿。奥黛丽的眼睛闪着骄傲的光芒。她的朋友们鼓掌欢呼。我不是有着奇怪口音、沉默寡言的妈妈了，我是表演者，运动员，女儿心中崇拜的母亲。在内心深处，我把这种自我价值感和欢欣与贝拉的缺席等同起来。如果我想感受到更多的光芒，也许我需要少和他在一起。

这种对自我的渴望也在我的本科学习中起到了推波助澜的作用。我是一个贪婪的人，总是在寻找更多的知识，以及对我的尊重和认可，它们会给我一个信号：我是有价值的。我通宵都在修改着已经很好的论文，因为我担心它们不是最好的，或者没有达到足够好。当一名心理学教授在学期开始时向我们班上的学生宣布所有成绩他只给 C 的时候，我前往他的办公室示威，告诉他我只能接受 A 的成绩，并向他询问，我该做些什么能让我的学业继续保持优异的表现。他邀请我作为他的助手与他一起工作，增加我的课堂学习时间与学科领域经验，这种机会他通常只授予研究生。

一天下午，我的一些同学邀请我下课后和他们一起喝啤酒。我和他们一起坐在校园附近黑暗的酒吧里，冰冻的啤酒杯放在桌上，我被他们的青春活力和激情吸引住了。我钦佩他们，我很高兴能参与其中。同时也感到悲伤。我生命的这个阶段被无情地缩短了。家庭赋予我的个性和独立自主，约会、浪漫以及参与社会活动给我带来了真正的变化。我在战争中失去了童年，在死亡集中营中失去了青春，在我成年的早期，不会再受到这种压迫了。我为我母亲的死而悲痛，我现在也已经成了母亲。这一切都来得太快太早。我选择了拒绝，这不是贝拉的错，而是我经常隐藏自己、隐藏过去以及隐藏自己真实的想法的原因，即使是他的原因，那也不是他的错。但现在在我认为是他延长了我的这种困境。

那天在喝啤酒的时候，我的一个同学问我，贝拉和我是怎么认识的。"我喜欢浪漫的爱情故事，是一见钟情吗？"她说。我不记得我是怎么回答她的，但我知道这个问题让我再次想起了自己希望拥有的那种爱，就像和埃里克在一起的时候那种火花飞舞的感觉，当他靠近的时候，我全身都发热的感觉。即使是奥斯维辛集中营也没有杀死我心中那个浪漫的女孩，那个每天都告诉自己会再见到他的女孩。但战后，这个梦想破灭了。当我遇到贝拉的时候，我还没恋爱，但渴望恋爱，他给我带来了瑞士奶酪，带来了意大利香肠。我还记得和贝拉在一起的最初几年里，我感到很开心——当时我怀了玛丽安娜，每天早上去市场买花，和肚子里的玛丽安娜聊天，告诉她，她会像一朵花一样绽放。她做到了，我所有的孩子都做到了。现在的我四十岁了，是我母亲去世时的年龄，我仍然没有开花结果，仍然没有得到我认为我应得的爱。我觉得自己被骗了，被一种基本的人类习俗剥夺了，被困在婚姻中，婚姻变成了一顿没有营养的饭，无法消除我的饥饿。

我需要的寄托来得出人意料。1968 年的一天，我回到家，发现信箱里有一封信，地址的字迹看起来像是出自欧洲人之手，来自达拉斯的南卫理公会大学（Southern Methodist University）。回信地址上面没有名字，只有首字母：V 和 F。当我打开信时，我差点摔倒。在称呼栏上写着：从一个幸存者寄给另一个幸存者。这封信是维克多·弗兰克尔写的。

两年前，在黎明前的我完全沉浸在《活出生命的意义》中，写了一篇题为《维克多·弗兰克尔和我》的文章。这是我写给自己的，是我个人的练习，不是学术上的那种，是我第一次尝试讲述我的过去。我胆怯地、谨慎地对个人成长的可能性抱着希望，与一些教授和朋友分享了这篇文章，并最终在校园刊物上发表。有人在我不知道的情况下，匿名把我的这篇文章寄给了达拉斯的弗兰克尔，他从 1966 年起就一直是达拉斯的客座教授。弗兰克尔在我 23 岁的时候——他 39 岁的时候，就已经是一个成功的内科医生和精神病医生了。他曾经被关在奥斯维辛集中营，现在是著名的意义疗法创始人，在世界各地实习、授课和教学。他被我的小短文感动了，联系我，把我当成一个幸存者，一个同伴。我曾写过，自己把被迫为门格勒（Mengele）跳舞的那个晚上的情景想象成在布达佩斯歌剧院（Budapest opera house）的舞台上跳舞。弗兰克尔写道，他在奥斯维辛集中营也做过类似的事情——在他最糟糕的时刻，他把自己想象成一个自由的人，在维也纳做关于监禁心理学的讲座。他还在内心世界里找到了一个避难所，这个避难所既让他免于受到现在的恐惧和痛苦的折磨，也激发了他的希望和目标感——给了他生存的方法和理由。弗兰克尔的书和他的信帮助我找到了能讲述我们共同经历的语言。

于是我们开始了一段持续多年的通信和友谊，我们一起努力回答贯穿我们一生的问题：我为什么能活下来？我人生的目的是什么？我能从我的苦难中得出什么意义？我怎样才能帮助自己和他人去度过生活中最艰难的时刻，去体验更多的激情和快乐？在经过几年的书信往来后，20世纪70年代，在他在圣地亚哥的一次演讲上，我们终于实现了第一次见面。他邀请我到后台去见他的妻子，甚至请我点评他的演讲——这是一个非常重要的时刻，我的导师把我当成一个和他有着同等地位的人。甚至他的第一封信也在我的心中播下了一颗召唤的种子：**通过帮助别人寻找人生意义来寻找自己的人生意义，治愈好自己后再帮助别人治愈，通过治愈别人去治愈自己**。这也加深了我对自我的认识：尽管当我和贝拉离婚时被误解了，但是我有能力，有机会，同样也有责任选择我自己的人生意义和生活。

20世纪50年代末，当我留意到约翰尼的成长困境，并需要别人的帮助才能达到治愈的目的的时候，我第一次有意识地寻找自己的解决方法。朋友推荐了一位曾在瑞士学习的荣格分析师。那时，我对临床心理学和荣格分析几乎一无所知，但在稍稍深入研究这个课题后，一些荣格的观点吸引了我。我喜欢它对神话和原型的强调，这让我想起了我小时候喜欢的文学作品。我对把一个人心灵中有意识的和无意识的部分结合到一起成为一个平衡的整体这一概念很感兴趣。我记得在电影《红鞋》里维姬·佩奇的内心世界和外在经历之间十分不协调，当然我也被内心冲突所折磨。我并没有通过有意识地接受治疗来治愈我内心的紧张——我只是想知道该为我的儿子做些什么，以及如何在我和贝拉之间的问题上弥合分歧而不是该做些什么。但是我也被卡尔·荣格治疗分析的观点所吸引：对自己说你是可以做到的，将自己视为工作中最重要的部分，自己做的每件事都是有意识地去做的，在别人用怀疑的眼光看待这件事情之前坚持这样做——这是将自己推向极限所要做的。我要对自己说"你能行"。我想这么做。我想要成长和进步。

我的心理医生给了我梦想中的作业，我认真地记录了我的梦境。我很多时候都觉得自己在飞行。我可以选择飞得离地面多高或多低，飞得多快或多慢。我可以选择飞越欧洲大教堂、森林覆盖的山脉和海滩。我期待着睡觉的时刻，这样我就能做这些梦，在这些梦中，我既快乐又强壮，还可以自由自在地飞翔，一切尽在掌握之中。在梦中，我发现自己的力量超越了经常强加给我儿子的那些人的限制。我发现自己渴望能超越那些强加在我身上的限制。我还不知道，需要超越的限制不是没有的——它们是内在的。多年后，在维克多·弗兰克尔的影响下，我开始质疑自己到底想从生活之外得到什么，我很容易认识到：对贝拉说"不"，就是对自己说"是"的一种方式。

在离婚后的几个月里，我感觉好多了。这几年来，我一直患有偏头痛（我的母亲也一直在与令人衰弱的头痛做斗争：我只能假设我们的头痛都是遗传的）。但就在贝拉和我离婚后，偏头痛消失了，像季节转换一样悄悄地消失了。我想这是因为我现在摆脱了贝拉所形成的气候——他的大喊大叫、愤世嫉俗、恼怒和失望。我的头痛消失了，我也不再需要躲藏和后退。我邀请同学和教授到我家，举办了喧闹的聚会，我感觉自己处在这个群体的中心。

我按照自己想要的方式生活着，但不久就起了雾。我周围的环境看上去灰蒙蒙的。我不得不提醒自己吃东西。

1969年5月的一个星期六的早上，我独自坐在书房里。今天是我毕业的日子。我 42 岁,我将以优异的成绩从得克萨斯大学埃尔帕索分校毕业,我获得了心理学学士学位。然而我无法强迫自己走进典礼。我太羞愧了。"几年前我就该这么做。"我对自己说。但我真正的意思是——我的众多选择和信念的潜台词是:"我不配活下来。"为了在没有希特勒的世界里赢得自己的位置,我太沉迷于证明自己的价值。我成了自己的狱卒,对自己说:"无论你做什么,你都不够好。"

我最想念贝拉的地方是他跳舞的方式,尤其是维也纳华尔兹。尽管他十分愤世嫉俗和愤怒,但他也让快乐进入了他的生活,让他的身体充满了快乐,并把它表达出来。他可以跟随节奏,有时保持领先,有时保持稳定。有时在夜里我会梦见他,梦见他的童年,他向我求爱时在信里给我讲述的故事。我看见他的父亲倒在雪崩中,呼吸在那一片白茫茫的雪地里渐渐消失。我看到他的母亲在布达佩斯的集市上惊慌失措,向纳粹党卫军坦白身份。我想起了贝拉,因早期的创伤而留下的印记——口吃。在一个夏天,贝拉开着一辆新车,来接约翰尼。孩子们说,在美国,我们总是拥有廉价汽车——矮小的汽车。今天他开着一辆皮革座椅的奥兹莫比尔(Oldsmobile)。出于防御心理,骄傲的他说他买的是二手车。但是我不相信这辆车是二手的。这车是优雅的女人喜欢乘坐的那种款式。他一定是找到别的女人了。

我很感激自己能靠工作养活自己和孩子。工作是一种逃避,它给了我一个明确的目标,我在埃尔帕索行政区担任 7 年级和 8 年级的社会科学教师。我收到了来自富裕地区更令人垂涎的学校工作邀请,但我想为说两种语言的学生工作,他们面临着贝拉和我到美国时遇到的种种障碍：贫穷和偏见。我想把我的学生和他们的选择联系起来，让他们知道，他们如果有更多的选择，就越不会觉得自己是受害者。我的工作中最困难的部分是消除学生生活中的负面声音——有时甚至是来自他们父母的声音，这些声音告诉他们，他们永远不会成为学生，教育对他们来说是一门行不通的课程。"你这么弱小，这么丑陋，你永远也找不到丈夫。"我告诉他们：我有斜视，姐姐们给我唱那愚钝的赞美诗，问题不在于她们对我唱的这些歌，而在于我相信她们。但我不让我的学生知道我对他们的认同有多深，我被仇恨抹去的童年，我知道当你被教导相信你不重要时，黑暗会吞噬你。我记得从塔特拉山上响起的声音：如果你想要活下去，你必须要有信念。虽然我的学生们给了我工作的目标，但我仍然感到麻木、焦虑、孤独、脆弱和悲伤。

那些过往的阴影还在继续影响着我，在我开车的时候就会发生这样的事情。我看到一名穿制服的警察在路边，眼前就会一片昏暗，感觉就要晕倒。我不知道这种现象的名字，我还不知道它们是因为我一直没有处理的悲伤所产生的生理表现。这是我的身体发出的一个提示，提醒我这是一种被有意识的生命所阻隔的感觉。当我不允许自己去感受的时候，一股强大的冲击力袭击了我。

我否认的这种感觉是什么样的呢？它就像是住在我房子里的陌生人，偷走食物、挪动家具、在走廊里留下鞋底的泥巴，但谁也看不见他们。离婚并不能把我从不安中解放出来，而为其他令人分心的方式提供了空间，同时也为责备和怨恨的习惯性思维提供了空间，迫使我独自面对自己的感受。

有时我会打电话给玛格达。她和纳特也离婚了，她再婚了，嫁给了泰德·吉尔伯特（Ted Gilbert），一个和她年纪相仿的男人，一个善良的倾听者，他成了继父。纳特和她一直保持着亲密的关系，而且每周到她家里吃两三次饭。"当你坐立不安的时候就要小心了。"我姐姐警告说，"你可能会开始想一些错的事情或者不重要的事情。比如他太这样，太那样，我受够了。最终你还是没躲开那些也同样让你发疯的事情。"

就好像她读懂了我那正处于怀疑边缘的心，承认离婚也许并不能修复我认为已经破碎的东西。

一天晚上，一个女人打电话来我家找贝拉。我怎么会知道他在哪儿？我意识到她是他的女朋友。她给我家打电话，就好像我在监视我的前夫，好像我必须要向她汇报，好像我是他的秘书。"别再给我打电话了！"我喊道。挂断电话后，我觉得烦躁不安，无法入睡。我试着做一个飞行的梦，一个清醒的梦，但是我没法飞起来，一直在下降，无法入睡。这是一个可怕的夜晚，也是一个非常好的夜晚。奥黛丽在朋友家过夜，约翰尼已经上床睡觉了。对自己的不适，我再也无处可逃，我必须去感受它。我哭了，我为自己感到难过和愤怒。我感到一波又一波的嫉妒、痛苦、孤独、愤慨和自怜……虽然我没有睡觉，但早上我感觉好多了，也平静下来。什么都没有改变，我仍然觉得被我选择离婚的丈夫抛弃了，尽管这并不合逻辑，但我的暴怒和激动已经过去了。它们不可能是持久的东西，它们会变动，也会改变。我觉得安心多了。

我将会有更多像这样的夜晚和白天。当我独自一人的时候，我开始练习不管有多痛苦，也不把自己的感觉推开。这是我的离婚带来的礼物：我必须正视内心的东西。如果我真的想改善生活，那就不是贝拉或者我们的关系需要改变，需要改变的是我自己。

我知道改变的必要性，但我不知道什么样的改变能让我感到更自由更快乐。我找了一位新的治疗师，想从新的角度来看待我的婚姻，但她的方法没有用——她对我摇了摇手指，告诉我强迫贝拉去买菜是不对的，这是女性该做的事，我更不应该割草坪，也不应该承担他作为男性应该担当的责任。她挑出我在婚姻中承担的事情，把它们当作问题和缺点来纠正。我尝试更换了新的工作。这次是在一所高中，我在那里教心理学导论，并担任学校辅导员。但在职业生涯的初期，我的使命感开始被学校的官僚作风、庞大的班级规模和大量的案例以及无法有效地为个别学生服务等因素所侵扰。我还有更多的事情要做——我知道这一点，不过我还不知道我应该做什么。

那个内心的主旋律依然占着上风：同职业和个人相关的、隐藏最深、最重要的问题都还在继续，而且仍然模糊、捉摸不透。我的朋友莉莉和阿帕德（Arpad）首先为我指出了这个问题，不过我还没有准备好承认它，更不用说把它整个承担起来。有一个周末，他们邀请我去墨西哥看望他们。多年来，我和贝拉都会和他们一起度假；但这次，我是一个人去的。在我要回家的那个星期天，我们吃着早餐——咖啡、水果，还有用匈牙利辣椒和洋葱做的鸡蛋。

"我们担心你。"莉莉说，她的声音轻松、温柔。

我知道她和阿帕德对我们的离婚感到惊讶，他们认为我的决定是错的。我很难不把她的关心看作是评判。我告诉他们关于贝拉女朋友的事，她是作家还是音乐家，我不记得是哪一个了，她对我来说不是一个人,而是一个概念:贝拉继续向前走,把我甩到后面去了。我的朋友们听着,很同情我。然后他们互相对望了一下,阿帕德清了清嗓子。

"伊迪丝,"他说,"如果我的话侵犯了你的隐私,请原谅我,你可以跟我说,先管好自己的事。但我想知道的是,你有没有想过,解决过往的事情对你来说也许是有益的呢?"

解决它?我经历过,还有什么要做吗?我想说。我打破过大家那种心照不宣的缄默。谈话并没有消除恐惧和过往的画面。事实上,谈话似乎使我的症状加重。我没有以一种正式的方式打破与孩子或朋友的沉默,但我不再生活在恐惧中,不会害怕他们会问我关于过去的事情。我试图抓住每次机会去分享我的故事。最近,我为大学时代的一个继续攻读历史学硕士学位的朋友写了一篇关于大屠杀的论文,她想要采访我,我欣然接受了。我想,把我的全部经历都讲出来,也许会让我松一口气。但当我离开她家时,我浑身发抖。我回到家就呕吐了,就像10年前玛丽安娜给我们看那本有集中营犯人照片的书时的反应一样。"过去的已经过去了。"我现在告诉莉莉和阿帕德。我甚至还没准备好去留意和理解阿帕德关于"解决"过去的建议。但是,就像维克多·弗兰克尔的信一样,它在我内心埋下了一颗种子,随着时间的推移,它会发芽生根。

一个星期六,我坐在厨房的桌子旁,给学生们的心理考试打分,这时贝拉打来了电话。今天是轮到他和奥黛丽、约翰尼在一起的日子。我的潜意识瞬间恐惧起来。

"怎么了?"我说。

"没什么。他们在看电视。"他讲完停顿了一会儿,又吞吞吐吐地说："过来一起吃饭吧。"

"和你吗？"

"和我。"

"我很忙。"我说。我真的很忙。我和一位社会学教授约好了，并打了电话给玛丽安娜，去征求她的意见。我应该穿什么？我该说些什么？如果他邀请我和她一起回家，我该怎么办？

"伊迪丝·伊娃·埃格尔，"我的前夫恳求道，"请，请让孩子们和他们的朋友一起过夜，并同意和我共进晚餐。"

"不管是什么，我们可以在电话里，或者等你哄孩子们睡着的时候再和我谈。"

"不，"他说，"不行。这不是可以在电话里或在门口的那种闲聊。"

我想谈话内容一定和孩子们有关，我同意在一家餐厅见面，那里有我们最喜欢吃的上等肋排，是我们以前经常约会的地方。

"我来接你。"他说。

他穿着约会时会穿的深色西装，打着丝质领带，准时到达。他俯下身来亲吻我的脸颊，我并不想避开，我想待在他那古龙水和刮干净胡子的下巴旁边。

在餐厅里，在我们过去常坐的桌子旁，他牵着我的手。"有没有可能，"他问道，"我们一起再构建更多的东西呢？"

他的问题使我神魂颠倒，好像我们已经在舞池里一样。再试一次？复合？"那她怎么办？"我问。

"她是个可爱的人，很有趣，是一个很好的伴侣。"

"所以呢？"

"让我先说完。"眼泪从他的眼睛里涌出，落在他的脸上。"她不是我孩子的母亲。她没把我从普雷绍夫的监狱里救出来。她从未听说过塔特拉山脉。她连红椒鸡肉都说不出来，更不用说用它来做晚餐了。伊迪丝，她不是我爱的女人。她不是你。"

赞美和拥抱我们共同的过去的感觉真的很好，但最让我印象深刻的是贝拉对风险的准备。据我所知，他一直都是这样。他选择在森林里与纳粹作战，冒着死于疾病和子弹的危险去阻止那些不合理的事情。我被迫去冒险，而贝拉是在知情的情况下去选择冒险，他在这张桌子上再次选择冒险，很容易受到可能会被拒绝的伤害。我已经习惯了衡量他的缺点，以至于我不再去计较他是谁，他给了我什么。我必须离开这段婚姻，否则我就会死，我想。也许我们分开的岁月，帮助我成长，还帮助我发现，没有我，就没有我们。现在，我对自己有了更充分的认识，我可以看出，我在婚姻中感到的空虚并不预示着我们的关系出了问题，是我自身携带的空虚，即使是现在，也没有一个人或者一项成就能填补这种空虚。没有什么能弥补我父母和童年的缺失。没有人对我失去的自由负责任。能帮助我的只有我自己。

1971 年，我们离婚两年后，在我 44 岁时，贝拉单膝跪地并给我戴上了一枚订婚戒指。我们举行了一个犹太仪式的婚礼，而不是 20 多年前我们在市政厅举行的那种。我们的朋友歌莉娅（Gloria）和约翰·拉维斯（John Lavis）是我们的见证人。"这是你真正的婚礼。"犹太教教士说。他的意思是，因为这一次是犹太人的婚礼，但我认为他的意思是，这一次我们真的是在选择对方，我们不是在飞机上，我们不是在逃跑。我们在科罗纳高地买了一幢新房子，用鲜艳的颜色，红色、橙色来装饰，加装上太阳能板和游泳池。我们去瑞士度蜜月，去阿尔卑斯山，住在有温泉的旅馆。天气很冷，但水是热的，我坐在贝拉的膝盖上。参差不齐的山脉在天空的映衬下伸展开来，上面的颜色像流水一样变幻着。我们的爱就像山脉一样稳定；我们的爱就像大海一样包容，通过流动、适应、变换来填满我们赋予它的形状。不是我们婚姻的实质改变了，而是我们有着实质性的改变。

第十五章
期望的生活

维克多·弗兰克尔在《活出生命的意义》一书中写道,我们期待从生活中得到些什么并不重要,重要的是生活期待从我们那里得到什么。在1972年,贝拉和我再婚的一年之后,我被提名为埃尔帕索年度最佳老师,虽然我因奖项而备受尊重,因为学生的努力而获此殊荣,但我不能放弃信念,我仍然没有发现生活期待从我那里得到的东西是什么。"你在事业刚开始时就获得了最高荣誉,而不是在事业的最后阶段。"我们学校的校长说,"我们期待着从你身上看到伟大的东西。下一个目标将会是什么呢?"

我一直在问自己同一个问题。我又开始和我的荣格治疗师一起工作,尽管他告诫我,学位并不能取代内心的成长,但我一直在考虑攻读研究生。我想知道为什么人们选择做一件事而不是另一件事,我们如何面对每天的挑战,如何在毁灭性的经历中生存?我们如何面对过去所做的事情和犯下的错误?人们是如何治愈的?如果有个人和我母亲沟通又会如何呢?她能和我父亲一起有一个更幸福的婚姻,还是会选择另一种生活?那我的学生呢?或者我那个总爱用不行代替行的儿子呢？我怎样才能帮助人们超越自我限制的信念，使每个人成为他们命中注定的那个人呢？我告诉校长我正在考虑攻读心理学研究生。但我不能不加说明地道出我的梦想。"我也不知道。"我说，"到我毕业的时候，我都 50 岁了。"他朝我笑了笑。"不管怎样，你都会 50 岁的。"他说。

在接下来的 6 年里，我发现我的校长和荣格治疗师都是对的。我没有理由限制我自己，让我的年龄限制我的选择。我倾听生活对我要求什么。在 1974 年，我在得克萨斯大学埃尔帕索分校获得教育心理学硕士学位，1978 年在塞布鲁克大学（Saybrook University）获得临床心理学博士学位。

我在学术生涯中有幸拜读了马丁·塞利格曼（Martin Seligman）和阿尔伯特·埃利斯（Albert Ellis）的著作，结识了给我带来了灵感的导师卡尔·罗杰斯（Carl Rogers）和理查德·法尔森（Richard Farson），他们都帮助我了解自己和自己的经历。马丁·塞利格曼后来在我们的学术领域成立了一个新的分支——积极心理学（Positive Psychology），他在 20 世纪 60 年代末做了一些研究，为一个自 1945 年 5 月贡斯基兴集中营解放后一直缠绕着我的问题给出了答案：为什么这么多犯人走出集中营的大门后却回到了泥泞和不断恶化的军营中去？弗兰克尔在奥斯维辛集中营也注意到了同样的现象。从心理学上讲，是什么让一个被释放的囚犯拒绝自由呢？

塞利格曼用狗做实验——这是和目前保护动物不受虐待的理念相违背的——但他提出了"习得性无助"的概念。当受到痛苦电击的狗能够通过按下操纵杆来停止电击时，它们很快就学会了如何停止疼痛。在随后的实验中，它们也发现了通过跳过一个小障碍物来避免在笼子里被实施痛苦的电击。然而，那些没有被教授停止电击方法的狗，慢慢地认识到它们对疼痛是无能为力的。当它们被关进狗舍笼子并实施电击时，它们无视逃跑的路线，只是躺在狗舍里鸣咽着。塞利格曼从这里得出的结论是，当我们觉得自己无法控制自己的处境时，当我们认为自己所做的任何事情都不能减轻我们的痛苦或改善我们的生活时，我们就会不再为自己采取行动，因为我们认为没有任何意义。这就是在集中营里发生的事情，以前离开集中营大门的囚犯，又回到监狱，茫然地坐着，他们不知道在获得终于等来的自由后该做些什么。

苦难是不可避免的，是普遍的。但是我们对痛苦的反应是不同的。在我的研究中，我倾向于那些致力于揭示能影响自我改变力量的心理学家。阿尔伯特·埃利斯创立了理性情绪行为疗法（Rational Emotive Behavior Therapy），他是认知行为疗法的先驱。我学到了我们会给自己带来多大程度的消极情绪，以及由此产生的消极和自我挫败的行为。他表明，研究有效性最小和最具有伤害性行为的基础是一种哲学或者思想的核心部分，它是非理性的，但又是我们看待自己和看待世界的核心，我们常常没有意识到它是一种信念，我们也不知道在日常生活中该如何坚持重复这个信念。这个信念决定我们的情绪（悲伤、愤怒、焦虑等），而我们的情绪反过来又影响行为（宣泄、停止活动、自我治疗以减轻不适）。为了改变我们的行为，埃利斯教导说，我们必须改变情绪，为了改变情绪，要改变我们的想法。

有一天，我看到埃利斯在台上进行一次心理治疗的对话，对象是一位自信、口齿伶俐的年轻女性。这位女士对自己的约会经历感到非常沮丧，觉得自己无法吸引到她想要长期交往的那种男人。她正在寻求如何与合适的男人见面并展开联系的建议。她说，当她遇到一个她认为可能很合适的男人时，她往往会感到害羞和紧张，于是会产生一种戒备行为和防御的态度，这些行为和态度掩盖了她真正的自我和她真正想了解他的兴趣。在短短几分钟内，埃利斯博士引导她进入她的核心信念，她约会所遭遇到的情况是以此为基础的——一种非理性的信念，即她在没有意识到的情况下，不断地对自己重复讲，直到说服自己相信它是事实：我永远都不会快乐。在一次糟糕的约会之后，她告诉自己："哎呀，我又做了一次，我态度生硬，不受欢迎。"而且她会重新提到她的核心信念：她永远无法获得幸福，所以没有必要去尝试。正是这种核心信念所产生的恐惧，使她不愿冒着展示真实自我的风险，而这又使她自我挫败的信念更有可能成真。

她的自我形象在舞台上明显地转变，使我印象非常深刻。她好像把一件旧浴衣扔在一边那样，似乎已经摆脱了那种消极的信念。突然，她的眼睛明亮了，她坐得更直了，她的胸部和肩膀放松并舒展得更开了，似乎她在创造一个更大的面积让幸福降落。埃利斯博士提醒她说，她不太可能马上就有一个令人惊喜的约会。他还说，接受令人失望的约会带来的不适，是让自己摆脱消极信念的一部分。

事实上，在生活中，我们都会有不愉快的经历，我们会犯错误，我们不会总是能得到我们想要的东西。这是人类的一部分。这个问题——也是我们持续遭受痛苦的基础，让我们相信不适、错误和失望正反映了我们的价值。我们都应该相信生活中存在不愉快的事情。虽然我和埃利斯博士与病人建立密切关系的方式不同，但他引导病人重塑和改造他们有害思想的技巧,对我的实践产生了深远的影响。

卡尔·罗杰斯,我最具影响力的导师之一,是一位帮助病人完全接受自我的大师。罗杰斯认为,当我们自我实现的需求与我们积极关注的需求发生冲突时,我们可能会选择压抑、隐藏或忽视我们真正的个性和欲望,反之亦然。当我们开始相信没有办法被爱和展现真实的自我时,我们就冒着否认本性的风险。

自我接纳对我来说是治疗中最难的部分,我至今仍在为此挣扎。完美主义出现在我的童年时代,可以在我需要被认可的时候让我得到满足,它成了一种更加根深蒂固的应对机制,用来应对我是幸存者的负罪感。完美主义会让你相信你是不完美的。所以,你要用学位、成就、荣誉和几份论文来装扮你的不完美,而这些都不能解决你认为你正在解决的问题。**在与我受挫的自尊心对抗的时候,我实际上是在强化我的无价值感。在提供给我的病人完全的爱和接纳的过程中,幸运的是,我也知道了向我自己提供同样东西的重要性。**

罗杰斯擅长于关注病人的感受,帮助他们在不否认事实的情况下重塑自我概念。他无条件地给予积极的关注,在这种完全被接受的安全的情况下,他的病人能够摆脱戴着的面具和压抑感,更真实地生活。从罗杰斯医生那里,我学到了在任何治疗领域中最重要的两个短语:"我听你说到"和"告诉我更多"。我还学会了如何读懂病人的肢体语言,如何用自己的身体来表达无条件的爱和接纳。我不交叉双臂或双腿,而是自然打开。我身体前倾,与病人做眼神交流,在我和我的病人之间架起了一座桥梁,这样他们就知道我百分之百地支持他们。我模仿病人的状态(如果他们想安静地坐着,我也会安静地坐着；如果他们想狂怒和尖叫，我就和他们一起尖叫；我使我的语言适应我的病人的语言），这是一个完全接纳的标志。我建立了一种方式（呼吸、开放、移动、倾听），可以促进成长和愈合。

研究塞利格曼和埃利斯的著作，以及与罗杰斯等人一起工作，帮助我成为一个好的倾听者，帮助我获得以兼收并蓄、直觉洞察力和认知为导向的治疗方法。**如果让我来命名这种疗法，我可能会叫它选择疗法，因为自由是与选择有关的——是关于同情、幽默、乐观、直觉、好奇和自我表达的选择。想要自由就是要活在当下。**如果我们被困在过去，说"如果我去了那里而不是这里……"或者"如果我娶了其他人就好了……"，同样，如果我们把时间花在未来，说"我直到毕业才会快乐……"或者"直到找到合适的人，我才会快乐"，那样我们就生活在自己建造的监狱里。**我们唯一可以自由选择的地方就是现在。**

这些是我的病人们常用来把自己从角色期望中解放出来的工具，对他们来说是成为一个善良和慈爱父母的工具，是用来阻止传递禁锢的信念和行为的工具，最终发现爱就是所有问题的答案。我引导病人明白是什么原因造成和维持了他们的自我挫败的行为。自我挫败的行为首先是作为有用的行为出现的，它们是为了满足一种需求而做的事情，通常是为了满足其中的一种需求：认同、喜爱和关注。一旦病人明白了为什么他们会产生某种行为（贬低别人，给自己贴上愤怒者的标签，吃得太少，或者吃得太多等），他们就可以对自己是否坚持这种行为负责。他们可以选择放弃什么（被认可、购物、完美等）——因为即使是自由也不是无偿的。他们可以学会更好地照顾自己,实现自我接纳:只有我才能够按照自己能做到的方式去做可以做的事情。

对我来说,知道只有我才能够按照自己能做到的方式去做可以做的事情,就意味着要推翻我内心的成功者,这让我总是追逐越来越多的研究报告,希望肯定我的价值。这意味着学会重新定义我的创伤,从我过去痛苦的经历中看到我的力量、天赋和成长机会,而不是确认我的软弱或伤害。

1975年,我前往以色列采访大屠杀的幸存者为我的论文做准备(贝拉陪着我。我认为,他精通各种语言,包括从埃尔帕索客户那里学来的意第绪语,这将使他成为一名无价的翻译)。我想探究我的教授理查德·法尔森(Richard Farson)的成长灾难理论,他说:通常提高了我们人类素质的实际上是危机形势。非常自相矛盾的是,尽管这些事件有时会毁灭人,但它们通常也是成长经历。由于这样的灾难,人们通常会重新评估自己的生活状况,并以对自己能力、价值观和目标更深刻理解的方式进行改变。我计划采访集中营中的其他幸存者,了解一个人如何在受到创伤后生存下来,甚至能够茁壮成长。人们如何在生活中创造快乐、目标和激情,不管他们遭受了什么创伤,不管他们经历了什么痛苦,创伤本身在哪些方面给了人们积极成长和改变的机会?我还没有做我的朋友阿帕德建议我去做的事情——深入思考我的过去——但在采访那些与我同样有过痛苦经历的人的时候,我又向前迈了一步,为我自己的痊愈打下了基础。

经历过灾难性事件对我的研究对象的日常生活起到了什么样的作用呢?我遇到了那些重返校园的幸存者,他们开办了企业(就像贝拉和我计划做的那样），建立了亲密的友谊，他们面对日常生活有一种新鲜感。我遇到过一些人，他们勇敢而平和地面对政治和文化冲突，他们整夜轮流在学校站岗，以防炸弹在早上袭击他们的孩子。我钦佩他们的力量，因为他们宁可经历另一场战争，也不允许过去那些可怕的经历摧毁后来的一切。在经历了监禁、非人性、酷刑、饥饿和毁灭性的损失之后，他们的生活并没有达到应有的崩溃状态。

当然，并不是每一个我采访的人都很成功。我看到很多沉默的父母，很多孩子不知道如何感受父母的沉默和麻木，他们责怪自己。我遇到了很多仍然活在过去的幸存者。"我永远、永远都不会原谅。"许多人对我说。对他们来说，宽恕意味着忘记或纵容。我采访的许多人都怀有复仇的幻想。我从未幻想过复仇，不过，最初在巴尔的摩那充满挑战的几年中，我曾幻想过对抗我的压迫者——我想在巴拉圭找到门格勒，他在纽伦堡审判（Nuremberg Trials）中逃到那里以逃避起诉。我想象着假扮成一名美国记者进入他家，然后我会暴露我的身份。"我就是那个为你跳舞的女孩。"我会说，"你杀了我的父母。你杀了这么多孩子的父母。你怎么能这么残忍？你是个医生。你宣誓过希波克拉底誓词（Hippocratic Oath），不伤害任何人。你是个冷血杀手。你没有良心吗？"我要对他羞愧、后退的身躯大发雷霆，使他蒙羞。把责任推给肇事者是很重要的。如果我们对某人置之不理，如果我们对责任不屑一顾，我们将一无所获。但是，正如我的幸存者同伴告诉我的那样，你可以活着为过去复仇，也可以活着丰富现在。你可以生活在过去的牢笼里，也可以让过去成为跳板，帮助你实现现在想要的生活。

我遇到的所有幸存者都有一个共同之处：**我们无法控制生活中**

最重要的事实，但我们有能力决定在遭受创伤后如何生活。在压迫结束后的很长一段时间里，幸存者有可能继续成为受害者，或者他们可以学会成长起来。在我的论文研究中，我发现并阐明了我的个人信念和我的临床标准：**我们可以选择成为自己的狱卒禁锢自己，也可以选择自由。**

在我们结束行程之前，贝拉和我去见了班迪和玛尔塔·瓦达斯，我们相约在火车站见面。他们住在特拉维夫附近的拉马特甘。这是一次令人心酸的相遇，一次与我们从未经历过的生活的邂逅，一次与我们几乎要经历的生活的邂逅。班迪仍然很有政治色彩。在我们吃完饭之后，他和贝拉很长一段时间都坐在桌边，热烈地讨论着以色列的军事战略。男人们谈论战争。玛尔塔转向我，拉着我的手。她的脸比年轻时更丰满了，她的红头发变暗了，变得灰白了。

"伊迪丝，岁月对你这么友好，你还这么年轻。"她叹了口气说。

"这是我母亲的优良基因。"我说。然后，我的脑海里闪过那支选择队伍和我母亲光滑的脸。这是一个多年来一直跟随着我的幽灵。

玛尔塔一定注意到我的思想已经到别的地方去了，黑暗把我困住了。"对不起，"她说，"我并不是说你过得很轻松。"

"你称赞了我，"我向她保证，"你总能让我记得你是如此友善。"她的孩子出生后就死了。但她从来没有嫉妒或痛苦。我每天下午都带着玛丽安娜去看望她，在她哀悼年的每一天下午都去。

她似乎看透了我的心思。"你知道，"她说，"在我的生活中，没有什么比战后失去孩子更痛苦的了。那种悲伤太可怕了。"她停顿了一下。我们静静地坐在一起，分担着各自的痛苦。"我想我从来没有感谢过你。"她最后说，"当我们埋葬我的孩子时，你告诉我了两件我永远不会忘记的事情。你说过：'生活将会再次美好。''如果你能挺过去，你就能挺过一切。'我已经对自己说过很多次了。"她从钱包里掏出自己两个孩子的照片，这两个女儿是20世纪50年代初在以色列出生的。"我太害怕了，不敢马上再试一次。但我想生活总有解决办法。我悲痛欲绝。因为我把所有的爱都给了我的孩子。"

我握着她的手指，就像捧着美丽的种子。我的生命和爱的种子已经被迫种入了坚硬的土壤，它已经生根发芽了。我看着桌子对面的贝拉，想到了我们的孩子，想到了玛丽安娜最近告诉我的消息，她和她的丈夫罗布（Rob）准备组建一个家庭。下一代。这就是我对父母的爱所在。

"明年在埃尔帕索见。"我们承诺。

在家里，我完成了论文，并在位于得克萨斯州布利斯堡的威廉·博蒙特陆军医学中心完成了最后的临床实习。我有幸在威廉·博蒙特陆军医学中心获得了硕士和博士级别的实习机会。这是一个竞争激烈的职位，是一个声望很高、令人满意的职位，最好的演讲者和老师都在这里工作。我没有意识到这个职位真正的好处是它需要我更深入地观察内心。

有一天，我去上班，穿上我的白大褂，戴上名牌，上面写的是：埃格尔医生，精神科。在威廉·博蒙特陆军医学中心的那段时间里，我已经树立起了自己的声望，一个愿意超越自己职业技术要求的人——整夜不眠地监护自杀者，接受最令人沮丧的案件，那些别人已经放弃的案件。

今天我被分配了两个新病人，都是越战老兵，都是截瘫患者。他们有同样的诊断结果（脊髓T段下部的损伤），同样的预后（生育能力和性功能受损，不太可能再次行走，手和躯干控制良好）。在我去看他们的路上，我没有意识到其中一个会改变我的生活。我先遇到汤姆（Tom），他躺在床上，像胎儿一样蜷缩着，诅咒国家。他似乎被自己受伤的身体、痛苦和愤怒所囚禁。

当我去另一位老兵查克（Chuck）的房间时，我发现他下了床，坐在轮椅上。"这很有趣。"他说，"我得到了第二次生命。这难道不神奇吗？"他洋溢着发现的喜悦。"我坐在轮椅上，走到草坪上，走到地上，花儿离我更近了。我能更清楚地看到孩子们的眼睛。"

当我面对现在的病人谈话，或者在台上面对观众讲话时，我讲这个故事是想表达：每个人的身上都有部分汤姆和查克的身影。我们被失去压得喘不过气来，认为我们永远无法恢复，也永远无法修复自我意识形态和目标意识形态。尽管我们的生活中充满了斗争和悲剧，我们每个人也依然有能力从受害者转变为成功者。我们可以选择为我们的困难和治愈承担责任。我们可以选择自由。然而，我仍然难以承认的是，当我第一次见到汤姆时，他的愤怒让我激动不已。

"美国去死吧！"那天，当我走进汤姆的房间时，他尖叫起来："去死吧！"我心里想：他把所有的愤怒都发泄出来了。目睹他的愤怒在我心中唤起了巨大的愤怒。我需要表达出来，释放出来。去死吧，希特勒！去死吧，门格勒！这将是一种解脱。但我是这里的医生，我必须扮演好这个角色，让自己呈现为掌控者，有解决方案。即使在内心深处我想打墙，踢门，尖叫，哭泣，崩溃地躺在地板上。我看着我的名牌，埃格尔医生，精神科，有一会儿它读起来好像是埃格尔医生，冒名顶替者。谁才是真正的我？我知道我是谁吗？我很害怕那种感觉，害怕面具会被撕碎，害怕看到自己有多么破碎不堪，害怕所有的愤怒都向我袭来：为什么是我？怎么会这样呢？我的生活发生了不可挽回的变化，我非常愤怒。

看着汤姆真让人激动，因为他公开地表达了我一直在心里隐瞒的事情。我太害怕别人的不喜欢和愤怒，害怕愤怒本身就是一种破坏性的力量。我没有让自己感受这种感觉，我害怕如果我开始释放它们，我可能永远停不下来，会变成一个怪物。在某种程度上，汤姆比我自由，因为他允许自己感受愤怒，说出来，那些我几乎不可能考虑做的，更不用说要说出来。我想躺在地板上，和他一起生气。

在治疗中，我胆怯地说我也想试一试，我也想表达我的愤怒，但是如果我陷入其中，会有专业人员在那里帮助我离开困境。我趴在地上，想大喊大叫，但我不能，我太害怕了，我蜷缩成了一个越来越小的球。我需要感觉到周围的限制，一个界限，我需要感觉到有什么东西在推动我前进。我让治疗师坐在我身上，他很重，几乎使我窒息。我想我快要晕过去了。我敲着地板，求他让我起来，放弃这个愚蠢的实验。但接着我又发出一声尖叫，又长又大声又痛苦，吓得我直打哆嗦，有什么可怕的伤痛能让我发出这样的声音呢？但我不停地发出这种声音。这感觉很好。沉寂30多年的鬼魂现在从我身上呼啸而出，我的悲伤被充分地宣泄出来。这感觉很好。我不停地尖叫，推着压在我身上的重物。我的心理医生并没有简单地离开，而是努力让我哭，让我流汗。

发生了什么呢？当我长期以来否认的那部分被释放时，会发生什么呢？

什么都没发生。

我感受到了愤怒的力量，但它并没有杀死我。我很好。我很好。我还活着。

我仍然不能从容地谈论过去。每当我回忆起这件事的时候，都要再次面对这种恐惧和失落，这是非常痛苦的。但从那一刻起，我明白了，无论这种情感多么强烈，都不是致命的。它只是暂时的。抑制感受只会让你更难放手。表达是抑郁的反义词。

1978 年，当我的儿子约翰尼以排名前十的优异成绩从得克萨斯大学（University of Texas）毕业时，我获得了临床心理学博士学位。对我们家来说，这是成功的一年。我决定追求我在加州的心理咨询许可证，因为这个州的许可证是最难得到的（我会再次穿上红舞鞋！），要超出自我意识就需要证明自我价值（许多州的许可证只需一份论文就可以完成），加州的许可证的实际优势在于可以让我在全国各地工作。我记得贝拉为获得注册会计师执照而苦苦挣扎，我也为自己准备了一段艰难的旅程。

为获得参加考试的资格，我需要 3000 小时的临床工作时间，但我把要求提高了一倍，直到我在威廉·博蒙特陆军医学中心有 6000 小时临床工作时间的时候，才去注册参加考试。我在那里建立了一个良好的声誉，我被要求在单向玻璃后面进行会话，这样医院的其他临床医生可以观察我和病人建立的融洽关系，建立信任和引导他走向新选择的方式。现在是要面对笔试的时候了。我在多项选择题考试中表现得很差——为了通过驾驶考试，我不得不学习了好几个月。不知怎么的，通过坚韧不拔的毅力或者说纯粹是运气，我通过了笔试，但不是我第一次尝试就通过的。

最后，我参加了口试，我本以为这是整个过程中最简单的部分。两名男子主持了这次面试，一名男子穿着蓝色牛仔裤，留着马尾辫，另一名男子穿着西装，剪了个平头。他们考问了我好几个小时。那个留着长发的男人说话尖锐、简洁，问了我所有关于统计学、伦理学和法学的问题。剪平头的那个男子问了所有哲学的问题，这些问题让我的思维更有创造性，让我的心更投入。但总的来说，这是一次并不愉快的经历。我觉得僵硬、麻木和脆弱。考官们并没有让考试变得轻松——他们毫无表情的面孔、冰冷的声音和情感上的距离都让人觉得疏远。我很难把精力投入下一个问题中，因为每一个问题都让我陷入自我批判的旋涡中，我渴望回到过去，修改我说过的话，说点什么，任何东西都可以，只要能引起别人的认可或鼓励。当最后考试结束时，我感到头晕，我的手在发抖，肚子又饿又想吐，头也疼。我确信我搞砸了。

就在我走到前门时，我听到身后有脚步声，有人追了上来。我是不是在迷失中把钱包给忘了呢？他们是不是告诉我，我已经失败了呢？"埃格尔博士。"那个剪了平头的男子喊道。我支撑着，好像在等待惩罚。他走到我跟前，停下来喘气。我的下巴和肩膀绷紧了。最后那人伸出手来。"埃格尔博士。这是我的荣幸。你有丰富的知识。你未来的病人真的很幸运。"

当我回到旅馆时，我像个小女孩一样跳上了床。

第十六章
选择

  我那令人愉快的乐观精神、职业成就感、可以随心所欲地表达自我的感受，在我建立私人诊所并遇到我的第一位病人时，瞬间幻灭了。他已住院一个月，我到医院看望他，他正在等待诊断报告并接受治疗。后来，结果出来，发现是胃癌。他吓坏了，觉得被自己的身体背弃了，被胃癌的死亡所威胁。疾病的不确定性和孤独感使他不堪重负。我无法做到感同身受。我所有的技能都建立在温暖和信任的氛围下，建立在一座和病人之间架起的良好的沟通桥梁之上，现在这些通通消失了。我觉得自己像个穿着白大褂的孩子，一个骗子。我对自己的期望是如此之高，对失败是如此之恐惧，以至于我无法超越自己的专注力去走近那个向我寻求帮助和爱的人。"我还会康复吗？"他问。我的思绪像在联络本上找名片一样不停地翻来覆去，脑子里转着各种理论和技巧，眼睛盯着墙壁，试图掩饰自己的紧张和害怕。我对他无能为力。他没有再请我帮他了。当我遇见截瘫的老兵汤姆时，我已经意识到，我职业生涯的成功必须源于我的内心深处——不是来自一位试图取悦别人、赢得认可的小女孩，而是来自一个完整和真正的我。我，一个脆弱而好奇的人，接受了自己的生活，并准备好成长。

换句话说，我开始与自己的创伤建立一种新的关系。它不再是沉默，压制，逃避，否认。它就像一口可以被我利用的井，这是为我的病人，他们的痛苦和治愈之路提供深刻理解和直观见解的源泉。头几年的私人诊所工作，帮助我把创伤重塑成必要和有用的东西，帮助我形成和发展了许多经久不衰的治疗法则。我工作中遇到的病人经常可以映射出我在寻找自由的旅途上的各种发现。同样，他们也常常提醒我，我对自由的探索还没完成，并为我的进一步治疗指明了方向。

虽然艾玛是位已经确诊了的病人，但我还是先和她的父母见面。他们从来没有跟任何人，尤其是陌生人谈过他们家的秘密：他们家里最大的孩子艾玛快要把自己饿死了。他们是一个内向保守的德裔美籍家庭，脸上布满忧虑，眼睛里充满恐惧。

"我们正在寻找切实可行的解决方法。"在第一次拜访我时，艾玛的父亲告诉我，"我们得让她重新开始吃东西才行。"

"我们听说你是一位集中营的幸存者，"艾玛的妈妈补充道，"我们认为艾玛可以从你身上学到一些东西,也许你可以激发她。"

看到他们对艾玛生命的恐慌，看到他们的束手无策，真是令人心碎。生活中，面对一个饮食失调的孩子，他们没有做任何准备；他们从来没有想过这样的事情会发生在自己的女儿和家人身上，没有任何一样他们现有的养育方法可以对艾玛的健康产生积极的影响。我想让他们放心，从而减轻他们的痛苦。但我也希望让他们认识到一个比艾玛的病更痛苦的事实——他们也参与其中。当一个孩子与厌食症做斗争时，确诊的病人是孩子，但真正的病患是这个家庭。

他们想把有关艾玛行为的每一个细节都告诉我：她拒绝吃东西，但还会假装进食，在家庭聚餐后他们在餐巾纸里发现了食物，在她的梳妆台抽屉里也发现了食物。艾玛以离开他们和关门躲起来的方式不吃东西，所以在她的身体里也发生了可怕的变化。但我让他们反过来谈谈自己，他们显然就很不自在了。

艾玛的父亲身材矮小精干，我了解到，他是一名足球运动员。我不安地意识到，他有点像希特勒——他留着稀疏的胡子，扁平乌黑的头发，且他说话时会大吼大叫，仿佛每一次交谈都希望不被忽视。后来，我和艾玛的父母分开会谈，我问她的父亲，他为何决定选择成为一名足球运动员。他告诉我，小时候他走路一瘸一拐的，父亲叫他跛脚的小虾。他选择当足球运动员是因为这工作需要冒险和体力，而他想向父亲证明他不是一只虾，更不是跛子。当你需要证明一些东西的时候，你就会被它约束，不再是自由的了。尽管在我们第一次见面时，我还不知道他童年的故事，但我知道艾玛的父亲一直住在他自己制造的监狱里——他生活在符合他应该是什么样的受限形象中。他表现得更像一位接受军事训练的士兵，而不是一位支持太太的丈夫或关心儿女的父亲。在沟通中，他不问问题，更像在接受审讯。他不承认自己的恐惧和弱点，顽固地维护着自己的尊严。

他的妻子穿着一件剪裁考究的棉质连衣裙，前襟系着纽扣，腰带很细，这是一种永不过时而又严肃的款式和打扮，感觉上是为了与她丈夫的声音和讲话力度更加合拍。她谈了几分钟自己在工作中遇到的挫折,错过了升职的机会。我可以看到她正谨慎地在肯定他的愤怒和激起他的愤怒之间寻找一个平衡点。她清楚地知道她的丈夫需要别人的肯定,他不能忍受对抗和被人反驳。在我们的私人会话上,她的"多才多艺"给我留下了深刻的印象——她修剪草坪,为家里的许多地方做维修,还会自己做衣服——她的技能和她给予丈夫的权力是矛盾的,她为维持和平付出了代价。她不惜一切地避免与丈夫发生冲突的习惯,对女儿的健康和家庭活力所造成的损害不亚于丈夫的专横行为。他们是相互控制的伙伴——不是感同身受的关系,也不是无条件的爱,他们没有家庭的语言。

"这是在浪费时间!"我们首次见面时,艾玛的父亲在回答完有关他的工作、他们的家庭生活以及他们如何庆祝假期的问题后说,"告诉我们该怎么办吧。"

"是的,请告诉我们怎样才能让艾玛重回餐桌吃饭。"她的母亲恳求我,"告诉我们怎样才能让她吃东西。"

"我看得出你很担心艾玛。我能看出你是多么渴望找到解决办法。如果你希望艾玛好起来,我可以告诉你,你第一件要做的事就是了解厌食症,问题不只是艾玛吃什么,还有什么在影响着她吃东西。"我告诉他们,我不能就这样把她治好,把健康的她送回去。我请他们帮助我,成为我的合作治疗师,观察他们的女儿,但不需要一个让她做事的日程表或有任何不一样的事情,只是关注她的情绪状态和行为。通过共同努力,我们可以更清楚地了解她的情绪状态,更熟悉这种疾病的心理状态。通过寻求他们的帮助与合作,我希望引导他们理解他们在她的疾病中所扮演的角色。我在逐渐地让他们为影响到艾玛饮食习惯的行为负责。

接下来的一个星期，我第一次见到了艾玛。她 14 岁，我就像遇到了自己的鬼魂。她就像我在奥斯维辛集中营时那样瘦骨嶙峋，脸色苍白，非常消瘦。她又长又细的金发使她的脸看起来更瘦了。她站在我的办公室门口，袖子长长地直落着遮住她的手。她看起来像是个有秘密的人。

对于任何一个新病人，从第一次见面的那一刻起，对他或她的心理界限保持敏感是很重要的。我必须马上凭直觉觉察出来，这个人是否想让我牵她的手，或者和我保持一定的距离；这个人需要我给他下命令还是给他一个温和的建议。对于厌食症患者来说，这些最初的时刻至关重要。厌食症是关于吃什么、什么时候吃、什么时候不吃、该暴露或隐藏什么，一种完全与控制和无情的规则有关的疾病。首先，厌食症有一个不可避免的生理维度。由于缺乏营养物质吸收进入人体，摄入的少量热量大部分用于自主功能（呼吸除外），大脑失去了血液流动，这导致了思维扭曲，在严重的情况下会导致偏执。作为一名心理学家，我开始与一个厌食症患者建立治疗关系，我必须记住，我正在与一个可能存在认知功能扭曲的人交流。一个习惯性的手势，比如，当我领着某人走到一把舒服的椅子上时，将一只手放在她的肩膀上，就很容易被误解为是具有威胁性或侵犯性的。当第一次和艾玛打招呼的时候，我试图同时让我的肢体语言显得更有亲和力。因为厌食症患者是控制专家，所以要通过让她感到自由，来消除她的控制欲。与此同时，创建一个有组织的环境，有明确的规则和仪式也是非常重要的。

见过她的父母后，我知道她母亲的言语里充满了批评和指责，所以我以赞美开始了我们的谈话。"谢谢你的光临，"我说，"很高兴终于见到你了。谢谢你能准时来。"

当她在沙发上选好座位坐好后,我告诉她,她告诉我的一切都是机密——除非她有生命危险。然后我做了一个温和的、开放式的邀请。"你知道,你的父母很担心你。我想知道真实的故事。你有什么要告诉我的吗?"

艾玛没有回应。她盯着地毯,把袖子拉得比手还长。

"不说也没关系。"我说。

我们又沉默了一会儿。我等待着。我又等了一会儿。"你知道,"过了一会儿,我说,"你需要多长的时间都可以。我有一些文书的工作要去另一个房间。等你准备好了,请告诉我。"

她怀疑地看着我。在一个严惩不贷的家庭里,孩子们渐渐习惯了听到的威胁可能会迅速升级,或者是另一个极端,被证明是毫无意义的。虽然我说得很客气,但她想看看我的话和语气是否会升级为愤怒的批评或警告,或者如果我只是一个容易被击败的人,我会不会真的离开房间。

当我站起来,走过房间,打开门时,我想她一定很惊讶。直到我把手放在门把手上准备开门时,她才开口说话。

"我准备好了。"她说。

"谢谢你,"我说,我又回到椅子上,"听到这个我很高兴。我们还有 40 分钟。让我们好好利用这个时间。我可以问你几个问题吗?"

她耸耸肩。

"告诉我,一般情况下,你是什么时候醒来?"

她转动着的眼睛,已经开始回答我的问题,我该继续这样做。

她是用收音机闹钟还是普通闹钟来叫醒她？还是父母来叫醒她？她喜欢在被子里躺一会儿，还是直接从床上跳起来？我问了她一些日常的问题，希望对她的日常生活有一些了解，但我的问题都与食物无关。对于厌食症患者来说，除了食物之外，很难看到生活中的其他东西。我已经从她的父母那里知道，她对食物的关注控制着她的家庭，他们所有的注意力都被她的疾病占据了。我有一种感觉，她也希望我只对她的病感兴趣。带着我的问题，我试图把她的注意力转移到她生活的其他方面，以打消或至少弱化她的防御心理。

在同她在一起的一天的工作中，我问了她一个她不知道如何回答的问题。"你喜欢做什么？"我问。

"我不知道。"她说。

"你的爱好是什么？你空闲时间喜欢做什么？"

"我不知道。"

我走到我办公室里的白板前。我写了：我不知道。当我问她更多关于她的兴趣、激情和欲望的问题时，每次她都说："我不知道。"每说一次我就会在白板上打个钩。

"你的人生梦想是什么？"

"我不知道。"

"如果你不知道，那就猜一下吧。"

"我不知道。但我会考虑的。"

"很多和你同龄的女孩都写诗。你写诗吗？"

艾玛耸耸肩。"有时。"

"5年后你想去哪里？你喜欢什么样的生活和职业呢？"

"我不知道。"

"我注意到你经常说这些话：我不知道。但当你唯一能想到的就是'我不知道'的时候，这让我很难过。这意味着你不知道你的选择。如果没有选择，你就不是真正地活着。你能帮我个忙吗？你能拿着这支笔，给我画幅画吗？"

"我想可以的。"她走到黑板前，从袖子里伸出瘦削的手去拿笔。

"现在就给我画一张你自己的照片吧。你是怎么样看待你自己的呢？"

她噘起嘴唇，打开笔，迅速地画了起来。她转过身，我可以看到她的画：一个矮胖的女孩，一张空白的脸。这是一个毁灭性的对比——在一张空白的、肥胖的漫画旁边是瘦得只剩下骨头的艾玛。

"你还记得你和现在感觉不一样的时间吗？什么时候你感到最快乐、最美丽、最有趣？"

她想了又想。但她没有说"我不知道"。最后她点了点头。"我五岁的时候。"

"你能给我画一张那个快乐女孩的照片吗？"

当她从白板走开时，我看到了一张画，画里是一个穿着芭蕾舞短裙在旋转和跳舞的女孩。我感到喉咙哽住了，熟悉的画面引起我一阵痉挛。

"你上过芭蕾课吗？"

"是的。"

"我很想知道更多。你跳舞的时候感觉如何？"

她闭上了眼睛。我看见她在做第一个姿势时把脚后跟并在了一起。这是无意识的动作，她的身体还记得。

"如果你还记得你当时的感觉是什么，你能用一个词描述那种感觉吗?"她点点头,眼睛仍然闭着。"自由。"

"你想再次体会那种自由、充满活力的感觉吗?"她点了点头,把笔放在托盘上,又把衣袖拉下来盖到手上。

"饥饿是如何让你自己更接近自由的目标呢?"我尽可能热情地说。这不是指责。这是为了让她坚定地意识到她在自残,以及这种行为的严重程度。这是在努力帮助她回答在自由之旅开始时的最重要问题:我现在在做什么?能奏效吗?是让我离目标更近了,还是更远了呢?艾玛没有用语言回答我的问题。但在她泪流满面的沉默中,我能感觉到她意识到自己需要改变,想要改变。

当我第一次和艾玛以及她的父母同时见面时,我热情地和他们打招呼。"我有一个非常好的消息!"我说。我和他们分享了我的希望,以及我对他们团队合作能力的信心。我参与团队合作的条件是,他们同意让艾玛去一个饮食失调诊所里接受医护人员的照顾,因为厌食症是一种严重的、可能致命的疾病。如果艾玛的体重低于某一标准,在与诊所工作人员协商并确定后,她可能不得不住院。"我不能让你冒着失去生命的危险,你只需做一些事情就可以避免情况恶化。"我告诉艾玛。

在我和艾玛开始工作一两个月后,她的父母邀请我去他们家吃饭。我遇到了艾玛所有的兄弟姐妹。我注意到艾玛的妈妈向我介绍她的每个孩子时都附加上他们的特点:这是格雷琴,有点害羞的那个;这是彼得,有趣的那个;还有德里克,很负责任的那个(艾玛被介绍给我时是:生病的那个)。你给孩子起一个名字,他们就会拿这个名字开玩笑。这就是为什么我觉得要问我的病人:"你在家里的标签是什么?"(在我的童年时代,克拉拉是神童,玛格达是叛逆者，我是知己。当我是一个倾听者的时候，我对我的父母来说是最有价值的，是收纳他们情感的容器，但我也是最不显眼的）果然，坐在桌边的格雷琴很害羞，彼得很有趣，德里克很负责。

我想看看如果我破坏了这种标签代码，如果我邀请其中一个孩子扮演另一个角色会发生什么。"你知道吗？"我对格雷琴说，"你的脸型美极了。"

他们的妈妈在桌子下踢了一下我。"别这么说，"她低声劝告我，"她会骄傲的。"

晚饭后，艾玛的妈妈在厨房里打扫卫生，还在蹒跚学步的彼得正在拉她的裙子，请求得到她的注意。她不断地拖延他，而他想让她停下手头的工作抱起他，她的企图使他变得越来越暴躁，最后他蹒跚着走出厨房，径直走向茶几，那里有一些瓷器小摆设。他的妈妈追着他跑，把他抓起来，打了他一巴掌，说："我不是告诉过你不要碰那些东西吗？"

这种对孩子严惩不贷的教育方式营造了一种氛围，孩子们似乎只得到了负面的关注（毕竟，坏的关注总比没有关注好）。严格的环境，强加在孩子身上的黑白分明的规则和角色，父母之间明显的紧张关系——所有这些都造成了家庭的情感饥荒。

我还目睹了一个非常不恰当的关注，那就是在艾玛的父亲给艾玛钱的时候，"嘿，性感美女。"晚饭后她和我们一起在客厅时，他这样对她说。我看见她缩进沙发里，尝试着躲藏起来。控制欲、惩罚性的纪律、情感上的乱伦——难怪艾玛会在丰盛的食物中饿死。

和所有的家庭一样，艾玛和她的家庭也需要规则，但艾玛家需要的规则与其他家庭那些能掌控好的规则截然不同。所以我帮助艾玛和她的父母制定了一个家庭规则，他们可以互相帮助着来执行。一个家庭规则的列表，可以改善他们家里的气氛。首先，他们讨论了一些行不通的行为。艾玛告诉她的父母，听到他们大喊大叫和责骂时，她是多么害怕；当他们不兑现承诺时，她有多么怨恨——她必须在什么时候回家，她必须在看电视前做完什么家务。她的父亲谈到他在家里是多么孤立——他觉得自己是唯一一个管教孩子的人。有趣的是，艾玛的妈妈也说了类似的话，她觉得自己在独自抚养孩子。从他们想要停止做的伤害性的习惯和行为列表中，我们简短地列出了他们同意开始做的事情：

1. 与其责怪别人，不如对自己的行为和言论负责。在你说或做某件事之前，先问一问，它是友善的吗？重要吗？有帮助吗？

2. 运用团队合作达到共同的目标。如果房子需要打扫，那么每个家庭成员都应该有适合自己年龄的工作。如果一家人要出去看电影，可以轮流做选择来决定看哪部电影。把家庭想象成一辆汽车，所有的轮子是一个整体，一起工作，一起移动到目的地——没有一个轮子可以控制一切，没有一个轮子可以承担所有的重量。

3. 前后保持一致。如果禁令已经确立后，不能在最后一刻改变规则。

总的来说，制定的艾玛家的家庭规则的核心就是放弃控制别人。我给艾玛治疗了两年。在此期间，她完成了在饮食失调诊所的门诊项目，停止了踢足球——这是上中学时，她父亲强迫她去做的事情——她又回到了芭蕾舞班（然后又去上更多的舞蹈课：肚皮舞、萨尔萨舞）。运用创造性的表达方式，她把压力都转移到了音乐和节奏上，这给她带来了身体上的享受，也给了她一个更健康的自我形象。我们在一起工作的日子快结束的时候，16岁的她在学校遇到了一个男孩，并坠入爱河，这段感情给了她另一种生活和健康的动力。当她不再和我一起工作时，她的身体已经丰满了，她的头发又厚又亮。她已经变成了她画的那个旋转着跳舞的现代版女孩。

在艾玛高三的那个夏天，她的家人邀请我去他们家烧烤。他们摆出美味的排骨、豆子、德国土豆沙拉、自制面包卷。艾玛和她的男朋友站在一起，用盘子盛满了食物，笑着，嬉笑打闹着。她的父母、兄弟姐妹和朋友们一起放松地躺在草坪上，或者坐在折叠椅上，大吃大喝。食物不再是家庭的负面语言。虽然艾玛的父母还没有完全改变他们对子女或相互之间说话时的语调，但他们已经学会了给艾玛提供空间和信任，让她找到通往美好生活的道路。他们不必再为可能发生在艾玛身上的事情而感到忧心忡忡，他们已经可以自由地过自己的生活，每周都和一群朋友一起度过一个桥牌之夜。他们已经摆脱了那些长久以来毒害他们家庭生活的事情——困扰、愤怒和控制。

我松了一口气，感动地看着艾玛恢复了健康。她的经历也促使我反思自己：伊迪丝，我和我内心的那个热爱跳舞的女孩在一起了吗？我生活在她那充满好奇和忘我的狂喜之中了吗？就在艾玛离开我的诊所的同时，我的第一个孙女——玛丽安娜的女儿琳赛（Lindsey），开始参加一个幼儿芭蕾舞班了。玛丽安娜给我发来了一张琳赛穿着粉色舞蹈裙的照片，她胖乎乎的小脚塞在一双粉红色的小舞鞋里。我看到那幅画时哭了。那是喜悦的泪水，是的。但我的胸口也有一种疼痛，更多的是由于失去。我能想象琳赛的生活将从这一美好时刻蔓延出去——她的表演和演出（可以确定的是，她将继续学习芭蕾，在她的童年和青春期的每年冬天，她都会表演《胡桃夹子》），我为她可以参加所有她所期待的活动而感到开心，但这并不能将我从中断了生活的悲伤中分离出来。**当我们悲伤的时候，不仅仅是为了刚发生的事——我们还会为过去没有发生的事情而悲伤。** 在我内心充满恐惧的一年，我住在一个空空如也的地方，生命中从未有过如此大面积的黑暗。我承受着创伤和离别，我不能放开过往的每一件事，但我也不能轻易地抓住它们。

我在爱葛妮丝（Agnes）身上找到了另一个镜子和老师，我们相遇在犹他州的一个水疗中心，我在那里和乳腺癌痊愈者谈论自我护理对于促进愈合的重要性。她很年轻，四十出头，乌黑的头发盘成一个低低的小圆髻。她穿着一件纽扣一直系到脖子的中性颜色的工作服。如果不是她第一个排队在我的酒店房间里接受我的私人预约，我可能根本就不会注意到她。她不愿抛头露面。当她站在我面前时，她的衣服把身体遮盖得严严实实。

"打扰了，我相信还有其他人更值得你多花时间。"我开门请她进来时，她说。

我把她带到靠窗的椅子前，给她倒了一杯水。她似乎对我那小小的照顾感到尴尬。她坐在椅子边上，僵硬地把水杯举在身前，好像喝一口就会使我的招待扫兴似的。"我真的不需要整整一小时。我有一个简短的问题。"

"是的，亲爱的。告诉我怎样才能帮到你。"

她说她对我在演讲中说过的话很感兴趣。当时，我分享了我小时候学过的一句古老的匈牙利谚语：不要把愤怒憋在心里。我举了一个例子，讲述了我一生中所有的自我禁锢的信念和感受：我的愤怒和信念必须赢得别人的认可，我做的任何事情，都不足以让我值得被爱。我邀请观众中的女士们扪心自问，我是抱着什么样的感觉或信念的呢？我愿意放开吗？爱葛妮丝问我："你怎么知道你是否有东西值得去坚持呢？"

"这是一个很好的问题。当我们谈论自由的时候，没有放之四海而皆准的原则。你有没有试着猜想过呢？你内心告诉过你什么东西是想要引起注意的吗？"

"这是一个梦。"她说，自从几年前被诊断出患有癌症以来，即使现在病情已经有所缓解，她也一直反复地在做同一个梦。在梦里，她穿着蓝色的手术服戴着口罩，把长发盘在一次性帽子里面，站在水池边，不停地搓着双手，准备做手术。

"那位病人是谁？"

"我不确定，是不同的人，有时候是我儿子，有时候是我的丈夫或者女儿，或者是过去的某个人。"

"你为什么要做这个手术？病人被诊断是什么病了吗？"

"我不知道。我认为它是会变的。"

"你做手术的时候感觉如何呢？"

"就像我的手着火了一样。"

"那你醒来的时候感觉如何？你觉得精力充沛呢，还是觉得非常疲倦？"

"这要看情况了。有时我想回去睡觉,这样我可以继续完成手术,它还没有结束。有时我感到悲伤和疲惫,好像这是一个徒劳的过程。"

"你认为这个梦是关于什么的?"

"我过去想上医学院。我想过大学毕业后申请的。但我们必须先支付我丈夫商学学位的学费,然后我们又有了孩子,还患有癌症。这让我想上医学院的梦想从来都没有适宜的时间去实现。这就是我想和你谈谈的原因。你认为我做这个梦是因为我现在应该去读医学院吗?还是你认为我做这个梦是因为现在是时候结束当医生的幻想了呢?"

"医学对你有什么吸引力?"

她在回答之前想了想。"帮助别人。但同时也要弄清楚到底发生了什么,找到真相。找到隐藏在表面之下的东西并解决这个问题。"

"生命或医学上都没有绝对的东西。如你所知,疾病是很难治疗的,疼痛,手术,治疗,身体变化和情绪波动都不能保证一定会恢复。是什么帮助你与癌症抗争呢?你用什么真理或信念来指导你战胜疾病呢?"

"不要成为他人的负担。我不想我的痛苦伤害到任何人。"

"你希望通过怎样做来让别人记住你?"

眼泪涌进她浅灰色的眼睛。"成为一个好人。"

"'好'对你来说意味着什么?"

"给予、慷慨、善良和无私。做正确的事情。"

"'好人'会抱怨吗?或者会生气吗?"

"这不符合我的价值观。"

她让我想起了自己，在那个截瘫的老兵带我去面对我自己的愤怒之前。"愤怒并没有价值。"我告诉爱葛妮丝，"这是一种感觉。这并不意味着你很坏。这意味着你还活着。"

她看起来很怀疑。

"我想让你尝试一个练习。你要把自己内心的东西彻底掏出来。无论你内心里藏着什么，你都要把它拿出来，那些你通常丢掉的，你都要把它放在这里。"我从桌子上取下那本旅馆用的信纸，和钢笔一起递给她，"在你的直系亲属中，每个人只能得到一句话。我要你写下一些你没有告诉那个人的事情。这可能是一个愿望，一个秘密，或者一个遗憾——可能是一些小事情，比如：'我希望你把脏袜子放进洗衣房。'唯一的规则是，必须是你从未大声说过的话。"

她微微一笑，有些紧张。"你真的想让我说这些话吗？"

"你怎么处理它们完全取决于你自己。你可以把它们像五彩纸屑一样撕碎，冲进马桶里，或者放火烧掉。我只是想让你把它们写下来，让它们离开你的身体。"

她沉默地坐了几分钟，然后开始写。有几次她画掉了一些东西。最后她抬起头来。

"你感觉怎么样？"

"有点头晕。"

"颠倒的吗？"

"是的。"

"那么，是时候让自己重新振作起来了。但你要把你通常给别人的东西，你要把所有的爱、保护和鼓励都放回自己的内心。"我让她想象自己变得非常小，小到可以爬进自己的耳朵里。我叫她顺着耳道往下爬，再顺着她的喉咙和食道往下爬，一直爬到她的胃部。当她往里面走的时候，我让她把她的小手放在她身体的每一个部位。她的肺，她的心脏。在她的脊椎上，沿着每条腿和胳膊的内侧。我教她把充满爱的双手放在每个器官、肌肉、骨骼和静脉上。"让爱无处不在。做你自己独特的、独一无二的养育者。"

她花了一段时间才适应，让她的注意力从身体的体验中转移开。她不停地在椅子上挪动，梳理着前额上的头发，清嗓子。但随后她的呼吸变得深沉和缓慢，身体也静止不动了。当她顺着耳道"走"进去的时候，她变得非常放松，脸看起来也很平静。在我引导她通过耳道返回之前，我问她是否有什么东西想告诉我，关于她的感觉或在里面发现了什么。

"我以为里面会很黑，"她说，"但是却发现有很多光线。"

几个月后，她打来电话，带来了一个灾难性的消息：她的乳腺癌没有得到缓解，反而复发了，正快速扩散。她说："我不知道还能活多久。"她告诉我，她计划每天进行由内而外的练习，这样就可以将自己那些不可避免的愤怒和恐惧排出去，再度让自己充满爱和光明。她说，反常的是，她对家人越坦诚地说出自己的负面情绪，就越感觉到愉快。她告诉丈夫，她对丈夫优先考虑事业感到非常气愤。公然地告诉他使得事情更容易被理解，把愤怒藏在心里对谁都没好处。她发现，在他们的整个婚姻生活中，她能更清楚地看到丈夫是非常支持她的，同时她也发现自己已经原谅他了。对于她十几岁的儿子，她没有掩饰自己对死亡的恐惧，也没有给他留下任何怀疑的空间。她开诚布公地讲述她所迟疑的事情。她告诉他有时候我们就是不知道事情是如何发展的。对于她在上中学的女儿，比她儿子小一点，她对那些她可能会错过的时刻表示出了愤怒——女儿的第一次约会，看着她打开大学录取通知书，帮她穿上婚纱。她没有把愤怒当作无法接受的情绪而压抑自己的愤怒。她找到了她的方法，找到了她爱的深度和紧迫性。

当她的丈夫打电话告诉我爱葛妮丝已经去世的时候，他说他永远无法从悲痛中走出来，但她是平静地去世的。在她生命的最后几个月里，他们家庭关系中的爱更深了。她教会了他们一种更真实的相处方式。挂断电话后，我哭了。虽然没有人错，但一个美丽的人消失得太快了。这是不公平和残酷的。这让我对自己的死亡也感到好奇。如果我明天就死了，我会安静地死去吗？我自己真的学会了爱葛妮丝所发现的东西吗？在自己的黑暗中，我是否已经找到光明了呢？

艾玛问了我与过去的关系，爱葛妮丝帮助我面对我和现在的关系。在1980年的一个炎热的下午，杰森·福勒，一位紧张性精神症的陆军上尉，第一次来到我的办公室，安静地、长时间一动不动地坐在白色沙发上，听从我的命令，最后我让他带着我的狗，和我一起去公园散步。杰森·福勒教会我如何面对决定未来的选择。那天我从他那里学到的东西会影响着我余生的生活质量，也会影响我选择传给子孙后代的遗产的质量。

我们在公园里散步时，杰森的步态放松了。他那绷紧的脸也放松了，每走一步气色就好一些，面部表情也更加柔和了。突然间，他看上去年轻多了。尽管如此，他还是不说话。我没有提前计划好回到办公室时要做些什么事。我只是让我们不停地走动，呼吸，杰森在我身边的每一分钟都表明，如果他觉得足够安全，他就可能会被触动。

在绕了公园一圈之后，我们回到了办公室。我倒了一些水。我知道，不管前面有什么，都不能仓促行事。我必须提供一个绝对信任的地方，在那里杰森可以告诉我任何事情，任何感觉，他知道自己是安全的，他知道自己不会受到评判。他又坐回到沙发上，面对着我，我向前倾着身子。我怎么能把他留在这里呢？不仅仅是肉体在我的办公室里，而是他准备好打开心扉和我一起探索了。我们必须一起找到一种能深入了解和疗愈的方法，必须找到让杰森陷入紧张症的所有情绪和情境。如果我要引导他走向健康，就不能强迫他说话。我必须跟随他当前的思想状态、当前的选择和条件，随时准备面对可能出现的改变。

"不知道你能不能帮我。"我最后说。这是我有时对一个不情愿的病人、一个难缠的顾客采取的方法。我把注意力从病人的问题上转移开，我成了那个有问题的人。我恳求病人的同情。我想让杰森觉得自己是那个有力量、有解决方案的人，而我只是好奇而又有些绝望、请求帮助的一个人。"我真想知道你是想怎样和我在这里相处的。你是个年轻人，一个军人。我只是个奶奶。你能帮我吗？"

他开始说话，但随后他的喉咙因激动而哽咽，他摇了摇头。我怎样才能帮助他在不逃避或不抵触的情况下，去面对外界的骚动和内心的谜团呢？

"我想知道你是否能告诉我，我怎样才能让你觉得我对你可能会有些帮助。我愿意做你的知己。你能帮我一下吗？"

他眯起眼睛，好像对强光有反应似的，或者强忍住眼泪。"我的妻子。"他终于开口了，然后他的嗓子又紧了起来，不说话了。

我没有问他妻子在以什么方式困扰他,没有问事实,但我直接感受到了他话里的情感。我想让他以更直接、更深刻的方式告诉我他内心的故事。我希望,也相信他有能力成为这样的人——一个可以放松、有感觉的人。你不能治愈你感觉不到的东西。经过几十年,选择了用冷酷和麻木去面对,我终于明白了这一点。和杰森一样,我也隐藏了自己的感情,戴上了面具。

杰森的面具下面是什么呢?冷酷、失落还是恐惧?

"看起来你好像对什么事情感到难过。"我说。我在猜,在暗示。要么是对的,要么他会纠正我。

"我不难过。"他咕噜着,"我是疯了。我气疯了。我要杀了她!"

"你的妻子。"

"那个女人在骗我!"真相大白。这是一个开始。

"请告诉我更多情况。"我说。

他告诉我,他的妻子有外遇。他最好的朋友向他通风报信。他简直不敢相信自己可以错过种种迹象。

"哦,上帝。"他说,"哦,上帝,哦,上帝。"

他站起来,踱步,踢沙发。他已经突破了自己的僵化,现在变得狂躁、好斗。他猛地捶在墙上,痛得直哆嗦。好像开关被击中,他全部的感情像泛光灯一样汹涌澎湃。他不再封锁和控制自己的情绪。他开始像火山一样爆发。火山。现在他把伤痛全部暴露出来,到处乱撞。我的角色也变了,要引导他回到他的情感中去。现在我必须帮助他体验它们,而不是被它们所淹没,完全迷失在紧张之中。我还没来得及说一句话,他就僵在了屋子中间,喊道:"我受不了了!我要杀了她。我要把他们两个都杀了。"

"你疯得可以杀了她?"

"是啊!我要杀了那个女人。我现在就去,看看有什么后果。"他说得毫不夸张。他是认真的,并从腰间拔出手枪。"我现在就去杀了她!"

我应该报警的。当杰森走进来时,警报的直觉并没有出错。现在可能已经太迟了。我不知道杰森和妻子是否有孩子,但当杰森挥舞着枪的时候,我看到的是孩子们在他们母亲的葬礼上哭泣,杰森被关在监狱里,在一时的复仇冲动中孩子们失去了双亲。

但我没有报警。我甚至没有时间打电话告诉我的助手我可能需要帮助。

我不会让他停下来。我要乘风而动,让他看到这种意图之后的结果。"如果你现在就杀了她,那会怎么样?"我说。

"我这就去!"

"会发生什么后果呢?"

"这是她应得的,是她自找的。她要为对我撒过的每一个谎感到后悔。"

"如果你杀了你的妻子,你会怎么样?"

"我不在乎!"他双手抓住枪对着我,对准我的胸部,手指在扳机上僵住了。

我是目标吗?他该把脾气都发在我身上吗?他会误扣扳机,发射子弹吗?我没有时间害怕。

"你的孩子在乎吗?"我的问题完全来自直觉。

"别提我的孩子了。"杰森嘶嘶地说。他稍微把枪放低了一点。如果他现在扣动扳机,会打到我的胳膊和椅子,而不是我的心脏。

"你爱你的孩子们吗？"我问。愤怒，无论多强烈，从来都不是最重要的情绪。它只是最外层，一种更深的感觉的薄外衣。用愤怒的面具掩饰的真正感觉通常是恐惧。而且你不能同时感受到爱和恐惧。如果我能打动杰森的心，让他感受到哪怕一秒钟的爱，那么就可以打断他那会产生暴力的恐惧信号。很显然，他的怒火已经停止了。"你爱你的孩子们吗？"我又问。

杰森没有回答。他仿佛被自己的矛盾情绪缠住了。

"我有三个孩子，"我说，"两个女儿，一个儿子。你呢？"

"两个都有。"他说。

"一个女儿和一个儿子？"

他点了点头。

"给我讲讲你的儿子吧。"我说。

杰森突然放松了，一种新的感觉从他脸上掠过。

"他长得像我。"杰森说。

"有其父必有其子。"

他的目光不再集中在我和枪上了，他看向了别的地方。虽然我还不知道这种新的感觉是什么，但我能感觉到有些东西已经发生了转变。我顺着思路走。

"你想让你的儿子像你一样吗？"我问。

"不！"他说。

"为什么不呢？"

他摇了摇头。他不愿意再想下去了。"你想要什么呢？"我轻声问。这是一个让人害怕回答的问题，这个问题可以改变你的一生。

"我受不了！我不想有这种感觉！"

"你想摆脱痛苦。"

"我要那个女人付出代价！我不会让她愚弄我的！"他再次举起枪。

"你会重新掌控自己的生活。"

"我会的。"

我在流汗。帮助他放下枪是我的责任。但没有脚本可遵循。"她是做错了。"

"不会再发生了！现在就结束。"

"你要维护自己。"

"是的。"

"你会让你儿子知道该如何处理这种事情。如何成为一个男人。"

"我会教他如何不让别人伤害自己！"

"用杀了他母亲的方式。"

杰森愣住了。

"如果你杀了他的母亲，不会伤害你的儿子吗？"

杰森盯着手里的枪。每次的到访，他都会告诉我此刻他脑子里想的是什么。他会告诉我关于他父亲的故事：他父亲是一个有暴力倾向的人，有时用言语，有时用拳头伤害杰森。这是一个男人该做的：一个男人是无敌的；男人不能哭；男人要掌控着一切；男人应该发号施令。他会告诉我，他一直想做一个比他父亲更好的父亲，但他不知道怎么做。他不知道如何不通过恐吓去教育和指导他的孩子。当我让他思考他复仇的选择将如何影响他的儿子时，他突然被迫寻找一种之前他一直没有考虑在内的可能性。暴力和不安全感的延续将会把他和他的儿子带进监狱，他不会让这种生活方式继续下去的，不是为了压抑复仇的诱惑，而是为了他的诺言和潜能所提供的广阔天空。

如果我了解那天下午发生的所有事情，了解我的整个生命，就会知道，生命当中最糟糕的时刻，自己被邪恶的欲望弄得晕头转向的时刻，要我们忍受着绝对不可能忍受但又必须忍受的痛苦的时刻，我们不得不与爱人分离的时刻，实际上是带领我们去了解自身价值的时刻。这就好像我们意识到自己是连接过去和未来的桥梁。我们会意识到我们所得到的一切，以及我们可以选择的——或者不选择，永恒的东西。眩晕、兴奋和可怕，过去和未来，就像一个可穿越的大峡谷一样围绕着我们。虽然我们在宇宙和时间中是那么渺小，但我们每个人都是一个保持整个轮子旋转的小机构。我们用什么来驱动自己的生命之轮呢？我们会继续用损失或遗憾推动那个活塞吗？我们是否会再重复这过去所有的伤害呢？我们会以抛弃所爱的人来作为我们放弃的结果吗？我们会让孩子们为我们的损失买单吗？还是利用我们所知道的最好的东西，让我们生命的田地里长出新的庄稼呢？

想象着儿子和自己一样拿着枪，渴望复仇的样子，杰森突然看到了他可以做的选择。他可以选择杀戮，也可以选择爱。选择征服还是选择原谅？自己面对悲伤，还是一次又一次地把痛苦传递下去？他的枪掉在了地上。他在哭，号啕大哭，连续地抽泣，悲伤的波浪冲击着他的身体。他无法承受如此强烈的情感冲击。他倒在地上，跪着，低着头。我几乎可以看到不同的感觉在他身上翻腾：受伤，羞愧，破碎的骄傲，被毁掉的信任和孤独，他心目中的男人形象被永远地打破了。他不再是那个从未被击败过的男人。他一直都是这样一个人：年轻时父亲打他、羞辱他，现在妻子欺骗他。就像我将一直是这样一个女人：她的母亲和父亲被毒气毒死，被烧成了烟雾。我们无法抹去痛苦，但我们可以自由地接受自己是谁，接受别人对我们做了什么，然后继续前进。杰森跪了下来，哭了。我和他一起跪在地板上。我们所热爱和依赖的人要么消失了，要么让我们失望。他需要别人的扶持。我扶着他，把他拉到胸前，他倒在我的膝盖上，我抱住他，我们一起哭了起来，直到泪水把我的丝绸衬衫都湿透了。

在杰森离开我的办公室之前，我要求他把枪给我（我把枪保存了好几年，我都忘了它还在我的房间里。当我在准备将我的办公室搬到圣地亚哥时，我发现枪在文件柜的抽屉里，仍然上着子弹，提醒着我们通常选择隐藏的情绪波动和痛苦，提醒着我们会受到潜在的伤害，直到我们有意识地面对它，拆除它）。"你现在离开安全吗？"我问他。"你回家安全吗？"

"我不确定。"

"没有枪对你来说会很不舒服。如果愤怒卷土重来，你还有别的地方可以去吗？如果你觉得你必须伤害或杀死某个人呢？"

他说他可以去朋友家，就是那个告诉他这件事并建议他来见我的人。

"我们需要练习好对你妻子说的话。"我们做了一个记录。我把它写下来。他会对她说："我感到很难过。我希望我们今晚能找个时间谈谈。"直到他们单独在一起之前，他不被允许多说，只有这样他才能用语言交流而不是暴力。如果觉得不能回家，他可以马上给我打电话。如果杀人的感觉又回来了，他就得找个安全的地方坐下来或去散散步。"把门关上或者去户外活动一下，就你自己。

深呼吸，深呼吸，再深呼吸。这种感觉会过去的，答应我，如果你觉得失控了就给我打电话。让你自己脱离困境，保证你自己的安全，给我打电话。"

他又哭了起来。"从来没有人像你这样关心我。"

"我们两人将会组成一个很好的团队，"我告诉他，"我知道你不会让我失望的。"

两天后，杰森回到我的办公室，开始了一段持续五年的治疗关系。但在我知道他的故事将如何发展之前，我要独自面对一个转折点。

杰森走后，我把枪存放好，坐在椅子上，慢慢地深呼吸着，直到恢复了平静。我把助手给我的、在杰森意外到来之前的邮件整理好。在邮件里，我发现了另一封信，它改变了我的人生。这封信来自美国陆军牧师威廉·博蒙特的前同事戴夫·沃尔，他当时是慕尼黑宗教资源中心的负责人。在那里，他负责管理所有在欧洲服役的美国陆军牧师和牧师助理的临床培训。这封信是邀请我参加由600名牧师组成的在一个月后举行的研讨会，这个研讨会是由戴夫牵头的，我将在会中发言。用另一句话来说，我被吸收成为其中一员了，我为我的价值感到荣幸和责任重大。因为我的临床经验，以及我成功治疗了现役人员和退伍军人，我被多次邀请在大规模的军事场合中演讲。我感到的不仅仅是一种荣耀，同时还是作为战争时期被解放的囚犯应尽的道德义务。但戴夫的研讨会定在德国举行，而且不是在德国其他地方，是在贝希特斯加登（Berchtesgaden）。这是希特勒在巴伐利亚山脉撤退的地方。

- 第十七章
然后希特勒赢了

让我发抖的并不是从我办公室的散热孔吹进来的冷空气。不久后我就 53 岁了。我不再是那个逃离战火纷飞的欧洲并且父母双亡的年轻母亲。我不再是那个逃避过去的移民了。我现在是伊迪丝·伊娃·埃格尔博士。我已经活下来了。我一直在努力恢复。我用从痛苦的过去中学到的东西来帮别人疗伤。我经常被社会服务组织、医疗和军事组织邀请来治疗创伤后应激障碍（PTSD）患者。自从移居美国以来，我已经走了很远的路。但我从战后就没去过德国。

那天晚上，为了减少我对杰森如何处理与他妻子冲突的担忧，为了缓解我内心的不安，我在圣地亚哥给玛丽安娜打电话，问她我该怎么处理贝希特斯加登的事情。她现在是一位母亲，也是一位心理学家。我们经常就最具挑战性的病人互相探讨。就像杰森长时间握着枪的处境一样，现在摆在我面前的决定与我的孩子们有很大关系——与在我死后，他们会带着的那种伤口有关：是愈合的伤口，还是暴露在外的流血的伤口。

"我不知道，妈妈。"玛丽安娜说，"我想提议你去。你已经活下来了，现在你可以回去讲述自己的故事。这真是一个伟大的胜利。但是……你还记得我大学时寄宿家庭的朋友，那个丹麦家庭吗？他们回到奥斯维辛集中营，以为这会给他们带来和平，但它只是激起了所有内心的创伤。因为太压抑，他们回到家后心脏病发作死了，妈妈。"

我提醒她，贝希特斯加登不是奥斯维辛集中营。我更像是在希特勒过去的版图上，而不是我自己的。然而，即使是在埃尔帕索的日常生活也会引发我的回忆。我听到了警报声，我感到很冷。看到一个建筑工地周围有铁丝网，我就不能再待在那里。我看到蓝色的塑料布挂在栅栏上，就会被困在恐惧中。我在为我的生命而奋斗。如果这些普通的东西都可以触发我过往的创伤，并让它们复发，那周围都是说德语的人会是一种什么样的感觉呢？他们会想我是不是走在前希特勒青年团（Hitler Youth）中间，住过希特勒和他的顾问曾经住过的房间呢？

"如果你认为你能有所收获，那就去吧。我支持你。"玛丽安娜说，"但这必须是你愿意的。你不需要向别人证明什么。没有人强迫你去。"

当她这么说的时候，我马上就感到轻松了。"谢谢你，玛丽安娜。"我说。我很高兴，现在可以安心了。我已经为儿女完成了我的工作，同时也成长了，现在可以放手了。可以说我很荣幸受到了邀请，但我实在难以接受去贝希特斯加登。相信戴夫会理解的。

但当我告诉贝拉我决定拒绝邀请时，他抓住了我的肩膀。"如果你不去德国，那么希特勒就会赢得战争。"

这不是我想听的，觉得像是被人揍了一顿。但我不得不承认，他在一件事情上的想法是对的：让某人或某件事对你的痛苦负责，要比承担起结束自己受害者身份的责任容易得多。我们的婚姻教会了我，无论何时，当我对贝拉感到愤怒和失望时，都会把我的注意力从我自己的工作和成长中转移开，为自己的不开心而责怪他，比为我自己承担责任更容易。

我们大多数人都想有一位发号施令的人，这样我们就可以推卸责任，我们就可以说，"是你让我这么做的，这不是我的错。"但我们不能一辈子都在别人的保护伞下生活，然后抱怨自己被淋湿了。**受害者最好的定义是：你把注意力放在自身以外的其他人身上，把自己的现状归咎于别人，或者由其他人决定你的目标、命运或者价值。**

这就是为什么贝拉告诉我如果我不去贝希特斯加登，那么希特勒就会赢。他的意思是我正坐在过去的跷跷板上。只要我把希特勒，或者门格勒安排坐在对面的座位上，我总是有理由的，有借口的。这就是我焦虑和难过的原因，这也是我不能冒险去德国的原因。我感到焦虑、悲伤和害怕并不是错的。这并不是说我的生活中没有真正的创伤，并不是说希特勒、门格勒和其他所有暴力或残忍的罪犯不应该对他们造成的伤害负责。但如果我一直在跷跷板上，就要对过去发生的事情，对现在的选择负责。

很久以前，门格勒的手指确实决定了我的命运。他选择了我母亲的死，他选择了玛格达和我活下来。在每一支选择队伍上，赌注都是生与死，选择从来不是我做的。但即使在那时，在像地狱一般的监狱里，我可以选择我回应的方式；我可以选择我的行为、言论和思想，我可以选择是否走进带电的铁丝网，拒绝离开床；即使在恐怖和失败中，也可以想着埃里克的声音，我母亲的馅饼，玛格达在身边的支持，想着所有我要活着的理由。我离开这个"地狱"已经 35 年了。恐慌症是任何时候都会发作的，无论在白天或晚上，它们可以像困在希特勒的旧地堡里一样轻而易举地把我关在自己的客厅里，因为我的恐慌不是纯粹的外部原因造成的。它是我们内心的记忆和恐惧的一种表达。如果我能把自己流放在地球上的某个地方，把我害怕的那部分放逐出去，也许通过接近这一被放逐的部分，我可以学到一些东西。

我有什么可以留给我的后代呢？就在几个小时前，杰森面临着他人生的转折点——当他手里拿着枪，但并没有扣动扳机；当他考虑到他要留给孩子们的遗产；当他选择了用暴力以外的东西来解决问题的时刻。我有什么遗产可以留给我的后代呢？当我离开这个世界时，我将会留下什么呢？虽然我已经选择公开秘密、否认和羞愧，但我真的能与过去和平相处了吗？是否有更多的问题需要解决，才不会让更多的痛苦延续下去？

我想起了我母亲的母亲，她在睡梦中突然死去。因此我的母亲，她对童年丧母感到悲痛，从很小的时候就开始感到危机和恐惧，她把一种模糊的、早期的失落感传给了她自己的孩子。除了她光滑的皮肤，浓密的头发，深邃的眼睛；除了因为太年轻就失去了母亲而感到的痛苦、悲伤和愤怒，我还应该传给我的孩子什么呢？如果我回到给我造成创伤的地方去停止这个循环，去创造一种不同的遗产呢？

我接受了去贝希特斯加登的邀请。

• 第十八章
戈培尔的床

在电话里，戴夫·沃尔博士简单地介绍了我的行程。600 名随军牧师将参加临床牧关教育，就在位于巴伐利亚山顶的沃克将军酒店部队休闲中心，我将向他们发表演讲。这里曾经是希特勒党卫军军官休息和聚会的地方。贝拉和我被安排在附近的祖·吐尔根酒店（Hotel Zum Turken）入住，该酒店是为当时的希特勒内阁和外交使者准备的。1938 年，英国首相内维尔·张伯伦在此会见希特勒。他"奏凯而归"，并宣布自己"为我们的时代赢得了和平"。不料这只是希特勒的障眼法。这里也是阿道夫·艾希曼（Adolf Eichmann）向希特勒汇报"最终方案"的地方。希特勒的故居"鹰之巢"就坐落在不远处。

在场的都是一些康复专家。随军牧师将提供精神咨询和行为康复服务。戴夫告诉我，随军牧师需要接受为期一年的临床牧关教育，作为神学院课程的补充。另外，他们需接受心理学和宗教教义培训。戴夫正带领驻欧牧师进行为期一周的临床心理学静修，而我将发表主题演讲。

戴夫还跟我说了很多关于牧师和他们服务的士兵的事。他们不像我年轻时碰到的士兵，也不像我在威廉·博蒙特（William Beaumont）接待过的士兵。在这个相对和平的冷战时期，他们不用亲自上战场，不用每天面对暴力场面。但他们仍然时刻保持警惕，维护和平，准备战斗。在冷战时期，大多数士兵驻扎地都预置了导弹。安装了导弹的移动发射装置被隐藏在各个战略阵地。军人对无休止的战争威胁已经习以为常。午夜拉响的警笛可能是一场警戒演练，或者是敌人真的来了（就像奥斯维辛集中营里的淋浴设备，里面喷出的是水还是毒气，我们不得而知）。这些牧师需要满足士兵在精神和心理上的需要，尽最大的努力阻止战争的全面爆发，并为一切可能发生的事情做好准备。

"他们想听些什么？我要说些什么才能帮助他们呢？"我问道。

"希望，还有宽恕。如果牧师不说或者不懂这些，我们就无法胜任牧师的工作了。"戴夫说。

"为什么要我来说呢？"

"从神职人员或宗教学者那里听到的希望和宽恕是一回事。"戴夫解释道，"而你是为数不多的能够在被剥夺了一切，甚至因饥饿而濒临死亡的时候，依然紧握希望的人。我从未见过像你这样可信的人。"

一个月后，我和贝拉登上了从柏林到贝希特斯加登的火车。我觉得自己是世界上最不可信、最没有资格谈论希望和宽恕的人。我闭上双眼，倾听着梦魇的声音，那是车轮摩擦铁轨发出的声音。我看到了留着胡子的父亲，还有母亲凝视的双眼。贝拉握着我的手，他摸了摸玛丽安娜出生时他给我的那个金手镯。我们逃离普雷绍夫的时候，我把这个手镯塞进了玛丽安娜的尿布里。我每天都戴着这个手镯，它是胜利的象征。我们赢了，我们没死，并且开始了新的生活。贝拉安慰着我，手镯滑过我的肌肤，但这些并没有减轻我内心的恐惧。

同节车厢的一对德国夫妇与我们的年龄相仿。他们友好地把自己的糕点分给我们，那位女士还称赞我的衣服漂亮。17岁的时候我坐在一列开往德国的火车的车顶。我身穿单薄的条纹衫，在密集的炮弹袭击下，被迫当起了人肉盾牌，冒着生命危险保护纳粹党车厢里的弹药。要是他们知道这些会怎么说呢？当我在火车顶上颤抖的时候，他们在哪里呢？战争期间他们在哪里呢？当年我们行经德国城镇，他们是那些向我和玛格达吐口水的孩子吗？他们当时是希特勒青年团的成员吗？他们还缅怀过去吗？还是像我这样一直矢口否认？

我内心的恐惧变成一阵阵火辣的感觉，那是愤怒。我记得玛格达愤怒地说："战争结束后，我要杀死一个德国母亲。"她无法放下失去的东西，但她可以选择报复。有时候我能理解她对抗的欲望，但我无法理解她复仇的欲望。我会有一种自杀的冲动，但我从没想过要杀人。愤怒在我身上积聚，像飓风一样聚集着力量和速度。我离他们咫尺之遥，他们可能曾经压迫过我。我怕我会做出什么出格的事。

"贝拉，"我低声说，"我想我走得够远了。我想回家。"

"你曾经恐惧过，"他说，"接受它吧，接受它吧。"贝拉提醒我说。我也是这样认为的：这是疗伤的一个过程。你会否认那些伤害你、使你害怕的东西。你会不惜一切代价避开它，直到你找到接受它、拥抱它的方法。之后你就真正放下了。

到达贝希特斯加登后，我们乘坐了一辆往返巴士来到了祖·吐尔根酒店，现在这里还是一个博物馆。我试着忽略那段不堪回首的历史，抬头仰望这座雄伟的建筑和环绕四周的群山。遍布岩石的雪山让我想起了塔特拉山。我和贝拉第一次见面就在那里，当时他不情愿地陪我去了结核病医院。

进了酒店，当礼宾员称我们为埃格尔医生和埃格尔女士时，我和贝拉哈哈大笑。

贝拉说："是埃格尔医生和埃格尔先生。"

这家酒店就像一台时光机，将一切都带回了从前。进入房间，仿佛回到了20世纪三四十年代——厚厚的波斯地毯，没有电话。贝拉和我被分配到希特勒的宣传部长约瑟夫·戈培尔（Joseph Goebbels）住过的房间，连床铺、镜子、梳妆台还有床头柜都一如从前。我站在门口，内心无法平静。现在我站在这里，这意味着什么呢？贝拉摸了摸梳妆台还有床单，之后他走到窗前。历史是否像抓住我的头颅般抓住了他的头颅呢？我握住床柱，以免跪倒在地。贝拉转过身来看我。他眨了眨眼，哼起歌来。

这是……《希特勒和德国的春天》！这首歌是梅尔·布鲁克斯（Mel Brooks）的电影《金牌制作人》的主题曲。德国沉浸在欢乐的海洋里！

他在窗前跳起了踢踏舞，手里仿佛拿着一根手杖。1968年《金牌制作人》上映时，我和贝拉一起去看了，就在我们离婚的前一年。我周围的100多个人都笑了，贝拉笑得最厉害，但我却怎么也笑不出来。从心智上，我能理解这部作品的讽刺意味。我知道笑声能使人振奋，能使我们渡过难关，能治愈创伤，但我不能接受贝拉在此时此刻唱歌。我生他的气，不是因为他不够敏锐，而是因为他这么快就摆脱了痛苦。我必须得逃离。

我一个人出去散步。酒店大堂外，有一条小路通向伯格霍夫庄园，那里是希特勒的故居鹰巢城。我没有走那条路，这相当于承认希特勒的家以及他的存在。我并没有活在过去。我应该选择另一条路，走到另一个山峰，面向无垠的天际。

我并没有这么做。我总是赋予一个死去的人力量，使我无法有所发现。我为什么来德国？是要感受这种不适吗？还是看能从过去学到点儿什么？

我沿着砾石小路一直走。悬崖边上有一座不起眼的房子，那曾经是希特勒的府邸。现在房子只剩下一堵破旧的挡土墙，上面爬满了青苔、瓦砾，还有从地下探出的管子。我俯瞰山谷（我想希特勒当年也是这样做的）。希特勒的房子没了，美国大兵在战争的最后几天把它夷为平地。在此之前，他们把希特勒的葡萄酒和干邑洗劫一空。他们坐在阳台上，举杯痛饮，任由浓烟和火焰吞噬着身后的房子。房子没了，但希特勒呢？我还能感觉到他的存在吗？我想知道自己有没有恶心，有没有一种不寒而栗的感觉。我试图倾听他的声音，让人回忆起的仇恨，还有罪恶无情的召唤。但我什么也没有听到。我抬头看向山顶，在环绕的群山之巅，初春的融雪正化成涓涓细流，滋润着野花。我走在希特勒曾经走过的路上，但他已经不在了，而我在这里。这个春天不属于希特勒，但它属于我。厚厚的积雪已经消融，死寂的冬天已经过去。植物冒出了新芽，急流汹涌澎湃。在我的内心深处，总有一种钻心的痛，而现如今，另一种感觉正在萌生。冰封已久的大雪终于开始融化了。奔涌而下的雪水似乎在诉说,而我的内心也在诉说。"我还活着,"潺潺的溪流说道,"我成功了。"我的心里有一首凯歌,一点点地从我的心中、口中跃出,在天地间回荡。

"我放过你!我放过你!"我对着心中的悲伤喊道。

第二天早上,我在发表主题演讲时对牧师们说:"Tempora mutantur, etnos mutamur in illis(我们要与时俱进)。这是我小时候学的一句拉丁语。时代在变,我们也在变。我们总是在成长。"我邀请他们和我一起回到40年前,回到这个山村(也许就是这个房子)。当时,15个高学历的人在思考一个问题:这个烤炉可以放进多少个同胞。"人类历史就是一部战争史,"我说,"那里有残酷,有暴力,有仇恨,但人类从未像现在这样如此科学、系统地残杀同胞。我在希特勒恐怖的死亡集中营劫后余生。昨晚我睡在约瑟夫·戈培尔的床上。人们问我:你是如何学会忘记过去的?忘记?忘记?!我并没有忘记过去。每次殴打,每次轰炸,每个选择,每次死亡,每一缕直冲云霄的浓烟,每个我以为是终点的恐惧瞬间。这些都活在我的记忆里,活在我的噩梦里。过去并没有过去。我无法忘却,或者删除这段记忆。它在我心中永存。它给了我不一样的视角:**我活着是为了看到解放,因为我的内心充满了希望。我活着是为了看到自由,因为我学会了宽恕。**"

我告诉他们,怨恨和报复很容易,但宽恕从来都不容易。我给他们讲了我那些幸存的同伴,还有我在以色列遇到的勇敢的人们。提起宽恕,他们总是很痛苦。他们认为宽恕就是容忍,就是忘记。为什么要忘记呢?这难道不是让恶贯满盈的希特勒脱身吗?

我谈到了我的好朋友拉里·格莱斯顿，也谈到了他在战后数十年里第一次坦白自己的过去。在我离婚期间，我一度为钱而烦恼。知道这件事后，他打电话给我。他说他认识一位受理二战幸存者赔款案件的律师。他鼓励我这个幸存者勇敢地站出来，争取属于自己的东西。这无疑是很多人的选择，但我不能这样做。我感觉这些钱沾满了鲜血，仿佛我父母的人头成了明码标价的商品。这就好像与那些试图毁灭我们的人锁在一起。

把自己禁锢在过去的痛苦中是一件容易的事情，从好的方面来说，报复是无意义的。它无法改变曾经加诸我们身上的事，无法抹去那些错误给我们带来的痛苦，也无法让死者复活。**从坏的方面来说，报复使人在仇恨的泥沼中无法自拔，它会让仇恨一直循环往复，没有终点。当我们寻求复仇时，即使是非暴力的复仇，也会使我们在原地转圈，无法前进。**

我甚至觉得，昨天我来到这儿本身就是一种报复，一种因果报应，一种伤痕的沉淀。之后我从伯格霍夫的山崖向下俯瞰，我忽然醒悟，报复是不会让人得到自由的，所以，我今天站在希特勒故居的这块土地上，原谅了他，这和希特勒无关，这是我为自己做的，我曾经放逐自己，任由自己从心理上到精神上被希特勒禁锢。只要我被愤怒主宰，我就被他禁锢住了，被禁锢在受尽苦难的过去和自己的悲伤中。原谅是对已发生和未发生的事情感到悲痛的同时，放弃对过去的执念，去接受现在和过去的生活。我并不是说接受希特勒对600万民众的屠杀，只是事情既然已经发生了，我不想让已发生的事实再摧毁我拼尽全力抓住的生活。

牧师们站了起来，发出雷鸣般热烈的掌声。我站在舞台的灯光中，从未如此开心，如此自由。我以前从不知道原谅希特勒不是最难做的事情，最难原谅的人是我仍然要面对的那个人：我自己。

在贝希特斯加登的最后一晚，我难以入眠，头脑清醒地躺在戈培尔的床上。从门缝里透出一缕光，让我能看见旧墙纸上的葡萄藤缠绕着。时间在变，人也在变。如果我在改变，那么我会变成什么样子？

我在不确定中继续清醒着，试图打开自己的思绪，让直觉说话。不知为何，我想到了我听过的一个故事，是关于一个很有才的犹太男孩，一个艺术家的故事。有人告诉他可以去维也纳的艺术学校学习，但是他没有路费。他一路从捷克斯洛伐克走到维也纳，却仅仅因为他是犹太人，就连考试的资格都没有。他祈求道，他走了这么远，能不能起码让他参加考试？最后他们让他参加了，并且他也通过了考试。他非常有才华，尽管是犹太人血统，但还是被录取了。而当时坐在他旁边考试的男孩就是阿道夫·希特勒，他并没有被录取，而这个犹太男孩却被录取了。这个男孩后来离开欧洲定居在洛杉矶，他一生都生活在内疚中，他认为如果希特勒没有经历这次失败，没有败给一个犹太人，或许他就不会把犹太人当作替罪羊而赶尽杀绝了。就像被虐待或者父母离异的孩子一样，我们总是会找到一个理由去责怪自己。

这样的自责在伤害我们自己的同时也在伤害他人。我记得一年还是几年前有一个病人，我给他和他的家人做过短暂的治疗。他们坐在我的面前，就像是一堆被丢弃的游戏拼图碎片一样：穿着华丽制服的上校表情让人害怕；金发碧眼的妻子很安静，瘦得感觉锁骨都能从白色衬衫中戳出来；女儿十几岁，染过的黑发乱蓬蓬的像个鸟窝，并画了黑色的眼线；儿子8岁，在静静地看一本摆在膝盖上的漫画书。

上校指着她的女儿说道："看看她，一团糟，她是个瘾君子，不遵守规则。她跟妈妈顶嘴，让她回家也不回，简直没法再和她住在一起了。"

"我们听过你的说辞了，现在听听利亚怎么说。"我说道。

仿佛是为了配合她父亲的控诉一般，利亚开始讲述她的周末。她在一个派对上和她的男朋友发生了关系，那里有未成年人在喝酒，她还吸了大麻，在那儿待了一整夜。她把细节都列举出来，仿佛很开心。

她的妈妈眨了眨眼，啃咬着整齐的指甲，而他的爸爸脸涨得通红，从旁边的椅子上站了起来，居高临下地看着她，晃着拳头。"看到了吧，简直难以容忍。"他咆哮道。女孩子看到的是父亲的愤怒，我却觉得他心脏病都要发作了。

"你看吧，我也是受不了了。"利亚转了转眼珠子，说道，"他压根儿就不打算理解我，他从来不听我说什么，只是让我听他的。"

她的弟弟更用力地盯着漫画书，仿佛这样就能让自己远离家庭的战争，进入精彩的书本世界。在书中，善就是善，恶就是恶，界限分明，好人最终总是会赢。他是家里话最少的一个，但是我感觉到他会有最重要的话说。

我告诉这对父母，我将和他们度过接下来的时间，并让孩子们离开房间。我将利亚和弟弟带到隔壁办公室，给了他们画纸和笔，并安排了一项任务，这个任务应该可以帮助他们释放刚才跟父母在一起的紧张情绪。我让他们画一幅关于他们家庭的画，但是不要画人。

我回到这对父母的房间。上校正在对他的妻子大喊大叫。他的妻子看起来很消瘦,快飘起来了,我怀疑她有早期饮食障碍。如果我直接问她一个问题,她总是会听从丈夫的。每个家庭成员都把自己封闭起来。从他们的相互指责和自我隐藏中,我能感觉到他们内心的痛苦,但是在试图让他们接近痛苦的根源时,简直就像是让他们互相开火或者更加疏远。

"我们刚刚谈过孩子们的情况了,"我打断上校说道,"那么你的情况是怎么样的?"

利亚的妈妈看向我,她的父亲冷冷地看了我一眼。

"作为父母,你们的目标是什么?"

"教他们如何在这个世界变成强者。"上校说道。

"请问你做得怎么样了呢?"

"我的女儿是个荡妇,儿子是个胆小鬼。你觉得呢?"

"我看到了,你女儿的行为让你惊慌。那么你的儿子呢,他怎么让你失望了?"

"他太弱了,很容易退让。"

"举个例子。"

"当我们一起玩篮球时,他总是输不起。他根本不想去赢,只是走开而已。"

"他是个男孩子,比你小得多,如果你让他赢呢?"

"这能教会他什么?难道世界会因为你软弱就让着你吗?"

"教孩子的方式有很多,你可以轻轻推动一下,让他走得更远,施展他的能力,而不是踢他一脚。"

上校冷冷地哼了一声。

"你希望在孩子们的心目中你是怎样的父亲？"

"主宰者。"

"像个英雄或者领导者？"

他点点头。

"那么你觉得事实上孩子们是怎么看你的呢？"

"他们觉得我是个该死的娘儿们。"

之后我把这一家人叫到一起，让孩子们展示他们画的家庭画像。利亚在纸的正中央画了一个正在炸开的巨大炸弹。她的弟弟则画了一只恶狠狠的狮子和三只瑟瑟发抖的小老鼠。

上校的脸又一次涨红了。他的妻子则低头看着自己的膝盖。他看着天花板，张口结舌。

"告诉我你现在是怎么想的？"

"我搞砸了这个家，不是吗？"

我几乎以为再也不会见到上校或者他的家人了，但是没想到一个星期后，他邀请我参加了一个私人聚会。我让他说说看到孩子们的画感觉怎么样。

"如果我的孩子们连我都怕，那他们如何在这个世界上自处？"

"你为什么会觉得他们保护不了自己呢？"

"利亚无法拒绝男孩子和毒品，路比面对欺凌不敢反抗。"

"那么你呢，你能保护自己吗？"

他挺起胸膛，让奖章在阳光下闪闪发光。"这就是我能保护自己的证据。"

"我不是说在战场上，我是说在家里。"

"我觉得你不理解我现在的压力。"

"怎样才能让你觉得安全?"

"不是安全的问题,如果我不去管理,就会有人死亡。"

"这就是你所感受到的安全吗?在你的守护中就不再害怕有人受伤?"

"这不是害怕。"

"告诉我你是怎么想的。"

"我想你不会愿意听。"

"这不用你担心。"

"你不会懂的。"

"是的,没有人会对另外一个人完全感同身受。但是我可以告诉你,我也曾经被囚禁在战争的牢笼里。不管你告诉我什么,我可能都听过,甚至亲眼见过更坏的场景。"

"在军队中,不是杀人就是被杀。所以当我收到命令时,我并不会质疑。"

"你接到命令时人在哪儿?"

"维也纳。"

"在家里还是外面?"

"在空军基地,我的办公室里。"

当他把我带入过去时,我审视着他的肢体语言,注意着他的精神以及他激动的样子,然后发现我们谈得太远太快了。他闭上眼睛,看起来像是陷入了沉思。

"你当时是坐着还是站着?"

"接到电话时我是坐着的,但是我很快就站了起来。"

"谁的电话？"

"我的长官。"

"他说了什么？"

"他将我的兵安排进树丛，参加营救计划。"

"听到这个命令你为什么站起来了？"

"我觉得热，我的胸口发紧。"

"你当时在想什么？"

"我想到他们是不安全的，会被袭击。如果我们去那片丛林，我们需要更多的空中力量支持，但是事实上他们并没有给我支援。"

"你当时急坏了吗？"

他的眼睛猛然睁开，"当然急坏了。他们让我们去那儿，对付世界上最强壮的一波美国人，毫无胜算。"

"你并不想打仗。"

"他们骗了我们。"

"你觉得被背叛了。"

"是的，背叛。"

"你接到命令，让你的军队去营救的那天，发生了什么？"

"是在晚上。"

"那天晚上发生了什么？"

"告诉你吧，那是一场埋伏。"

"你的人受伤了？"

"非要我说出来吗？他们死了，他们都在那晚死了。是我，我让他们去的，他们信任我，而我却让他们去送死。"

"战争就意味着死亡。"

"你知道我是怎么想的吗？死很容易，而我却活着，每天想着那些父母埋葬他们的儿子。"

"你只是听从命令。"

"但是我知道命令是错的，我知道那些士兵需要更多的空中力量支持，可是毫无办法。"

"为了做上校你放弃了什么？"

"什么意思？"

"你选择做一名士兵和一个军官，走到这一步，你放弃了些什么？"

"我不得不为此经常远离家庭。"

"还有呢？"

"当有6000名士兵将他们的生命交给你的时候，你没有资格害怕。"

"你需要放弃你的感情，不让别人看见你的真实情绪。"

他点了点头。

"你刚才说，死很容易。你曾经希望自己已经死了吗？"

"每时每刻。"

"是什么阻止了你？"

"我的孩子们，"他的脸痛苦地扭曲起来，"但是他们觉得我是个怪物，没有我可能会更好。"

"你想知道我是怎么想的吗？我认为孩子们跟你在一起更好，你是一个让我理解和敬佩的人，你敢于说出你的恐惧，勇于原谅和接受自己。"

他沉默了。或许这是他第一次试着让自己从过去的愧疚中解放出来。

"我不能帮你回到过去拯救你的士兵,我也不能确保你的孩子们的安全,但是我可以帮你保护你自己。"

他紧紧盯着我。

"但是要拯救自己,你得放弃你认为的自己应该有的样子。"

"希望能行吧。"他说道。

没多久,上校和他的家人们被安排离开了埃尔帕索。我不知道他们会怎样,只能深深地祝福他们一切都好,但是为什么我这个时候想起来他们呢?他们的故事和我有什么关系?是上校的愧疚和自责引起了我的注意。我的记忆是关于我做过的事,还是未做的事?从1945年美国大兵解救我开始,我就结束了监禁。我摘下了我的面具,学会了感受和表达,不再压抑我的恐惧和悲伤。我学会了表达和释放愤怒的情绪,并且回到这个压迫者的老家。我甚至原谅了希特勒,即使只是在今天。但是我心中有个黑暗的结贯穿全身——这是一种挥之不去的罪恶感。我是受害者,不是害人者,为什么我要觉得我有错呢?

另外一个病人忽然浮现在我的脑海中。她已经71岁了,家人长期关注着她。她表现出了临床抑郁症的所有症状:嗜吃嗜睡,与儿女和孙辈们隔离。当她和家人互动时,她总是很愤怒,以至于孙辈们都很怕她。有一回我在他们的城市讲课,课后她的儿子找到我,问我能不能抽出一小时去见一下他的母亲。开始我并不知道我去见她一次能有什么作用,直到她的儿子告诉我,他的母亲和我一样,在16岁时失去了自己的母亲。我不禁对这个陌生的女人产生了同情。触动我的是,我其实也很可能会像她一样,而且事实上我也差点儿跟她一样，我当时迷失了自我，远离了那些最爱我的人。

他的母亲，玛格丽特（Margaret），那天下午来到我所住宾馆的房间里。她穿得很讲究，但是我感觉她对我充满敌意。她絮叨着抱怨自己的身体状况，抱怨她的家人们，她的管家，邮递员，邻居，街上女子学校的女校长，仿佛生活的边边角角都是不公平和不方便。一个小时很快过去了，她一直沉浸在生活的小灾小难中，我们并未触及她更深的悲伤。

"你的妈妈埋在哪儿？"我突然问道。

玛格丽特瞬间躲开，仿佛我是一条龙，对着她的脸喷了一口火。"在坟墓里。"她最后恢复了镇定，说道。

"在附近吗？"

"就在这个镇上。"她说。

"你的妈妈现在需要你。"

我没有给她拒绝的机会，叫了辆出租车。我们坐在车里，看着窗外潮湿繁忙的街道。她不停地批评其他司机，或者批评交通灯的速度，商店的服务质量，甚至于别人的伞的颜色。我们穿过墓地的大铁门，周围的树木葱葱郁郁，一条鹅卵石小道通往死者的墓地。天开始下雨了。

"就在那儿。"玛格丽特终于说道，她指着泥泞山丘上的一堆墓碑，"现在能告诉我来这儿做什么吗？"

我说："你知道吗？只有留下来的人能够全心拥抱生活了，妈妈才能安息。"我让她脱了鞋子和袜子，光脚站在妈妈的坟墓前，直接跟妈妈接触，这样她就能安息了。

玛格丽特从出租车里走出来，站在被雨淋湿的草地上。我给了她私人空间，她只回望了一眼，我不知道她会对妈妈说些什么。我只知道她光脚站在妈妈的坟前，用裸露在外的皮肤与这块儿意味着失去和悲伤的土地紧紧相连。当她回到出租车上的时候，依然光着脚，小声抽泣着，然后陷入了沉默。

后来我收到一封玛格丽特儿子的信，信的内容是美好的：我不知道你对我的母亲说了些什么，但是她和以前不一样了。她现在变得安详而快乐。

这是一个奇幻而幸运的经历。我的本意是帮她重新定义她的经历——将她的问题转化成一个机会，一个能帮助她母亲获得自由的机会，从而最终帮到她自己。现在我已经回到了德国，我想这可能也适合我，赤裸着皮肤，与这块意味着失去和悲伤的土地紧紧相连、接触，然后释然。这是匈牙利式的驱邪。

清醒地躺在戈培尔的床上，我意识到我需要和玛格丽特一样，去完成一个我毕生未曾完成的悲伤的仪式。

我决定回到奥斯维辛集中营。

• 第十九章
留下一块石头

我无法想象在去地狱的路上没有玛格达的陪伴会是怎样。"今晚请飞到克拉科夫（Kraków）吧，跟我一起回奥斯维辛集中营。"第二天早上，我在祖·吐尔根酒店的大厅里打电话给玛格达，向她乞求道。

没有她我将活不下去。除非她在我的身边，牵着我的手，否则我现在回到监狱就没法活下去。我知道不可能再回到过去，不可能再做回以前的自己，不可能再拥抱母亲，哪怕只是一次。没有什么能改变过去，改变我的现在，改变父母的遭遇和对我造成的伤害。不可能再回到从前，我知道这一点。但我不能忽视这样一种感觉：在我以前的监狱里，有些东西一直在等着我，让我发现和弥补失落已久的部分。

"你以为我是某种疯狂的被虐狂吗？天啊！为什么要回去？为什么要回去？为什么要这样做？"玛格达说。

这是一个公平的问题，我是在惩罚自己吗？是在揭开自己的伤疤吗？也许我会后悔的。但我想如果我不回去，我会更后悔。无论我用哪种方法去说服她,都被拒绝了。玛格达选择了永远不再回到那里,我尊重她的意愿。但我会做出不一样的选择。

在欧洲的时候,贝拉和我收到了玛丽安娜在哥本哈根的寄宿家庭的邀请。我们将按计划从贝希特斯加登出发继续我们的路程。

我们去萨尔茨堡(Salzburg),参观在罗马教堂废墟上建造的大教堂。它已经被重建了三次。我们知道最近一次是在战争期间,被一颗炸弹炸毁了中央穹顶后重建的。目前已经看不出任何曾经遭受过破坏的痕迹了。"跟我们一样。"贝拉拉着我的手说。

从萨尔茨堡出发,沿着玛格达和我在重获自由前跟随着囚犯队伍走过的路,前往维也纳。我看到路两旁的沟渠,想象着曾经看到过的情景,里面的尸体多得都溢出来了。我看着被夏天的青草覆盖着的沟渠,就像当年的样子。我知道过去不会玷污现在,现在也不会抹杀过去。时间是媒介,时间是我们旅行的轨道。火车经过林兹(Linz),再经过韦尔斯(Wels)。我就是那个背部受伤,重新学写大写字母G,又重新学会了跳舞的女孩。

我们在维也纳过夜,那里离罗斯柴尔德医院(Rothschild Hospital)不远,当年我们第一次住在那里,等待我们的赴美签证。我后来了解到,我的导师维克多·弗兰克尔(Viktor Frankl)在战前就是那家医院的神经科主任。第二天早上,我们上了另一列向北的火车。

我想贝拉会认为我回到奥斯维辛集中营的意愿会慢慢减弱的。在哥本哈根(Copenhagen)的第二天早上,我向朋友们询问去波兰大使馆的路。他们就像之前玛丽安娜警告的那样:他们的大屠杀幸存者朋友参观完集中营之后不久就死了。他们恳求道:"不要再伤害自己了。"贝拉看起来也很担心。我提醒他:"希特勒没赢。"

我认为选择回去已经是最大的障碍了。而通过波兰大使馆，贝拉和我了解到波兰各地都爆发了工人暴动，大使馆已经停止向西方人发放旅行签证。贝拉本来准备安慰一下我的，但被我赶走了。我感觉有一股像当初在普雷绍夫牵引着我拿着钻石戒指走向监狱的监狱长的力量；在维也纳，通过妹夫假扮成我的丈夫完成了体检官体检要求的力量。在我的生命当中以及整个治疗过程中，我所经历的一切让我坚信，现在不再有任何可以阻挡我的障碍了。

"我是大屠杀的幸存者，奥斯维辛集中营的囚犯。我的父母和祖父母都死在那里。我一直在为生存奋斗。请不要再让我在失望中等待了。"我告诉大使馆的工作人员。我没注意到的是，在这一年里，波兰和美国的关系会如此恶化，在接下来的十年里，两国一直处于冷战状态，这实际上是我们一起去奥斯维辛集中营最后的机会了。在当时我只知道不能让自己有后路可走。

工作人员面无表情地看了看我，离开柜台，又回来了。"你的护照，享受波兰之旅吧。"他说，并在我们蓝色的美国护照中插入了有效期为一周的波兰旅行签证。

让我感到害怕的时刻来临了。在去克拉科夫的火车上，我感到自己处于煎熬之中；我正面临着一个临界点；我将在那里被瓦解和灼烧，这种恐惧本身就可能把我烧成灰烬。就在这里，就在现在。我试图用理性去寻找其中的原因，每走一公里，我的身体就像被剥了一层皮似的。估计到达波兰时，我将再次成为一具骷髅。我真希望自己不仅仅只剩下一副骨头。

"我们在下一站下车，去奥斯维辛并不重要。我们回家吧。"我对贝拉说。

"伊迪丝,你会没事的。它只是一个地方,不会伤害到你的。"他说。

我默默地待在火车上,看着火车一站一站地开过,经过柏林,再经过波兹南。我突然想起了汉斯·塞利博士(Dr. Hans Selye),一个匈牙利人,他说过:压力是身体对渴望改变做出的反应。我们本能的反应是战斗或逃跑——但在奥斯维辛,我们承受的不仅仅是压力,我们生活在痛苦之中,生死攸关,永远不知道接下来会发生什么,我们没有选择战斗或逃跑的权利。如果我还击的话,就会被枪毙;如果我逃跑的话,就会触电身亡。所以我学会了心流,学会了保持现状,学会了让我唯一剩下的东西继续成长。寻找我的内心,那是纳粹永远不可能谋杀的,寻找并维系最真实的自我。也许我没有失去皮肤,也许我只是在伸展,扩展到我自己的每一个方面,包括我的现在和将来。

当我们痊愈时,我们拥抱真实和美好的自我。我有一个肥胖的病人,每次她看到镜子中的自己或者称重时,她会自虐地称自己为一头恶心的母牛。她认为丈夫对她很失望,孩子也觉得她令人尴尬,爱她的人应该面对更好的她。她首先必须爱现在的自己才能成为心目中的自己。我们坐在办公室里,我让她挑选身体的一个部位——脚趾,手指,腹部,脖子,下巴——并用充满爱意的方式描述它。它看起来像这样,感觉像那样,它漂亮是因为……开始时我们很尴尬,甚至很痛苦。但对她而言,与其花时间专注在自己的外表上,还不如自我诋毁,后者对她来说更容易做到。我们进行得很慢很温和。我留意到了一点儿微妙的变化。有一天她围着一条漂亮的新围巾来见我。还有一天,她做了足疗。另一天,她告诉我,她打电话给她疏远的妹妹。还有一次,她发现自己喜欢在女儿踢足球的公园里散步。尝试着爱自己的身体，她发现她生活得比以前快乐多了，她觉得更轻松了，并开始减肥。释放始于接受。

要治愈创伤，我们就必须接受黑暗，用自己的方式穿过幽暗的山谷走向光明。我曾和一位越战老兵一起工作，他绝望地回到家乡，想要恢复战前的生活，但他是带着身体和心理上的创伤回来的：他显得那么无能为力，找不到工作，妻子也离开了他。当他寻求我的帮助时，已经陷入了离婚的争吵之中，觉得自己活得不像一个男人。我给了他我所有的同情，但他被困住了，全身满是怨恨，就像被困在流沙之中。我觉得无力帮助他摆脱困境。我越想用爱将他从绝望的深渊里拉回来，他就越沉下去。

万不得已，我决定尝试催眠疗法。我让他回到失去一切之前，回到战争中，那时他是一名轰炸机飞行员，掌控着一切。在他的催眠状态下，他告诉我，"在越南，我想喝多少就喝多少。我想怎么干就怎么干，我想杀多少人就杀多少人！"他满脸通红，尖叫着。在战争中，他杀的不是人，杀的是"东亚人"，就像纳粹在集中营里觉得自己不是杀人一样，只是在根除一种癌症的毒瘤。战争给他带来了创伤，改变了他的生活，然而他却错过了战争。在这场战争中，他失去了与敌人作战时所获得的权力优越感——超越了另一个国家，超越了另一个种族，他感觉自己是无懈可击的。

我无条件的爱对他一点儿用处都没有，因此我允许他表达悲伤的、强大而黑暗的、没机会再展示的那一面。我不是说他需要再次杀人才能痊愈。我的意思是：为了摆脱受害者的身份，他需要接受他的无能和他的权力丧失；他受伤和被伤害的方式；他的骄傲和耻辱。**摆脱困境的唯一解药就是真实的自我**。

也许治愈不是为了抹去疤痕，甚至是为了制造疤痕。治愈就是爱惜我们的伤口。

我们到达克拉科夫时已经是下午 3 点左右了。我们今晚将睡在这里，并尝试睡着。明天我们就要乘出租车去奥斯维辛集中营了。贝拉想要游览旧城，而我关注的是中世纪的建筑。我的脑子里充满了期待——一种既期待又害怕的奇怪感觉。我们在圣玛丽教堂外停了下来，听到喇叭播放着音乐《快点儿》，每一小时都是巅峰时刻。一群男孩互相推搡着，在我们身边经过，大声地用波兰语开玩笑，但我感觉不到他们的欢乐，我只有焦虑。这些比我的孙子大一点儿的年轻人提醒我：下一代将很快长大。我们这一代人是否已经教会了年轻人足够多的东西来防止另一场大屠杀的发生呢？还是我们来之不易的自由会在新的仇恨之海中倾覆呢？

我有很多机会可以感化年轻人——我自己的孩子和孙子，以前的学生，我在世界各地演讲的听众以及个别病人。在返回奥斯维辛集中营的前夕，我对他们的责任特别重大。我回去不仅仅是为了我自己，也是为了能够把我的力量传播给所有人。

我是否具备这种改变现状的能力呢？我能将我的力量而不是我的损失传递下去吗？我传递的是我的爱而不是我的恨吗？

我以前试过，法官把一名参与汽车盗窃案的 14 岁男孩交给了我。那个男孩穿着棕色的靴子和一件棕色的衬衫，把胳膊肘靠在我的书桌上。他说："美国是时候再次受白人统治了。我要杀了所有的犹太人、黑人、墨西哥人和中国人。"

我听了都想呕吐了，强迫自己不要跑出房间。这是什么意思？我想大喊，想摇醒那位男孩，你以为你在跟谁说话呢？我亲眼看着我妈妈走进毒气室。我有足够的理由教训你。也许我的工作是要让他走回正道上，把他的仇恨消灭在萌芽状态。我能感觉到一股正义的力量急速升起。生气的感觉真好，生气比害怕好多了。

但后来我听到了来自内心的声音："找出你内心的偏见。"那个声音说。"找出你内心的偏见。"

我试图让那个声音安静下来。我列出了我是一个偏执者这一概念的许多相反意见。我身无分文来到美国。我曾经和其他非裔美国工人站在一起，共同进退。我和马丁·路德·金博士（Dr. Martin Luther King Jr.）一起为结束种族隔离游行。但那个声音坚持说：找出你内心的偏见。在你身上找到评价别人、给别人贴上标签、贬低别人的人性、小看别人的部分。

这个男孩对荒谬的"美国纯洁论"继续咆哮着。我整个人都在不安地颤抖着，挣扎着想要摆动我的手指，摇晃我的拳头，让他为他的仇恨负责——而不是为我自己的仇恨负责。这个男孩没有杀害我的父母，我压抑的爱无法征服他的偏见。

我祈祷有能力以爱迎接他。我唤起了所有无私的爱的形象，想到了科里·腾·布姆（Corrie ten Boom），一个正直的异教徒。她和她的家人为了反抗希特勒，把数百名犹太人藏在家里，结果自己被关进了集中营，就连她的妹妹也死在了她的怀里。在拉文斯布吕克集中营的所有囚犯被处决的前一天,科里因一个笔误而被释放了。战争结束几年后，她在营地遇到了一个最恶毒的守卫，她妹妹就是他害死的。她本可以朝他吐口水，恨死他，咒骂他。但她祈求有力量原谅他，于是她握着他的手。她说，在那一刻，前囚犯紧握着前狱警的双手，她感到了最纯洁、最深切的爱。我努力在自己的心中找到那种拥抱，那种同情，让眼睛充满善意。我想知道这个有种族歧视的男孩是否可以被送到我身边，这样我就可以学习付出无条件的爱。在这一刻我还有哪些机会？要如何做出正确的选择才能让我朝着爱的方向前进呢？

我有机会爱这个年轻人，仅仅是为了他，为了他独特的存在和我们共同的人性，欢迎他说任何话，感受他的感觉，而不害怕被评判。我想起了在布利斯堡（Fort Bliss）暂住一段时间的一个德国家庭，那个女孩如何爬上我的膝盖，叫我奶奶——战后我和玛格达和其他狱友一起走过这个德国小镇时，孩子们朝我们吐口水。当时我梦想着有一天德国孩子应该知道他们没有必要去憎恨我，这个孩子小小的祝福就是我梦寐以求的答案。在我有生之年，这一天终于到来了。我想起我读到的一项统计数据，美国白人至上主义团体的大多数成员在10岁之前就开始生活在单亲家庭。他们是迷失的孩子，在寻找身份，寻找一种感觉力量的方式——感觉自己很重要。

于是我打起精神，尽我所能充满爱意地看着这个年轻人。我说了几个字："告诉我多一些。"

在他第一次来访时，我没有多说什么，只是认真地聆听，但他的言语竟然引起了我的共鸣：他很像战后的我。我们两个都失去了父母——他被父母所忽视和遗弃，而我的父母已经死了。我们都认为自己是受到伤害的对象。通过观察他的脆弱和他渴望归属感和爱，我放弃了我对他的评判，不会要求他相信每个人都是不同的。为了能够接受他和爱他，我允许自己超越自己的恐惧和愤怒，我可以给他一些他的棕色衬衫和棕色靴子不能给到他的——一个展示自己价值的真正形象。那天他离开我的办公室时，他依然对我的故事一无所知。但他看到了仇恨和偏见之外的另一种选择，不再谈论杀戮，并对我露出了温柔的微笑。我已经承担了责任，我没有让敌意和责备持续下去，我没有向仇恨低头，没有说：你对我太过分了。

现在，在我回到奥斯维辛集中营的前夕，我提醒自己，每个人心中都有一个阿道夫·希特勒和一个科里·腾·布姆。我们有能力去恨，也有能力去爱。我们达到哪一个目标——我们内心的希特勒，还是内心的科里·腾·布姆，取决于我们自己。

早上，我们雇了一辆出租车送我们去奥斯维辛集中营。在车上，贝拉和司机闲聊他的家庭和孩子。我看着当年没见过的景色，当我16岁时，一辆昏暗的牛车将我送到了奥斯维辛集中营。农场、村庄、庄稼，生活还在继续，就像我们被囚禁在那里时，生活就在我们身边。

司机让我们下了车，贝拉和我又孤单地站在以前的监狱前。锻铁招牌上隐隐约约可以看到：劳动给人带来自由。一想到这些话给了我父亲希望，我的腿就发抖。他认为，我们会一直工作到战争结束。它只会持续一段时间，然后我们就自由了。劳动给人带来自由。这些话让我们保持冷静，直到毒气室的门锁住了我们所爱的人，直到恐慌是徒劳的。然后这些话变成了每时每刻的讽刺，因为在这里没有什么可以让你自由，死亡是唯一的解脱。因此，甚至自由的观念也变成了另一种绝望的形式。

草长得很茂盛，到处种满了树。但天上的云像是和骨头一样的颜色，在它们下面是人造的建筑物，许多建筑甚至已经成为废墟了，却依然是周围的主要风景。栅栏连绵不断。还有一大片摇摇欲坠的砖砌营房和光秃秃的长方形空地，过去的建筑就坐落在这里。荒凉的水平线条——营房、栅栏、塔——依然竖立在那里，但已经没有生命的迹象了。这里就是系统性地折磨我们、残杀我们，让我们成为数字代号的地方。然而在那地狱般的几个月里，这里却成了我的家。有一件萦绕在我心头的事情：我没有看到过鸟，也没有听到过鸟叫的声音。这里没有鸟，即使是现在。天空没有飞翔的翅膀，没有它们的歌声，大地显得更加幽深。

　　游客慢慢聚集起来，我们的行程开始了。我们是 8 到 10 人的一个小组。在沉重的气氛下，我觉得周围是死一般的寂静，就连呼吸也几乎停止了。在这个地方所犯下的恐怖罪行是无法估量的。当大火燃烧的时候，我就在燃烧着的尸体的恶臭中生活、工作和睡觉，我甚至都无法思考。展览者绞尽脑汁试图记录所有的数字，并把混杂堆积的东西组装起来，向游客们展示——从即将死去的人手中夺过来的箱子、碗、盘子和杯子，成千上万副眼镜堆放在一起就像一个超现实版的风滚草。还有用爱之手编织而成的婴儿衣服，但那些婴儿后来并未成为孩子、女人或男人。一个 20 米长的玻璃盒子里装满了人的头发。据统计：每次有 4700 具尸体被火化，75000 名波兰人死去，21000 名吉卜赛人死去，15000 名苏联人死去。这些数字越来越多。我们可以用等式来计算——计算出超过 100 万人死于奥斯维辛集中营。我们可以把这个数字加到欧洲的数千个死亡集中营里的死者名单上，加到那些在被送去死亡集中营之前的路上就被丢弃在沟渠里或河里的尸体名单上。但目前还没有一个等式能够完全统计出由此造成的损失总额。没有任何一种语言可以解释这个系统性屠杀工厂的非人性行为。就在我所在的地方，有上百万人被谋杀，是世界上最大的墓地。在数以百计、数以千计、数以万计、数以百万计的死者中，在所有打包好然后被迫放弃的财物中，在所有绵延数公里的围墙和砖墙中，另一个数字若隐若现，是 0。在这个世界上最大的墓地里，没有一个坟墓，只有一片空地，那些火葬场和毒气室在解放前就已经被纳粹匆匆摧毁，我父母死去的地方成了一片光秃秃的土地。

参观完男子营地后，我还要去比克瑙，到囚禁女人的营地那边，这就是我来这里的原因。贝拉问我要不要他跟我一起去，我摇摇头，这最后一段旅程，我必须独自完成。

我在入口处离开了贝拉，回到了过去。扬声器里播放着音乐，这是一种节日气氛的声音，与荒凉的环境形成鲜明的对比。"你看，"我父亲说，"那不可能是一个可怕的地方。我们只会干一点儿活，到战争结束我们就可以离开了。这是暂时的，我们能挺过来。"他加入他的队伍，向我挥手致意。我向他挥手了吗？哦，记忆告诉我，我在父亲去世前有向他挥手。

母亲挽着我的胳膊。我们肩并肩走着。"扣上你的外套。"她说，"站直。我又回到了我一生的大部分时间里内心都在凝视的画面：三个穿着羊毛衫、手挽着手、饥肠辘辘的女人站在一个荒凉的院子里。我的母亲、我的姐姐和我。

四月的清晨，我穿了一件外套，我很苗条，平胸，我的头发盘在后面，戴着围巾。我妈妈又骂我要站得直一点儿。"你是女人，不是孩子。"她说。她的唠叨是有目的的。她希望我 16 岁以后的每一天都能看得起自己。我的生存取决于它。

然而，在生命中，我无论如何也不会放开母亲的手。卫兵指指点点，推搡着。我们在队伍中慢慢前进。我看到门格勒就在前面，他那沉重的眼神，咧嘴笑时露出的带着缝隙的牙齿，就像一位热心的主人在指挥队伍。"有谁生病了？超过40了吗？没到14岁吗？向左走，向左走。"他关切地问道。

这是我们最后分享话语的机会，我们分享着沉默和拥抱。这次的参观我知道已经结束了。但我还是觉得不够。我只想让妈妈看着我，安抚我；看着我，眼睛不要离开我。是什么让我一次又一次地希望拉着她的手呢？这可能就是我需要的。

现在轮到我们了。门格勒医生抬起手指。"她是你母亲还是你姐姐？"他问道。

我紧紧抓住妈妈的手，玛格达抱着她的另一边。虽然我们都不知道被送到左边和右边有什么不同意义，但母亲用直觉告诉我，我需要让自己看起来比实际年龄大才能活着通过第一次的选拔。她的头发是灰色的，但她的脸和我的一样光滑，完全可以冒充我姐姐。但我不知道哪个词可以保护她："母亲"还是"姐姐"，一点儿也不知道。我只觉得我体内的每一个细胞都爱她，都需要她，她是我的母亲，我的母亲，我唯一的母亲。所以我说了那个词，我的余生都在努力把这个词从我的意识中驱逐出去，这个词我直到今天才让自己记住。

"母亲。"我说。

这个词一从我嘴里说出来，我就想把它吞回到喉咙里去。我意识到这个问题的重要性，但已经太晚了。她是你母亲还是你姐姐？"姐姐，姐姐，是姐姐！"我想尖叫。门格勒把我母亲指到左边。她跟在小孩、老人、孕妇和怀抱婴儿的母亲后面。我跟着她，不让她离开我的视线。我开始向妈妈跑去，但门格勒抓住了我的肩膀。"你很快就会见到你的母亲了。"他说。他把我推到右边，和玛格达一起到另一边去，保留了我的生命。

"妈妈！"我大声喊道。我们又分开了，在记忆里我们就像往常生活中一样，但我不会让记忆成为另一个死胡同。"妈妈！"我说。我不会满足于只看到她的后脑勺，我必须看到她满脸的阳光。

她转过身来看着我，在和其他死刑犯一起的队伍长河中，她显得那么安静。我感觉到了她的光彩，她的美不仅仅是普通的美，而且是常常隐藏在自己的悲伤和不满之下的美。她看见我在看着她，她笑了。那是一个小小的微笑，一个悲伤的微笑。

"我应该说'姐姐'！"为什么我没说"姐姐"呢？我多年来一直在呼唤她，请求她的原谅。这就是我回到奥斯维辛集中营希望得到的东西。我希望能听到她说，在我的认知内我已经尽力做到最好了，我做了正确的选择。

但她已经不可能这么说了，即使她说了，我也不会相信。我可以原谅纳粹，但我怎么能原谅自己呢？我愿意重来每一次对队伍的选择、每一次淋浴、每一个冰冷彻骨的夜晚、每一次致命的点名、每一次充满烧焦味的呼吸和每一次濒临死亡或者想要去死。如果我能再来一次，就这一刻，或之前，我可以做出不同的选择。我本可以对门格勒的问题给出不同的答案。我本可以拯救我母亲的生命，哪怕只是一天。

我妈妈转过身去。我看着她那灰色的外套、那柔弱的肩膀和那卷曲发亮的头发，头发的光泽从我身边逐渐褪去。我看到她与其他妇女和儿童一起走开，走向更衣室，脱掉衣服，在那里她会脱下装着克拉拉胎膜的外套，在那里她们要记住存储衣服的挂钩号码，好像她们会再取回自己的衣服、外套和鞋子。我的母亲会赤身裸体地和其他母亲站在一起——祖母们，抱着孩子的年轻母亲，还有些孩子，他们和自己的母亲被分开并送到玛格达和我的队伍里。她将排好队走下楼梯进入一个房间，墙上挂着花洒头，越来越多的人将被推到这个房间里，潮湿的汗水和泪水、回荡着被吓坏了的妇女和儿童的哭叫声，直到被密封得没法呼吸为止。她会注意到天花板上为守卫倾倒毒气而设的方形小窗户吗？她多久才意识到自己快要死了呢？有足够长的时间想我、玛格达和克拉拉吗？还有我的父亲吗？有足够长的时间向她母亲祈祷吗？有足够长的时间去为我说的那句，一秒钟之内就把她送进了绝境的话而生气吗？

如果我知道母亲那天会死，我会说另一句话或者什么都不说。我本可以跟着她去洗澡，和她一起死去。我本可以做点儿不同的事。我本可以做得更多。我相信这一点。

然而（这"然而"像一扇门一样敞开着），人生很容易就会变成不断的内疚和悔恨，这首歌一直回荡着，我无法原谅自己。我们没有过的生活很容易就成为唯一珍惜的生活。我们是多么容易被幻想所诱惑，幻想着我们能控制一切，我们曾经控制一切。只要我们做的事或说的话可以治愈痛苦，消除痛苦，挽回损失，那么我们所做的或所说的就有力量。我们是多么轻易地坚持尊重我们认为自己可以或者应该做出的选择。

我能拯救我的母亲吗？也许吧。我将以这种可能性度过我的余生。我可以责备自己做了错误的选择，这是我的权力。或者我能接受的一个更重要的选择，不该是在我被饥饿和恐惧所威胁着，被狗、枪和不确定性包围着，只有 16 岁的时候做出的；而是我现在做的选择。**接受自我的选择：是人性的，不完美的。**而这个选择只对

自己的幸福负责任。原谅我的缺点，找回我的纯真。不要再问为什么我应该活下去。尽我所能，尽我所能服务他人，尽我所能让父母感到光荣，确保他们不会白白地死去。尽我所能，在我有限的能力范围内，让我们的后代不会经历我所经历的事情。为了有用，为了被利用，为了生存，为了繁荣，我可以利用我生命的每一刻，让世界变得更美好。最终停止逃避过去，尽一切可能补偿它，然后让它离我们而去。**我可以做出我们所有人都能做出的选择。我无法改变过去，但我可以拯救一条生命：就是我的生命。我现在就生活在这个难能可贵的时刻。**

我准备离开了。我从地上拾起一块儿石头，一块儿小小的、粗糙的、灰色的、不起眼的石头。我紧紧地握着石头。在犹太人的传统中，我们会在坟墓上放置小石头，以示对死者的尊敬，表示祝福。那块石头表明死者将继续活着，活在我们的心中，活在我们的记忆里。我手中的石头象征着我对父母永恒的爱。同时，它也是我的罪恶感和悲伤的象征——一切巨大而可怕的东西都仍然被握在手里。它象征着我父母的去世、生命的终结。它也象征着没有发生的事情，以及新生命的诞生。我在这里学到了耐心和同情心，不再评判自己，做出回复而不是强烈反应的能力。这是我来到这里所要发现的事实与和平，以及我最终能放下的一切。

我从以前的营房所在地，也是和其他 5 个女孩一起睡觉的木架所在地，那个我为生存而闭着眼睛表演《蓝色多瑙河》的地方的泥土里，拾起一块儿石头，对父母说：我想你们，我爱你们，永远爱你们。

我把石头留在了我曾经的兵营，留在了和另外 5 个女孩一起睡觉的木架上，我闭上眼睛，听着《蓝色多瑙河》的演奏，为我的生命跳舞。我想你们,我对父母说。我爱你们。我将永远爱你们。

对于这个吞噬了我的父母和许许多多同胞的巨型死亡集中营,以及仍神圣地教会我如何生活的恐怖教室,我学会了:**我是受到迫害,但我不是受害者;我受伤了,但没有被击倒,灵魂永远不灭,意义和目的可以来自内心深处伤痛最重的地方。**我由衷地说出最后一句话:再见,谢谢你。感谢你给我生命,感谢你让我最终有能力接受了现实的生活。

我走出从前的监狱的铁门,走向在草地上等待我的贝拉。我眼角的余光看见了一个穿制服的人在牌子下面来回巡逻。他是博物馆保安,不是军人。当我看到他穿着制服行走,我依然恢复到惊吓的状态,屏住呼吸,等待着枪声和子弹的射击声。在那一瞬间,我又成了一个受惊的女孩,一个处于危险中的女孩,又是被囚禁的我了。但我呼吸着,等待着那一刻的过去。我在大衣口袋里摸索着找那本蓝色的美国护照。卫兵走到锻铁招牌前,转过身,进了监狱。他必须留在这里。他有责任留下来。但我可以离开。我自由了!

我离开了奥斯维辛集中营。我是跳着离开的!我在"劳动带来自由"的标语下面走过。当我们意识到我们所能做的任何事情都不能让我们自由的时候,那些话是多么残酷和可笑啊。但是,当我离开营房、被毁的火葬场、哨所、游客和身后的博物馆警卫时,当我在黑色的铁质标语下面跳过走向我的丈夫时,我看到这些字闪烁着真理的光芒。工作曾给了我自由。我活了下来,这样我就可以工作了。不是纳粹所说的牺牲、饥饿、疲惫和奴役的工作,是内心的工作。学会生存和茁壮成长,学会原谅自己,帮助别人做同样的事情。当我做这件事的时候,我就不再是任何事情的人质或囚犯。我是自由的。

第四部分

疗 愈

我能感觉到一些通常一闪而过的东西:
逃离过去或者与现在的痛苦抗争都束缚了我们。
自由是接受现在,原谅自己,
是敞开心胸去发现现有的奇迹。

- 第二十章
自由之舞

我最后一次见到维克多·弗兰克尔是在 1983 年的雷根斯堡（Regensburg）意义治疗法第三次世界大会上。他快 80 岁了，我是 56 岁。很多时候，我还是那个在埃尔帕索演讲厅把一本平装书放进包里时都陷入慌乱的那个人。我仍然说着带着浓重口音的英语，有病理性重现，还会梦到痛苦的画面并为过去的失去而悲伤。但我不再觉得自己是任何事情的受害者。我觉得要将深深的爱和感激之情献给我的两个解放者：在贡斯基兴把我从一堆尸体里拉出来的美国兵，还有维克多，他允许我不再隐藏，帮我找到讲述我的经历的语言，帮助我应对我的痛苦。通过他的教导和友谊，我在我的痛苦中发现了一个目标，一种意义感，它不仅帮助我与过去和平相处，同时我的不断尝试中还显现出了一种珍贵的、值得分享的东西：一条通往自由的道路。会议的最后一晚，我们一起跳舞。我们在那儿，两个上了年纪的舞者。两个人享受着神圣的礼物。两个幸存者已经学会了成长，学会了自由。

我与维克多·弗兰克尔数十年的友谊，以及我与所有治疗过的病人，包括文章里所描述过的那些病人，都给我上了同样重要的一课，那就是我在奥斯维辛集中营里学习到的：我们痛苦的经历不是债务，而是一份礼物。它们给了我们新的视角和意义，让我们有机会找到自己独特的目标和力量。

疗愈并没有一个放之四海而皆准的模板，但有一些步骤是可以学习和练习的，每个人都可以以自己的方式将它们编织在一起，在自由之舞中漫步。

我跳舞的第一步是对自己的感情负责。停止压抑和回避他们，停止责怪贝拉或其他人，像接受自己一样接受他们。这也是上尉杰森·福勒康复过程中至关重要的一步。和我一样，他也习惯于切断自己的感情，逃避感情，直到问题发展到足以控制他，使他无路可走。我告诉他，逃避感情是无法避免痛苦的。他必须承担起经历痛苦的责任——并最终将它们安全地表达出来——然后让它们离开。

在治疗的最初几周，我教他一个管理情绪的准则：注意、接受、检查、保持。当他开始有被压垮的感觉时，控制这种感觉的第一个动作就是注意——并承认——自己正在有一种感觉。他可以对自己说：啊哈！我又来了。这是愤怒。这是嫉妒。这是悲伤（我的荣格治疗师教会我一件让我觉得很舒服的事——虽然人类情感的色彩是无限的，但事实上，每一种情感的变化，就像每一种颜色一样，都来自一些基本的情感：悲伤、疯狂、高兴、害怕。对于那些只学习情感词汇的人来说，就像我一样，只学习识别这四种情感并不那么困难）。

一旦他能说出自己的感觉，杰森就需要接受这些感觉是他自己的。虽然这些感觉可能是由别人的行为或言语引发的，但它们是他的。抨击别人不会让这些感觉离开。

然后，一旦他有这些感觉，他就会检查他的身体反应。我热吗？我冷吗？我的心跳加速了吗？我的呼吸怎么样？我还好吗？

体会这些感觉，以及它们在自己体内的运动方式，会帮助他一直保持这些感觉，直到它们消失或改变。他不需要掩饰，用药，或逃避他的感觉。他可以选择感受它们。它们只是感觉而已。他可以接受它们，忍受它们，和它们待在一起——因为它们是暂时的。

一旦杰森更善于感受自己的情绪，我们就会练习如何回应，而不是强烈的反应。杰森已经学会过着像在高压锅里一样的生活。他紧紧地控制着自己，直到情绪爆发。我帮助他学会让自己更像一个茶壶，去释放蒸汽。有时他来讲习会，我就问他感觉怎么样，他会说："我有想尖叫的感觉。"我说："好吧！让我们尖叫吧。让我们把它都叫出来，这样你才不会生病。"

当杰森学会接受和面对自己的感受时，他也开始意识到，在很多方面，他在现在这个家庭里正在重新制造他童年时的恐惧、压抑和暴力。他从一个虐待他的父亲那里学来的控制自己感情的需要已经转化为控制他的妻子和孩子的需要了。

有时候，我们的治疗不但帮助我们修复与伴侣的关系，而且会让另一个人释放，以此来完成他或她自己的成长。和他一起做了几个月的夫妻咨询后，杰森的妻子告诉他，她准备离开他了。杰森感到震惊和愤怒。我担心失败的婚姻给他带来的悲伤会影响他对待孩子的方式。起初，杰森怀恨在心，想要争取完整的监护权，但后来他改变了自己孤注一掷的心态，和妻子达成了一项共享监护权的协议。他也能够修复和培养与他的孩子们——那些激励他放下枪的人的关系。他结束了遗传性的暴力倾向。

一旦我们认识到并对自己的感觉负责，我们就能学会认识并对自己在塑造人际关系的过程中所扮演的角色负责。正如我在我的婚姻和我与孩子的关系中学到的，证明我们自由的理由之一是我们如何与所爱的人相处。这是我在工作中经常遇到的问题。

我遇见君（Jun）的那天早上，他穿着平整的裤子和一件纽扣衬衫。玲（Ling）穿着剪裁完美的裙子和短外套走进了我的房间，她的妆容精致，头发也经过精心梳理。君坐在沙发的一头，他的眼睛扫视着我办公室墙上镶着镜框的文凭和照片，看遍了除玲之外的所有地方。她挺直着，坐在沙发边上，看着我。"这就是问题所在，我丈夫喝得太多了。"她直截了当地说。

君的脸通红。他似乎想说些什么，但他还是保持默默无言。

"它必须停止。"玲说。

我问"它"是什么。她发现哪些行为是如此令人反感？

根据玲所陈述的，在过去的一两年里，君喝酒的频率已经从偶尔晚上或周末变成了每天的例行公事。他是一所大学的教授，在回家之前，会到校园附近的一个酒吧里开始喝威士忌。在家里，他依然一杯接一杯地继续喝。当他们和两个孩子坐下来吃饭的时候，他的眼睛带着一点点呆滞，声音也有点儿大，讲着下流的笑话。玲感到很孤单，带领孩子们完成清理和安排就寝的责任重重地压在她的肩膀上。当准备睡觉的时候，她憋着满肚子的怨气。当我问起他们的性生活时，玲的脸都红了，她告诉我，君过去在他们上床睡觉的时候会主动提出发生性关系，但是她常常因为太难过而无法给他回应。现在他通常在沙发上睡觉。

"还没完,他摔盘子是因为他喝醉了。"她说。她在列举所有的证据:他回家晚,忘记了我告诉他的事情,还醉酒驾驶。他这样是会出事的,我怎么能相信他可以开车接送孩子们呢?

当玲说话的时候,君好像消失了。他的眼睛低下来望着膝盖。他看上去很受伤,很冷淡,很惭愧,也很生气,他的敌意是发自内心的。我询问君他对他们日常生活的看法。

"我对孩子们总是很负责,她没有权利指责我把孩子们置于危险之中。"他说。

"你和玲的关系怎么样?你觉得你的婚姻如何?"

他耸了耸肩。"所以我来这里了。"他说。

"我注意到在沙发上你们之间有一大块儿空隙。这准确地表明你们之间有着巨大的鸿沟,对吗?"

玲抓住了她的钱包。

"这是准确的。"君说。

"是因为他喝酒!造成了这段距离。"玲插嘴说。

"听起来是很多愤怒把你们分开的。"玲看了看她的丈夫,然后点点头。

我看到很多情侣都被困在同一种舞步上。她唠叨,他喝酒。他喝酒,她唠叨。这就是他们选择的舞蹈编排。但是如果其中一个改变了步骤呢?"我想知道如果君停止喝酒,你们的婚姻就可以被挽救了吗?"我询问道。

君紧紧地合着下巴。玲却松开了她的钱包。"没错,这就是他需要做的事情。"她说。

"如果君真的停止喝酒,那会发生什么事情呢?"我问。

我告诉他们我认识的另外一对夫妇，丈夫也是个酒鬼。有一天，他受够了，不想再喝酒了，想寻求帮助。他认为康复治疗是最好的选择，于是他开始努力戒酒。这正是他妻子一直祈祷的事情，他们都希望他的清醒能解决他们所有的问题。但随着他的康复，他们的婚姻每况愈下。当妻子到康复中心时，愤怒和痛苦的情感就会立即浮现出来。她忍不住要罗列过去的事情：还记得五年前，你回到家，把我最喜欢的地毯都吐了？上次你毁了我们的周年纪念派对？她忍不住要背诵一大串他犯过的错误，他怎样伤害她，怎样使她失望。她丈夫越好，她就越糟。他越觉得自己更强大，酒瘾小了，不再为自己感到惭愧，也更了解自己，更能融入自己的生活和人际关系，她的脾气却越来越大。他不喝酒了，但她不能摆脱对他的批评和责备。

我称之为跷跷板原理。一个人向上，一个人向下。很多婚姻和关系都是建立在这个模式上的。两个人达成了一份没有说出口的协议：其中一个饰演好的角色，另一个就饰演坏的角色。整个系统依赖于人的不完美。"坏"的伴侣可以获得免费通行证来测试所有的限制；"好"的伴侣会说，看我多无私啊！看我多有耐心！看看我所忍受的一切！

但如果关系中的"坏"的一方厌倦了这个角色，会发生什么呢？如果他尝试另一个角色呢？那么，在这段关系中的"好"的那个人地位就不再稳固了。她得提醒他，他有多坏，这样她才能保住她的地位。或者她可能会变"坏"——充满敌意和发脾气，这样即使换了位置，他们仍然可以让跷跷板保持平衡。无论如何，指责是保持两边连接的关键。

在很多情况下，别人的行为确实会导致我们的不适和不快。我并不是说我们应该对伤害性或破坏性的行为感到满意。但是只要我们让另一个人为我们自己的幸福负责，那我们仍然是受害者。如果玲说"只有君不喝酒，我才能快乐和平静下来"，她的生活就容易充满悲伤和不安。她的幸福将永远是远离灾难的一个酒瓶或一口酒。同样地，如果君说"我喝酒的唯一原因是玲太唠叨，太挑剔了"，他就放弃了所有选择的自由，不再为他自己着想，变成了玲的傀儡。他可能会暂时缓解她的唠叨，保护自己不受她的不友善的伤害，但他是不会得到自由的。

我们不开心，通常是因为我们承担了太多的责任或者太少的责任。我们可能会变得好斗（为别人选择），或者消极（让别人为我们选择），或者消极性攻击（通过阻止别人实现他们的目标，来为别人做选择），而不是坚定而自信，头脑清晰地为自己选择。其实，我也不得不承认我曾经对贝拉有过消极性攻击。他很守时，对他来说准时是非常重要的。但当我对他生气的时候，我会在离开家的时候想办法拖延时间，故意慢下来，故意迟到，刁难他。他越希望准时到达，我就偏不让他得逞。

我告诉玲和君，他们为自己的不快乐而互相指责，是在逃避让自己快乐的责任。表面上看，他们似乎都非常自信——玲总是干预君的事情。君爱做他想做的，而不愿意做玲希望他做的——他们都是避免诚实地表达"我想"或"我是"方面的专家。玲用的词语是"我想要"——"我想让我的丈夫停止喝酒"。她为其他人而想要某样东西，但并不知道自己想要什么。而君可以说他喝酒是玲的过错，借以解释他的喝酒是合理的，用来对抗她的过度期望和批评，维护自己。但如果你放弃了自己选择的权利，那么你就同意成为一个受害者——一个囚犯。

犹太人的著作《哈加达》（*Haggadah*），讲述了埃及奴隶解放的故事，并教犹太人过逾越节家宴时如何祈祷以及相关的仪式——特殊的逾越节的筵席仪式。按照传统，一个家庭的最年轻成员通常会问4个问题——能在我童年的逾越节家宴期间提问是我的荣幸。在我提出问题的前一天晚上，我会和我的父母一起在家里度过。在我的治疗实践中，关于这4个问题我有自己的版本，这四个问题是在多年前，在几位同事的帮助下提出的，当时我们就新病人如何开始治疗在分享策略。这些也是我现在要求玲和君书面回答的问题，这样他们就可以从受害者的身份中解放出来。

1. 你想要什么？

　　这是一个看似简单的问题。这比我们有意识地了解自己并倾听自己，与自己的欲望保持一致要困难得多。当我们回答这个问题的时候，我们会说我们想为别人做什么吗？我提醒玲和君，他们需要自己回答这个问题。如果说我想让君停止喝酒或我想让玲停止唠叨，就是在回避这个问题。

2. 谁需要它？

　　这是我们的责任，也是我们的奋斗目标：理解自己的期望，而不是努力满足别人对我们的期望。我父亲成了一名裁缝，因为他的父亲不允许他成为一名医生。我的父亲很擅长他的职业，因此受到称赞和嘉奖——但他从来都不想做这个职业，总是为自己未实现的梦想感到后悔。为我们真实的自我服务是我们的责任。有时这意味着需要放弃取悦他人，放弃我们对他人认可的需要。

3. 你打算怎么做？

我相信正面思维的力量——但是改变和自由也需要积极的行动。任何实践过的东西，我们在那方面都会有长进。如果用愤怒来解决问题，我们就会得到更多的愤怒。如果我们感到恐惧，就会有更多令我们恐惧的事发生。在许多情况下，我们实际上非常努力地工作，以确保我们不出差错。改变是指注意到某些东西已经不再起作用，而选择跳出熟悉的禁锢模式。

4. 什么时候？

在我妈妈最喜欢的书《乱世佳人》中，当斯嘉丽·奥哈拉（Scarlett O'Hara）遇到困难时会说："我明天再想……毕竟，明天又是新的一天。"如果我们要进步而不是在原地兜圈子，现在是时候要采取行动了。

玲和君完成了问卷，将卷子叠起来，递给了我。我们会在下周一起研究它们。当他们起身准备离开时，君握了握我的手，然后走出房门。我看到了我所需要的安慰：他们愿意试着缩小两人之间的距离，避免给婚姻带来更多的伤害，摆脱相互指责的跷跷板。玲转身，给了君一个迟疑的微笑。我看不出他是否有回应——他背对着我——但我看到他轻轻地拍了拍她的肩膀。

在接下来的一周，当我们见面时，玲和君发现了一些他们没有预料到的事情。在回答"你想要什么"时，他们都写了同样的答案：幸福的婚姻。说到这个愿望，他们已经踏上了追求他们想要的东西的道路。他们所需要的只是一些新的工具。

我让玲每天回家后，在她最生气、最脆弱、最害怕的时刻，改变她的行为。他会喝醉吗？他有多醉？他醉到什么程度了？他们之间会更亲密吗？或者又是一个保持距离和充满敌意的夜晚？她学会了尝试运用控制来管理自己的恐惧情绪。她会嗅出君的气息、指责、抽离。我教她无论他是清醒的还是醉醺醺的，都要用同样的方式问候她的丈夫——用友好的眼神和一句简单的话："见到你很高兴。很高兴你回来了。"如果他喝醉了，而她受到了伤害和感到失望，就允许自己将那些感觉讲出来。她可能会说："我看得出你一直在喝酒，这让我很难过，因为你喝醉的时候，我很难靠近你。"或者，"这让我很担心你的安全"。她可以为自己做出合适的选择，以回应他选择了喝酒。她可以说："我本想今晚和你谈谈，但我看得出你一直在喝酒。那我要做点儿别的事情。"

我和君谈了喝酒上瘾的生理因素，并告诉他，我可以帮助治愈他试图用酒精来治疗的任何疼痛。如果他选择戒酒，那就需要用额外的手段来治疗他的酒瘾。我建议他去参加三次嗜酒者互诫会，看看他是否能在会上听到的故事中认清自己。他确实参加了嗜酒者互诫会，但据我所知，在我和他共事的那段时间里，他并没有停止喝酒。

当玲和君结束他们的治疗时，有些事情对他们来说更好，有些则不是。他们能更好地倾听对方的意见，而不要求一定正确。他们花更多的时间在愤怒的对立面——承认自己的悲伤和恐惧。他们之间有了更多的温暖，但孤独依然存在，以及对君无法控制他的饮酒行为的担忧。

他们的故事很好地提醒了我们，直到最终结束才算结束。**只要**

你活着，你就有可能遭受更多的痛苦。也有机会找到减少痛苦、选择幸福的方法，这需要对自己负责。

试着去照顾到别人的每一个需求就像逃避你对自己的责任一样困难。这对我来说是一个问题——和许多心理治疗师一样。当我和一个有5个孩子的单身母亲一起工作时，我顿悟了这一点。她没有工作，身患残疾，心情沮丧，就连离开家都非常困难。我很高兴能帮她拿社会福利支票，让她的孩子们参加约会和活动。作为她的治疗师，我觉得用尽所有方式帮助她是我的责任。但是有一天，当我站在福利办公室的队伍里时，感觉自己是仁慈、慷慨和有价值的。我内心有个声音说："伊迪丝，还有谁的需求得到了满足吗？"我意识中的答案不是"亲爱的病人的"。答案是"我的"。为她做事，我的感觉就很好。但代价是什么呢？我在增加她的依赖性——还有她的饥饿感。在很长一段时间里，她一直在剥夺自己只能在内心找到的东西，虽然我认为我在维持她的健康与幸福，但实际上我在维持她的贫困。帮助别人是可以的，需要帮助也是可以的，但是当你的帮助，对允许别人不再帮助自己而产生依赖的时候，你反而害了你想帮助的人。

我经常问我的病人，"我能帮你什么？"但这样的问题让他们成了矮胖子（Humpty Dumpty），在人行道上等着被重新组装起来。这使我成了国王的马和国王的士兵，最终无力拯救另一个人。我把问题改了。现在我说："我怎样才能对你有用呢？""当你为自己承担责任的时候，我该如何支持你呢？"

我从未见过一个人会有意识地选择囚禁生活。然而，我一次又一次地看到，我们是多么愿意放弃自己的精神和自由，选择让另一个人或实体来指导我们的生活，为我们做选择。一对年轻的情侣帮助我理解了放弃这个责任、把它交给别人的后果。他们在我心中引起了一种特殊的共鸣是因为他们很年轻，还在大多数人都渴望独立的年龄阶段——具有讽刺意味的是，我们可能会特别担心：我们是否准备好了，是否足够强大，可以承受它的重量。

当伊莉斯（Elise）来寻求我的帮助时，她已经濒临自杀的绝望境地。她才 21 岁，金色的卷发扎成马尾辫，穿着一件几乎长到膝盖的男式大运动衫。她哭得眼睛都红了。在 10 月明媚的阳光下，我和伊莉斯坐在一起，她试图解释她痛苦的根源：托德（Todd）。

托德是一个有魅力、有抱负、英俊的篮球运动员，在校园里几乎是名人。她是两年前认识他的，当时她是大一新生，他是大二的学生。每个人都知道托德。托德希望了解她，这出乎伊莉斯的意料，他被她的外表吸引。她不刻意地取悦他的性格给他留下深刻的印象，她不是徒有外表的人。他们的性格似乎互补——她安静而羞涩，他健谈而外向，她是个观察者，他是个表演者。他们交往后不久，托德就请她搬去和他一起住。

当伊莉斯回忆起他们最初几个月的关系时，她容光焕发。她说，在托德聚光灯式的情感表达里，她第一次觉得自己足够好，觉得自己与众不同。这并不是说她在孩提时代或早期的恋爱关系中曾被忽视、缺少爱或不被爱。但托德的关注让她用一种全新的方式感受生活。她喜欢这种感觉。

不幸的是，这种感觉飘忽不定。有时她会对他们的关系感到不安，尤其是在篮球比赛和派对上，当其他女人跟托德调情时，她会因为嫉妒和不自信而不寒而栗。有时候，在派对结束后，如果托德表现出和她调情的样子，她会责骂他。有时他会安慰她，有时他会对她的不安表示愤怒。她尽量不做唠叨的女友，想办法成为他不可缺少的人。在他的学习方面，她成了他主要的帮助者。他要努力保持他的体育奖学金所需要的及格分数。起初，伊莉斯帮助他学习以通过考试。然后她开始帮助他做家庭作业。很快她就开始为他写论文了，除了她自己的论文外，她还熬夜做他的论文。

不管有没有意识到，伊莉斯找到了让托德依赖她的方法。这段关系必须维持下去，因为他需要她来获得奖学金以及一切其他的东西。作为一个不可缺少的人，这种感觉是如此令人陶醉和宽慰，以至于伊莉斯的生活被一个等式所主导：我为他做得越多，他就会越爱我。却没有意识到，她已经开始把她的自我价值感和得到他的爱等同起来了。

最近，托德坦白了一件伊莉斯一直担心会发生的事情：他和另一个女人上了床。她很生气，很受伤害。他充满歉意，流着眼泪。但他不能和那个女人脱离关系。他爱她。他很抱歉。他希望和伊莉斯还能成为朋友。

第一周，伊莉斯几乎无法强迫自己离开公寓。她没有胃口，不愿意穿上外套出门，很害怕与托德独处，还感到非常羞愧。她意识到，她彻底让这种关系支配了她的生活，而且付出了代价。之后托德打电话给她。他想知道如果她不太忙，是否愿意帮他一个大忙。他周一要交一篇论文。她能帮他写吗？

她帮了他，而且她一次又一次地为他写论文。

"我给了他一切。"她说。她哭了。

"亲爱的，那是你的第一个错误。你为他牺牲了自己。这对你有什么好处？"

"我希望他成功，当我帮助他的时候，他很开心。"

"现在发生了什么事？"

她告诉我，昨天她从一位他俩共同的朋友那里得知，托德和那个新来的女人已经同居了。第二天他有一篇论文要交，伊莉斯也同意了帮他写。

"我知道他不会再回到我身边了。我知道我必须停止做他的家庭作业，但我停不下来。"

"为什么不行呢？"

"我爱他。我知道如果我帮他做了，表示我仍然可以让他开心。"

"那你呢？你成为最好的自己了吗？你在让自己快乐吗？"

"你让我觉得我做错了。"

"当你停止做对你最有利的事情，开始做你认为别人需要的事情时，你正在做出一个对你有影响的选择，对托德也有影响。你选择全力以赴地帮助他，对他将来应对挑战的能力会产生什么样的影响呢？"

"我可以帮助他。我支持他。"

"你已经对他没有信心了。"

"我想让他爱我。"

"以他的成长为代价吗？以你的生活为代价吗？"

当伊莉斯离开我的办公室时，我很担心她。她极度绝望。但我不相信她会自杀。她想要改变，这就是她来寻求帮助的原因。尽管如此，我还是把我家里的电话号码和自杀热线的号码给了她，并要求她每天都和我联系，直到下次预约见面的时间。

当伊莉斯下周回来的时候，我惊讶地发现她带了一个年轻人一起来。他是托德。伊莉斯满面笑容。她说，她的忧愁一扫而光了。托德和那个女人分了手，她和托德重新和好了。她觉得这是新的开始。她现在明白了，是她的不足和不安把他推走了。她会更加努力地信任这段关系，向他展示她是多么忠诚。

在这次会谈中，托德看上去觉得既不耐烦又无聊，看着钟，在座位上移动着，两条腿像要睡着了。

"没有新的开始就不代表可以复合，从来没有发生过这样的事情。你们以后想要什么样的关系呢？为了达到目标，你们愿意放弃什么？"我问。

他们盯着我。

"让我们从你们有什么共同点开始吧。你们喜欢一起做些什么？"

托德看了看钟。伊莉斯朝他靠得更近了。

"这是你们的作业，"我说，"我希望你们每个人都能找到一件自己喜欢做的新事情，一件喜欢一起做的新事情。它不可以是篮球、家庭作业或性。做一些有趣的事情，走出熟悉的环境。"

在接下来的 6 个月里，伊莉斯和托德偶尔会回到我的办公室，有时伊莉斯一个人来。她的主要关注点仍然是维持他们的关系，但她所做的一切都不足以消除她的不安和疑虑。她想要感觉好一点儿，但她还不愿意改变。托德，当他赴约而来的时候，似乎也陷入了困境。他得到了他想要的一切——钦佩、成功、爱（更不用说好成绩了）——但他看起来很悲伤。他颓废和退缩了。他的自尊和自信似乎因为对伊莉斯的依赖而萎缩。

最后，伊莉斯和托德的到来逐渐减少，好几个月我都没有他们的消息。后来，有一天我收到两个毕业通知。一个来自伊莉斯。她完成了她的学位，并申请到了比较文学的硕士课程。她感谢我和她一起度过的时光。她说有一天她醒来了，她受够了。她不再做托德的功课了。他们的关系结束了，这是非常艰难的，但现在她很感激，她没有满足于她选择的任何东西来代替爱。

另一个毕业通知是托德宣布的。他马上也要毕业了，推迟了一年，但终归毕业了。他也想感谢我。他告诉我，当伊莉斯不再为他做作业时，他差点儿辍学。他义愤填膺，怒不可遏。但后来他为自己的生活负起了责任，请了一位家庭教师，并承认他必须为自己的利益付出一些努力。"我是个年轻无知的人。"他写道。他说，他没有意识到在依靠伊莉斯为他完成作业的整个过程中，自己一直很沮丧，不喜欢自己。现在他可以照镜子，感受到了尊重而不是轻蔑。

维克多·弗兰克尔写道，人类对意义的追求是他生命的主要动力……这个意义是独特和具体的，因为它只能由他单独实现；只有这样，他才实现了重要的一步，将自己的意愿转化成意义。**当我们放弃对自己负责时，我们就放弃了创造和发现意义的能力。换句话说，我们放弃了生活。**

• 第二十一章
没有手的女孩

　　自由之舞的第二步是学习如何冒险，这是真正实现自我所必需的。我在那次旅行中冒的最大风险是回到奥斯维辛集中营。外面的一些人——玛丽安娜的寄宿家庭，波兰大使馆的职员都告诉我不要去。还有我内心的看守人，认为我想要的是安全，而不是自由。但那晚，我躺在戈培尔的床上，我凭直觉知道，除非回去，否则我不会成为一个完整的人。为了我自己的健康，我需要重新回到那个地方。**冒险并不意味着盲目地陷入危险之中，而是意味着拥抱我们的恐惧，这样我们才不会被恐惧所束缚。**

　　卡洛斯在高中 2 年级的时候就开始和我一起工作了，他一直在与社交焦虑和自我接纳做斗争。他非常害怕被他的同伴拒绝，所以他不会冒险建立友谊或人际关系。有一天，我让他告诉我在他的学校里最受欢迎的 10 个女孩。然后我给了他一个任务，他要邀请每个女孩出去约会。他告诉我那是不可能的，他会因社交而自杀，她们永远不会和他一起出去，他会因为自己的悲惨经历而在高中剩下的日子里被嘲笑的。我告诉他，是的，这是真的，你可能不会得到你想得到的，但即使你没有得到，你仍然会比之前更好，因为你清楚你的现状，你将会有更多的信息，你会看到什么是真实的，而不是让你恐惧的现实。最后，他同意了这项任务。令他惊讶的是，四个最受欢迎的女孩都接受了他的邀请！他已经对自己的价值有了信心，他已经在自己的头脑中拒绝自己 500 次了，这种恐惧已经体现在了他的身体语言中——遮住眼睛，避开，而不是眼睛炯炯有神，直视对方。他难以取悦自己。一旦他接受了自己的恐惧和选择，冒着风险，他就会不知道自己是否有存在的可能性。

几年以后，在 2007 年秋季的一天，卡洛斯从他的大学宿舍给我打电话。他的声音带着忧郁。"我需要帮助。"他说。现在他是中西部十大联盟（Big Ten）一所大学的大二学生。当我突然接到他的来电时，我想也许他的社交焦虑再次把他压垮了。

"告诉我发生了什么事。"我说。

他说，是关于学校里的宣誓周。我知道，自从他上高中以来，加入大学生兄弟会就一直是他的梦想。他告诉我，一旦他开始上大学，这个梦想对他来说就变得更为重要。社团生活是他大学关系网络的重要组成部分，他所有的朋友都宣誓要加入兄弟会，所以加入兄弟会似乎对他的社会生活是必要的。他曾听说在其他兄弟会举行的仪式中有不恰当的侮辱性做法，但他认真地选择了自己的兄弟会。他喜欢由不同种族人群组成的以及重视社会服务的兄弟会。这选择看起来非常不错。虽然他的很多朋友都对欺侮过程感到忧虑，但卡洛斯并不担心。他相信欺侮是有目的的，它能帮助年轻人更快地团结在一起，只要不过分就行。

但是宣誓周并没有像卡洛斯想象的那样好过。

"有什么不同?"我问。

"我的新生誓言导师是个自大狂。"他告诉我,誓言导师的攻击性非常强,他发现了每个誓言的弱点,并对它们发动猛烈的攻击。他称一个年轻人在音乐上的品位是"同性恋"。在一次宣誓会上,他看着卡洛斯说:"你看起来像个应该给我割草坪的人。"

"当他那样说的时候,你感觉如何?"

"我很生气。我想打他的脸。"

"你做了什么?"

"没做什么。他只是想让我激动起来。我没有理他。"

"接下来发生了什么事?"

卡洛斯告诉我,那天早上,誓言导师命令他和其他人去打扫兄弟会的房子,给他们安排不同的工作。他递给卡洛斯一把马桶刷和一瓶清洁剂。然后他给了卡洛斯一顶墨西哥式的宽边大帽。"你洗厕所的时候要戴这顶帽子。你要戴它去上课。而你能说的唯一一句话就是'是的,先生'。"这是一种公开的羞辱,一种骇人听闻的种族主义行为,但如果卡洛斯想加入兄弟会,他必须强迫自己忍受。

"我觉得我不能说不。"卡洛斯告诉我。他的声音在颤抖。"这是可怕的。但我做到了。我可不想因为誓言导师是个混蛋就丢掉我的位子。我不想让他赢。"

"我能听得出你有多气愤。"

"我很愤怒、尴尬和困惑。我觉得我应该能够接受它,而不是心烦。"

"告诉我更多发生的事情吧。"

"我知道他们不完全一样,但当我戴着宽边大帽擦洗厕所时,我想起了你告诉过我的，你在死亡集中营时被迫跳舞的那个故事。我记得你说过你很害怕，你在监狱里，但你的感觉是自由的。狱警比你更像在坐牢。我知道誓言导师是个不可理喻的人。为什么我不能行为上做他想让我做的事，内心却依然自由呢？你总是告诉我，重要的不是外面发生了什么，而是里面发生了什么。我为我的墨西哥打扮感到骄傲。为什么要把他的屁话看得这么重要呢？为什么我不能超越它呢？"

这是一个很好的问题。我们的力量在哪里？它是否足以找到我们内在的力量，我们内心的真理？我们也需要采取实际行动来激励自己吗？我相信内心的想法才是最重要的。我也相信，生活的需要与我们的价值观和理想相一致——与我们自己的道德相一致。我相信捍卫正义、反抗非正义和不人道的重要性。我相信选择。自由在于审视我们所能做出的选择，以及这些选择的后果。"你有的选择越多，"我说，"你就越不会觉得自己是受害者。让我们谈谈你的选择吧。"

我们列了一张表。在剩下的日子里，卡洛斯的选择之一就是在校园里戴着宽边帽，只说一句："是的，先生。"他同意，不管他的誓言导师又想出什么别的羞辱的话，都要服从。

另一个选择是反对。他可以告诉誓言导师他拒绝服从。

或者他可以撤回对兄弟会的申请。他可以放下草帽和马桶刷，然后离开。

卡洛斯不喜欢这些选择的后果。他不喜欢因自己屈服于一个恶霸而感到的羞愧和无能，尤其是当这些羞辱是带有种族主义色彩的时候。他觉得，如果他继续扮演这种讽刺性的种族主义中的角色，自尊心就会受到损害——如果他继续向恶霸屈服，他就会让恶霸变得更强、自己变得更弱。但公然反抗誓言导师，可能会受到人身攻击，在社交上就会被孤立。卡洛斯害怕被侵犯，也害怕以同样的方式回应。他不想被暴力的冲动吞噬，不想落入誓言导师试图激怒他的陷阱，不想公开摊牌。他也害怕被兄弟会和其他的誓言仪式所排斥，而这个团体正是他试图争取的。第三个选择——离开——这也好不到哪里去。他不得不放弃他的梦想，放弃他的归属感，他不愿意这样做。

在筛选可选选项时，卡洛斯发现了第四个选项。他不必因直接与誓言导师对抗而演变成一场暴力冲突，他可以向更有权威的人投诉。卡洛斯认为最好的人选是兄弟会主席。他知道，如果有必要的话，他可以把这个问题提到更高的层次，交给一位大学院长处理，但他在开始阶段更愿意让事情能在现有的层面上解决。我们练习了一下他要说的话，以及他会怎么说。在排练中，他很难保持冷静，但从我们多年的合作中，他知道，当你发脾气时，你可能会觉得自己很坚强，但实际上你是在把自己的权力拱手让给别人。力量不是反应，而是回应——感受你的感觉，仔细考虑它们，并计划一个有效的行动来让你更接近你的目标。

卡洛斯和我还谈到了对话的可能后果。有可能兄弟会主席会告诉卡洛斯，誓言导师的行为是可以接受的，而卡洛斯可以选择接受也可以不接受。

卡洛斯说："如果这是校长的看法，我想我宁愿知道他的立场。"

卡洛斯和兄弟会主席见面后给我打了电话。

"我做到了！"他的声音里充满了胜利的喜悦，"我告诉他所发生的事情，他说这很恶心，他无法忍受。他强迫誓言导师停止种族歧视的行为。"

当然，我很高兴卡洛斯得到了认可和支持，也很高兴他不必放弃他的梦想。但我相信无论兄弟会主席的反应如何，这次经历都将是一场胜利。卡洛斯鼓起勇气站了起来，冒着被排斥和被批评的危险说出自己遭遇到的事情真相。他选择不做受害者。他采取了道德的立场。他的行动符合一个更高的目标：同种族主义斗争，保护人的尊严。为了捍卫自己的人性，他保护了每个人的人性。他为我们所有人按照我们的道德、真理和理想而生活铺平了道路。**做正确的事情和做安全的事情很少是一致的。**

我认为，一定程度的风险与治愈是分不开的。这对碧翠丝来说是真的，当我遇到她的时候，她是一个悲伤的女人，半闭着棕色的眼睛望着远方，脸色苍白。她的穿着也很随意，宽松而无型，弯着腰，驼着背。我立刻意识到碧翠丝根本不知道自己有多漂亮。

她直直地望着前方，尽量不去看我。但她无法阻止自己快速地瞥了我一眼，似乎在探询我的虚实。她最近听我讲过宽恕。20多年来，她一直觉得自己没有办法原谅她那被偷走的童年。但我的宽恕之旅的演讲却引发了她的疑问。我应该原谅吗？我可以原谅吗？现在她仔细地打量着我，仿佛想要弄清楚我是真人，还是只是一幅画。当你在舞台上听某人讲述一个关于治愈的故事时，这听起来可能美好得令人难以置信。在某种程度上，确实如此。在治疗的艰苦工作中，45分钟过后就没有情感宣泄，更没有魔棒，改变很慢，有时慢得令人失望。你的自由故事是真实的吗？她飞快地瞥了一眼，似乎在问。我还有希望吗？

因为她是另一位心理学家转介给我的——我的一位好朋友，也是那个鼓励碧翠丝来听我演讲的人——所以我对碧翠丝的一些经历也有所了解。你的童年是什么时候结束的呢？我经常问我的病人这个问题。碧翠丝的童年几乎从一开始就结束了。她的父母对她和她的兄弟姐妹漠不关心，送他们去学校，不给他们洗衣服，也不提供食物。碧翠丝所在学校的修女们对她厉声斥责，指责她衣着不整；训斥她在上学前要弄干净并吃早餐。碧翠丝把她父母的疏忽内化成是她的错了。

然后，在她8岁的时候，她父母的一个朋友开始对她性骚扰。性骚扰持续了好长一段时间，尽管她试图反抗，还试图告诉她的父母所发生的事，但他们指责她编造故事。在她10岁生日那天，她的父母让他们的朋友带她去看电影，当时这位朋友已经对她骚扰了两年。看完电影后，他把她带回家里，在淋浴时强奸了她。当碧翠丝在35岁，开始和我一起治疗时，爆米花的味道仍然让她回想起往事。

18岁的时候，碧翠丝嫁给了一位康复中的瘾君子，无论在感情上还是身体上，这个瘾君子对她都是冷酷无情的。她逃过了家庭大灾难，又重新上演了一次灾难，这强化了她的信念：被爱就意味着被伤害。碧翠丝最终和她的丈夫离婚了，并找到继续生活下去的道路，有了新的工作和新的感情。但她在墨西哥旅行时被强奸了，她回家后身心交瘁。

在朋友的坚持下，碧翠丝开始和我的同事一起工作，接受治疗。她被焦虑和恐惧所折磨，几乎无法下床。她不断地感到一种沉重的、压抑的恐惧，生活在高度戒备之中，害怕离开房子，害怕再次受到攻击，害怕会引发令人颓废的回忆的那种气味和相关的东西。

在她和我同事的第一次谈话中，碧翠丝同意每天早上起床，洗个澡，整理床铺，然后一边看电视休息，一边坐在客厅里的健身脚踏车上运动15分钟。碧翠丝就像过去的我那样并没有否认自己的创伤。她能够谈论过去，并理智地处理它，也没有为自己被打断的生活感到悲伤。随着时间的推移，在健身脚踏车上，碧翠丝学会了心无杂念地坐着，相信悲伤不是一种疾病（尽管它感觉起来像一种疾病），并明白我们通过吃东西、喝酒或其他强迫性行为麻痹自己的感觉，只是在延长自己的痛苦。起初，每天在健身脚踏车上的15分钟里，碧翠丝不踩踏板。她只是坐在那里，坐了一两分钟就会哭起来。她一直哭到计时器响起。几个星期过去了，她在自行车上花了更长的时间——20分钟，然后25分钟。当她坐了30钟的时候，她开始移动踏板。渐渐地，一天又一天，她骑着脚踏车慢慢地进入了身体疼痛的深处。

当我遇到碧翠丝的时候，她已经为她的康复做了大量的工作。在对她的悲伤做了治疗之后，她的沮丧和焦虑减轻了。她感觉好多了。但听了我在社区中心活动的演讲后，她想知道她是否还能做更多的事情来从创伤的痛苦中解脱出来。宽恕的可能性已经扎根。

我告诉她：“**宽恕并不是原谅你的性骚扰者对你的所作所为，而是你原谅了受伤害的那部分你，并放弃了所有的责备**。如果你愿意，我可以帮助你走向自由。就像过桥一样，往下看很吓人，但我会和你在一起。你觉得怎么样？你想继续吗？”

她棕色的眼睛里闪烁着微光。她点了点头。

在她开始与我治疗几个月后，碧翠丝已经准备好带我走进她的内心世界，讲述在她父亲的书房里发生的事情，她就是在那里被性骚扰的。这是治疗过程中一个非常脆弱的阶段。在心理学和神经学领域发生过一场持续的辩论，关于一个病人在内心重新经历一次创伤，或者亲身回到事故现场，是有好处还是有坏处。当接受训练时，我学会了使用催眠来帮助幸存者重新体验创伤事件，以避免被内心所绑架。近年来，研究表明，让一个人在精神上回到创伤经历中可能是危险的——在心理上重新体验一次痛苦的事情，实际上会让幸存者又一次遭受新的精神创伤。例如，在"9·11"世贸中心袭击事件后，人们发现，在电视上看着世贸大厦倒塌的次数越多，他们多年后遭受的创伤就越大。反复经历过去的事件只能强化，而不是释放恐惧和痛苦的感觉。在我的实践和自身体验中，我看得出精神上重新体验创伤事件的有效性，但它必须在绝对安全的环境下，并有一个训练有素的专业人员，可以让病人控制他或她停留在过去的时间和深度。即便如此，这也不是所有患者或治疗师都适合做的。

对碧翠丝来说，这对她的康复至关重要。她需要得到允许，去感受虐待发生时和此后30年里没有被允许去感受的东西，让她自己从创伤中解脱出来。在她能体验到这些感觉之前，它们会不断地强烈要求得到她的注意。她越是试图压抑它们，它们就越强烈地乞求她的关注，变得越可怕。在几个星期的时间里，我温柔地、缓慢地引导碧翠丝去接近那些感觉，不要被它们吞噬，仅仅把它们看成是感觉就好了。

碧翠丝在处理自己悲伤经历的治疗中学到了很多，最终她让自己在感受到巨大的悲伤的同时，从那些把她困在床上的压抑、压力和恐惧中解脱了出来。但她还没有意识到要对过去感到愤怒。没有愤怒就没有宽恕。

碧翠丝描述了那个小房间，当她父亲的朋友关上房门时，门发出吱吱的响声,他会让她拉上黑色格子窗帘。我看着她的肢体语言,随时准备着在她陷入困境时把她带回岸边。

碧翠丝想到关上了父亲书房里的窗帘时,身子变得僵硬起来。她把自己和袭击者都关在那个房间里了。

"在那儿停下,亲爱的。"我说。

她叹了口气,依然闭着眼睛。

"房间里有椅子吗?"

她点了点头。

"它是什么样的?"

"是一张铁锈色的扶手椅。"

"我要你把你父亲放到椅子上。"

她的脸都扭曲了。

"你能看见他坐在那儿吗?"

"是的。"

"他长得什么样?"

"他戴着眼镜,正在看报纸。"

"他穿着什么样的衣服?"

"蓝色的毛衣,灰色的裤子。"

"我要给你一大块儿胶布,我要你用它把他的嘴封起来。"

"什么?"

"用这块儿胶布把他的嘴捂住。你做好了吗?"

她微微一笑,点了点头。

"现在有一根绳子。把他绑在椅子上,不要让他站起来。"

"好的。"

"你系得很紧吗?"

"是的。"

"现在我要你对他大喊大叫。"

"怎么喊?"

"我要你告诉他你有多生气。"

"我不知道说什么好。"

"就说:'爸爸,我很生气你没有保护我!'不要说。要喊!"我演示着。

"爸爸,我很生你的气。"她说。

"大点儿声。"

"爸爸,我很生你的气!"

"现在我要你揍他。"

"揍哪里?"

"就打在脸上。"

她举起拳头,用尽全力向空中挥去。

"再来一次。"

她做到了。

"现在踢他。"

她的脚踢了起来。

"这是一个枕头。你可以打它,用力地打它。"我递给她一个垫子。

她睁开眼睛,盯着枕头。起初,她的拳打得很胆怯。后来,我越是鼓励她,她就打得越猛。我请她站起来,如果她愿意,可以踢那枕头,在房间里把它扔来扔去,并可以用尽全力地尖叫。很快,她就倒在地板上,用拳头猛烈地捶着枕头。她的身体开始疲劳了,她停止了击打，瘫倒在地板上，急促地呼吸着。

"你感觉怎么样？"我问她。

"感觉不想停下来那样。"

接下来的一个星期，我带了一个红色沙袋，挂在沉重的黑色架子上。我们制定了新的仪式——我们以愤怒发泄作为每次治疗的开始。她在内心要在椅子上捆绑一个人——她父母中的其中一位——一边野蛮地殴打着，一边尖叫着：你怎么能让这种事发生在我身上？我只是个小女孩！

"你打完了吗？"我想问。

"还没有。"

她会一直打，直到打完为止。

那个感恩节，碧翠丝和朋友们吃完晚饭回家后，坐在沙发上抚摸着她的狗，这时她的全身开始刺痛、喉咙干燥，心脏在颤抖。她试着用深呼吸来让身体放松，但症状却越来越严重。她以为自己快死了。她求她的女朋友带她去医院。在急诊室里，给她做检查的医生对她说，从医学角度看，她没有任何问题。她患了恐慌症。在那之后当碧翠丝看到我的时候，她感到沮丧和害怕，她希望自己感觉不是更糟而是更好，她担心自己会再次患上恐慌症。

我尽我所能为她的进步喝彩，证明她的成长。我告诉她，根据我的经验，当你释放愤怒时，你通常会在感觉好起来之前感觉更糟。

她摇了摇头。"我想我已经尽力了。"

"亲爱的，给自己一些信任吧。"你度过了一个可怕的夜晚。你挺过来了，没有伤害到自己。没有逃跑。我想我没有你处理得那么好。"

"你为什么一直试图让我相信我是个坚强的人?也许我不是。也许我生病了,而且我将永远生病。也许是时候停止告诉我我永远都不会成为那样的人了。"

"你正在为一些不是你的错的事情负责。"

"如果是我的错呢?如果我可以做些不同的事情,而它会让我安静呢?"

"如果责备自己只是一种维持幻想的方式,你认为世界在你的掌控之中吗?"

碧翠丝坐在沙发上摇着头,泪流满面。

"那时你没有选择。现在你有了选择。你可以选择不回来。这永远是你的选择。但我希望你能学会看到你是一个多么了不起的幸存者。"

"我几乎没有把握住自己的生活。这对我来说并不是什么了不起的事情。"

"当你还是个小女孩的时候,你有没有去过一个让你觉得有安全感的地方?"

"只有在我独自待在房间里的时候,才觉得安全。"

"你更愿意坐在床上,还是窗边?"

"在我的床上。"

"你有玩具或动物公仔吗?"

"我有一个洋娃娃。"

"你跟她说过话吗?"

她点了点头。

"你现在能闭上眼睛,坐在那张给你安全感的床上吗?拿着你的洋娃娃，和之前一样与她聊天，你想跟她说些什么呢？"

"在这个家里，我怎么样才能被爱呢？这需要我好好的，但我现在很糟糕。""在你小时候，因为长期单独一个人，所以心里很难过，也很孤单，但是你知道你已经凝聚了强大的意志力和韧性，你能为那个小女孩鼓掌吗？你能把她抱在怀里吗？告诉她，'你受伤了，我爱你。你受伤了，但现在已经安全了。你不得不伪装和隐藏起来，现在，我看到你了，我爱你。'"

碧翠丝紧紧地抱住自己，浑身发抖地抽泣着。"我真希望保护她，但在那时我办不到。除非我现在能保护自己，否则我永远不会感到安全。"

这就是碧翠丝决定再次冒险的原因。碧翠丝承认她需要安全感，需要保护自己的能力。她在附近的社区中心了解到一个女子自卫课程即将开始，但她推迟了报名时间。她担心自己可能无法战胜攻击方的挑战，担心有肢体上的交锋，即使是在一个安全的自卫课程的环境中，也可能引发恐慌。她不敢追求想要的东西，努力控制自己的恐惧，并想出了各种各样的理由——课程可能太昂贵，或者已经满了，或者学员不够可能会被取消。在我的指引下，她开始克服对追求自己想要的东西的抗拒心理。我问了她两个问题：最坏的结果是什么？你能挺过来吗？她能想象到的最糟糕的情况是：在教室里或在一个满是陌生人的房间里，她突然恐惧症发作。

我们再三强调，在她注册这个课程时，医生会要求她填写医疗授权协议书，这样当她受到恐惧攻击时，工作人员就在协议书上找到帮助她所需的相关信息。我们讨论了她以前经历的惊恐发作的情况。如果这种情况再次发生，她依然无法阻止或控制它，但至少她知道发生了什么事。她已经从恐惧症的经历中知道，虽然它很恐怖且令人不愉快，但并不致命。她能挺过来。碧翠丝注册了这门课。

但当她穿着运动裤和运动鞋站在训练场内，周围都是其他女人时，她再次失去了勇气。她感到太难为情，不愿参加。她害怕犯错，害怕引起别人的注意。但距离自己的目标是如此接近，她无法抗拒。她靠在墙上，看着全班同学。在那之后，她每次都会来，穿好衣服参加，但还是太害怕了。有一天，教练注意到她在场边观看，并提出课后一对一指导她。后来，她来见我，脸上露出得意的神情。"我今天可以把他扔到墙上去！"她说，"我按住他，把他抱起来，扔到墙上去了！"她的脸涨得通红，眼睛里闪烁着骄傲的光芒。

一旦有了保护自己的信心，她就开始了其他的冒险——上成人芭蕾舞课，跳肚皮舞。她的身体也有了很大的变化。她的身上再也见不到恐惧的痕迹。满载的是快乐。她成了一名作家、芭蕾舞老师、瑜伽教练。她决定根据小时候读过的格林兄弟（Brothers Grimm）的一个故事《没有手的女孩》（*The Girl Without Hands*）来编排舞蹈。在这个故事中，一位女孩的父母被骗，把女儿交给了魔鬼。因为女孩是无辜的，纯洁的，所以魔鬼不能占有她。但在报复和挫折中，魔鬼砍掉了她的双手。这个女孩带着残缺的双臂在世界各地四处漂泊。一天，她走进了一个国王的花园，当国王看到她站在花丛中时，他爱上了她，和她结了婚，并为她做了一双银手。后来，他们有了一个儿子。有一天，她救了溺水中的年幼的儿子。她银色的双手消失了，取而代之的是一双真正的手。

碧翠丝伸着手告诉我她童年听过的这个故事。她说："我的手又复原了，是我把它们救回来的，不是别人。"

- 第二十二章
水的部分

时间并不能治愈一切，要看你用时间做了什么，当我们选择负起责任，承担风险，那么最后，等我们选择释放伤痛，放下过去和悲伤的时候，康复是有可能做到的。

雷妮（Renée）的儿子杰里米（Jeremy）16岁生日的前两天晚上，她和丈夫在家看10点钟新闻，儿子走了进来。在电视机屏幕的闪烁不定中，她看到儿子黑黑的脸庞看起来很是烦恼。雷妮正要过去亲密地拥抱儿子的时候，电话响了，是她在芝加哥的妹妹打来的。妹妹最近在闹离婚，经常半夜打电话过来。"我会处理的。"雷妮说道。她轻拍了一下儿子的脸颊，将注意力转移到郁闷的妹妹身上。杰里米说了句晚安就向楼梯走去了。"好梦，孩子。"她对着孩子的背影说道。

第二天早晨，直到她将早饭端上桌，杰里米还没起来。她向楼上叫儿子的名字，但是他并没有回应。她将最后一片吐司涂上黄油后，上楼敲响儿子的房门，仍然没有人回应。她有点儿生气，直接打开房门。房间里很黑，百叶窗还关着，她又喊了一声，却疑惑地发现床已经叠好了。第六感让她将目光投向了橱柜的门。她打开门，背后生起一股凉气。杰里米的尸体挂在木杆子上，脖子上缠绕着一条带子。

在他的桌子上，她发现了几个字：不是因为你，是因为我自己。很抱歉让你失望了——杰里米。

当雷妮和她的丈夫格雷格（Greg）第一次来我这儿的时候，距杰里米去世刚刚过去几周。刚刚失去孩子，他们还来不及悲伤，一直处于震惊中。那个被埋葬的孩子仿佛并没有离去，依然鲜活。

在最开始几次拜访时，雷妮只是坐着抽泣。"我想让时间倒流！"她哭道，"我想要回到过去。"格雷格也在哭，但是很安静。当雷妮哭泣的时候，他经常将目光投往窗外。我告诉他们男人和女人表达悲伤的方式经常是不一样的，失去孩子对他们的婚姻来说，是劫难也是机会。我劝他们照顾好自己，让自己去愤怒，哭泣，踢打，喊叫，释放自己的情绪，这样杰里米的妹妹杰斯米（Jasmine）才不会被牵连。我邀请他们将杰里米的照片带来，我们可以一起庆祝他已经存在了 16 年的生命，或者说他跟家人一起度过的 16 年的岁月。我给他们提供了一些自杀幸存者的帮扶群体信息，这样当他们一直把"如果"挂在嘴上的时候，我就可以跟群体里的人们一起安慰他们。"如果我多注意他就好了；如果我那天晚上没有接电话，而是给他一个大大的拥抱就好了；如果我工作少一点儿，在家多一点儿就好了；如果我不迷之自信，认为白人孩子不会自杀就好了；如果我注意到一些迹象就好了；如果我对他在学校的表现少给一些压力就好了；如果那天我睡觉前去看看他就好了。"所有的如果反复回响，却无人回答：为什么？

我们如此渴望了解真相，想对错误负责，对生活诚实。我们想要原因和解释。我们希望生活有意义，但是要问为什么就是停留在过去，与我们的内疚和遗憾为伍。我们无法控制别人和过去。

失去孩子的第一年，雷妮和格雷格的来访次数越来越少了。我已经好几个月没再收到他们的消息了。在杰里米该高中毕业的那年春天，我很开心接到了格雷格的电话。他说很担心雷妮，问我能不能过来。

看到他们，我很惊讶，他们的外表发生了巨大的变化。他们看起来都老了很多，但是又是不一样的变化。格雷格长胖了。他的黑发夹杂了白发。雷妮看起来并没有很差，但是因为格雷格的担心，我觉得她可能有点儿问题。她的脸很光滑，上衣有点儿皱巴。头发是新做的。她面带微笑，还开着玩笑。她说自己感觉挺好的，但是棕色的眼睛黯淡无光。

以前会面经常保持安静的格雷格这时候急切地开口了。"我有话要说。"他说。他告诉我上周末他和雷妮去参加了一个朋友儿子的高中毕业典礼。这对他们来说是个忧伤的事情，就像地雷一样，对他们造成了摧毁性的打击，仿佛在提醒他们：因为杰里米的离去，他们不再拥有其他夫妇拥有的孩子了，提醒他们这无边无际的悲伤，每一天每个新的时刻他们的儿子都不会跟他们一起度过了。他们强迫自己去欣赏新衣服，去参加派对。那天夜晚的某个时刻，格雷格告诉我说，他意识到他度过了一段愉快的时光，主持人播放的音乐让他想起了杰里米，儿子曾经对老式蓝调音乐专辑很有兴趣，当他写作业或者跟朋友出去玩儿的时候会用音响播放。格雷格看向雷妮优雅的蓝色衣服，震惊地发现从她的脸颊和嘴唇能清晰地看到杰里米的轮廓。他感觉到被自己对雷妮和儿子的爱淹没,想到某个温暖的夜晚,他们在一个白色帐篷里吃着可口食物时那种简单的快乐。他邀请雷妮跳支舞,她拒绝了,站了起来,留下他一个人坐在桌边。

格雷格重谈此事时对他的妻子哭道:"我也失去了你。"

雷妮的脸色一沉,她眼睛里的光芒渐渐消失。我们等着她开口。

最后她说道:"你怎么能这样?杰里米不能再跳舞了,你怎么能跳舞?我不能这样忘了他。"

她的语气充满了怨恨和敌意,我以为格雷格会退缩,他只是耸了耸肩。我意识到这不是第一次雷妮将丈夫的快乐当成对失去儿子的亵渎。我想到了我的妈妈。很多次我看到我爸爸试图碰碰她,亲吻她,但是却被她断然拒绝。她一直沉浸在失去母亲的悲痛中,把自己隐藏于悲伤中。有时候听到克拉拉演奏小提琴时,她的眼睛会有点儿光芒,但是她从不允许自己开怀大笑,调情,开玩笑,不允许自己快乐。

"雷妮,亲爱的,"我说道:"是谁死了,杰里米还是你?"

她没有回答我。

"如果你死了,对杰里米来说没有任何好处,对你也一样。"我对雷妮说道。

和曾经的我一样,雷妮并没有隐藏她的伤痛。她迁怒于她的丈夫。她将自己沉浸在失去中,逃避生活。

我问她生活中留多少空间给悲伤。

"格雷格去工作,我就去墓地。"她说。

"多久一次?"

听到我的问题,她仿佛受到了侮辱。

格雷格说:"她每天都去。"

雷妮盯着我说:"怀念我儿子是件坏事吗?"

"哀悼很重要,"我说,"但是如果一直这样,其实是一种逃避。"葬礼是表达悲伤的一个非常重要的部分。我认为这是宗教和文化活动会明确包括葬礼的原因——有一定的空间和结构,让人开始去感受失去,但是这也有个明确的终止期。从葬礼结束起,失去就不再是独立的一部分,而是和生活合为一体。如果我们一直停留在哀痛中,我们就会成为精神上的受害者,认为自己永远也过不去了。如果我们陷入哀痛无法自拔,那我们的生活也就完了。雷妮的哀痛,尽管很痛苦,但其实也是一种自我保护,将她跟日常生活隔离开。在葬礼上,她可以让自己免于接受这个事实。"你是跟去世的儿子还是跟活着的女儿在精神上交流多一些?"

雷妮看起来很烦恼。"我不是一个好母亲,"她说道,"但是我不想假装不痛苦。"

"你不用假装,但是你是唯一能让你丈夫和女儿不会失去你的人。"我记得我妈妈谈到钢琴上她妈妈照片的时候哭着说:"上帝啊上帝,给我力量吧。"她的痛哭吓到了我。失去让她产生了固着心理,就像有一个活动门,她有时走出来,有时陷进去。我就像是个酗酒者的孩子,怕她会消失,又不能将她拯救回来,但是这对我来说又像是责任。

"我曾想,就让自己伤心下去吧。"我对雷妮说道,"但是这就像是《圣经》里摩西和红海的部分,你要自己穿过红海。"

我让雷妮去尝试新的东西转移悲痛。"将杰里米的照片挂在卧室,不要再去墓地哀悼他的离去。在你家里找到新的方式怀念他。

每天花 15 到 20 分钟跟他在一起。你可以摸摸他的脸，告诉他你在做什么。跟他聊天，然后亲亲他，之后就开始你的一天。"

"我很怕再抛弃他。"

"不是因为你他才自杀的。"

"你不懂。"

"生活中有无数事情你可以换各种方式去做。决定做了就是做了，过去就是过去，没有什么可以改变这些。因为一些我们永远不会知道的原因，杰里米选择了结束自己的生命，你不能为他做选择。"

"我不知道怎么活下去。"

"接受不是一朝一夕就能做到的。他死了，你永远都不准备再快乐起来。但是你应该想办法走下去。要知道，你过得好就是对他最好的纪念。"去年我收到了雷妮和格雷格的圣诞卡片。他们俩和女儿站在圣诞树下的照片上，女儿穿着红色衣服，长得很漂亮。格雷格和雷妮各用一只胳膊拥着女儿。在雷妮肩膀上方的壁炉架上放着杰里米的照片。那是他在学校最后的照片，穿着蓝色衬衫，笑容灿烂。他不是虚无的，是实实在在跟他们在一起的。

我祖母的肖像现在放在位于巴尔的摩市的玛格达家里的钢琴上方。她坐在钢琴旁边教课，全心全意地指导学生。玛格达最近去做手术的时候，让她的女儿伊罗娜将妈妈的照片带到医院，像妈妈教导我们的那样：从死者身上汲取力量，让死者在我们心中永生，让痛苦和恐惧把我们带回到爱中。

"你还依然做噩梦吗？"我有一天问玛格达。

"是的，经常这样，你呢？"

"我也是。"我告诉她。

回到奥斯维辛，我放下了过去，原谅了我自己。回到家后，我想，我做到了。但是这是暂时的，只有真正的结束才算是结束。

尽管有那样的过去，不，正因为有那样的过去，玛格达和我在解放后 70 多年里才通过不同的方式找到了人生的意义和目标。我发现了治愈的艺术，玛格达成了一个坚定的钢琴家和钢琴老师，同时她还发掘了新的爱好：桥牌和福音音乐。福音音乐听起来像是在哭泣——它有种让人完全释放情绪的力量。而桥牌以它的策略和控制力，让人有成就感，她是桥牌比赛的冠军；她将她的奖状框起来挂在墙上，与祖母的肖像正对着。

两个姐姐都一直在保护和启发着我，她们教会我怎样生存。克拉拉是悉尼交响乐团的小提琴手，在 80 岁出头的时候，因阿尔茨海默病而去世，在这之前她一直叫我"小东西"。跟我和玛格达相比，她对匈牙利籍犹太人的移民文化研究得更深。我和贝拉喜欢去拜访她和思斯，去品尝美食，沉浸在我们年轻时的语言和文化中。我们所有的这些幸存者并不能经常在一起，但是遇到那些父母无法出席见证的大事，我们还是尽可能聚起来。20 世纪 80 年代初，克拉拉的女儿结婚，我们在悉尼见面，这次团聚，我们三姐妹都非常开心和期待，当我们终于聚到一起时，我们就像战争结束后在科希策发现彼此都还活着一样，激动得紧紧拥抱在一起。

尽管我们已经是中年妇女，尽管我们相隔甚远，搞笑的是每当我们在一起，就会回到我们年轻时的相处模式。克拉拉是我们的中心人物，发号施令，引人注目；玛格达好胜心强，桀骜不驯；我是和事佬，在两个姐姐之间周旋，解决冲突，并不表达我真实的想法。我们总是很容易就把温暖安全的家变得像监狱一样压抑。我们依靠过去的应对机制，成了希望取悦他人的人。我们误以为这样的角色会让我们安全，不想成为这样的人是需要意志力和抉择的。

婚礼的前一天晚上，我和玛格达看到克拉拉独自在她女儿儿时的房间里玩儿她的娃娃。我们看到的却不只是一个妈妈对她长大的孩子的眷念。克拉拉沉浸在玩过家家的游戏里，像个孩子一样。我这才意识到，我的姐姐没有童年。她一直是人们眼中的小提琴神童，从未像个小女孩一样生活过。当她不在舞台上表演时，她在家照顾我和玛格达，像我们的小妈妈。现在，当她已经成为一个中年妇女，却想过一下从未有过的童年。看到自己跟娃娃玩儿被我们发现了，她很尴尬，对我们大发雷霆："当时我怎么就不在奥斯维辛集中营呢，如果我在那儿，妈妈就不会死了。"

听到她这样说，我感觉糟糕极了。我觉得作为幸存者的内疚感一时间全涌了上来。我在奥斯维辛集中营第一天说的话，记得的事，那陈旧的深埋在心底的信仰，不管是对是错，我觉得妈妈的死是我引起的。

但是我已经不再困着自己了。我能看到姐姐心里的牢笼，感受到她责备我和玛格达时的内疚和悲伤，我可以选择自己的自由，说出我的情感，愤怒，无能，以及痛苦和后悔，让这些情绪释放，并最终放下。我有时为了自己仍然苟活在世上而自我惩罚，我也曾有尝试释放这种情绪的需求。我会放下内疚，找回完整而纯粹的自己。

有伤口就有伤痕。我回到奥斯维辛集中营寻找死亡的感觉，这样我就可以最终去除它。我找到了内心的真实，找到了我想要找回的自己，找回了我的力量和我的纯真。

第二十三章
解放日

  2010年夏天,我受邀去科罗拉多州的卡森堡为一支参与阿富汗战争的军队演讲,这个军队的自杀率很高。我此行主要是跟他们谈谈我自己的创伤——我是如何生存下来,如何回归正常生活,又是如何放开自己的。希望通过分享我的经历,让这些士兵在战后更好地调整自己。当我走上讲台的时候,我心里有点儿不舒服,这是我的老毛病了,会不受控制地想到小小的匈牙利芭蕾舞学生们不分男女都上战场。我提醒自己,我来这儿是为了分享我所知道的最重要的真理,那就是,**最大的监狱在你们的心中,而且钥匙也在你们的口袋里:愿意去对自己的生命负责;愿意去冒险;愿意让自己不受评判的影响;愿意宣判自己无罪,接受自己,爱真正的自己——作为一个人,不完美,但是完整。**

  我曾求教我自己的父母,儿女,孙辈们,以期获得力量。他们教会我一切,促使我去发现。"我的妈妈告诉过我一些话,我永远也不会忘记,她说:'我们不知道我们将去往哪里,会发生什么,但是没有人能拿走你的思想、你内心的东西。'"

这些话我说过无数遍了，对海豹突击队和危机应急人员说过，对战俘和老兵事务部的战俘维护者说过，对肿瘤专家和癌症患者说过，对正直的异教徒说过，对父母和孩子说过，对基督教徒、穆斯林、佛教徒以及犹太教徒说过，对法学专业的学生和处于危险中的青少年们说过，对失去爱人无法自拔的人说过，对想要自杀的人说过，有几次当我说这些话的时候会觉得眩晕。这次我说的时候，甚至差点儿从台上摔下来。我被情绪主导了，想起了我深藏在心底的记忆：泥泞草地的味道，M&M 糖果的甜味儿。过了很久我才明白为什么我会突然想起这些回忆。但是之后我意识到，房间的两侧都是旗子和标识，那个我很多很多年都不曾主动想起的徽章，就像我的名字的每个字母一样重要。1945 年 5 月 4 日，那个解放我的美国兵袖子上有一个标识：一个红色的圈圈，中间是不规则的蓝色数字 "71"。我被带到这里来对着 71 步兵团，这个 65 年前解放我的部队进行演讲。我将我获得自由的故事分享给这些战争的幸存者，是他们曾带给我自由。

我曾经问，为什么是我？为什么我活下来了？现在我学会了另外一种问法：为什么不是我？站在讲台上，周围是新的一代为自由而战的战士们，我能感觉到一些通常一闪而过的东西：逃离过去或者与现在的痛苦抗争都束缚了我们。**自由是接受现在，原谅自己，是敞开心胸去发现现有的奇迹。**

我在台上又哭又笑，是如此开心，以至于只能说出"谢谢你们，你们的牺牲和痛苦是有意义的。当你们发现其中的真理，就会获得自由"。我做了一个高踢腿动作，我在这里，我做到了。这是我结束演讲的一贯方式，只要我的身体还行，我会一直这样做。

你们在这里，在这神圣的时刻！我不能治愈你们或任何人，但是我会为你们一点一点打破内心的禁锢而欢呼。**已经发生的事情，你们无法改变，你们所施和所受的也无法改变，但是你们可以选择现在如何生活。**

我最爱的你们，可以选择让自己自由。

致 谢
THANK

　　我相信，人们不是来到我的面前，而是被送到我的面前。我发自内心地感谢那么多被送到我面前来的优秀的人，没有他们，我的生活不会是今天这样，没有他们，这本书也无法完成。

　　首先最重要的是我亲爱的姐姐，玛格达·吉尔伯特，她已经95岁了，仍然活得生机勃勃，在奥斯维辛，是她让我活了下来。还有她的女儿伊罗娜·希尔曼，她保护着自己的家庭，充满献身精神。

　　克拉拉·科尔达——她对我而言比生命还重要，是我的第二个妈妈，是她让我每次去悉尼的旅行如同蜜月一般愉快，也是她像妈妈一样每周五安排聚餐，她亲手制作，让一切充满诗意。珍妮和夏洛特也和她步调一致（还记得那首匈牙利歌曲的歌词吗：不，不，我们不离开，除非你赶走我们）。我的一个特别的患者曾告诉我，治愈并不是康复，而是发现，在绝望中发现希望，发现几乎不存在的答案，发现所发生的事不重要，重要的是你怎么去做。

我优秀的老师和人生导师：惠特沃斯教授；约翰·哈东克斯，是他向我推荐了存在主义者和现象学家；艾德·伦纳德；卡尔·罗杰斯；理查德·法尔森；特别是维克多·弗兰克尔，他的书让我得以跟别人分享我的秘密，他的信告诉我不要再逃离，他的指引告诉我不但要自己活下来，还要帮助别人活下来。

我在治疗艺术方面的同事和朋友：哈瑞得·科尔曼医生，西德·伊索克医生，索尔·里维恩医生，史蒂芬·史密斯，迈克尔·科德，大卫·沃尔，鲍勃·卡夫曼（我的"养子"），查理·豪格，帕蒂·合夫南；以及特别感谢我的"小弟"菲利普·津巴多，他一直孜孜不倦地为我这本书寻找出版社。

许多人邀请过我，让我把我的故事带给世界各地的听众，他们是：青年总裁协会的霍华德和海莉微·皮克德；吉姆·亨利医生；神秘圈的肖恩·丹里士曼德医生和他的夫人玛丽安；翼人部的麦克·霍格以及意义疗法国际会议。

我的朋友和医生：格洛瑞亚·拉维斯；我亲爱的战友西尔维娅·锐切特和艾迪·施罗德；丽萨·凯迪；温迪·沃克；佛罗拉·沙利文；卡特琳·吉尔克雷斯特，她叫我妈妈，我一直对她充满信任；多里·毕特里，雪莉·葛德文，杰里米以及因里特·福布斯，我可以跟他们畅谈随着我们的成长，在人生的各个阶段怎样做到最好；我的医生，赛比那·瓦拉赫和斯科特·麦克考尔；我的针灸医生，芭比·梅里韦瑟；我的伙伴和朋友马塞拉·库雷路，在过去的16年里，她非常照顾我和我的家庭，并且常常跟我交流她的所思所得。

我的生活伴侣、灵魂伴侣贝拉，我孩子们的父亲，坚定的爱人，他排除万难和我一起在美国建立了新生活。当我在为军队人员进行心理咨询并一起去欧洲旅行时，你总爱说："伊迪丝在工作，我在吃饭。"贝拉，我们俩丰富的生活才是真正的人生盛宴，我爱你。

我要把我所有的爱和感激送给我的孩子们：我的儿子，约翰尼·埃格尔，他教会我怎样避免成为受害者，他从未放弃为残障人士争取利益；我的女儿，玛丽安娜·埃格尔和奥黛丽·汤普森，在我持续很久的写作过程中，她们一直给我精神上的支持和爱的安慰。对我来说，重温过去比活在当下更难，关于这一点，她们可能比我更早就知道了。在奥斯维辛集中营，我只能想到生存的需要；写这本书则需要我去感受所有的情感，没有你们的力量和爱，我根本不敢去冒险。

同时也感谢我子女们和孙辈们的美丽、帅气的配偶和人生伴侣们，他们不断为我们的家谱添枝加叶：罗博·埃格尔，黛尔·汤普森，洛尔德斯，贾斯汀·里兰奇，约翰·威廉姆森，以及伊里格·埃格尔。

感谢我的侄子理查德·埃格尔——我的小男孩迪奇——和他的夫人伯恩，感谢你们成为我的亲戚，经常来看望我，关心我的健康，并且和我一起庆祝节日。

当我的第一个孙子出生时，贝拉说："三代啦——这就是对希特勒最好的报复。"现在我们已经是四世同堂了！我要对我的下一代表示感谢，感谢西拉斯、格雷汉姆和霍尔。每次我听到你们叫我，我都开心得心怦怦跳。

我的舞伴和灵魂伴侣尤金·库克，他是一个真正的绅士，感谢你告诉我爱不是所感而是所为。你一直在我的左右。只要还能动，就让我们继续一起跳布吉伍吉舞吧。

最后，感谢那些从一开始就合作，一字一页帮我把这本书成文的人们：才华横溢的南·格雷汉姆·洛兹·里皮和斯克里布纳出版社那些能干的员工。我是如此幸运，遇到这么多尽心尽力的编辑，你们的智慧、毅力和同情心帮我把这本书编写成了我期待的那样：一种治愈方法。

埃斯米·施瓦尔·韦加德，我的协助作者——你对我的帮助不仅仅是在写作方面，你完全理解我的想法，感谢你作为眼科医生给予我的治疗，感谢你从各个方面陪伴我痊愈。

道格·艾布兰，你是世界一流的代理人和可信赖的人，感谢你用你的决心、性格和精神让世界变得更好，你的存在无疑是这个星球最好的礼物。

致所有人：在我 90 岁的人生里，我从未觉得如此幸福和感恩，如此年轻！谢谢你们。

关于作者
ABOUT THE AUTHOR

伊迪丝·伊娃·埃格尔博士（Edith Eva Eger）是匈牙利人，1944年，她在少年时期就和家人一起被送往令人发指的奥斯维辛纳粹集中营。她的父母在那里失去了生命。如今，已经90岁的埃格尔博士还在拉霍亚（La Jolla）忙于临床心理学的工作，并被任命为加利福尼亚大学圣迭戈分校教授，定期在国内和国外举行演讲，还担任美国陆军和海军在心理恢复训练和创伤后应激障碍的治疗顾问。她曾多次出现在电视节目中，包括奥普拉·温弗瑞脱口秀（*The Opreh Winfrey Show*）和美国有线电视新闻网络纪念奥斯维辛集中营解放70周年的特别节目，也是荷兰国家电视台播出的大屠杀纪录片的重要演出者。在1972年，埃格尔博士被评为美国年度心理学突出教师；在1987年，她被评为埃尔帕索的年度女性；在1992年，她获得了加州参议院的人道主义奖。在维克多·弗兰克尔的90岁生日庆典时，埃格尔博士在意义疗法国际会议上发表了主题演讲。这是她的第一本著作。

图书在版编目（CIP）数据

越过人生的山丘 /（美）伊迪丝·伊娃·埃格尔著；
（加）陈飞飞译. -- 北京：东方出版社，2025.1.
ISBN 978-7-5207-4039-5

Ⅰ. I712.55

中国国家版本馆CIP数据核字第2024HU6286号

越过人生的山丘
YUEGUO RENSHENG DE SHANQIU

作　　者：	[美]伊迪丝·伊娃·埃格尔
译　　者：	[加]陈飞飞
策 划 人：	王莉莉
责任编辑：	赵　琳　王小语
产品经理：	赵　琳
出　　版：	东方出版社
发　　行：	人民东方出版传媒有限公司
地　　址：	北京市东城区朝阳门内大街166号
邮　　编：	100010
印　　刷：	北京明恒达印务有限公司
版　　次：	2025年1月第1版
印　　次：	2025年1月第1次印刷
印　　数：	1—5000册
开　　本：	880毫米×1230毫米　1/32
印　　张：	11.25
字　　数：	252千字
书　　号：	ISBN 978-7-5207-4039-5
定　　价：	58.00元
发行电话：	（010）85924663　85924644　85924641

版权所有，违者必究

如有印装质量问题，我社负责调换，请拨打电话：（010）85924602　85924603